林芙美子とその時代

高山京子
TAKAYAMA Kyoko

論創社

林芙美子とその時代　目次

第一部　林芙美子とその時代

第一章　出発期
1　林芙美子とアナキズム――詩人としての出発　4
2　「放浪記」の成立　28
3　『女人芸術』とのかかわり　46
4　『三等旅行記』の世界　64
第二章　小説家への道
1　幼少期の時空――「風琴と魚の町」を中心に　82
2　「清貧の書」における方法意識　98
3　文体の完成――「牡蠣」　114
4　〈性〉の問題――「稲妻」をめぐって　129
第三章　林芙美子と戦争
1　南京視察　144
2　漢口従軍　155
3　南方徴用　170
〈補〉その他の戦争協力行為　184
第四章　戦後の成熟と完成

1　反戦文学　192
2　〈断絶〉と〈連続〉　204
3　文学的成熟――「晩菊」その他　218
4　挫折の形象化――「浮雲」論Ⅰ　234
5　デカダンスの美学――「浮雲」論Ⅱ　255
6　家庭小説の位相――「茶色の眼」「めし」　273
7　林芙美子と大衆文学――「絵本猿飛佐助」　293

第二部　林芙美子周辺

1　林芙美子と尾崎翠　319
2　三人の女流作家――宮本百合子・林芙美子・平林たい子　334
3　林芙美子と平林たい子　353
4　女流文学史のなかの林芙美子　371

あとがき　391
【引用作品一覧】　393
【初出一覧】　401

林芙美子とその時代

凡例

本書で使用する林芙美子のテクストは、特に注記のない限り、文泉堂出版の全集に収録された作品は全集を底本として参照、引用した。全集未収録の作品は、最初に刊行された単行書を基本的に用いた。全集未収録で、かつ既刊書にも収録されていない作品に関しては、初出誌・紙を使用した。作品の書誌的情報は、巻末の引用作品一覧にあげた。

また、とくに「放浪記」に関しては、初出から現行のものに至るまでに大幅な改稿が見られるため、使用するテクストについては本文中でその都度注記した。

引用の際、原則として旧字体は新字体に改め、ルビは適宜省略・付加した。

第一部　林芙美子とその時代

第一章　出発期

1　林芙美子とアナキズム――詩人としての出発

1

一九二二（大正一一）年、尾道高等女学校を卒業し、上京した林芙美子が、職を転々としながらアナキズム文学者たちと交流を持ったことはつとに知られているが、意外にもそのことは彼女の作品にほとんど描かれていない。「放浪記」の他、「文学的自叙伝」などの随筆にわずかに書き残されているだけであり、自伝的な中篇「一人の生涯」においても、この交友は故意に書かなかったとしか思われないほど綺麗にのぞかれている。ちなみに、平林たい子は、壺井栄との対談「林芙美子の思い出」（『日本の文学47　林芙美子』月報、昭和三九年七月、中央公論社）のなかで、「昔のアナーキストの仲間が訪ねて行くと玄関払いだった」ことを明かしている。

私は本書においてまず、芙美子とアナキズム文学者とのかかわりが、彼女の文学的人生にどのような意味をもたらしたのかを考えたいと思う。この時代を検証することは、文学史ではどうしても傍流に追いやられる[1]ことになるアナキズムの文学を探ることにもつながるだろう。

松田道雄によると、日本の社会主義は三つの系譜から生れたことになっている。すなわち、①

自由民権運動の生き残りから来る堺利彦・幸徳秋水の流れ、②キリスト教徒から来る安部磯雄・石川三四郎などの流れ、③キリスト教から出て労働組合のなかから起こって来た片山潜・高野房太郎の流れ、である。文学的な観点から見れば、やはり『平民新聞』を主宰した幸徳秋水の存在が大きいだろう。

とくに、一九一〇（明治四三）年の大逆事件によって、晩年の石川啄木は評論「時代閉塞の現状」（土岐善麿編『啄木遺稿』所収、大正二年五月、東雲堂書店）を書き、詩集『呼子と口笛』（同）や歌集『悲しき玩具』（明治四五年二月、同）とともにこれらの作品を流れる放浪と反逆の心情は、その後のアナキズム文学の方向を決定づけたといわれている。当時の日本の文学者で、啄木ほど徹底した自己省察を行い、それを通して日本の社会構造を解明した者はいなかった。そこには、貧困や病状の悪化から来る絶望的な心情が塗り込められている一方、彼をそのような境遇に追いやった国家権力に対する憤怒が見られる。この底辺の境遇への絶望と、行き場のない反抗的なエネルギーが、日本のアナキズム文学を貫く精神となった。

大逆事件以来、社会主義運動や労働者運動に対する弾圧は激化し、いわゆる〈冬の時代〉が始まる。このようななか、運動家は、文筆活動に方向を見出していくことになる。売文社を設立した堺利彦との交流が上京のきっかけとなったのは平林たい子であるが、もう一方で大杉栄、荒畑寒村らの『近代思想』は、大杉の「生の拡充」の思想——個人の自我の確立と社会の革命が何ら抵触を示さないという、きわめて一元的な思考に支えられていて、文芸運動としての性格が強いものであった。

実際に、『近代思想』における大杉の評論、荒畑の小説は文学的な水準も高く、またここから労働者文学の傑作である宮嶋資夫の『坑夫』（大正五年一月、近代思想社）も生れた。これはやがて、『種蒔く人』から『文芸戦線』に至る流れを生むことになる。

現代文学史の基点とされる一九二〇年代は、新文学の始まりにふさわしく混沌とした時代でもあった。それは、大体において二つの流れでとらえることができる。一つは第一次大戦後、ヨーロッパに起こった前衛芸術の運動（未来派・立体派・表現派・構成派・ダダイズムなど）が日本にも波及したことから来るモダニズム文学で、その最たるものが、横光利一・川端康成らの『文芸時代』であろう。もう一方に、マルキシズムの発展に伴うプロレタリア文学運動がある。二三年の関東大震災による既成の文化や価値観の崩壊も、現代文学の胎動に拍車をかけることになった。

これら二つの大きな潮流、いわば文壇の主流派とはやや離れた所にいたのが、芙美子と交流のあったアナキズムの文学者たちであった。日本のアナキズムには、大杉栄の「生の拡充」思想の系譜と、テロリズムに走った古田大次郎・村木源次郎・和田久太郎などの〈生〉よりも〈死〉に重点が置かれる系譜とがあるが、これから述べるアナキストは、何よりもまず文学における表現の革命を目指していたことに注意しなければならない。

一九二三（大正一二）年一月、萩原恭次郎・岡本潤・壺井繁治と、後に私小説作家となった川崎長太郎の四人は『赤と黒』において、大正デモクラシーの影響で隆盛を誇っていたいわゆる民衆詩派と、ボルシェヴィズムの否定を掲げた。彼らはその詩よりも、第一輯の表紙における「詩とは？　詩人とは？　我々は過去の一切の概念を放棄して、大胆に断言する！　『詩とは爆弾である！　詩人とは牢獄の固き壁と扉とに爆弾を投ずる黒き犯人である！』」や、第四輯の「発狂を忘れた、金をためたがる貧血なバカな日本の詩人！画家！音楽家！彫刻家！を悩殺せよ。（中略）新体詩人の弱腰を蹴とばした自由詩人を今日は葬る時が来た。自由詩人を破壊せよ！古い、古い、間ぬけた阿呆鳥のやうな自由詩人の間だるこいリヅムを破壊せよ」などといった宣言で強烈な印象を残し、〈詩壇のテロリスト〉とまで呼ばれることになる。

雑誌はこの号を発行した後、関東大震災によって一時頓挫するが、翌年六月に『赤と黒』（号外）を発行。それが同年十一月の『ダムダム』に発展する。同人は萩原・岡本・壺井の他に、橋爪健・林政雄・飯田徳太郎・神戸雄一・溝口稠・中野秀人・野村吉哉・小野十三郎・高橋新吉である。ここまで来ると、もはやアナキストという言葉で一括してしまうことにはためらいを感じる。この時期は高橋新吉、そして同人ではないが辻潤がダダイズムを標榜しており、また『MAVO』を創刊し意識的構成主義を唱えた村山知義を中心とするグループなどが、相互に交流を行っていたからだ。これはまさに、さまざまな前衛芸術の流派が混沌としていた状態を象徴しているといえるだろう。

当時、彼らの溜り場のようになっていたのが、本郷区肴町にあった南天堂書店で、芙美子がこれらの文学者と出会ったのもここであった。『MAVO』には、彼女だけでなくたい子も詩や小文を発表しているが、二人の後年の作風を考えると、当時最先端ともいえる美術雑誌に作品が掲載されていたということには驚きを禁じ得ない。

芙美子を南天堂に連れて行ったのは、「放浪記」にも登場する俳優であり詩人でもある田辺若男であった。彼は新潟県に生れ、大工の見習いを振り出しに種々の職を転々としながら次第に俳優の道を志し、島村抱月を中心とした芸術座に参加。抱月の急逝、松井須磨子の自殺の後は沢田正二郎の新国劇に移る。しかし、剣劇に疑問を抱くとともに、妻が沢田と関係を結んでいたことを知り脱退、「小じんまりとした新劇団をつくって、心の荒んでいる一般市民に、島村抱月の『我我の生活に欠くべからざる真の劇』の最小限度のパン種子《だね》を提供する芝居」(2)をするため、市民座の設立に奔走する。一方、彼は詩集『自然児の出発』(大正一二年五月、抒情詩社)を自費で出版、これに対し激励のハガキを送ったのが岡本潤であり、またかねてから面識のあった神戸雄一を介し、田辺は南天堂に集まる文学者を知るようになるのである。市民座には、南天堂のメンバーが多数名を連ねている。

田辺の回想によると、(3)彼は一九二四(大正一三)年春に芙美子と知り合い、彼女の書いた詩に感動、同棲生活に入る。二人はすぐに別れたが、彼女と南天堂グループとの交友は続き、同年七月、友谷(上田)静栄と詩のリーフレット『二人』を創刊する。友谷は当時、新劇俳優の畑中蓼波と結婚していて、演劇によるつながりで田辺が芙美子を引き合わせたのだった。南天堂グループとの交流で、彼女の詩作は本格的に始まったといえるだろう。

この『二人』に掲載された「オシヤカ様」(4)という詩は、辻潤に激賞されている。

私はお釋迦様に恋をしました
仄かに冷たい唇に接吻すれば

お丶もつたいない程の
痺れ心になりまする。

ピンからキリまで
もつたいなさに
なだらかな血潮が逆流しまする
蓮華に坐した
心にくいまで落付きはらつた
その男ぶりに
すつかり私の魂はつられてしまひました。

お釋迦様
あんまりつれないではござりませぬか！
蜂の巣のやうにこはれた
私の心臓の中に
お釋迦様
ナムアミダブツの無情を悟すのが
能でもありますまいに

その男ぶりで炎の様な私の胸に
飛びこんで下さりませ
俗世に汚れた
この女の首を
死ぬ程抱き締めて下さりませ。

ナムアミダブツの
お釋迦様！

この詩は、「お釋迦様」を一人の男になぞらえているが、ここには、権威を否定したアナキズムの影響が見られなくもない。

芙美子の詩の特徴は、壺井繁治も指摘している通り、「感情の内攻的結晶性になく、それを外に向かって開けっぴろげに解放した点にあ(5)」る。感情の迸りをほとんど生の形で書きとめているために、構成力やリズムなどを総合すると、詩としての完成度はそれほど高くないといえる。しかし、時には破れかぶれになりながらも、決して明るさを失ってはおらず、他のアナキズム詩人に見られるような絶望的な叫喚の雰囲気とは完全に異質のものである。彼らは当時、表現としては先鋭的な前衛芸術の手法を取り入れていた。しかし、芙美子の詩は、あくまでも失恋や貧困といった彼女の生活実感に根差したもので、方法意識などには乏しく、史的評価は今後の課題とい

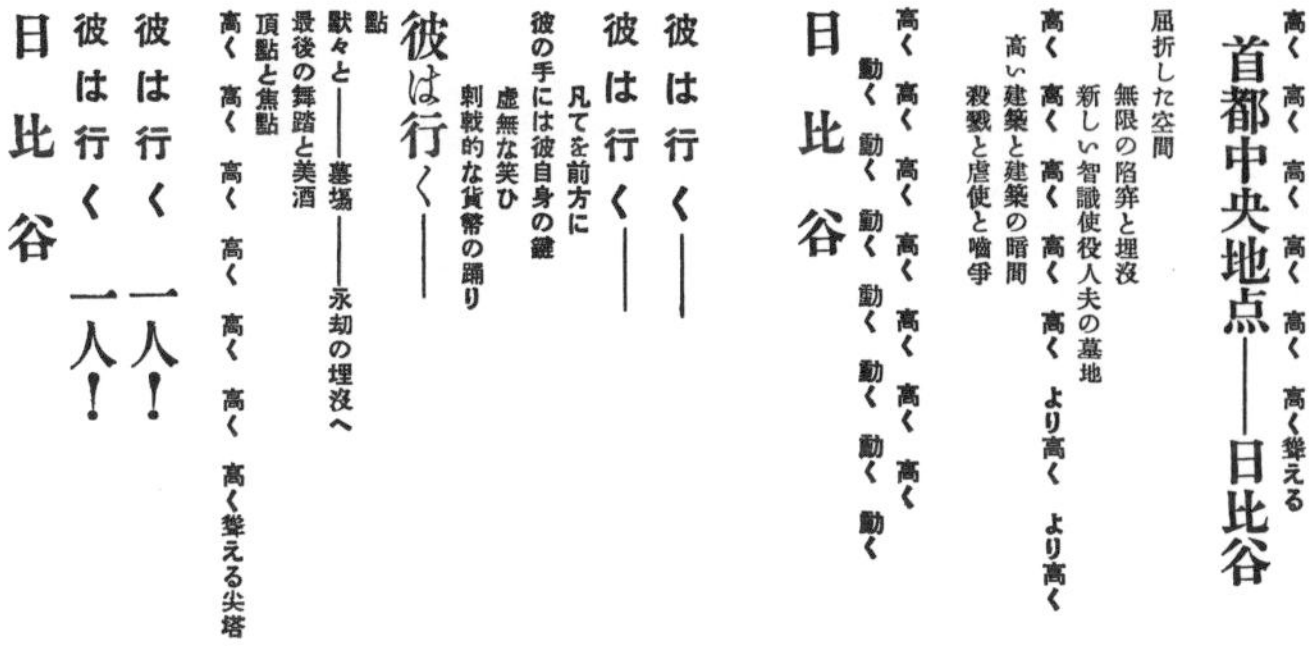
強烈な四角
　鎖と鐵火と術策
　軍隊と貴金と勳章と名譽
高く　高く　高く　高く　高く　高く聳える
首都中央地点――日比谷
屈折した空間
　無限の陷穽と埋沒
　新しい智識使役人夫の墓地
高く　高く　高く　高く　高く　より高く　より高く
　高い建築と建築の暗間
　殺戮と虐使と嚙爭
高く　高く　高く　高く　高く　高く　高く
　動く　動く　動く　動く　動く　動く　動く
日　比　谷
彼　は　行　く――
彼　は　行　く――
　凡てを前方に
彼の手には彼自身の鍵
　虛無な笑ひ
　刺戟的な貨幣の踊り
彼は行く――
點
默々と――墓場――永刧の埋沒へ
最後の舞踏と美酒
頂點と焦點
高く　高く　高く　高く　高く　高く　高く聳える尖塔
彼は行く　一人！
彼は行く　一人！
日　比　谷

『死刑宣告』「日比谷」萩原恭次郎（大正一四年一二月、長隆舍書店）

えるだろう。(6)

たとえば、萩原恭次郎の詩と比較してみよう。彼は、前橋中学時代から短歌や抒情詩を発表し、同郷の詩人・萩原朔太郎のもとに出入りするようになっていたが、クロポトキンの著作や啄木の『呼子と口笛』などから次第に社会主義的な思想に傾き、一方では一九二一年十二月、平戸廉吉が日比谷街頭に撒いた『日本未来派運動宣言』に共鳴し、次第に作風を転換させる。『MAVO』の同人岡田龍夫などの協力によった『死刑宣告』（大正一四年一二月、長隆舎書店）の紙面構成は、まさに当時の前衛芸術の総決算、といった趣がある。次に掲げるのは、その中でも代表作といわれる「日比谷」である。

強烈な四角
　鎖と鉄火と術策
　軍隊と貴金と勲章と名誉
高く　高く　高く　高く　高く　高く聳える
首都中央地点――日比谷

屈折した空間
　無限の陥穽と埋没
　新しい智識使役人夫の墓地
高く　高く　高く　高く　高く　より高く　より高く
　高い建築と建築の暗間
　　殺戮と虐使と嚙争

高く　高く　高く　高く　高く　高く　高く
　動く　動く　動く　動く　動く　動く　動く

日　比　谷

彼は行く――
彼は行く――
　凡てを前方に
彼の手には彼自身の鍵
　虚無な笑ひ
　刺戟的な貨幣の踊り
彼は行く――

點
黙々と――墓場――永劫の埋没へ
最後の舞踏と美酒
頂點と焦點
高く　高く　高く　高く　高く　高く　高く聳える尖塔

彼は行く　一人！
彼は行く　一人！
日　比　谷

恭次郎はここで日本の中心地点である日比谷の非人間的な相貌を通して、圧迫を与える権力に対しての絶望に近い叫びとともに、自己のニヒリスティックな心情を歌い上げている。

『死刑宣告』には抒情的な詩、前衛的な詩、権威否定のアナキズムの詩などが混在しているが、これに対し、萩原朔太郎は、次のような優れた指摘をしている。「彼の詩境には、現にある一切の文明を破壊して、来るべき次の文明に向はうとする、今世紀の最も深痛な情感性――今や世界のあらゆる人々がそれを感じてゐる――を盛り出してゐる。正に恭次郎は、今世紀末におけるブルジヨア文明の下積者であり、すべての疲労した、退屈した、自暴自棄した、我々の時代の『ブルジヨア末派』が有する一切の情感性を痛感してゐる一人である。ここで註解しておくが、恭次郎のみならず、すべてのダダイストやニヒリストがもつてる情操性は、今世紀におけるブルジョア文明の下積みであり、あらゆる頽廃した、疲労した、都会的資本主義の情感性を、病的にまで心身に食ひ込んだものであつて、つまり彼等の情操はブルジョア文明の末路を代表的に象徴するものである(7)」。

なお、ここで繰り返されている「ブルジョア文明」という言葉には注意しておく必要がある。朔太郎は、何もマルキシズムに傾斜していたわけではない。彼は、恭次郎に代表されるアナキストの詩に、近代と現代の過渡期的な特徴を見ていたのだ。これ以後、急進的なプロレタリア文学が台頭し、壺井繁治などが次第にマルキシズムへ移行する一方、一九二八(昭和三)年六月には『詩と詩論』が創刊される。これらの出来事は、アナキズムの詩を衰退させる大きな要因となった。

さて、私は文学史的に芙美子の詩を評価するのは難しいということを先に述べたが、彼女の詩には、一つの大きな注目すべき点がある。

それはどろどろの街路であつた
こはれた自動車のやうに私はつつ立つてゐる
今度こそ身売りをして金をこしらへ
皆を喜ばせてやらうと
今朝はるばると

幾十日めで東京へ旅立つて来たのではないか

どこをさがしたつて私を買つてくれる人もないし
俺は活動を見て五十銭のうな丼を食べたらもう死んでもいゝと云つた
今朝の男の言葉を思ひ出して
私はサンサンと涙をこぼしました。

男は下宿だし
私が居れば宿料が嵩むし
私は豚のやうに臭みをかぎながら
カフエーからカフエーを歩きまはつた
愛情とか肉親とか世間とか夫とか
脳のくさりかけた私には
縁遠いやうな気がします。

叫ぶ勇気もない故
死にたいと思つてもその元気もない
私の裾にまつはつてじやれてゐた

四国にのこした
小猫のオテクさんはどうしたらう……
時計屋の飾り窓に私は女泥棒になつた目つきをしてみようと思ひました
何とうはべばかりの人間がウヨウヨしてゐることよ
肺病は馬の糞汁を呑むとなほるつて
辛い辛い男に呑ませるのは
心中つてどんなものだらう……

へイへイ金でございますよ
金だ金だつて言ふけれど
私には働いても働いてもまはつてこない
金は天下のまわりものだつて言ふのにね。

何とかキセキは現はれないものか
何とかどうにか出来ないものか
私が働いてゐる金はどこへ逃げて行くのか
そして結局は薄情者になり
ボロカス女になり

死ぬまでカフエーだの女中だの女工だの
ボロカス女で
私は働き死にしなければならないのか！

病にひがんだ男は
お前は赤い豚だと云ひます
矢でも鉄砲でも飛んでこい
胸くその悪い男や女の前に
芙美子さんの腸を見せてやりたい。

この「乗り出した船だけど」において中心になっているのは、アナキスト詩人・野村吉哉との荒涼たる結婚生活であろう。しかし、第一連「皆を喜ばせてやらうと」、第三連「愛情とか肉親とか世間とか夫とか」など、夫だけではなく彼女の両親も歌われている。平林たい子が「昭和に改元したての頃、彼女がお母さんに五十銭送金したことがある。それを見て私はその関係の痛切さに涙が出て仕方がなかった」(8)といっているように、当時の芙美子は女性が身一つで生きることも困難な時代において、夫との生活を維持するだけでなく、両親のことも絶えず気にかけていなければならなかった。ともすれば苛酷な現実に釘付けになってしまうような状況のなかで、詩作はまさに救いの場だったのであろう。しかしそれはいいかえれば、詩を書くだけの精神的な余裕があったということにもなる。

この詩を読むと、悲惨な現実を歌ったはずであるのに、どこかに明るさがある。ユーモアさえ漂わせている。その効果に重要な役割を果しているのが、第三連の「私は豚のやうに臭みをかぎながら」「脳のくさりかけた私」、第六・七連の「ボロカス女」といった自虐的な表現である。彼女の詩作が、自身を救済することが目的であったことは疑いがないが、それでも決して嘆いたり憐れんだりするのではなく、投げやりな調子のなかでどこか自己を客観化・対象化する視点を持っている。女流作家にこのような資質はきわめて珍しいといえるだろう。これが、芙美子の詩の最大の特徴となっている。

詩人としての林芙美子は、『蒼馬を見たり』と『面影』の二冊の詩集を編んでいるが、「放浪記」が小説として認められて以降、現在に至るまで彼女は小説家として扱われ続けている。しかし、死ぬまで自著の題跋に詩を入れるなど、詩への愛着は深かった。

2

では、アナキズム文学者との交流は、芙美子にとって具体的にどのような意味があったのだろうか。

萩原恭次郎・岡本潤・壺井繁治・林芙美子・平林たい子、これらの人間は奇しくも、全員が地方出身者であり、上京の時期も一九二一〜二年に集中している。それだけではなく、薄幸の家庭に育ったり、生家の事情で進学を断念せざるを得なかったりと、早くから挫折を経験してきているという共通点もあった。野村吉哉も、三歳で養子に出された後、祖母の家や生家を転々とした挙句家出、上京し、職工をしながら詩と童話を書いていたという経歴を持っている。

彼らがマルキシズムではなくアナキズムを選んだのは、何よりもその生い立ちの不遇さ、貧しさによるもので、気質的な反発が大きくかかわっていたと思われる。上京後、東大の新人会に近づいたこともある岡本潤は「かれらからみると、ぼくはまったくのカケダシで、かれらがみんなえらい先輩のように見えた。だからといって、ぼくはすなおに謙虚な気もちにもなれなかった。ぼくの育ってきた環境にもよるのだろうが、なにか肌あいの合わないものがあった。とくに帝大新人会の学生たちに接してみると、ぼくの少年時代からのコンプレックスも作用して、かれらがおしなべて順調な家庭に育った秀才型のように見えて、ぼくなりの違和感をおぼえずにはいられなかった(9)」といっているが、これは、知識エリートたちが担ったプロレタリア文学陣営の弱点を照射しているともいえるだろう。芙美子が彼らから得たものは、まさにクロポトキンのいうところの「相互扶助」の精神であり、「放浪記以前」(原題「九州炭坑街放浪記」)に描かれたような貧しい者たちの連帯の世界であった。

また、この時期のアナキストの特徴として、奔放な恋愛や結婚があげられる。たい子は後年、「思うに、ある種の社会的束縛が、その女性の前途を遮らない場合には、女性の『解放』は、まず性的な事柄からはじまるものではあるまいかということである。それがだんだん昇華して学問や芸術や科学の領域にひろがるまでに、女性は『男なみ』の実感を得ようとして一番さきに、この解放感を求めるのではないか(10)」と語っているが、芙美子に限っていえば、父親の違う私生児を生み、最後は二十歳年下の男と夫婦関係を結んだ母親・キク譲りの血があること、また育ってきた環境がなせるわざだったかもしれない。

たとえば「放浪記以前」には、「島根の方から流れて来てゐる祭文語りの義眼《いれめ》の男や、夫婦者の坑夫が二組、まむし酒を売るテキヤ、親指のない淫売婦」などが集まる直方の木賃宿での生活が描かれているが、このような環境であれば、芙美子が性的に早熟だったであろうことは容易に推測されるのである。おそらく、そのような生活様式と、アナキストたちが抱えている昂然たる反抗の気概が、不遇だった当時の芙美子にはからずも合致したのであろう。

しかしそれだけではない。アナキズム文学者との交流は、彼女のその後の人生を変えるだけの決定的なものとなった。それを述べるために、ここに至るまでの彼女の伝記的事項に若干ふれておく必要がある。

芙美子は一九一八（大正七）年、尾道高等女学校に入学後、国語教師今井篤三郎に出会ってから詩を書き始めているが、その詩（短歌）が最初に活字となったのは二一年、秋沼陽子のペンネームで『山陽日日新聞』に掲載された「土の香」、『備後時事新聞』の「廃園の夕」「カナリヤの唄」「命の酒」とされている。しかしこの当時、彼女のなかで文学者として生きていくという明確な意志はなかったように思われる。なぜなら彼女は卒業後、明治大学専門部商科に在学していた初恋の相手・岡野軍一を追って上京、銭湯の番台、下足番、電気工場、セルロイド工場、帯封書、株屋の事務員などの職を転々としながら岡野の卒業を待っているからだ。つまり、この時期の彼女の最大の目的は結婚にあったのである。

しかし、二三年、岡野は大学を卒業するも、家族の反対により芙美子と別れ、故郷の日立造船所因島工場に就職する。芙美子が「放浪記」の原型となる「歌日記」をつけはじめたのはこの破局の後である。文学的要因をあまりにも作家の実生活に還元することは危険だが、少なくとも、岡野との別離が芙美子を本格的に文学へと向かわせる一つのきっかけにはなったというべきだろう。

芙美子のように地方から上京し、何ら係累を持たない者にとって、アナキズムであれ何であれ文学者とのかかわりを持ったことは、作家としての人生をひらく足がかりになったのである。芙美子の詩が最初に著名な雑誌に掲載されたのは、一九二四年八月の『文芸戦線』における「女工の唄へる」だが、それもこの交流なくしては語ることができない。出版社に原稿を持ち込むということも、ここで学んだものだろう。そして何より、結果的に彼女の出世作となった「放浪記」は、この時期を素材にしたものであることを忘れてはならない。

「放浪記」には、南天堂に集まるアナキストの影響を受けてか「スチルネルの『自我経』」や「ルナチャルスキイの『実証美学の基礎』」などに触れる箇所があるが、はたしてそれが彼女の思想形成に影響を及ぼしたかどうかは疑問が残る。極言すれば、彼女の資質は、いかなる思想も受け付けなかったということである。

一九二六(昭和元)年、芙美子は画家であった手塚緑敏と結婚し、放浪生活に終止符を打つ。

その後、『女人芸術』に断続的に掲載された「放浪記」によって、徐々に注目を浴びるようになるが、改造社から〈新鋭文学叢書〉の一冊として『放浪記』が刊行される直前の三〇年四月二十五・二十七日付の『読売新聞』に掲載された「漠談漠談」において、芙美子は注目すべき発言をしている。

　私は今迄、集団を持たなかつた。ものを書き出してから、インテリゲンツアの友人が多いが、どうも、くさつても鯛と云つた風な友人なので、野性的な私は見当がつかぬだ《ママ》が、鯛にだつて、チヌからあるんだから、一様には云へないが、私はかつてインテリゲンツアの友人から世話になつた事がない。したがつて読売紙が、かうして、紙面を貸して下さるところまで、漕ぎつけた私の地位があるとするならば、これは私一人の煉瓦地帯である。

いったいこの変節ぶりは何なのだろうか、と驚くほかはない。この芙美子の言葉に対しては、辻潤が『癡人の独語』（昭和一〇年八月、書物展望社）のなかで「とにかく、昔自分の認めた詩人がいわゆる大いに『売り出した』ことは自分としても鼻が低かろうはずはない。だが林芙美子君よ、君はどこかで僕のことを『くさっても鯛』などといったそうだが、それは少し生意気で、君も結局『女人か？』と僕をして思わず嘆声を発せしめた。自分はまだ『くさって』はいないつもりだから安心してもらいたい」と反論している。

辻は、それまで芙美子には好意的な評価をしており、『蒼馬を見たり』出版の際には序文を寄せている。その出版記念会において、辻が芙美子と同衾したことがあると暴露したことなどから、彼女がこの東京放浪時代の実態が明らかになるのを恐れ、ことさらアナキズム詩人を避けるようになったといわれているのはおそらく正しい。

なぜなら、たとえば終生政治や社会への関心を失わなかった平林たい子に対し、芙美子のその後の人生は思想とは無縁の庶民を描くこととなり、また、どこかにスノビズム、勘定高さが見られ、たい子とはまったく別種のしたたかさがある。いいかえれば、たい子の場合、彼女の作品の主人公に端的にあらわれているように、どん底まで落ちて何かをつかみ取ってやろうという気概がある。

しかし芙美子の場合は、そのような境遇から這い上がりたいという欲求が強い。これはやはり、出自の違いからくるものであろうか。たい子が没落した名家の娘であったにしても、他のアナキスト詩人たちが家庭的に恵まれなかったとしても、真の放浪性を身につけ、貧困の苦しみを骨の髄まで知り尽くしていたのは林芙美子ただ一人であったのかもしれない。彼女は、アナキストのなかにまず自分の居場所を見出したが、決してアナキズムを信奉し、貧しい生活に甘んじていたわけではない。それほど、底辺の環境から抜け出したいという彼女の欲求は熾烈であった。

時流を読むことにかけて天才的だった芙美子は、それでもプロレタリア文学にだけはなびくことがなかった。

学生は、私に向つて、この様な逃避の生活をしないでも、工場とか、農村へ行つて、実地に働いてみる気持ちはないのかと云ふのです。私は、自分がもしも男だつたならば、この学生達を殴りつけたかも知れません。自分で働いた経験もなく、飢ゑたことすらもない学生達は、頭の中だけで、思想のカタログが出来、そのカタログどほりにものを云つてゐるのでせう。私は、いままで貧乏だつたから、これから、うんとぜいたくな生活をしたいのであつて、工場や農村で働くことは厭だと云ひました。

これは「一人の生涯」からの引用だが、私は、芙美子の思想に対する考え方や主張がこれほど直接的に語られている文章を知らない。

友谷静栄が上田姓となってから発表した『こころの押花』（昭和五六年一月、国文社）に収められている「林芙美子の本郷時代」には、萩原恭次郎が「年は二十でも四十女の経験をしてきてゐると感心してゐた」ことや、高橋新吉が「あれは天才だね」といっていたことが述べられている。しかし芙美子のその後の行動は、彼女の死後高橋新吉に、もし死ぬ前に会ったら「面罵してやりた」かったとさえいわしめている。(11) 結果的に、芙美子はアナキストたちを踏み台にしてしまったことになる。

芙美子が思想的な影響を受けなかったことには、〈女〉であったということも大いに関係しているように思われる。「放浪記」や平林たい子の「嘲る」(12) に描かれている通り、アナキストの夫を持った妻たちは、ありとあらゆることをしてその家庭を支えていかねばならない。これらの作品の主人公は、前者ではカフェーの女給、後者では「リャク」(13)（掠奪）や喪章を売る、つまり貞操を売って夫を支えていくのである。

一九三一（昭和六）年十二月、東京市役所発行の『婦人職業戦線の展望』によると、芙美子やたい子が上京した時期とほぼ重なる二〇年十月一日現在の国勢調査では、女性の総人口が二七九一万八八六八人で、うち有業者の数は九七〇万一三五五人であり、全体の約三五％を占める。これに対して東京市の場合は、農業従事者が少ないために女性の総数に対して有業者はわずか一三・七一％である。

また、時間的な開きはあるが、女性有業者への「就職の目的」という質問に対し、三一年の調査で「家計ノ補助ノタメ」と答えた者は全体の七六・五七％、「自活ノタメ」と答えた者はわずか九・八三％にすぎない。さらに、自宅外から通勤するものは一六・一四％、うち間借が六・八八％、下宿にいたっては〇・六六％である。初任給は平均約三十円で、女工や食堂給仕はそれよりはるかに少ない。芙美子やたい子は、この圧倒的なマイノリティーの中にいたことになる。

樋口一葉を除き、この時代までに登場した女流作家の野上彌生子や田村俊子など、ほとんどが結婚をしてから文壇に登場している。また、ほぼ同世代でありながら一足早く作家として認められた宮本百合子の場合は、経済的に恵まれた家庭に育った。芙美子やたい子も、結婚し、安定した環境を得て文学に専念しようという思いがあったが、当時の彼女たちが選んだ男は、そのほとんどが「搾取される」といっては働かず、いくらにもならない原稿を書くか、昼夜文学論を戦わせ、酔っては喧嘩をするアナキストであった。二人は、自己の生活はおろか夫の生活さえも身一つで支えていかねばならない羽目に陥ったのである。芙美子の思想というものに対する不信と、徹底したリアリスティックな眼は、このような生活にも由来しているだろう。

結局、芙美子もたい子もそれを逆手に取る形で、すさまじい男性遍歴や放浪生活を題材にした作品を書き、文壇に登場していく。芙美子の夫であった田辺若男や野村吉哉などは、いくら弁明しても「放浪記」が存在する限り永久に悪人のレッテルを貼られ続けることになってしまう。たい子の場合にしても、飯田徳太郎や山本虎三（敏雄）は悪意とも受け取れる文章を書いているが、[14]もはや負け犬の遠吠えに等しい。

女性が男性に依存せず、作家として自立していくのがどれほど困難なことであるか。日本文学の歴史のなかでも、この時代におけるアナキスト・グループが、もっともよくそれを示しているといえる。

注

（1）松田道雄「日本のアナーキズム」『現代日本思想体系16　アナーキズム』所収、昭和三八年一〇月、筑摩書房。
（2）田辺若男『俳優』昭和三五年六月、春秋社。
（3）『俳優』、「林芙美子と同棲した三ヵ月半」（『婦人公論』昭和三三年五月）など。
（4）後に『蒼馬を見たり』に収録された際は「お釋迦様」となったため、ここでは全集に拠って引用した。
（5）壺井繁治『激流の魚・壺井繁治自伝』昭和四一年一一月、光和堂。

（6）遠丸立は、「埋もれた詩人の肖像」（『現代詩文庫1026　林芙美子』所収、昭和五九年三月、思潮社）のなかで、「芙美子の黙殺にちかい過小評価は、昭和詩史上の黙過することのできぬ片手落であるように映る」「極言を弄するようだが、私は、詩集『蒼馬を見たり』一巻は初期後期をふくめ林芙美子の書いたいっさいの散文作品の総量にほとんど匹敵する重さをもつと考えている」として、詩人としての芙美子の再評価を試みている。

（7）萩原朔太郎「烈風の中に立ちて」『日本詩人』大正一五年四月。

（8）平林たい子「林芙美子」『新潮』昭和四四年四月。

（9）岡本潤『詩人の運命——岡本潤自伝——』昭和四九年四月、立風書房。

（10）注8に同じ。

（11）高橋新吉「林芙美子回想」『新詩人』昭和二六年八月。

（12）「嘲る」は一九二七年三月、『大阪朝日新聞』の三大懸賞文芸・短篇小説部門に当選したもので、当初は「喪章を売る生活」という題が付けられていた。しかし、新聞社の意向で「残品」と改題され、二十日付の同紙に当選者の氏名とともに発表された。さらに、第一著作集『施療室にて』（昭和三年九月、文芸戦線出版部）刊行の際、出版部の要望で現行のものに改題された。

（13）ブルジョアの財産はプロレタリアから搾取したものであるから掠奪するべきである、という考えから、アナキストが行った会社などをゆすり金を取る行為のこと。

（14）飯田徳太郎「男性放浪時代の平林たい子と林芙美子」（『婦人サロン』昭和五年一一月）、山本敏雄『生きてきた』（昭和三九年一一月、南北社）など。

2 「放浪記」の成立

1

林芙美子の代表作が「放浪記」であるということは、まず誰もが疑わないところであろう。もちろん完成度の高さから見るならば、戦後に発表された「晩菊」や「浮雲」などに彼女の真価がある。しかし「放浪記」は舞台などの効果もあって、林芙美子の名前は知らなくても「放浪記」は知っているというケースも多く、もはや作者の手を離れて不滅のものになっているとさえいえるだろう。

しかし、「放浪記」の研究には、その成立過程が複雑だという大きな問題がつきまとう。たとえば森英一は、初出と大幅な加筆・訂正・削除が行われた後のものとを比較しながら、次のように述べている。「作者自身による改訂は別作品かと見間違うほど多彩多岐にわたっている。のみならず、この決定版本文が以後の流布本の本文となるところに作品評価の困難さを伴う。つまり、正続の『放浪記』はもちろん多くの読者を獲得したのだが、決定版の本文による以後の『放浪記』も多数の読者を得ているわけで、異種の作品とも思われる大巾な異同をもつ両『放浪記』では読者の感動が異質なものなのか、あるいはそこに共通性が発見できるのかという問題が生じてくる。それは『放浪記』の作品素材が持つ普遍性が作品本文の異同をも意に介しないものなのかどうかということでもある[1]」。

この指摘を待つまでもなく、初出あるいは初刊本と、改稿後の決定版はまったく別の作品として考えた方が適切である。そのことは順を追って述べるとして、まず、現在最も流布している「放浪記」に至るまでの過程の中で、特に重要だと思われる点をまとめてみる。

①尾道高等女学校を卒業し上京、さまざまな職を転々としながら「歌日記」と題した日記をつけ始める。[2]「放浪記」の原型。

②三上於菟吉の推薦で『女人芸術』(昭和三・八)に「黍畑」(詩)が、同十月号に「歌日記」の一部である「秋が来たんだ―放浪記―」[3]が掲載される。以後、「放浪記」の副題とともに断続的に連載。

③『改造』に「九州炭坑街放浪記」が掲載される(昭和四・一〇)。

④改造社より〈新鋭文学叢書〉の一冊として『放浪記』が刊行される(昭和五・七)。『女人芸術』連載順ではなく、「酒屋の二階」(同四・八)、「旅の古里」(同五・五)を除いた十四篇から構成される。その他に「九州炭坑街放浪記」が「放浪記以前―序にかへて―」と改題されて冒頭に置かれる。

⑤『続放浪記』刊行(昭和五・一一・改造社)。『女人芸術』掲載の六篇の他に未発表七篇を加

え、末尾に「黍畑」の詩を含む「放浪記以後の認識—序にかへて—」を付加。
⑥『林芙美子選集』第五巻に「放浪記」が収められる（昭和一二・六・改造社）。この際、各章題を削除し、正・続の区別がなくなる。さらに「放浪記以後の認識」の後に「小さき境地」と題された随筆を「追ひ書き」として付加。
⑦『決定版　放浪記』刊行（昭和一四・一一・新潮社）。大幅な加筆・訂正・削除が行われる。
⑧「肺が歌ふ—放浪記第三部—」を『日本小説』に発表（昭和二二・五）。以後断続的に連載。
⑨『放浪記　第三部』刊行（昭和二四・一・留女書店）。
⑩『放浪記Ⅰ　林芙美子文庫』刊行（昭和二四・二・新潮社）。本文は決定版（⑥）と同一だが、かつての正・続をそれぞれ第一部・第二部とする。
⑪『放浪記Ⅱ　林芙美子文庫』刊行（昭和二四・一二・新潮社）。留女書店版にはない「新伊勢物語」とそれに続く未発表部分を追加し、第三部とする。
⑫『放浪記　全』刊行（昭和二五・六・中央公論社）。現在流布している「放浪記」の形と同一で、全三部を収録している。

芙美子は一九五一（昭和二六）年六月二十八日に死亡しているが、彼女が人生の最後まで文壇的処女作の「放浪記」とかかわり続けたことを思うと今更のように驚きを禁じ得ない。

端的にいって、〈新鋭文学叢書〉の正続『放浪記』（以下、初刊本『放浪記』『続放浪記』）は限りなく散文詩に近い作品であり、改稿後のそれ（以下、決定版『放浪記』）ははっきりと散文に移行している。初刊本の具体的な特徴を列挙してみると、オノマトペ・口語的表現・俗語・文末の体言止めが目立つ。また、短いセンテンスと改行の多さが、視覚的にも全体を詩のようなものにしている。さらに、文末などの時制は現在形——より日記を書いていた時点に近い。たとえば、

夜霧が白い白い。電信柱の細つこい姿が針のやうに影を引いて、のれんの外にたつて、ゴウゴウ走つて行く電車を見てゐると、なぜかうらやましくなつて鼻の中がジンと熱くなる。蓄音機のこはれたゼンマイは、昨日もかつぽれ今日もかつぽれだ。

生きることが実際退屈になつた。
こんな処で働いてゐると、荒《す》さんで、荒さんで、私は万引でもしたくなる。女馬賊にでもなりたくなる。
インバイにでもなりたくなる。

というような箇所は、

夜霧が白い。電信柱の細いかげが針のやうな影を引いてゐる。のれんの外に出て、走つて行く電車を見てゐると、なぜか電車に乗つてゐるひとがうらやましくなつてきて鼻の中が熱くなつた。生きる事が実際退屈になつた。こんな処で働いてゐると、荒さんで、荒さんで、私は万

引でもしたくなる。女馬賊にでもなりたくなる。

と後に変わっている。このような改稿が、決定版では全篇にわたっている。したがって「放浪記」の研究は、初出誌や個々の単行本に当たる必要があるのである。

2

「放浪記」成立の過程には、長い間見落とされてきた単純な問題が一つある。

それはすなわち、「放浪記」の原型となる「歌日記」は、はじめ読売新聞文芸部記者の平林譲次に渡されたもので、反応がなかったために芙美子は原稿を返してもらい、長谷川時雨の主宰する『女人芸術』に持ち込んだ。そこで三上於菟吉の推薦を得るわけであるが、この時点では、「放浪記」、つまり芙美子による「歌日記」には、少なくとも単行本になった際、冒頭に置かれた「放浪記以前」はなかったということなのである。これが何を意味するのかといえば、現在よく知られている「放浪記」の構成が、芙美子のなかに最初からあったわけではないということになる。

「放浪記以前」、原題「九州炭坑街放浪記」が『改造』に発表されるまでの経緯については、水島治男の『改造社の時代　戦前篇』（昭和五一年五月、図書出版社）に詳しい。それによると、当時まだ交際中であった彼の妻が、『女人芸術』連載中の「放浪記」を是非読んでみてくれとバックナンバーを送ってきた。そこで編集者らしい勘から「林芙美子というのはものにはなるだろう」と思ったらしい。水島氏はさらにこういう。「九州炭坑街のローカル性をもった風俗を書いてもらおうという企画が浮かんだ。小説をもらう前の小手調べに随筆風に書いてもらおうと。そこで私は『九州炭坑街放浪記』と題をきめ、おそるおそる会議に提案したのである」。

ここで注意すべきなのは、芙美子が原稿の依頼を受けた時、「九州炭坑街放浪記」は題名も内容もあらかじめ編集者側で規定されていたという点である。ちなみにこれが『改造』に発表されるまでに、『女人芸術』にはすでに十一篇の「放浪記」が掲載されている。芙美子はそのなかで「日記が転々と飛びますが、その月の雑誌にしつくりしたものを抜いて書いてをりますので、後日、一冊の本にする時もありましたならば、順序よくまとめて出したいと思つてをります(4)」と記しているが、連載開始からは一年以上が経過していたので、幼少期を描いた「九州炭坑街放浪記」、あるいはそれに準ずるものがすでに存在していたとは考えにくい。私は少なくとも「歌日記」や初出の段階での意図や構想はここで変質したと思う。芙美子は、「九州炭坑街放浪記」を書いたことで、一人の女の半生を記した作品にすることを思いついたのではないだろうか。

「放浪記以前」は、他の章が青年期、すなわち職業と男性の間の放浪を描いているのに対し、幼少期に母と義父と三人で九州各地を行商人としてまわった物語になっている。これは結果的に、「放浪記」においてたんにプロローグにふさわしい内容であるばかりではなく、これがなければ画竜点睛を欠くといってもいいほどの重さを持つ章になった。私はかつて、初出第一回の「秋が来たんだ」から「放浪記」を連載順に読んでみたが、あまりにも主人公の〈私〉に関する情報が少なく、単調なので奇異な印象を受けた。単行本の『放浪記』がいかに「放浪記以前」の部分に負うところが大きいかがわかる。もしこれがあらかじめ存在していたならば、当然、連載第一回に掲載されるべき性格を持っているのである。

「放浪記以前」の冒頭は象徴的だ。「私は北九州の或る小学校で、こんな歌を習つた事があつた」という一文から始まり、「更けゆく秋の夜　旅の空の／侘しき思ひに　一人なやむ／恋ひしや古里　なつかし父母」という「旅愁」の歌が記される。この歌は作品の主調低音ともなっており、さらにそれに続く「私は宿命的に放浪者である。私は古里を持たない」という部分で、「放浪記」という作品の主人公である〈私〉が規定される。

そして、『続放浪記』末尾に置かれた「放浪記以後の認識」は、作者林芙美子のたんなるあとがきではない。さまざまな職や男性の間を放浪した〈私〉のその後、つまり小説中における現在の〈私〉を描いている。いいかえれば、「放浪記以後の認識」に立った現在の〈私〉が、幼少期を語り、日記を通して過去の自分を語る、という構造になっているのである。その結果、筋らしい筋のないこの作品が、小説的な枠組を備えるようになった。

クヌート・ハムスンの『餓え』（一八九〇年）に触発を受けて書かれたという「放浪記」は、「歌日記」の段階ではかなり『餓え』に近い内容だったと思われる。しかし、結果的に「九州炭坑街放浪記」を書いたことで、幼少の頃から放浪を宿命づけられた一女性の半生記となり、『餓え』の模倣を超えた独自の作品たり得たのだ。

〈新鋭文学叢書〉において正・続二冊に分かれたのは、一冊における分量の問題にすぎなく、後にそれを第一部・第二部としたことが、『放浪記』『続放浪記』をそれぞれ独立した作品とみなすような混乱を生んだのだ。しかし、少なくとも戦後に第三部を連載するまでは、芙美子はこの二冊を地続きで捉えていたはずである。

芙美子が初刊本の二冊を一つの完結した作品とみなしていたことは、前述した改稿の過程の⑥、『林芙美子選集』第五巻の構成をみればわかる。彼女はここで各章題を削除し、それまでの章と章との境目を〇印でつなげるという形を採用した。さらに、『放浪記』の末尾と『続放浪記』の冒頭も、ページを変えることなく〇印でつなぎ、はっきりと正続の区別をなくしているのである。その形式は、改稿の行われた『決定版　放浪記』（前記⑦）においても同様である。

芙美子は東京放浪時代の一九二六（昭和元）年十二月、本郷三丁目にあった酒店・大極屋の二階に間借りしていた平林たい子と同居するが、たい子が『大阪朝日新聞』の懸賞短篇小説に「喪章を売る生活」（のち「嘲る」と改題）が当選、二百円の賞金を得たことに刺激されて、詩から小説への転進を志した。詩では生計を立てられないという当時の芙美子の経済状況は無視できない重さを持っているが、それについて彼女は次のようにいっている。

十八歳頃から、二十二三歳頃までの日記を飛び飛びにまとめたものがこの放浪記なのです。私は長い間、詩を書いてゐましたので、この放浪記はひどく散文的なスタイルになつてしまひました。しかも、当時色々な忙はしい職業についてゐた私は、机の前に坐つて文字をゆつくり書くと云ふことは許るされませんでしたので、酒場づとめの時はスタンドの蔭で書き、女中をしてゐる時はお櫃の机で書くと云つた工合で、書くことも、食べたいとか、寝みたいとか、旅をしたいとか、たいへん単純なものだつたのです。(5)

芙美子は同様のことを何度か述べているので、(6)おそらくこれは事実だと思われる。そしてこのことは「放浪記」の成立と深くかかわっている。日記（もちろん、ありのままの日記ではない）と詩とを組み合わせるという作品の枠組以外、すなわち文章そのものを練り上げるというようなことは、おそらく当時の芙美子にはなかったであろう。小説の構成力もまだ彼女にはなかった。詩集『蒼馬を見たり』にも明らかなように、彼女の使用する言語に厳密さはなく、どちらかといえば表現行為の原点となるような生の感情が迸っている。感情の高揚を短時間で書き留めるための詩がそこにはあらわれている。

初刊本が綿密な計算のもとに仕組まれた小説ではないということは、この前後に発表された作品からも証明される。一つは「放浪記」連載の合間の一九二九（昭和四）年三月、『女人芸術』に掲載された「耳」、もう一つは初刊本『放浪記』の成功により華々しく文壇に登場した直後の「春浅譜」(7)である。なお引用はそれぞれ冒頭の部分で、改行もそのままにしてある。

茫々とした風の中に、六月の葉櫻は、薄蒼いかげを空にうつしてゐた。
その空にうつゝた白い田舎道を、二人共沈黙つて自動車に揺られてゐた。

あゝ男の情を知りつくして、又私はこんな情痴の世界におぼれやうとしてゐる。いつそ、このまゝ狂人にでもなつてしまつたら……夏子は血走つた熱い瞳を閉ぢて、ハンカチの青い果実の匂ひをかいだ。(「耳」)


——又、朝になつた。

塩子は起きて雨戸を繰つた。

「厭になつてしまふ、どうして、かう苦しんでばかり、ゐなくちやならないのかしら。」

陽が射した。

塩子は眉をひそめて、畳に射した太陽の洪水を、水のやうに舌を鳴らして吸つた。(「春浅譜」)


これらはいずれも、「放浪記」的発想と手法によるものであることは疑いがない。芙美子は後に、「この『放浪記』は、私の生のまゝをぶつけて書いたものなので、十年たつた現在の自分には、仲々読みづらくしかも哀れでさへある。たとへば、下谷の茅町に二階借りをしてゐた処なんかは、小説にするならば、一篇の長篇小説が出来る位に苦しい時代であつた」(8)と語っているが、この時期になると彼女は『放浪記』各章の素材で「一篇の長篇小説」を書けると思う程度までには散文の修行を積んでいたのだ。

初刊本『放浪記』は、偶然や抜き差しならない芙美子自身の状況なども相俟ってできた特殊な作品である。「歌日記」執筆当時の芙美子の思いもよらなかった方向に、作品が一人歩きしてしまったとも考えられる。しかし私は、「放浪記以前」を書く機会を呼び込み、さらにはそれを代表作にまで押し上げてしまったところに、作家という生き物の宿命を感じさせられる。

3

当初の完結した「放浪記」は、改稿、さらには戦後における第三部の連載において、その都度意味が変質してしまっている。そしておそらく、それを解く鍵は主人公の〈私〉に隠されている。林芙美子研究において、最大の障害になるのは何といっても彼女の伝記的事項である。出生に関してすらも未だに確定はしていない[9]。それだけではなく、行商人の子として各地を転々とした幼少期、また一九二二（大正一一）年の上京から、二六年に手塚緑敏と結婚するまでの詳細も不明である。その結果、研究も必然的に「放浪記」のような作品に寄りかかってしまうことになる。しかも、「放浪記」はとりわけ私的な性格の強い日記の形式を採用している。

もちろん「放浪記」は事実全てを書いているわけではない。今川英子や佐藤公平らの手によって、「放浪記」を実際に書かれた日記の順番に復元する作業も試みられ[10]、よりその虚実が明らかにされているが、やはり必要以上に作品と作者の実生活とが密着するきらいがある。

我が国の歴史の中で、日記と文学とのかかわりは深い。とくに『蜻蛉日記』『和泉式部日記』『紫式部日記』『更級日記』などは、〈日記文学〉という一ジャンルをはっきりと築いている。

近代以降の女流の日記文学の双璧は、間違いなく樋口一葉の日記とこの「放浪記」であろう。

一葉の「若葉かげ」（明治二四年四～六月の日記）の冒頭には、「花にあくがれ月にうかぶ折々のこゝろをかしきもまれにはあり。おもふこといはざらむは腹ふくるゝてふたとへも侍《はべ》れば、おのが心にうれしともかなしともおもひあまりたるをもらすになん」と記されてあることからもわかるように、明らかに平安女流日記文学を意識したものになっている。一方「放浪記」は、中村光夫の「この勝手ないたづら書きめいた記録が、案外日本文学の古い伝統につながりを持つことは、日記や歌物語が我国の古典でどのやうな地位を占めてゐるかを考へて見れば、理解できます[11]」という指摘にあるように、散文と詩（平安女流日記文学や一葉の場合は和歌）を組み合わせているという点ではあきらかにその形式を受け継いでいる。

近代作家の日記と文学との関係を考えると、大体次の二つに大別することができると思う。すなわち、（A）いわゆる「日記」がそのまま優れた文学作品たり得ているもの、（B）日記の形式を借りた創作、である。初刊本『放浪記』の場合は、章題がつけられ、それぞれほぼ同じ分量になっており、作品全体が放浪・落魄・郷愁といったテーマで統一してある点から見ても、日記そのままではない。しかし、先にも述べたように、この時期の芙美子が日記という形式でしか文章表現が出来なかったのもまた事実なのである。何より、日記の形式を借りた小説には筋があるが、「放浪記」には筋らしい筋はない。したがって、この作品は（A）（B）どちらにもはっきりと当てはめることはできない。ここに「放浪記」の独自性と新しさがある。

では、「放浪記」ははたして私小説なのであろうか。私小説は主人公＝作者自身であるという、作り手と読み手との暗黙の了解があって成立する部分が大きい。主人公について何ら説明を付与されていなくても、読者はその作者についての予備知識があれば読むことができる。日記の形式を借りた菊池寛の「無名作家の日記」（『中央公論』大正七年七月）では、まだ無名な作家志望の〈俺〉（富井）の辛苦を描いているが、登場人物の〈俺〉は菊池寛、山野は芥川龍之介、桑田は久米正雄、中田は上田敏をモデルにし、読み手、なかんずく文壇事情に通じた者はそのことに容易に気づく仕組みになっている。

しかし、芙美子の場合は、初刊本『放浪記』がベストセラーになるまではほとんど無名の存在であった。確かに「放浪記」には芙美子と交流のあったアナキスト系の文学者の名が見られ、一種の文壇交遊録小説といえないこともない。しかし、初刊本（あるいは第一部・第二部）『放浪記』は戦後に発表された第三部に比べて主人公の〈私〉が作家を志すという側面は強く押し出されてはおらず、むしろ放浪や郷愁が主となっている。また、三番目の夫・野村吉哉についても、実名で登場するのは第三部のみで、それだけ事実に寄りかかる部分も少ないといえる。

「放浪記」は初出、あるいは初刊本刊行時は、名もない一人の若い女性が、さまざまな職を転々とし、失恋の傷にも耐えながら詩や童話を書いているという作品にすぎなかったのではないだろうか。それが、私小説の概念によって主人公は林芙美子その人であるという見方を生み、さらに後年、作家・林芙美子の実体と主人公の〈私〉とが必要以上に結び付けられたと考えられる。

もっと具体的にいえば、『女人芸術』連載当時や初刊本刊行時、読み手は思い思いの女性の姿を想像し、〈私〉に当てはめたはずである。しかし、後年は、林芙美子その人が女給をしていたり、恋に破れたりというような形で読んだに違いない。いわゆる私小説というものにおける作者と作品との関係が、ちょうど後付けされたような形になったといえる。そして、このことは、そのまま主人公の〈私〉そのものの性格を変えることになってしまった。

これは平林たい子の初期作品にも当てはまることなのだが、初刊本『放浪記』は、女性の手によって、それまでにはなかった新しい型の女主人公が登場したことを意味している。ここでは、カフェーなど当時の風俗が活写されているが、それ以上に戦前の男性優位の社会において、女として、なかんずく文学者として自立するには捨て身になるしかないという原理を明かした作品になっている。


「お芙美さん！ 今日は工場休みかい！」

叔母さんが障子を叩きながら呶鳴《どな》つてゐる。

「やかましいね！ 沈黙《だま》つてろ！」

私は舌打ちすると、妙に重々しく頭の下に両手を入れて、今さら重大な事を考へたけど、涙がふりちぎつて出るばかり。

お母さんのたより一通。


このような箇所での〈私〉には、野蛮なまでのしたたかさがある。初刊本は、洗練されていないほとんど生の形の文章で埋め尽くされている。改行が多く、センテンスの短い文章は、独特のリズムをかもし出すことに成功している。それが、主人公の体当たりの生き方と一致しているのだ。そして、ここに前述した主人公の造型が絡んでくる。初刊本『放浪記』が出るまでは無名だったこと、すなわち読者に予備知識がないことは、〈私〉の造型も捨て身な形で、底辺に生きる人間そのままになし得たといえる。

したがって、後年の決定版での改稿は、散文技術の成長と、作家としての名声から来る見栄や虚飾によるものであろう。この場合の「放浪記」は、完全に作家・林芙美子の私小説になっている。作者自身が主人公の〈私〉と作家・林芙美子その人との関係を意識した改稿は、初出における主人公のしたたかさや破天荒な文体の魅力が失われてしまっている。

4

一度は完結したはずの「放浪記」だが、芙美子は戦後になって第三部を『日本小説』に連載し始めた。これは一九四八（昭和二三）年十月、「新伊勢物語」をもって同誌廃刊のため中断される。「新伊勢物語」末尾には「（未完）」と記してあるが、その後どの雑誌にも連載が再開されることもないままに『放浪記　第三部』として刊行された。

彼女はこの第三部について、「此第三部放浪記は、第一部第二部のなかにあるものなのだが、その当時は検閲がきびしく、発禁の恐れがあつたので、発禁にさしさはりのないところだけを抜いて、第一部第二部として発表した。したがつて、此第三部は発表出来なかつた残りの部分を集めたことになる」といっている。確かに、「天皇陛下は狂つておいでになるさうだ」などという(12)

箇所は、戦前では到底発表出来なかったであろう。しかしそれよりも、初刊本では肯定されていた母や義父も批判の対象になるなど、明らかな変化を見せている。

私は先に、第三部は事実に寄りかかる部分が多いということを指摘した。とくに注目すべきなのは、生田長江のもとへ『蒼馬を見たり』の原稿を持っていく、本郷の菊富士ホテルに宇野浩二を訪ねる、など、実際の林芙美子が文壇に出るまでの挿話が数多く描かれていることである。これは明らかに作者が意識して主人公を自己自身とみなしていることの表れで、見ようによっては、この第三部はすでに発表され、流布している戦前の「放浪記」を補足するような形で、作家である林芙美子の苦闘時代を書いた、といえるかもしれない。したがって初期に見られるような感覚的な表現が少なく、具体性に富む。

また、全篇を作家志望の女性の物語として統一していることから生れる次のような部分など、物書きの業すら感じさせる部分である。

> 今夜こそは早く電気を消して眠りにつかうと思ひながら、暗いところではなほさらさえざえとして頭がはつきりして来る。越し方、行末のことがわづらはしく浮び、虚空を飛び散る速さで、瞼のなかを様々な文字が飛んでゆく。
> 速くノートに書きとめておかなければ、この素速い文字は消えて忘れてしまふのだ。
> 仕方なく電気をつけ、ノートをたぐり寄せる。鉛筆を探してゐるひまに、さつきの光るやうな文字は綺麗に忘れてしまつて、そのひとかけらも思ひ出せない。また燈火を消す。すると、

赤ん坊の泣き声のやうな初々しい文字が瞼に光る。

「放浪記」の第三部には、「神よ！　いつたい、貴方は、本当に私のまはりにも立つてゐるのか云つて下さい」など、「神」あるいは「神様」という言葉が目立つ。これは、初刊本の「神様コンチクシヨウと吐鳴《どな》りたくなります」というような表現と比べると、あまりにも暗い。第三部の内容が、すでに発表された「放浪記」のそれと時期的に重なっているのは間違いないが、戦後の芙美子が「歌日記」から抜き出した部分がたまたま暗かったのか、それともそのようなトーンに改稿したのか、今となっては推測することしか出来ない。しかし、私には、この救いを求める言葉に「神は近くにありながら、その神を手さぐりでゐる、私自身の生きのもどかしさ[13]」を書きたかったという「浮雲」が重なってくるのだが、この見方は穿ち過ぎであろうか。いずれにせよ、第三部が戦後に書かれたという点は、今後さらに検討していく必要があると思う。

現在流布している「放浪記」は二銭銅貨を詠んだ詩で終わっている。「放浪記以後の認識」で一度完結した作品は、結局、あまりにも唐突な形で締めくくられることになった。それは未完の印象を拭い難いのだが、逆に、林芙美子の流転の人生を象徴している感もあるのである。

注

（1）森英一『林芙美子の形成――その生と表現』平成四年五月、有精堂。

（2）この日記は推定で一九二三（大正一二）年頃から二六年十二月に手塚緑敏と結婚し放浪生活に終

止符を打つまでのものとされている。
（3）和田芳恵は「サブタイトルに『放浪記』とつけたのは三上であった。これは、私が三上自身から聞いたことだから、信じてよい」といっている（「林芙美子とその時代」『現代日本文学アルバム13 林芙美子』所収、昭和四九年六月、学習研究社）。
（4）「赤いスリッパ―放浪記―」（『女人芸術』昭和四年四月）の末尾に「筆者」からとして記されている。
（5）『林芙美子選集』第五巻「あとがき」。
（6）『決定版　放浪記』「はしがき」、『放浪記Ⅱ　林芙美子文庫』「あとがき」など。
（7）初回のみ「浅春譜」と題が付けられている。
（8）『決定版　放浪記』「はしがき」。
（9）文泉堂出版『林芙美子全集』第十六巻所収の今川英子作成の年譜には、一九〇三（明治三六）年十二月三十一日、当時の福岡県門司市小森江五五五番地に生れたと記されているが、それまでは山口県下関市出生が定説となっていた。
（10）今川英子「『放浪記』における虚と実」（熊坂敦子編『迷羊《ストレイシープ》のゆくえ―漱石と近代』所収、平成八年六月、翰林書房）、佐藤公平『林芙美子　実父への手紙』（平成一三年一〇月、KTC中央出版）など。
（11）中村光夫「林芙美子論」『現代日本文学全集第四十五巻　岡本かの子・林芙美子・宇野千代集』所収、昭和二九年二月、筑摩書房。

（12）『放浪記Ⅱ　林芙美子文庫』「あとがき」。
（13）『浮雲』「あとがき」。

3　『女人芸術』とのかかわり

1

林芙美子と「放浪記」、そして雑誌『女人芸術』は切っても切り離せない関係として存在している。しかし、大正末期から昭和初期にかけて、多数の女流作家が登場した時代に、そのほとんどが集結したといえるこの雑誌については、あまり解明がなされていない。(1)

瀬戸内晴美は前田愛との対談で、「『青鞜』のあと、高群逸枝が『婦人戦線』という雑誌をつくったり、長谷川時雨の『女人芸術』があったわけですが、『女人芸術』がみるみる赤化していく。その赤化するちょっと前の非常にいい時期に林芙美子は出たわけです。『女人芸術』は林芙美子を世に出したというだけで意義があるといってもいいくらい(2)」といっているが、これはやや大袈裟な発言であるにしても、『女人芸術』と林芙美子とのかかわりはやはり整理しておかなければならない問題だといえる。

『女人芸術』創刊前夜ともいうべき大正後期、つまり一九二〇年代は、一般女性向けの雑誌が大量に発行された時代でもある。二五（大正一四）年一月の『キング』創刊に代表されるように、この時代はジャーナリズムにおいてもエポックを画す時期と重なっており、女性雑誌は書誌的研究や女性読者論の分野から盛んに論じられるようになった。前田愛の『近代読者の成立』（昭和四八年一月、有精堂）、三鬼浩子「近代婦人雑誌関係年表」（中嶌邦監修『日本の婦人雑誌』解説編所収、平成六年一月、大空社）、永嶺重敏『雑誌と読者の近代』（同九年七月、日本エディタースクール出版部）などである。ここではまずそれらの先行研究を参考にしつつ、この時代の女性雑誌の概観を整理したい。

女性雑誌隆盛の背景には、ジャーナリズムの発展とともに、女子中等教育の急速な普及があげられる。一八九九（明治三二）年の高等女学校令以来、女学校の数は増加の一途をたどり、第一次大戦後の好景気は女子中等教育に拍車をかけた。一九一八（大正七）年当時は男子中学校が三三七校、高等女学校が二五七校だったのに対し、二三年には男子中学校四六八校、高等女学校五二九校となり男子のそれを上回っている(3)。さらに二八年になると七三三校にまで増え、わずか十年間で三倍近く増加した。

林芙美子の出身校である尾道市立高等女学校（現・広島県立尾道東高等学校）は、一九〇八年に設置認可を受け、翌年四月に開校している。ちなみに芙美子が同校に入学したのは一八年四月であり、彼女は女子中等教育の急速な普及とちょうど重なる時期に、女学校生活を送ったことになる。

一九一一〜三一年の間に、女性雑誌は二〇〇種以上も発行されており[4]、その発展や女性読者の増加については、当時から諸家が指摘していたところでもある。大宅壮一の「欧州戦争勃発後洪水の如く押寄せて来た好景気の波は、多くの成金を作ると共に、中産以下の階級の懐を潤し、我国のヂャーナリズムのために尨大なる市場を供給した。殊に近年に於ける最も著しい現象ともいふべき婦人の読書慾の増大は、ヂャーナリズムにとつては、広大なる新植民地の発見にも似たる影響を与へた。かくて婦人雑誌の急激なる発展は、支那を顧客とする紡績業の発達が日本の財界に及ぼしたのと同じやうな影響を我国の文壇に与へた。そして流行作家の収入は、婦人雑誌の発展に比例して暴騰した[5]」という言葉や、青野季吉の「最近の文藝読者の拡大は、男性の方面における拡大と云ふよりも寧ろ、女性の処女地への拡大と云つた方が妥当である[6]」といった見解がその代表的なものだろう。

女性の社会進出は、読者層を拡大しただけではなかった。大正末期になると、この社会構造の変化にともなって女性雑誌に女流作家が執筆する機会が増えてくる。読み手と書き手との関係からすると、まず読み手の側としては、教育の普及ならびに識字率の増加で、読者となり得る対象の絶対数が増加する。また女性が職業を持ち、収入を得るということは、雑誌を購入するだけの金銭的余裕を持ち合わせるということにもつながる。すると、読者の要望としては、同性の作家の作品を読みたいと考えるようになる。一方書き手側としては、女性の職種が増えたことで、収入が得やすくなり、さまざまな職につきながら文筆家を目指すことが可能になる。それまでの女流作家といえば、宮本百合子のような特殊な例を除き、田村俊子や野上彌生子など、すべて結婚して生活基盤が安定してから登場するというケースが多かった（もっとも、昭和初頭の女流作家も、優れた作品はおおむね結婚後に発表している）が、それが変化したのはこの頃である。

『女人芸術』としばしば対比されるのはその規模からいってもやはり『青鞜』だろうが、この二つの雑誌はその研究の進捗状況からしてもかなりの開きがある。

『青鞜』創刊号の巻末にある「青鞜社概則」には、「本社は女流文学の発達を計り、各自天賦の特性を発揮せしめ、他日女流の天才を生まむ事を目的とす」（第一条）、「女流文学者、将来女流文学者たらんとする者及び文学愛好の女子は人種を問わず社員とす」（第五条）とあり、女性の手による女性のための〈文芸誌〉という方向を目指していたことがわかる。しかし平塚らいてうが一九一三（大正二）年一月号の『中央公論』に「私は新らしい女である」を発表、『青鞜』でも同年一、二月号にわたって「新らしい女、其他婦人問題に就て」という特集を組んで以降、婦人解放運動の色彩を強め、十月号になると概則が変わっている。象徴的なのは先に引用した第一条の「女流文学の発達を計り」の部分が「女子の覚醒を促し」と改められた点だろう。特に伊藤野枝が中心となってからは、いっそうその傾向が顕著となり、貞操・堕胎・廃娼に関する論争が起こったのもこの頃である。

『青鞜』に掲載された女流文学には、田村俊子「生血」（明治四四年九月）などの佳作もあるが、やはり全体的に評論誌としての色が濃いといえる。これは、当時女流作家の絶対数が少なかったこと、また大正デモクラシーの風潮と無関係ではない。従来、『青鞜』は『白樺』とほぼ同時期に創刊されたにもかかわらず、文学史的には過小評価されてきたが、一九七〇年代以降、ウーマン・リブの運動などの波及からクローズアップされ、とくに八〇年代に入ると『青鞜』再評価の動きが強まる。

しかし、この評価には、思想・政治運動偏重の風潮が大きく影を落としていて、その評価にはいささか偏りがあるといわざるを得ない。文学研究ならば文芸誌としての存在こそ重要視されるべきものであるはずなのに、女性解放の側面に対する評価がそのまま文学的なそれと一致している向きがある。げんに、ジャーナリズム研究などでの『青鞜』の扱いはまた違ったものになっているのだ。

たとえば浜崎廣は、明治からの女性雑誌の歴史を、『女学新誌』『女学雑誌』が持つ教育・啓蒙誌的な性格を源流とし、明治・大正期に創刊された女性雑誌の性格を十種に規定、さらにそれに応じて分類している[7]。それによると、女性雑誌は〈教育・啓蒙誌系〉〈総合誌系〉〈生活実用誌系〉を軸に、「女性はいかに生きるべきか――観念的な生き方の側面を中心に」する〈文芸誌系〉〈宗教誌系〉〈思想・評論誌系〉〈修養誌系〉と、「女性はどう生きたらいいか――具体的な生活の側面を重視」する〈家庭誌系〉〈専門誌系〉〈PR誌系〉に分かれ、『青鞜』は〈思想・評論誌系〉に分類されている。

それに対し『女人芸術』は、女性による女性のための〈文芸誌〉としての性格を持ち、真の意味で文学者を輩出した雑誌だったということができ、紅野敏郎なども、「実作の上で『青鞜』よりも滅びぬものをより多く持っている[8]」といっている。昭和初頭の日本の女流文学の開花は、『女人芸術』によってのものだったといっても過言ではない。

『女人芸術』というと、長谷川時雨が主宰した一九二八（昭和三）年七月に創刊された雑誌を誰しもが思い浮かべるであろうが、時雨はそれ以前の二三（大正一二）年八月、友人の岡田八千代と同名の薄い同人誌を発行している。時雨はいずれは新人作家の発表の場にと考えていたようであるが、二号まで発行したところで関東大震災などの影響から頓挫する。ちなみに浜崎氏の分類によると、この前期『女人芸術』は〈文芸誌系〉に分類されており、出発当初から文芸誌的な性格を色濃く持っていたことは間違いない。

長谷川時雨、本名ヤスは一八七九（明治一二）年十月一日、東京日本橋に生れた。寺子屋式の小学校である秋山源泉学校を卒業し、幼い頃から長唄・舞踊・三弦琴・茶道などを身につけ、芝居好きの祖母や、役者・画家と交流のあった父の影響から芸事に親しむ環境にあった。九七年、鉄成金水橋家の二男信蔵のもとに嫁ぐが、夫の女道楽から六年ほどで離婚、長谷川家に復籍している。その間、『女学世界』に投稿した小説「うづみ火」が当選し、一九〇一年十一月の臨時増刊号に掲載され、さらには〇五年、戯曲「海潮音」が『読売新聞』の懸賞で坪内逍遥の特選を得、戯曲家としての道を歩む。

その後、父の病気など生家の混乱のため一時文壇から遠ざかるものの、当時はまだ無名であった三上於菟吉との交際が始まる。二人とも長男、長女で戸主だったために戸籍上は内縁関係のままだったが、時雨は三上を売り出すことに精力を傾け、やがて大衆作家として売れっ子になった彼から援助を受け、二冊で頓挫した岡田と二人だけの『女人芸術』の題を取り、新人発掘を兼ねた雑誌として発行することになる。これは、時雨の文壇復帰の足がかりの野望も含まれていたのであるが、女性の社会進出とも相俟って、近代以降の女流文学を語る上では決してはずすことのできない歴史を作ったといえる。

創刊から終刊までの誌面をつぶさに眺めてみると、あまりにもこの激動の時代を反映していて興味深い。前期の『女人芸術』が長谷川時雨・岡田八千代の同人誌という形態をとっていたのに対し、後のそれはあくまでも一般誌の体裁をとった。

なお、創刊当時の『女人芸術』の方向性を握っていたのは、時雨の妹で画家でもあった長谷川春子だったらしい。それについては熱田優子が以下のように回想している。「表紙絵やカットについてだけでなく編集全体に非常に発言力があって、昭和四年にフランスに渡るまでの一年間の『女人芸術』は、春子さんの色でしたよ。対談や座談会、文壇人気番附とかなになにの見立てなどという頁、すべて春子さんの好みでした。一方に『青鞜』を踏まえながらも一方、女性の『文芸春秋』を目指していたのじゃないでしょうか(9)」。

『文藝春秋』は一九二三年一月、菊池寛によって創刊されたが、雑誌のマス化が進んでいたなかでほとんどが短い雑文でしめられていたこと、文壇のゴシップ記事を売り物にしていたことなど、そのスタイルの新しさが与えた影響は大きいが、『女人芸術』は、かつて『青鞜』が担った女性解放、女性の社会進出を担う面とともに、『文藝春秋』が切り開いた大衆性を持った、まったく時代を象徴するような性格を持っていたことになる。

発行当初は、「プロレタリアにもブルジョアにも偏せずひとしく女流作家の進出の一機関として編輯するのが主意(10)」とある通り、婦人解放を掲げる評論と同時に詩や小説、翻訳、さらにはゴシップ的な興味をそそる企画など、書き手各々が個性を発揮する場があり、さまざまな読者層に対応できるような誌面となっている。とくに創刊の二八年は、「新旧俳優人気番附」「新興文壇人気番附」「多方面恋愛座談会」「異説恋愛座談会」、翌年も「文壇動物園——女人入園無料——」「女流植物園——男性入園無料——」といった多彩な企画が目につく。

しかし、そのような多様な側面を持っていたことは、同時に読者や執筆者によってその商業主義的な面、そこから派生する主義主張の不明瞭さにおいてしばしば批判を浴びることになった。まずその大きな節目となったのが、二九年六月号の「女人芸術一年間批判」[11]で、まず槍玉にあがったのは皮肉にも好評であった同年三月号の「自伝的恋愛小説号」であった。ここでは平林たい子を中心に、そのゴシップ的興味の面が批判され、さらには商業主義、芸術上のイデオロギーにまで言及されている。

たい子の「『女人芸術』がどう云ふ色彩のものであるか、ヂヤナリステイツクな雑誌か、又は婦人の地位の向上の為に進まうとする、一ツの目標を持つた雑誌であるか、其の二ツのどつちかであるかに依つて、あゝ云ふ風な記事[12]が宜いか、悪いか決まると思ひます。さう云ふ立場をはつきりして頂いたら自然問題も解決して行きませう。勿論、婦人の向上と云ふ目標に進んで居られるのは知つて居りますが、併しそれだけでは統一されない部分があると思ふんです」という発言に加え、八木秋子が、読者からの要望で一番多いのが「一般読者からの投書を採用するやうにと云ふのと、イデオロギーをはつきりさせてプロレタリア的色彩を持つやうにして欲しい」というものであることを明かしているのが、この時期の『女人芸術』が抱えていた問題を端的に示している。

その翌月には早くもその兆しが出た。当時、同誌には、アナキズム側の論客として八木秋子・望月百合子・高群逸枝などがおり、マルキシズム側として神近市子・隅田龍子・中島幸子らがいて、ほぼ同じような比重を占めていたが、その「創刊一週《ママ》年記念号」の「公開状」の欄に、八木「曇り日の独白」（藤森成吉氏へ）、松田解子「小林多喜二氏へ」、熱田優子「中川紀元氏に問ふ」、伊福部敬子「平塚明子様に」が掲載され、三〇年一月号までアナキズム、マルキシズムの論争が展開された。

しかしこれによって、アナキストは次第に『女人芸術』から遠ざかり、神近を中心としたマルキストが評論の主導権を握り、さらに発刊当時から大家としてブレーンに加わっていた平塚らいてうも高群らとともに『婦人戦線』に拠点を移している。そして、口絵がソビエト一色になっていったことが象徴しているように、『女人芸術』は完全に左傾化、誌面には伏字が増え、書き手のなかには非合法の活動に入る者もあり、発禁処分も受ける。

『女人芸術』は、その後度重なる発禁・返本とそれによる膨大な負債を抱え、さらには主宰者である長谷川時雨が一九三二年初頭から腎盂炎をこじらせたため、同年六月号をもって廃刊する。

その後、翌年には再び時雨を中心として「輝ク会」（発足当時は「輝く会」）が結成され、四月には機関誌『輝ク』を創刊する。これは『女人芸術』とは形態が異なり、タブロイド版のリーフレットで、書店に置くのではなく機関誌代と引き換えに会員に郵送するシステムを取った。『輝ク』の書き手となったのは『女人芸術』時代からの文学者に加え、途中脱退した平塚らいてうや高群逸枝、さらには各界著名人などであり、このようなことが再び可能になったのはやはり時雨の力量に負うところが大きい。

一九三七年七月の日中戦争勃発、それに続く九月の国民精神総動員の訓令により、出版・言論界も急速に時局に歩調を合わせることとなり、それは女性雑誌も例外ではなかった。『輝ク』でも同年秋に「皇軍慰問号」を発行、さらに三九年には〈知性婦人層の国策への参加〉を目指した〈輝ク部隊〉が結成される。これは軍部と次第に密接なつながりを持ち、海軍施設の見学や委嘱による戦地慰問、傷病兵の慰安、慰問袋の募集など、銃後奉仕の一役を買うことになる。

以上みてきたように、長谷川時雨を軸とする『女人芸術』から『輝ク』への道のりは、当時の日本の社会状況をそのまま反映しているといえるだろう。

2

では、林芙美子と『女人芸術』とのかかわりについて述べるために、まず「文学的自叙伝」のなかにある彼女の言葉を引いておこう。

女人芸術には、毎月続けて放浪記を書いてをりましたが、女人芸術は、何時か左翼の方の雑誌のやうになつてしまつてゐましたので、一年ほど続けて止めてしまひました。

芙美子が最初に『女人芸術』に登場したのは一九二八（昭和三）年八月、第一巻第二号の「黍畑」の詩である。これが三上於菟吉の眼に止まり、同年十月の第四号に、「放浪記」の副題が付けられた「秋が来たんだ」が掲載され、以後、断続的に連載が始まる。「放浪記」はこの時期の『女人芸術』においても最も人気の高い作品であったが、三〇年十月の第三巻第十号「女アパッシユ」で事実上終了し、翌号の「愉快なる地図――大陸への一人旅――」というエッセイを最後に、芙美子のまとまった文章はなくなる。それまで彼女はほぼ毎号のように登場していて、文字通り『女人芸術』の花形作家だったということができる。

芙美子と『女人芸術』とのかかわりは原稿の発表にとどまってはいない。彼女は二九年六月二十二日、日比谷音楽堂での女人芸術社・記念講演会に出席したり、翌年の一月一日から二十五日までは、台湾総督府の招きで同人の生田花世、望月百合子らと台湾を旅行、同二十九日には名古屋で行われた同社主催の講演「詩の朗読」に出席している。芙美子の処女詩集『蒼馬を見たり』の出版記念会の模様も同誌に掲載されていて（八月）、この時期の彼女の細かい動向はほとんど『女人芸術』から知ることができるほどだ。しかし、同人の林芙美子に対する評価はきわめて厳しい。

『女人芸術』は、原則として執筆者に原稿料を払うということはなかったが、芙美子だけは例外で、それは彼女の境遇を思った長谷川時雨の心遣いだった。しかし芙美子は、改造社から〈新鋭文学叢書〉として刊行された『放浪記』『続放浪記』がベストセラーになったことによって同誌から離れた、いわば忘恩の輩として認定されており、次の熱田優子の回想などは、それをよくあらわしている。「林さんがくるときつと、長谷川さんはお酒を呑ませた。（中略）あんなに出入りしていた林さんがフランスから帰つたころからパタリと訪れなくなつたのには何かわけがあつたのだろうか。先生も話さなかつたし、林さんにも折入つてきいてみる機会がないままに過ぎた。或いは、林さんはお金持ちになつて、もう長谷川さんにお酒を呑ませてもらわなくてもよくなつたからだろうか(13)」。

芙美子が『女人芸術』を離れたことについては、長谷川時雨との軋轢も指摘されている。時雨は一九四一年八月二十二日に死亡するが、芙美子は葬式に出ず、『輝ク』の「長谷川時雨先生追悼号」に、「翠燈歌」と題する次のような詩を送った。

最後の昏れがたには、
もう庭も部屋もなく森閑として、
たゞ燈火《あかり》がひとつ……。

長谷川さん、そうではありませんか。
いさぎよく清浄潔白に還えられた佛様、
おつかれでせう……。
あんなに伸びをして、
いまは何処へ飛んでゆかれたのでせう。

勇ましくたいこを鳴らし笛を吹き、
長谷川さんは何処へゆかれたのでせうか。

私は生きて巷のなかでかぼちやを食べてゐます。

これには、熱田優子や若林つやなど、『女人芸術』時代から縁の深い人間は激怒したという。特に熱田は、「長谷川さんが亡くなつたとき、落合の火葬場で、棺が炉の中に入れられる瞬間私は一人大声を上げて泣いてしまつた。その時は林さんは来ていなかつたが、翌日、芝の水交社で追悼会があつたとき、林さんが来ていて、私の顔を見るなり〝熱田さん、きのう泣いたんだつてね。アハハ……〟と声を立てて笑つた(14)」と暴露している。

芙美子が『女人芸術』を離れたことについては、「放浪記」の成功によって大手の新聞や雑誌社から原稿の注文が来るようになったことはむろんあるだろう。また、長谷川時雨との関係悪化の可能性も否定できない。しかし、『女人芸術』誌上における芙美子の発言をつぶさに見てみると、彼女がここから育ったにもかかわらず、そこを真の意味では根城にしなかったこと、深入りせず常に一定の距離を保っていたことがうかがえる。その意味では、私は先の「文学的自叙伝」の言葉を、芙美子が同誌を離れた最大の理由だと見るものである。

たとえば、先にふれた「女人芸術一年間批判」での芙美子の発言は、彼女の立場がはっきりと出ていて興味深い。この座談会では、イデオロギーの明確化を望む声とともに、文芸評論がないことが話題にのぼり、編集者の素川絹子がその困難さを「今非常に難かしい時ではないのですか、社会的にも過渡期で」と、プロレタリア文学、モダニズム文学が乱立していた当時の文壇の状況をふまえて発言しているのだが、それに対して芙美子は「難かしいたつて、其人々の考へるやうなのを書いて行けば宜いでせう。女人芸術として、プロレタリアでも、ブルジョアでも、どつちが困ると云ふことはない其人々に依つて違ふ、神近さんは神近さんらしい事を書き、宇野さんは宇野さんらしい事を書く、それで宜いぢやありませぬか」といっている。

ここから汲み取れるのは、座談会の参加者の多くが政治の理論で発言しているのに対し、芙美子はあくまでも個々人の文学的な資質を問題にしているということである。

芙美子が、作家としてあくまでもその人間の資質にこだわり続けたということは、彼女が書いた「長谷川時雨論」からも証明される。「長谷川時雨女史の事を書くにあたり、私は、ひどくその適任でない」という書き出しから始まるこの文章は、まず時雨との軋轢の一因が、非常に含みのある文章で記されている。

何時かの、女人芸術の座談会の記事に、長谷川女史は、「芙美子さんはおテイサイのいゝ人だから」と言つておられたのを、巴里の下宿で読んで、非常に残念に思つた記憶があつたが、時と云ふものはずんずん過ぎてしまつて、ぜんぶよりも、ひどく澄んで人間の躰には沁みて来るものだ。此の時雨女史のこともおていさいで書いてゐるのでない事をお断りしておく。

これだけを読むと、やはり時雨との関係悪化が同人の顰蹙を買うような行動に走らせたのかと思わせるのだが、この評論でもっとも注目すべきなのは、芙美子が一九二九年四月から『女人芸術』に連載された時雨の「日本橋」に賛辞を寄せていることなのである。この作品は三五年二月、岡倉書房より『旧聞日本橋』として刊行された、文字通り時雨の代表作であり、現在では同誌がもたらした文学的達成のひとつとしても高く評価されているが、連載中の三三年の時点で芙美子はこの作品の価値に気づいていた。そして、その評価基準は、自己の文学的な資質に忠実なこと、という一点に絞られている。

> 長谷川女史の「日本橋」は、文章の流麗、人間の味、素材の雰囲気、これは年齢を取らなければ書けない風格とあいまつて、今だに、心惜しい小説であつた。それが、何時の間にか、私も女人芸術から去り、今井氏のものも、望月氏のものも消えてしまふと、「女人芸術」の持つスタイルが、すつかりマルキシズムの雑誌になり、主宰者の小説「日本橋」さへ消えてなくなつてゐたのだ。（中略）若い人達から云はせれば、なるほど古いものかも知れないが、立派な御自分の作品なのだ、自分が、一歩一歩足跡をのこしてこられた借着でない作品なのだ。

この「日本橋」については、さらにいわくがある。平林たい子の「林芙美子」（『新潮』昭和四四年四月）によると、当初改造社から出版される予定だったこの作品を、当時顔利きになっていた芙美子が妨害し壊してしまったと、時雨がたい子に訴えたという。たい子はこれに対して「いかに力のある芙美子さんにも、ある出版社の出そうとするものをやめさせるということはなかなかできるものではない」と批判的な見方をしているが、それだけ誤解されることが芙美子にはあったのだろうと付け加えている。

芙美子が実際に妨害したのか、それとも「長谷川時雨論」が書かれてから『旧聞日本橋』刊行までの間に、二人の間に決定的な溝が生れたのか、もはや知る術はないが、ここにははからずも、「文学的自叙伝」にも書かれた、『女人芸術』への不満も述べられている点は注意していいだろう。

おそらく芙美子は、政治を優位に置いて個々の資質を殺すことや、アナキズムの論客を排除し急激にマルキシズム一色へ移行する過程に耐えられなかったのである。芙美子のこのような姿勢は、出発当初から一貫していて、彼女が『女人芸術』にかかわる以前、アナキズムの文学者と交流を持っていた詩人時代も、その思想を詩作に反映するということはほとんどなかった。彼女の人生における放浪や苦難が、その資質を形づくったといえばそれまでだが、プロレタリア文学に限らず、彼女は一つの枠に縛られることはおろか、一箇所に定住することすらできなかったといえる。また、運動に挺身するといったストイックな資質は芙美子にはなく、むしろ情緒が溢れるままに、そこに埋没し耽溺するという、どちらかといえばデカダンスに近い。初期の『女人芸術』の、さまざまなジャンルの書き手がいた時代こそ、いってみれば渾沌とした状態であるからこそ芙美子は己の個性を発揮することができたのだといえる。

芙美子と入れ替わるかのように、『女人芸術』で中心的な書き手となったのはソビエト、ヨーロッパから帰国した中條（宮本）百合子、湯浅芳子であった。一九三一年一月号には、百合子の

「新しきシベリアを横切る」（上）、さらには「中條湯浅両女史歓迎会記」が掲載されている。この歓迎会は三〇年十一月二十七日、女人芸術社主催で開かれたもので、この二人に対する期待の大きさがうかがえる。林芙美子と宮本百合子のライバル関係は有名であるが、『女人芸術』という雑誌においても、このような交代劇があったということは非常に面白いと思う。

注

（1）ドメス出版から刊行された尾形明子の『女人芸術の世界――長谷川時雨とその周辺』（昭和五五年一〇月）、『女人芸術の人びと』（翌年一一月）、『「輝ク」の時代――長谷川時雨とその周辺』（平成五年九月）の他、岩橋邦枝『評伝　長谷川時雨』（平成五年九月、筑摩書房）などがあるが、決して多いとはいえない状況である。

（2）瀬戸内晴美・前田愛『名作の中の女たち』昭和五九年一〇月、角川書店。

（3）唐澤富太郎『女子学生の歴史』昭和五四年四月、木耳社。

（4）三鬼浩子「近代婦人雑誌関係年表」中嶌邦監修『日本の婦人雑誌』解説編所収、平成六年一月、大空社。

（5）大宅壮一「文壇ギルドの解体期――大正十五年に於ける我国ヂャーナリズムの一断面――」『新潮』大正一五年一二月。

（6）青野季吉「女性の文学的要求」『転換期の文学』所収、昭和二年二月、春秋社。

（7）浜崎廣『女性誌の源流――女の雑誌、かく生まれ、かく競い、かく死せり――』平成一六年四月、出版ニュース社。

（8）紅野敏郎「『女人芸術』——その展開と史的意義——」『『女人芸術』解説・総目次・索引』所収、昭和六二年九月、不二出版。

（9）尾形明子『女人芸術の世界——長谷川時雨とその周辺』。なお、『文藝春秋』は引用文のまま新字体にした。

（10）堀江かど江「編輯後記」『女人芸術』昭和三年一二月。

（11）これは広津和郎が同年三月二十七日付『朝日新聞』文芸欄に取り上げ、中本たか子の「鈴虫の雌」を高く評価している。また、尾形氏の前掲書（注9）のなかで、小池みどりが「ほとんど毎月、各地の本屋からドサッと戻ってくるのに、この号だけは、たちまち売切れて追加、追加だったのを覚えています」と証言している。

（12）大井さち子「男性訪問（1）里見弴」（『女人芸術』昭和三年一一月）を指す。

（13）熱田優子「長谷川先生との十三年」『女人像』昭和三一年七月。

（14）注13に同じ。

4 『三等旅行記』の世界

1

〈旅行記〉というものから喚起されるイメージとは、一体どのようなものだろうか。

古来、文学において〈旅〉は重要なテーマの一つであった。日本においても、『伊勢物語』のなかのいわゆる「東下り」の部分や『更級日記』も、旅行記としての一面を持っている。さらに江戸時代に入って、芭蕉の『野ざらし紀行』や『おくの細道』では、もはや旅というものは前面に押し出され、十返舎一九の『東海道中膝栗毛』になると、人々の生活や風土が巧みに紹介されていて、旅行のガイドブック的な性格すら持ち合わせるようになった。

林芙美子は生涯旅を愛し続けた作家であったが、彼女にとって最初にそれが〈旅行記〉という形になってあらわれたのは、一九三三（昭和八）年五月、改造社より刊行された『三等旅行記』である。これは三〇年に『放浪記』『続放浪記』がベストセラーとなり、印税を手にした彼女の、翌年十一月から三二年五月までの約半年間のパリを中心とした欧州旅行における随筆をまとめたものである。

芙美子は三一年十一月四日に東京を発ち朝鮮に渡り、十四日、満州の都市・ハルビンからシベリアを横断する列車に乗り、モスクワ、ベルリンを経て二十三日にパリへ到着した。その後、パリを拠点にロンドンなどを訪れ、翌年五月、日本郵船榛名丸で帰国の途につき、六月十六日に日本へ着いた。芙美子の欧州行きについては、当時彼女が恋をしていた画家の外山五郎がパリに行ったことから、その後を追ったというのが直接的な動機だといわれており、また彼女はパリに着いてからは外山と別れ、建築家の白井晟一と恋愛関係にあったことが明らかにされている。

この欧州旅行に関しては、『三等旅行記』の他に日記体で断片的に発表されていた文章が『林芙美子選集第六巻　滞欧記』としてまとめられ、さらに同様のものが『日記』第一巻、『巴里の日記』として刊行された。この三冊が芙美子の死後、『巴里日記』として新潮社版の『林芙美子全集』第八巻に収録され、現在までこの題名で流布することになる。芙美子の欧州旅行というと、これまで最もポピュラーなものとして読まれてきたのはこの『巴里日記』であったが、これは主として彼女の伝記研究にかかわる観点から重視されてきたといえるだろう。

〈日記〉という題が付いてはいるものの虚構も多いのだが、板垣直子や平林たい子など、欧州滞在時の芙美子の伝記研究はこの『巴里日記』に依拠している。さらに二〇〇一（平成一三）年八月には、中央公論新社より今川英子編『林芙美子　巴里の恋』が刊行された。これはそれまで公表されてこなかった芙美子の「巴里の小遣ひ帳」「一九三二年の日記」「夫への手紙」の三部から構成されていて、フィクションが多いと指摘されてきた『巴里日記』では得られなかった芙美子の、伝記研究の穴を埋めるものとして注目される。

しかし私は今回、あえて伝記的事項の面には言及せず、彼女の欧州旅行から最も早い段階で書かれた『三等旅行記』を取り上げることで、当時の時代状況と彼女の文学との関係を見つめたいと思う。一九二〇年代から三〇年代にかけては、国際化の潮流の中で、世界的にも〈旅行記〉がふんだんにあらわれた時代であった。そのようななかで、この『三等旅行記』がどのような意味を持ってくるのかを考察したい。

この頃からちょうど、国外への観光旅行というものが本格的に始まり、日本でも、第一次世界大戦による軍需景気にともない、いわゆる〈成金〉が誕生し、海外への旅行者が増える。それまでは海外への渡航となると、限られた人間だけのもので、不便でもあったのだが、交通機関の発達や情報化が進むなかで世界が身近になったことなどからも、二〇年代以降、現代の海外旅行のスタイルは確立されたといえる。

この時代の旅行記あるいは紀行文で、最も多く取り上げられたのはパリであり、これは世界共通の傾向であった。第一次大戦中、ヨーロッパに赴いた多くのアメリカ兵がその文化に魅せられ、一九一九（大正八）年の休戦後、再びその地へ足を向けるようになる。戦争で国力が疲弊した欧州各国に対し、アメリカは空前の繁栄の時を迎えており、時代はアメリカニズムの風潮となる。二九（昭和四）年に世界恐慌が起こるまで、パリはアメリカ人で溢れかえっていた。

ジョージ・ガーシュウィンが作った「パリのアメリカ人」の初演はちょうどこの頃、二八年十二月二日、ニューヨークのカーネギー・ホールで行われている。この楽曲は彼が休養と音楽の勉強を兼ねてパリに旅行をした時の経験を交響詩的にまとめたもので、第一次大戦後に流行したジャズと古典的な音楽とを融合させたものになっている。ニューヨークのブロードウェイが世界の演劇の中心地になったのも二〇年代のことであった。ここで上演されたミュージカルの音楽はラジオの普及によって大量の視聴者が同時に情報として受け取り、さらにレコードにすることで売り上げも伸びるということもあり、現在では当たり前のことになった大衆化社会（情報化社会）における複合的な宣伝や販売の原型といえるだろう。この「パリのアメリカ人」という言葉は、当時の世界状況を端的に示している。

パリには、一八五五（安政二）年から一九〇〇（明治三三）年までの間、五回も万国博覧会が開催された都市として特筆すべき歴史がある。パリのシンボルであるエッフェル塔も、一八八九年の万博でのモニュメントとしてつくられたものである。万博ごとに都市化、近代化を進めてきたパリは、特に一九〇〇年開催のそれにおいて入場者数四八一〇万人を記録する。これは博覧会史上もっとも大規模で華やかなものとされていて、目玉となったのは地下鉄であった。会場には当時の移動手段である馬車に加え、電力による高架電車や動く歩道が設置され、水の宮殿、幻想宮などの芸術的建造物は、夜間照明によるライトアップもなされていた。この博覧会以降、パリは〈花の都〉〈芸術の都〉というイメージが広く世界的に定着したといえる。

一九二〇年代から三〇年代初めの頃のパリというのはまさに黄金時代で、エルンスト、ミロ、ピカソ、シャガールなどの画家、文学者においてもジッドやヴァレリー、コクトーなどの他に外国からもヘミングウェイ、フィッツジェラルド、ドス・パソス、ジョイスなどが集まり、文字通り〈芸術の都〉であった。

萩原朔太郎が「ふらんすへ行きたしと思へども／ふらんすはあまりに遠し／せめては新しき背廣をきて／きままなる旅にいでてみん。……」[1]と歌ったことに代表されるように、近代以降、日本の多くの作家にとってもパリは憧れの土地であり、とくにこの時代は大衆レベルでもレヴューなどの流行により、パリという都市が身近なものになっていた。

明治以降の日本の作家の海外体験ということを考えてみると、まず森鷗外と夏目漱石の名が思い浮かぶ。鷗外のドイツ留学は一八八四（明治一七）年八月から八八年九月までで、漱石は一九〇〇年から〇三年までイギリスに滞在したが、重要なのは両者とも官費で行ったという点である。鷗外は当時の陸軍省、漱石は文部省からの命によっての留学だった。またそれは大正に入ってからの斎藤茂吉も同様で、彼の一九二一（大正一〇）年から二五年までのドイツを中心としたヨーロッパへの留学は、文部省の在外研究員としてのものだった。

官費で海外へ渡った作家の目的地が、ドイツやイギリスが中心であったことは、当時の実学偏重の傾向を物語っている。先に述べたように、フランスには芸術都市というイメージがつきまとっており、そこに官費で留学するなど当時はあり得ないことであった。明治期にフランスに渡った作家には永井荷風、高村光太郎などがいるが、彼らは生家の豊富な援助という背景があったために可能だったといえる。その後フランスへ行った作家としては島崎藤村や金子光晴などがおり、第一次大戦後になると、芹沢光治良、吉屋信子、岡本かの子など、パリを訪れる文学者は急激に増えている。

ところで、現代のような旅行業者が誕生した背景には、イギリスで起こった産業革命、その後の資本主義社会の成立が大きく関係しているという。イギリスのトーマス・クック社（一八四五年創業）、アメリカのアメリカン・エクスプレス社（一八五〇年創業）は世界の三大旅行業者に数えられ、前者はパッケージ・ツアーやホテル・クーポン券、添乗員を開発、後者は旅行小切手（トラベラーズ・チェック）をつくり、これらは現在に至るまで利用されている。

日本でも明治以降、鉄道の開通などにより新婚旅行、修学旅行、温泉旅行、海水浴などのルーツが誕生し、やがて募集形式の団体旅行が誕生する。東海道線の草津駅前で南洋軒という食堂を経営していた南進助は一九〇五（明治三八）年、本業のかたわら団体旅行の斡旋をはじめ、四一年には国鉄の臨時貸切列車を利用して七日間にわたる江ノ島、東京、日光を経て長野へ至る善光寺参詣団を募集、約九〇〇名が参加する成功をおさめたが、これが現在の㈱日本旅行になる。このような民間の動きの中で、政府・財界を中心に外国人旅行客誘致のための機関「喜賓会（ウェルカム・ソサエティ）」が一八九三年に創設され、さらに一九〇五年には木下淑夫の手によって大型の旅行業者、ジャパン・ツーリスト・ビューロー（現在の㈱ＪＴＢ）が誕生する。これらの機関は外国人旅行客への斡旋からスタートし、やがて日本人の旅行の仲介にも進出する。

『三等旅行記』にも、「こゝでは支那人のジヤパンツーリスト員に大変世話になり」という記述があり、前記『林芙美子　巴里の恋』に付された今川英子の解説「パリは芙美子の解放区だったか」にはジャパン・ツーリスト・ビューロー作成の「林芙美子殿旅行日程」を参考にしたパリまでの詳細な行程が記載されていることから、芙美子はまさに現代の原型となるような旅行をここでしたことがわかる。庶民にも海外旅行への道がひらかれたことで、〈洋行〉という言葉の持つイメージが変質したともいえる。[2]

一九二〇年代は、このような旅行業者の進出とも相俟って、〈旅〉の概念が大きく変化した時代である。それまでの〈旅〉には、珍奇なものを見る、というような何らかの目的があったり、冒険がつきまとっている。それは、世界的ベストセラーとなったジュール・ヴェルヌの『八十日間世界一周』（一八七二年）が象徴しているだろう。ところがその後、同様のベストセラーとして数えられるアガサ・クリスティの『オリエント急行の殺人』（一九三四年）になると、旅の目的は観光、仕事、移動と多岐にわたり、さらには登場人物、舞台となる列車、事件そのものも国際的で、一九二〇年代以降の国際化の潮流をある意味では象徴している。

「あらゆる階層、あらゆる国籍、あらゆる年齢の人々が集まっている。三日間は、この人たち、お互いに赤の他人の人たちが仕方なく一緒に旅をしているのです。一つ屋根の下で眠り、食べ、しかも、お互い離れることができないのです。そして、その三日間が終わると、みんな別れ別れになり、それぞれの道を行き、おそらく、二度と顔をあわせることはないでしょう[3]」――名探偵のエルキュール・ポアロは、このような状況に最もふさわしい国――多様な人種が共存する〈アメリカ〉という国を連想し、一見無関係な乗客たちがそのキーワードのもとにつながることを突き止め、事件を解決する。この作品は、今でこそ古典的な探偵小説の名作とされているものの、実はかなりアクチュアリティに富んだ作品なのである。

さらに『オリエント急行の殺人』には、女性の一人旅という新しい形が登場している。女性の社会進出もやはり大戦の影響から来るもので、兵力としての男性に代わって労働にかり出されたことから起こったものだった。本文ではその若い女性が「旅なれていることを物語っていた」[4]と書かれており、この時代になると女性の一人旅が一般化していたことを示している。芙美子も『三等旅行記』の〈序〉で、「女だから、一人だから、三等旅行だからなぞと、別に珍らしくもない事ながら、外国への三等の費用が、どの位で行けるものかと、ポチポチ書いておいた堆積《もの》が此《この》『三等旅行記』です」といっている。彼女はこの旅行当時二十八歳、女の一人旅のはしりであったということができるだろう。

2

『三等旅行記』はおおまかにいって、①ハルビンからシベリア経由でパリへ向かう列車の旅、②パリでの生活、③帰国後の印象や思い出、という構成をとっている。

①に相当する「西伯利亜の三等列車」や「巴里まで晴天」には、列車内でのロシア人のボーイや乗客、ドイツ商人、朝鮮人の青年などとの交流が描かれているが、この屈託のなさは国際化の時代そのものの姿であろう。表題にあるように芙美子は〈三等〉に乗っているために、庶民の姿を生き生きと捉えている。日本を知る漁師が同席した際は、「ゲイシャ」について他の乗客に説明する彼を見て「何の事はない信州路へ行く汽車の三等と少しも変りがありません」と記し、同室のロシア人女性とは彼女が持っていた「バタでいためた鶏」と自分の「草色の風呂敷」を物々交換したりと、のどかな光景も書かれている。芙美子の旅行記の特徴は、外国人とまったく同じ

視線に立っている点だろう。

『三等旅行記』が書かれた時代の状況を具体的に見てみると、まず一九三一（昭和六）年九月、満州事変が勃発、翌年二月には満州にリットン調査団が派遣され、三月には満州国建国、国際連盟はこれを非承認とする。さらに日本は三三年三月に国際連盟を脱退、急速にナショナリズムが台頭していく。芙美子が欧州に滞在したのは、おそらく国際化の潮流の最後の時代といっていいかもしれない。ヨーロッパでも、二九年にアメリカで始まった世界恐慌の影響によって、第一次大戦の痛手から復興しつつあった国々を再び不安に陥れ、三三年はナチス党のヒトラーがドイツ首相に就任。三五年にはムッソリーニが政権を握るイタリアがエチオピアに侵攻、翌年にはスペイン内乱と、一足飛びにファシズムが加速するという状況にあった。

芙美子は、パリに着いてから、フランス語を習ったり時にはバルビゾンにあるミレーのアトリエに行ったりするのだが、自炊をし、質屋に行き、またカフェに朝から晩まで居座ったり、フランス人の娼婦が下宿に転がり込んで来たり、といった場面の方が圧倒的に面白い。芸術家にとって憧れのモンマルトルも「まづ日本の浅草のやうなところ」と書く。いってみれば「放浪記」的な世界が繰り広げられる。

芙美子の旅行記の最大の特徴は、外部からの訪問者としてではなく、生活者としての視点に貫かれていることである。彼女にとって外界は対立するものではなく、溶け込むもの、自分の内に取り込むもののようである。おそらくそれは彼女の生い立ちに〈放浪〉がつきまとっていることもおおいに関係しているのであろうが、「放浪記」に描かれたように木賃宿から木賃宿へと渡り歩くことと、日本からパリへ移動することに本質的な差異は認められない。

では、ほぼ同時代に刊行された、宮本（当時は中條）百合子の『新しきシベリアを横切る』（昭和六年二月、内外社）や横光利一の『欧州紀行』（同一二年四月、創元社）はどうなのであろうか。

百合子は生家が経済的に恵まれていたこともあり、第一次大戦中の一九一八年九月から翌年十二月にかけて、父親の仕事に同行しアメリカに行っており、さらに二七年十二月から三〇年十一月にかけては湯浅芳子と共にモスクワ、ヨーロッパをまわり、『新しきシベリアを横切る』は後者の体験をもとに刊行された。また横光の場合は三六年二月から八月にかけて『東京日日新聞』『大阪毎日新聞』の特派員として渡欧した際のものである。

いくら海外旅行が身近になったとはいえ、それにかかる金額は莫大なもので、沢部仁美の『百合子、ダスヴィダーニヤ　湯浅芳子の青春』（平成二年二月、文藝春秋社）によると、湯浅はこの時、当時の金額で五千円の援助を生家から受けたという。百合子は改造社から『田村俊子・野上彌生子・中條百合子集』を出すということで同社が渡航費用を負担している。そして横光には新聞社特派員という肩書きがあった。つまり、出版社や家庭の経済的な援助がなければ長期間かつ自由な旅行は困難だったのである。

一方、芙美子の場合は、いくら「放浪記」の印税があったとはいえ旅先においても家族を養うために原稿を書き続け、仕送りを続けなければならず、生家の援助など望むべくもなかった。

林芙美子と宮本百合子は終生反発しあっていたが、ほぼ同時期に書かれたこの旅行記を比較すると、その資質の相違がはっきりとあらわれていて面白い。たとえば、そのまま表題にもなった

「新しきシベリアを横切る」の章は、芙美子同様、列車内での生活を記録する形式をとっているが、百合子のものは概して固い記述が多い。「CCCPで集団農業に移ろうとした時、農民及政府双方で一番困難したのは家畜の問題だった。穀類集団農業から集団牧畜へ。これは常に積極的刺戟を加えられている点である。この新聞で見ると牛乳協定は非常に農民の利益を計って改正されている。去年の牛乳協定は農民の消費を考慮せずにされた。つまり各農戸の人員を数えず、バラビンスキー地方一帯、牛一匹一年六・六ツェントネル平均として協定標準が定っていた」というような具合である。

百合子は帰国からわずか一ヶ月後には日本プロレタリア作家同盟に加わるが、彼女にとっては、このソビエトでの体験がその後の人生を決定づけたといえる。そのためか全体的に、百合子のソビエトに対する印象は好意的なものである。しかしそれは、同時に彼女の教条主義的な面も浮き彫りにしている。また、先の引用文が示している通り、政治的な用語や統計的な数字の記述が他の作家の様々な旅行記と比べてみると非常に目立ち、生の民衆の姿を描いているとはいい難く、知的エリートならではの視点を感じさせる。

それに対し芙美子は、三等列車で同乗したロシア人に庶民的な共感を寄せつつも、むやみに物を欲しがる女に腹を立てたりしており、思想的なフィルターというものなしに人間の姿を捉えようとしている。そしてソビエトの政権については、以下のようににべもなくいい切っている。

日本の無産者のあこがれてゐる露西亜は、こんなものだつたのだらうか！　日本の農民労働者は、露西亜の行つた××[5]にあこがれてゐるのだ、――それだのに、露西亜の土地もプロレタリヤは相変らずプロレタリヤだ。すべていづれの国も特権者はやはり特権者なのだらう。あの三ルーブルの食堂には、兵隊とインテリゲンチヤ風な者が多かつた。廊下に立つて眠つた者達の中には、兵隊もインテリもゐない。ほとんどはたらきどう風体の者ばかりではなかつたか。

次に、横光の『欧州紀行』との比較に移ろう。彼の旅行記の場合、渡欧への期待が破綻した経緯が記されている点に大きな特徴がある。ここで生れた〈日本〉対〈西洋〉の問題意識は、「厨房日記」(『改造』昭和一二年一月)を経て「旅愁」[6]へと引き継がれていく。

この『欧州紀行』では、行きの船中では「印度洋を廻れば未開の地から漸次にヨーロッパの文化の頂上へ行くのである」と記していたものが、終わりの方では「いつたい、フランスともあらう世界第一の文化国の、最も偉大な知性であるところのヂイドが、ロシヤの精神上の植民地にならうとしてゐる現象である。これがまともな精神世界の歴史であらうか。私にはこれは全く分らぬことであつた。もとより、精神世界に国境はないであらう。しかし、文化国が文化国であることの最大の理由は、その国の伝統にあるのではないか。それ以外に、文化とは何物でもない。およそ愚劣な話の中で、文化をしりぞけた知性ほど無意味なものはない」と変化していて、これを読むと、モダニズム文学の旗手だった横光なだけに非常に大きな問題をはらんでいると考えられる。

もっともこの流れはこの時代らしく世界共通のもので、その典型としてアンドレ・ジッドがあげられる。ジッドは一九二七年、『コンゴ旅行記』を出版し広汎な社会問題に目を向けるようになり、三二年には共産主義への共感を示している。しかし三六年、現実のソ連を見るに及んでその欠陥を『ソヴィエト紀行』の中で批判する。奇しくも横光は欧州からの帰国途中、モスクワでジッドと遭遇し、「必ずヂイドはロシア紀行を発表するときが遠からずあるだらう」と『欧州紀行』に記している。

芙美子の旅行記は、このような知識人の傾向からは明らかにはみ出している。横光にせよ百合子にせよ、日本の作家にはどんなケースでも対立すべき図式としての、あるいは異質なものとしての〈西洋〉が浮かび上がっているのに対し、芙美子のコスモポリタン的な心性は最後まで失われることがない。いいかえれば、横光や百合子の旅行記は、あくまでも一時的に滞在する者としてのまなざしに貫かれている。しかし、芙美子のそれは、あくまでも同じ人間として生活するということに重点が置かれている。

また、『欧州紀行』は、徹底して内省的な文章に貫かれている。外国人についての記述にしても、文明批評の対象として存在しているのであって、決して生きた人間ではない。いいかえれば、あくまでも日本人であり作家である横光利一の眼を通した風景であり、人間なのだ。しかし芙美子の場合は、隣家の主婦に接するような気安さで外国人との交流をそのまま写す。

芙美子の旅行記は、人間や風俗が生き生きと描かれている反面、あまりにも異国に溶け込みすぎてしまい、文明批評にまで高まっていない点に物足りなさを感じる。とくに横光の『欧州紀行』に比べると、その内容の重厚さでは及ぶべくもない。先のソビエトの印象にしても、ある意味では共産主義体制の欠陥を正確に指摘してはいるものの、あくまでも彼女の庶民的な生活感情に根差しているものなのだ。

最後に、『三等旅行記』に見られる林芙美子の、後の小説家としての成熟を示す萌芽について少し述べておこう。

露西亜人の若夫婦は役者でゝもあるのか、今まで見た露西亜人のうちで、一番美しく、似合はしい夫婦者であつた。此《この》人達はワルソーまで行くと云ふ事だつたが、税関吏は、此二人の持ち物を、私達三人分以上もかゝつて調べてゐた。

トランクの中から、色あせた絹のシユミーズや、袖の片方とれた肌着が乱暴に取り出された。女の方は恥しさうに肩をすぼめて、白いハンカチを口に当てゝゐた。おほかた、白系なのかもしれない。

〈白系〉とは、一九一七（大正六）年の十月革命後に国外に亡命した、ソビエト政権に反対するロシア人のことであるが、芙美子は税関吏の前で屈辱的な仕打ちを受けるロシア人の妻を描写しつつも、同情や憐憫といった直接的な感慨を述べることを避けている。文末を「た」という終止形でたたみかけ、最後の一文は、突き放した言葉でしめくくっている。この飛躍に、ロシア人妻の哀れさが宙づりのような形で読者の前に投げ出される。後に芙美子は徳田秋聲の小説作法に学ぶが、秋聲文学の大きな特徴の一つに飛躍や省略があげられる。引用箇所にあらわれたような、作者が無駄な感情表現を省くことで対象を鮮やかに浮かび上がらせるという手法は、彼女の小説家としての資質を示すものとして、『三等旅行記』のなかでもひときわ異彩を放っている。

芙美子の文学の最大の特徴は、多分な感傷性と、それとは対照的な冷めた眼――客観性にある。このはざまに、書き手としての芙美子は立っている。初期の彼女には叙情的な散文が多かったが、後年、それは抑えられすぐれたリアリズム小説を生み出す母胎となった。たとえば「晩菊」には、先のケースとちょうど逆のパターンが見られる。

板谷は何時の間にかきんの処へ週に一度は尋ねて来るやうになつてゐた。板谷が来始めてから、きんの家は美しい花々の土産で賑はつた。――今日もカスタニアンと云ふ黄いろい薔薇がざくりと床の間の花瓶に差されてゐる。銀杏の葉、少し零れてなつかしき、薔薇の園生の霜じめりかな。黄いろい薔薇は年増ざかりの美しさを思はせた。（傍線、高山）

きわめて客観的な散文に、突然傍線部分のような歌（詠嘆調）が挿入される。冷徹な文章が情緒に流れ、またリアリズムに戻る。彼女の文学的人生において、この融合がどのようになされていったかについては、またあらためて論じたいと思う。

『三等旅行記』は、林芙美子研究においてはほとんど問題にもされないで現在まで来てしまった。彼女の作品には、そのような扱いを受けているものがあまりにも多い。しかし、当時の時代背景において解読したり、他の作家との比較を通じて考えた時に、彼女の文学的資質が明瞭になり、後の作家としての成熟の萌芽をも見つけることが出来るのである。

注

（1）「旅上」『朱欒』大正二年五月。初出には題がなく、『純情小曲集』（大正一四年八月、新潮社）収録の際に表題が付いた。

（2）太宰治「如是我聞」（『新潮』昭和二三年三、五～七月）には、大学へ入った〈私〉に対し、兄が世界漫遊の旅に誘う場面があるが、これも、民間人の海外旅行が可能になった一つのあらわれと考えられるだろう。

（3）アガサ・クリスティー『オリエント急行の殺人』中村能三訳、平成七年一〇月、ハヤカワ文庫。

（4）注3に同じ。

（5）初刊本で伏字にされており、現在まで復元されていない。全集にも未収録のため、そのまま引用した。

（6）『東京日日新聞』『大阪毎日新聞』に一九三七（昭和一二）年四月十三日から七月十一日まで連載され、のち諸誌に続稿が掲載されたが、未完に終わっている。

第二章　小説家への道

1　幼少期の時空――「風琴と魚の町」を中心に

林芙美子の作品は膨大な数にのぼるが、彼女の作家人生を考える場合、そこで取り上げられる主要な作品と呼ばれるものは驚くほど少なく、しかもほぼ決まっている。年代順に追ってみると、「放浪記」「風琴と魚の町」「清貧の書」「牡蠣」「稲妻」「晩菊」「浮雲」といったところであろうか。しかしながら私がこれから取り上げようとしている「風琴と魚の町」は、重要な作品として位置づけられながら、本格的な作品論というものがほとんどない。

一人の作家の生涯をトータルなものとして捉える場合、やはり幼少期を題材にした作品は最重要のものであろう。したがって、芙美子の場合も、子どもを主人公にした作品についてはぜひとも言及しておかねばならないのだが、非常に興味深いのは、「風琴と魚の町」にしても「泣虫小僧」にしても、主人公がほぼ小学生、なかんずく高学年に相当する年齢に設定されていることである。このことは、これまでほとんど指摘されて来なかった。林芙美子の場合、その生い立ちはかなり複雑であって、それがそのまま彼女の資質を形づくったというのが従来の見方であった。私も、それに関して真っ向から異論を差し挟むつもりはない。しかし気になるのは、「放浪記」の冒頭に収められた「放浪記以前」（原題「九州炭坑街放浪記」）や「風琴と魚の町」、そして「泣虫小僧」には、一貫してある種の哀切な調べが流れていることである。
ここでは、「風琴と魚の町」を中心に、この哀調はいったいどこから来るのかを考えてみたいと思う。それは、林芙美子の文学的な資質を探る上でも欠くことのできない重要な部分であろう（なお、彼女は数多くの童話も残しているが、ここではそれらは除くことにする）。
まず、最初にふれておかねばならないのは「放浪記以前」で、当初は『女人芸術』に連載されていた「放浪記」からは独立した作品として発表された。これは幼い主人公〈私〉と両親の、直方での行商生活を描いたもので、後に「放浪記」が刊行された際、改題されて冒頭に置かれることになるのだが、ある意味では「放浪記」という作品はおろか、その後の林芙美子の作家像がここで決定づけられるほどの重さを持つものとなった。書き出しの部分を引用してみる。

私は北九州の或る小学校で、こんな歌を習つた事があつた。

更けゆく秋の夜　旅の空の
侘しき思ひに　一人なやむ
恋ひしや古里　なつかし父母

私は宿命的に放浪者である。私は古里を持たない。父は四国の伊予の人間で、太物の行商人であつた。母は、九州の桜島の温泉宿の娘である。母は他国者と一緒になつたと云ふので、鹿児島を追放されて父と落ちつき場所を求めたところは、山口県の下関と云ふ処であつた。私が生れたのはその下関の町である。——故郷に入れられなかつた両親を持つ私は、したがつて旅が古里であつた。それ故、宿命的に旅人である私は、この恋ひしや古里の歌を、随分侘しい気持ちで習つたものであつた。

「風琴と魚の町」は、この延長線上にある作品と考えていいだろう。この作品の稿が起こされたのは一九二六(大正一五・昭和元)年頃と推定されているが、ほぼ同時期に書かれている初出の「放浪記」とは明らかに文体が違うので、おそらく何度も推敲を重ねたものと思われる。なぜなら、「風琴と魚の町」の前に、芙美子は「春浅譜」を発表しているが、これは発想や文体が初出の「放浪記」とほとんど同じで、作者自身も認めている通り失敗に終わっているからだ。(1)

森英一は「風琴と魚の町」に関して、「おそらく『春浅譜』の失敗に懲りた芙美子は安全牌を出す気持ちでこれを執筆した。尾道時代に素材をうるこれは明らかに『放浪記』のヴァリエーションである(2)」と指摘しているが、これはおおむね当たっているといえるだろう。しかし前述した通り、私は子どもを主人公とした作品に、もっと深い意味が隠されているような気がしてならない。そして、それらを象徴するのが、この「風琴と魚の町」なのではないかと思う。

この作品を高く評価しているのは平林たい子で、「ここでは、主観の唄よりも、風琴をもった父親と妻子の放浪生活の姿が、ある種の詩情と一緒にうかび上ってくる。『放浪記』よりもリアリスチックで味もこまかい。『放浪記』から次の時代に移る作風の一里標としての大切な意味をもった傑作である」(3)といっている。

「風琴と魚の町」は、「放浪記以前」と非常に密接なかかわりをもっている。どちらも、自伝的な要素がきわめて強い。「放浪記以前」の舞台が直方であるのに対し、「風琴と魚の町」は尾道になっているが、両者の底に流れているものは同じである。したがって、「風琴と魚の町」は、いわば「放浪記」の一部のようになっていて、そのために細部にわたって論じられることがあまりなかったのかもしれない。

まず、あらすじを簡単に述べておこう。

十四歳の〈私〉(まさ子)は、行商を生業とする両親とともに長い間汽車に揺られていたが、活気のある瀬戸内海沿いの町・尾道に下車する。父はすぐ風琴を鳴らしながらオイチニイの薬を売る仕事(4)へ向かい、〈私〉は母とともに、父の商売の成否を気遣いながら波止場で待つことにする。そこには漁師相手の露天が出ており、〈私〉は章魚《たこ》の天麩羅を食べたがるがそれは叶わず、蓮根の天麩羅一つを母と分け合って食べる。なおも章魚が食いたいと駄々をこねる〈私〉に、母は乏しい中身の財布を突きつけて怒る。

親子三人は商売がうまくいきそうなこの町に落ち着くことに決め、貧しい夫婦の家の二階に間借りする。父の商売は町でも評判になり、生活も落ちついてきたことから、父は〈私〉に小学校へ入ることを勧める。〈私〉は五年生ぐらいで小学校を中退したままであった。学校で、〈私〉は子供たちに「オイチニイの新馬鹿大将の娘」とはやし立てられ、長雨のために父の商売もうまくいかなくなり、両親は大阪の方へ行く相談などを始める。

そのようななか、父はどれも一瓶十銭の化粧水を仕入れ、再び風琴とともに唄いながら商売を始める。しかし、インチキなものを売ったということから父は警察に連れて行かれる。母親は様子を見に出かけ、〈私〉は留守番を命じられていたが心細くなって警察へ向かう。そこで〈私〉の見たものは、鼠よりも小さくなっている母と、巡査に殴られている父だった。母の呼び止める声を聞きながら、〈私〉は「馬鹿たれ！　馬鹿たれ！」と叫びながら海岸の方へ走る。

端的にいって、「風琴と魚の町」は、まだ不完全な散文形式である。まず目に付くのは、「壁のやうに」「鳥のやうに」「三味線の音のやうな」といった直接的な比喩を多用していることである。小説内を流れる時間の構成の仕方にも若干問題があるといわざるをえない。この作品は全部で十章から成り立っているが、一から五までが尾道に降り立った一日目に相当し、実に全体の半分を占めている。六以降、一行分をあけるやり方を使って時間の経過を表現しているが、決してバランスがいいとはいえない。

しかし、貧しいながらも肩を寄せ合って生きる家族が叙情的に描かれながら、最後には残酷ともいえる結末に暗転する手腕は見事である。林芙美子の作品のなかでも、これほど劇的な結末部分を持つものはそう多くはないだろう。むしろ、父親が警察に連行されるこの場面を、最も書きたかったのではないかとさえ思わされる。芙美子はマルキシズムからは距離を置いていたが、「風琴と魚の町」は、並みのプロレタリア文学作品よりよほど優れたそれらしき要素を持っていると思う。

このクライマックスで、声をあげて泣く〈私〉に、階下のおばさんが「泣きなはんな、お父さんは、ちつとも悪うはなかりやん、あれは製造する者が悪いんぢやけのう」となだめ、それに対し「どぎやんしても俺や泣く！　飯ば食へんぢやなつか！」と答える部分も、きわめて自然である。この背景には、長い雨が続いたために父の商売ができなくなり、「黄色い粟飯が続いた」ことが伏線としてあるのである。
だが、結末の悲しさに対し、作品全体としては貧しさのなかにもユーモアが漂い、庶民のたくましさが描かれている。それは、時にはしたたかささえ感じさせるものでもある。次のような場面などは、貧しい者同士の連帯感・相互扶助の精神が生きているといえるだろう。

井戸へ墜ちたをばさんは、片手にびしよびしよの風呂敷包みを抱いて上つて来た。その黒い風呂敷包みの中には繻子の鯨帯と、をぢさんが船乗り時代に買つたといふ、ラッコの毛皮の帽子がはいつてゐた。をばさんは、夜更けを待つて、裏口から質屋へ行く途中ででもあつたのであらう。をばさんの帯の間から質屋の通ひがおちた。母は「この人も苦労しなはる」と、思つたのか、その通ひを、医者の見ぬやうに隠した。（中略）
朝、その水で私達は口をガラガラ嗽いだ。井戸の中には、をばさんの下駄が浮いてゐた。私は禿げた鏡を借りて来て、井戸の中を照らしながら、下駄を笊で引きあげた。

これより少し前の部分に、おばさんの台所は「いつも落莫として食物らしい匂ひをかいだ事がない」という記述がある。そのような貧しいおばさんが、人目をはばかって夜更けに質屋へ行こうとし、誤って井戸に落ちるのである。こうした部分には、ユーモアとペーソスが絶妙なバランスであらわれている。

なお、先に私は、林芙美子の子どもを主人公にした作品には、一種の哀調があるといったが、これと「風琴と魚の町」の結末部分、そしてユーモアとペーソスは密接な関係があると思われる。それについて述べるために、ここで彼女の伝記的事項について触れておきたい。

林芙美子は、戸籍上は一九〇三（明治三六）年十二月三十一日に生れたとされている。芙美子の実父・宮田麻太郎は、一八八二年十一月五日、愛媛県周桑郡（現・東予市）吉岡村字新町に、十一人姉弟の長男として生れた。生家は〈扇屋〉という雑貨商を営んでいた。長男である麻太郎がなぜ故郷を離れ、九州に渡ったのかは不明であるが、ともかく行商をしていた麻太郎と芙美子の実母・キクが結ばれたのである。キクは一八六八（明治元）年に鹿児島に生れている。

芙美子の履歴には今もって不明な点が多く、出生地も長い間山口県下関市となっていたが、福岡県北九州市で外科医をしていた井上隆晴の調査で、福岡・門司の生れである説が有力となった。彼は、麻太郎と同郷で後に彼の店を手伝うことになる横内種助の娘・井上佳子の子で、「浮雲」に登場する比嘉医師のモデルにもなった人物である。祖父や母からの聞き取り、また林芙美子との直接の交流から、芙美子の伝記研究は飛躍的に進歩したといえる。

芙美子の生れる頃、麻太郎とキクは当時の福岡県門司市大字小森江に間借りをし、麻太郎は景気のよい下関豊前田地区の質店で、質物のせり売りなどを手伝っていた。当時、下関に山陽線の終着駅が出来ていたため、この地は人の行き来が多くなっていたのである。麻太郎は商才にたけており、質店の主人にも認められ独立、下関に居を移し、〈軍人屋〉という名のてきやを構える。これは当時若松・長崎・熊本などに支店を出すほど繁盛した。

芙美子が実父と別れたのは一九一〇（明治四三）年で、宮田麻太郎が芸者堺ハマとなじみ、同居するようになったために、母・キクは芙美子を連れ、店員の澤井喜三郎とともに家を出た。年譜によると、芙美子は同年四月、長崎の勝山尋常小学校に入学[5]、翌年一月十日、一年生として佐世保の八幡女児尋常小学校から下関の名池尋常小学校へ転入し、一九一四（大正三）年十月六日まで在学している。学籍簿に記された住所は「下関市関後地村一二六三地の二」となっている。養父の澤井は関後地村に古手屋を開いていて、芙美子は対岸の門司にあった麻太郎の家をたびたび訪れていた。

これらのことをまとめると、次のようになる。

一九〇三年　芙美子、福岡県門司市小森江に生れる。本名フミコ。
〇四年　実父・宮田麻太郎、母・キクとともに下関の豊前田へ移住。麻太郎、日露戦争にちなみ〈軍人屋〉と称した店を構える。
〇五～〇六年　商売繁盛に伴い、麻太郎は弟・隆二、同郷の幼友達・横内種助、岡山出身の澤井喜三郎を呼び寄せる。
〇七年　〈軍人屋〉、石炭景気に沸く北九州・若松に移転。
〇九年　麻太郎、対馬の芸者堺ハマを家に入れる。

一〇年　フミコ、キクとキクの立場に同情した澤井喜三郎とともに若松の家を出る。三人は長崎や佐世保を転々とし、フミコは佐世保の八幡女児尋常小学校へ入学。
一一年　澤井・キク・フミコ、下関へ移住。澤井は古手屋を営み、フミコは名池小学校に通学。麻太郎、港景気で活気づく門司へ移住。フミコはしばしば門司の実父のもとを訪れる。
一四年　澤井の古手屋が失敗、三人は下関を離れる。この後、フミコは母の郷里である鹿児島に預けられ、山下小学校に転入するが、ほとんど通学はしていない。この後、フミコは再び澤井、キクと合流、行商をしながら転々と生活か。
一六年　澤井・キク・フミコ、尾道へ移住。尾道市立第二尾道尋常小学校（現・土堂小学校）に編入学。

芙美子が澤井、キクとともに実父・麻太郎のもとを離れてからも、しばらくは交流があったことは注意していい。この三人の家出には諸説があって、平林たい子は澤井とキクが駆け落ちしたといい(6)、井上氏は芸者を家に入れたことで、澤井がキクに同情しているのを知った麻太郎が二人に因縁をつけて追い出したとしている。しかし、竹本千万吉が「キクと沢井と芙美子の三人が一応落ち着いた長崎には、麻太郎の軍人屋の支店があったのである。しかも、その後三人が転々とした佐世保と下関は、いずれもテキ屋・麻太郎の軍人屋の縄張りのうちである。テキ屋仲間の仁義はかなり厳しいものと聞いているが、そんな所を、いやしくも親分から不義密通の理由で追い出されたキクと沢井が、どうして行商して歩いたのであろうか」[7]と指摘しているように、実際の三人は何かしら麻太郎の庇護のもとにあったといえる。

添田知道の『てきや（香具師）の生活』（昭和五六年一〇月、雄山閣出版）によると、てきやには三つの誡めがあって、「バヒハルナ」（売上金をごまかすな）「タレコムナ」（公儀へ訴えるな）「バシタトルナ」（仲間の妻女を犯すな）という隠語であらわされているという。そして「この三つのうちのどれを犯しても、リンチもされるし、結果は一家から破門され、仲間から追放される。それはふたたび香具師としてわたれなくなることである」。したがって、三人が麻太郎のもとを離れたことには、よほど複雑な事情があったに違いない。

ここで私がいいたいのは、最初に芙美子の人生の転機になったのは、実父と住んでいた家を出た時ではなく、一九一四年の、澤井の古手屋の失敗ではなかったかということだ。これによって芙美子は鹿児島県に住むキクの姪（戸籍上は妹）・鶴、後に祖母フユのもとをたらいまわしにされる形になっている。この間、澤井とキクは九州各地を行商していたらしい。十月に山下小学校の五年生に転入以降、一六年六月二十二日、尾道市立第二尾道尋常小学校五年に編入するまでの芙美子の足取りはわかっていない。芙美子は結果的に六年で終わる小学校を八年かけて卒業している。この期間は、不就学の時もあったと考えられていて、かつ小学校の高学年に当たる時期でもある。私がこの論のはじめにおいて、子どもを主人公にした作品のほとんどが、この年齢に相当することを指摘したのはこのためである。

いってみれば、この空白の期間が、彼女が経験した最初の挫折であった。実父の庇護のもとにある程度は保証されていた生活が一転、木賃宿を渡り歩く生活となったのである。これについて井上隆晴は以下のようにいう。「沢井の古手屋は、人がいいばかりに貸し倒れが重なって、いつの間にやらその店を閉じてしまったのであった。それ以来、芙美子の親子三人の行方は、杳として分からなくなったのである。ところが、それから一年も経った頃であろうか、横内種助が直方に出かけたとき、ひょっこり、芙美子に出会ったのである。(中略)『横さんの小父さん、ヴァイオリンを買ってくれないかな』『ヴァイオリンなんか買って何にするのか』『私は音楽が好きなんだ。今ネ、買ってくれたら、百倍にして返すよ』……なんて、面白いことを言っとったがのォ、と種助は言いながら『で、あんたのうちは何処か、今、何処にいるのか?』と尋ねても、絶対に自分のお父さん、お母さんのいるところを言わなかったそうである。それほど自分たちの木賃宿生活なんていうものを人に言いたくなかったのかもしれない(8)」。

実父との交流が途絶えて以降、この空白の約一年半が、芙美子に大きな傷を残したのではないだろうか。林芙美子は、生れた時から貧しく放浪の人生だったというイメージが非常に強いが、実父と交流があった時期の彼女は比較的安定した生活をしていた。しかし、養父の倒産を機に、流浪の生活、小学校に通えない、など、後の芙美子のイメージを形づくった人生行路が始まっている。これはいいかえれば、彼女にとっての没落・転落・挫折を意味していたのではないか。それは子どもながらも感じていたに違いない。いや、子どもだからこそ、大きな傷を残す。

さらにここにはもう一つ、生活の没落の他にもう一つの挫折がある。小学校を卒業するまでにかけた時間である。和田芳恵は「放浪記以前」のなかにある「私がはじめて小学校へはいつたのは長崎であつた。ざつこく屋と云ふ木賃宿から、その頃流行のモスリンの改良服と云ふのをきせられて、南京町近くの小学校へ通つて行つた」という部分に着目し、なぜ芙美子は木賃宿の屋号は書いてあるのに小学校の名を出さなかったのか、という疑問から、芙美子がその流浪の生活から通常ならば六年で卒業する小学校に八年もかかったことに触れ、以下のように結論づける。「芙美子の小学生時代をみると、痛む虫歯を抜いたように穴だらけで、残った歯も神経にさわる、うずきを持っている。小学校を八年もかかったということが、決して自分のせいではなく、貧しい行商人の娘に生まれたからだと知っていても、誰にも語りたくない心の傷となった」[9]。そして、この心情が塗り込められたものとして、「風琴と魚の町」をあげているのである。

その通りだと私も思う。しかし、「風琴と魚の町」に漂う哀調は、そのような作者の心情からだけ来るのではない。主人公の一家が徹底的によそ者であること、地縁のしがらみもない分、他者との交流もないこと、などといった疎外感・隔絶感とつながりがある。それが決定的になるのが、先にも述べたように物語の結びの部分、父がインチキの化粧水を売ったことから、警察へ連れて行かれる場面である。

私は裏側へ廻つて、水色のペンキ塗りの歪んだ窓へよぢ登つて下を覗いて見た。電気が煌々とついてゐた。部屋の隅に母が鼠よりも小さく私の眼に写つた。父が、その母の前で、巡査にぴしぴしビンタを殴られてゐた。

「さあ、唄うて見んか！」

父は、奇妙な声で、風琴を鳴らしながら、

「二瓶つければ雪の肌」と、唄をうたつた。

「もつと大きな声で唄はんかッ！」

「ハッハッ……うどん粉つけて、雪の肌いなりやア、安かものぢや」

悲しさがこみあげて来た。父は闇雲に、巡査に、ビンタをぶたれてゐた。


この結末は十章に相当するが、そこに至るまでの展開が見事である。九章の末尾で、小学校でも疎外されていた〈私〉が、優しくしてくれた同年輩の魚屋のせがれに淡い好意を抱く場面が描かれている。これは幼年期の恋といったものだけではなく、〈私〉が他者に優しくされたことで、ひょっとしたらその仲間に入っていけるのではないかという期待が込められているのである。しかしそれは、十章の父に対する巡査の暴力で吹き飛んでしまう。〈私〉とその家族は、一般世間の仲間入りをすることは許されないのであり、他人（世間）は自分たち家族を疎外するのである、という認識に達してしまうのである。

この部分に、作者が、「私は、此時の悲しみを、一生忘れないだらう」という一文を挟んでいるのは重要である。なぜなら、この〈私〉はそれまでこの作品で使われていた〈私〉とは明らかに違う機能だからである。すなわち、「風琴と魚の町」に登場する〈私〉は子供でありながら語り手の役割を果しているのだが、この一文での〈私〉は、成長した現在の〈私〉の、生に近い感慨なのである。

「風琴と魚の町」に漂う哀しさは、貧しい者・無知な者・愚かな者・疎外された者が、本人たちはその現実を知らない一方で、作者（語り手）にはその現実が見えているという時間的、そして批評的な眼が呼び起こすずれと、そのような境遇にあった自分へのシンパシーという、一見相反するものが共存している点に由来すると考えられる。いわば〈私〉は、家族とそれ以外の他者との間に立っている。作中の子どもの視点と、語り手としての視点の往還からくる余裕が、ユーモアとペーソスを生んでいる。その作品の厚みが、叙情的なメルヘンの要素、あるいはプロレタリア文学的な要素など、さまざまな読みかえを可能にさせているのである。

この作品から三年後に書かれた「泣虫小僧」は、新しい愛人が出来たために母親に疎まれ、母の姉妹の間をたらいまわしにされる啓吉という少年が主人公である。この作品は、啓吉が車にはねられるところで終わっており、結末にやや欠点がみられるが、三人称の客観小説としてある程度成功しているといえる。

啓吉はたんに、無邪気で哀れな少年というだけではなく、閻魔蟋蟀《えんまこおろぎ》の交尾に興味を示す冒頭部分が象徴しているように、性的に早熟であったりとやや屈折している。これは、啓吉を預かる羽目になった叔母の寛子が「啓ちやんは動物園へ連れてつてやつても、猿同士がおんぶしあつてる事ちやんと識つてて、顔を赧めるンですもの、もう天真じやないわよ」とこぼす場面でもう一度繰り返される。啓吉のこのような造型は、母の異性関係を知っているということが背景にある。しかし、視点がほぼ啓吉に固定されてしまっているために、「風琴と魚の町」のような、作者と子どもの視点を自由に往還するところから生れるユーモアとペーソスに欠けるきらいがある。

「泣虫小僧」に関しては、芙美子は登場人物や小説の舞台のイメージをスケッチしたものを収録した「創作ノート」を残している。それによると、主人公の啓吉は「市井のどこにでもある姿」を目指し、母の姉妹にはモデルがあったことが記されている。だが、芙美子が戦後になって、この作品について「幼年期を抜けた子供の世界は、私には非常に興味があります。私は貧しい少女時代の、自然風物をこの泣虫小僧の主人公をかりて書いてみたかつたのでせう[10]」「これは別にモデルも何もないのだけれども、私の幼い頃の片々とした思ひ出がこのなかに折り込まれてゐる。云はば私の思ひ出の記とも云へるものかも知れない[11]」と回想しているように、行き場がなく、自分を余計者と感じている啓吉には、幼少期の芙美子の心情がかなり投影されていると見ていい。

芙美子は後に、このような、一種階級的ともいえる疎外感をもう一度味わうことになる。彼女は一九二二（大正一一）年、尾道高等女学校を卒業後、明治大学専門部商科に在学していた初恋の相手・岡野軍一を追って上京している。そこでさまざまな職を転々としながら岡野の卒業を待ち、結婚をすることを望んでいたが、岡野の家族の反対によりこの恋愛は破綻する。岡野との破局が、ある種月並みな理由であったにせよ、そこには「風琴と魚の町」の結末部分と共通したものがある。

この疎外された者の悲しみ、ということは、普遍化すれば芸術家としての異端性ということにつながるかもしれない。しかし、芙美子の場合、その疎外感はまず否応なしに外からやってきたものであった、という点に特徴がある。おそらく芙美子が芸術家として立つために糧とした〈宿命〉とは、この越え難い境界にあり、そのような意味では、「風琴と魚の町」は、彼女の文学の原風景とでもいうべきものとして、もっと重要な位置を与えられて然るべきものだと思う。

注

（1）「文学的自叙伝」に、「大変失敗の作」という記述がある。
（2）森英一『林芙美子の形成──その生と表現』平成四年五月、有精堂。
（3）平林たい子「解説」『日本の文学47　林芙美子』所収、昭和三九年七月、中央公論社。
（4）室町京之介『香具師口上集』（昭和五七年一一月、創拓社）によれば、日露戦争から帰還した傷病兵の新たな職業で、丹沢善利が創立した生盛薬館で生産した整腸剤〈征露丸〉の売り子をさすという。露西亜を征する薬、という名前が好評を博したらしい。
（5）平林たい子「林芙美子」（『新潮』昭和四四年四月）によると、勝山尋常小学校の学籍簿では、「明治四十一年四月から四十四年三月までの中途退学者」のなかに芙美子の名前はないものの、次に入学した佐世保の八幡女児尋常小学校の学籍簿には、「勝山から来たとしるしている」。
（6）注5に同じ。
（7）竹本千万吉『人間・林芙美子』昭和六〇年一〇月、筑摩書房。引用文のまま「沢井」と表記した。
（8）井上隆晴『林芙美子とその周辺』平成二年五月、武蔵野書房。
（9）和田芳恵「作家と作品」『日本文学全集48　林芙美子集』所収、昭和四一年七月、集英社。
（10）『泣虫小僧』「あとがき」（あづみ書房版）。
（11）『泣虫小僧』「あとがき」（文藝春秋社版）。

2 「清貧の書」における方法意識

1

一九三一（昭和六）年十一月、『改造』に発表された林芙美子の「清貧の書」は、宇野浩二によって激賞された作品として彼女の作品系列のなかでは特筆すべき位置を与えられている。前年七月、『放浪記』が改造社から刊行され、一躍ベストセラー作家にはなったものの、質的な意味において当時文壇ではまだそれほど評価されていなかった芙美子は、滞在先のパリでこの知らせを受け取り、非常に感動したという。

林芙美子と宇野浩二とのかかわりというと、まずこの評価以前に、彼女が小説作法の教えを請うて宇野のもとを訪ねた、ということがあげられるだろう。文泉堂出版『林芙美子全集』第十六巻の年譜によると、芙美子は一九二四（大正一三）年、本郷の菊富士ホテルにいた宇野浩二のもとを訪れている。その時の様子が「放浪記」に書かれているので引用してみよう。

菊富士ホテルと云ふ所を探す。宇野浩二と云ふひとが長らく泊つてゐる由なり。小説家は詩人のやうでないから一寸怖ろしい。鬼のやうな事を云ひだされてはこつちが怖い。そのくせ何となく逢つてみたい気もする。

小説を寝て書く人ださうだ。病人なのかな。寝て書くと云ふ事はむつかしい事だ。ホテルはすぐに判つた。おつかなびつくりで這入つて行くと、女中さんはきさくに案内してくれる。宇野さんは青つぽい蒲団の中に寝てゐた。なるほど寝て書く人に違ひない。スペイン人のやうにもみあげの長いひと。小説を書いてゐる人は部屋のなかまで何となく満ちたりた感じだつた。「話をするやうに書けばい丶でせう」と言つた。仲々さうはいきませんねと心で私はこたへる。

「清貧の書」の場合、作品そのものよりも、宇野浩二が評価したという事実だけが先行してしまった感がある。そこをまずふまえて、この作品の構造について考えてみたい。

東京に出て来て四年になる主人公の〈私〉（加奈代）は、その間に三人の男の妻になり、男運の悪さは母親譲りである。二人目の夫・魚谷一太郎は何かにつけて暴力を振るい、耐えかねて逃げ出した〈私〉であったが、「根気のない淋しがりや」のために今度は「平凡で誇張のない」貧乏画家・小林與一と三度目の結婚をする。金には無頓着でのんきなロマンチストの與一に対し、幼い頃から金銭的な苦労を重ねてきた〈私〉は、明日からの生活のことを考えるのに精一杯である。

卑屈になるなと與一にいわれた〈私〉は、徐々に本来の気質を取り戻していく。生活は相変わらず貧しく、與一は上野の博覧会の看板を描いたりして生活費を稼ぐが、やがて短期入営の兵役に服するために故郷である信州の連隊に行くことになる。與一は一人残らざるを得ない〈私〉を気遣い、〈私〉もかつては感じなかった男への深い思いが湧く。召集された與一からは次々といたわりに満ちた手紙が届き、〈私〉は過去の男や母親からも探し得なかった愛情に包まれている自分を感じる。

およそ筋らしい筋もなく、淡々と二人の生活が綴られるだけである。こういった夫婦愛の小説は、意地の悪いいい方をすれば一種の〈のろけ〉になってしまい、とても読者の共感を呼ぶものではあるまい。しかし、そのような印象がなく、しみじみと胸を打つ作品たり得ているのはなぜなのだろうか。

「清貧の書」は、芙美子と夫である手塚緑敏との生活をモデルにしたものである。二人が出会ったのは一九二六(大正一五・昭和元)年のことで、彼女にとっては二つの意味で大きな転機となった年だった。まず、同棲していた野村吉哉に、のちに夫人となる沢子という恋人ができたために別れた芙美子は、同じように飯田徳太郎と別れて本郷三丁目の酒店・大極屋の二階に下宿していた平林たい子と同居を始める。ともに女給をしながら創作活動をし、出版社に原稿を持ち込んだりしていたなか、たい子が『大阪朝日新聞』の懸賞小説に「喪章を売る生活」(のち「嘲る」と改題)を応募、賞金二百円を得たことに刺激され、詩から散文への転進を志す。これは簡単にいってしまえば、詩では生活できないということなので、短歌から小説へ移行した樋口一葉などとそのまま重なる。

たい子が同年、『文芸戦線』同人の小堀甚二と結婚することになったため、芙美子は下谷茅町で間借り生活をしながら女給を続ける。そして、飯田徳太郎と同じ本郷駒込蓬莱町の下宿・大和館に住み、洋画の修業をしていた手塚緑敏を知るようになり、十二月に二人は結婚、(1)芙美子の放浪生活はここで終止符が打たれる。詩から散文への転進と、結婚による放浪生活の終焉――これが、のちに「放浪記」で一気に文壇にかけのぼる基盤となったのはいうまでもあるまい。

「清貧の書」は、作者の実生活にかなり依拠している。具体的な地名などは作品には出ていないが、一九二七年一月における、杉並区高円寺の西武電車車庫裏にあった山本方二階での間借り(2)による新婚生活から、同年五月、和田堀の妙法寺境内浅加園内の一軒家への引越しと、そこでの生活が素材になっている。緑敏がこの時期に国技館や舞台のバックを描いていたことも、小説世界と重なってくるものだ。

この作品は、随筆に近いような素朴な私小説の形をとる。また、夫の與一に関しては画家と職業がはっきりしているが、〈私〉に関してはそのような記述が一切ない。しかし、ただの主婦でもなさそうである。これは、芙美子がすでに「放浪記」の作者として、読者に説明を必要としなくなっている、つまり、この作品における〈私〉は作家・林芙美子であるという大前提のもとに成り立っていることを意味しているといえるだろう。

冒頭にも述べたように、宇野浩二はこの「清貧の書」に対して惜しみない賞賛を送った。それは、「雑誌文学の眺望」(二)(『読売新聞』昭和六年一一月五日)と題された文芸時評のなかで寄せられたもので、彼はまず、「林芙美子の『清貧の書』は、私が十二三篇(左翼作家の作も含む)読んだ今月の雑誌の小説の中で、私には一番面白かつた。この作者の作を読むのはこれが初めてゞあるから、外《ほか》の作は知らないが、又この作者は右翼か左翼か知らないが、この作は、読み了つた時、大袈裟にいふと、卓を叩いた程感心した」と絶賛している。

さらに、その評価した点として、主人公の性格が「旧い日本婦人の感情でなく新しい日本婦人の感情として現はされてゐる」こと、「貧乏を材料にした小説には故人葛西善蔵にも数多《あまた》の名作があり、私自身にも名作ではないが佳作程度の貧乏小説が若干あるが、この妙齢（？）の女流作家の『清貧の書』は前記二人の旧作家の作より明かに新し味がある。それは女主人公の第三の夫である小林與一の性格が――一の章（十二章に切られてゐる）では『平凡で誇張のない男』と書かれてゐるが、さういふ性格の男は小説には書きにくい――章の進むに連れて、平凡人の非凡な性格が、少しづゝ明瞭に描き出され」ている点をあげている。

では、宇野浩二が指摘した「清貧の書」の新しさとは何なのであろうか。

2

三島由紀夫は、芙美子の晩年の作品である「晩菊」や「水仙」などを評して、「氏の短篇小説は人生の一断面を立体的に構成するといふ行き方ではなしに、多くは人生の流れを一つの窓から覗かせる仕組になつてゐる。人生はこの短篇といふ器の一端から流れ入つて、一端から流れ去り、読後ほとんど固苦しい形式感を心に残さない。残るものは一種異様なほどの強烈なリアリティーである」(3) といったが、これは芙美子の文学全体の特徴を正確に捉えた批評だといえよう。「放浪記」「浮雲」と、表題だけでも象徴的なように、彼女は終生流転する人間を描き続けた。それだけではなく、作品の構造そのものも、結末に向かって劇的な展開を遂げるというような形はほとんど取らなかった。「放浪記」は日記形式の短文をコラージュのように再構成した異色の作品ではあるが、それでも〈日記〉という形式のため、起承転結はない。

そのような作品と比較してみると、「清貧の書」にはある異質な点が認められる。私はさきに、この作品に筋らしい筋はないといった。確かに、これは貧しい夫婦のつつましい新婚生活を描いたもので、とくに事件も起こらない。引越しや、與一が思想犯と間違われて刑事に踏み込まれたりするといった出来事が描かれてはいるものの、小説の展開に重要だというよりは、日常のひとこまといった扱われ方である。

この小説の眼目は、前の夫の暴力に代表される生活上の辛酸から、すっかりいじけて卑屈になってしまった〈私〉が、與一の人柄と愛情によって徐々に本来の自己を取り戻していく、という点にある。〈私〉の自己回復の物語であると同時に、小説世界は夫婦の愛情という一点に収斂していく。このような作品は、芙美子の作品系列の中では非常に珍しいといえるだろう。焦点を絞るためには、夫婦のやりとりを軸に小説を展開させなければならない。しかしそうなると、その世界は非常に閉塞感を持ったものになってしまう。この矛盾をどう解決するか。

夫婦の情愛を描いた小説として、私が真っ先に思い浮べたのは夏目漱石の「門」(『東京朝日新聞』『大阪朝日新聞』明治四三年三月一日〜六月一二日)である。この作品では、世間から隔絶されたようにひっそりと生きる主人公の野中宗助と妻・御米の生活が描かれているが、それを単調にさせていないのは、同居する宗助の弟・小六や、夫婦が怯える安井の存在である。安井はほとんど二人の想念のなかだけで登場するか、隣人の坂井の口を通して語られるだけである。それにもかかわらず、安井は圧倒的な存在として夫婦の上に君臨する。

「清貧の書」の場合、閉塞感を打ち破るものとして重要な役割を果しているのが〈手紙〉である。この作品には、実に多くの手紙が引用されていることに気づく。

まず、冒頭から、〈私〉の母親の手紙が記される。この平仮名だらけの手紙とその文面だけで、「おとこうんがわる」い母娘の業、父親も醤油をかけただけの弁当を持って石炭運びをしているという貧しい境遇が、方言の効果とともに非常にヴィヴィッドに示される。ここで〈私〉は、母にも苦労をかける厄介な娘、という役割がある程度規定される。母からの手紙はこの後も何回か登場し、與一にその逼迫した状況をいい出せずに葛藤する〈私〉が描かれる。しかし、あくまでも母が直接的に小説の空間に登場することはなく、手紙の書き手としてのみ出てくる。

「清貧の書」は、〈私〉と與一の夫婦生活が軸になっていて、その他の人物が登場することはほとんどない。引越し先の隣家の小里や、家に出入りする朝鮮人の屑屋の朴などが登場するが、いずれも茫漠としていてほとんど小説の展開には絡んでこない。手紙だけで登場する母が逆に存在感を放っている。もちろんこれには、芙美子の小説家としての技量が、この時期にはまだ未熟だったことがおおいに関係しているだろう。「放浪記」でもたびたび母を描いた彼女にとって、リアリティを出せるものとしての素材であったということだ。

しかし、手紙の効果はそれだけではない。夫の與一の造型も、真骨頂は最後の手紙の部分にある。愚鈍ともいえる與一が、手紙によって大きな愛情を持った人物へと転換、飛躍していく。その点で、先に引用したように、宇野浩二が「章の進むに連れて、平凡人の非凡な性格が、少しづゝ明瞭に描き出され」と指摘したのは鋭い。この手紙を入れたことで、「清貧の書」の世界は厚みが加わり、また斬新な形式になったともいえる。

芙美子はこの作品について、「少説《ママ》と云ふものに、もしも、一つのスタイルがあるとするならば、私の清貧の書は最もそのスタイルを破つたものだと云へる(4)」、「オネーギン(5)に打たれて書いたのが、第二作目の『清貧の書』である(6)」といった言葉を残している。板垣直子はこれについて、「『オネーギン』のなかの主人公は、隊からタチアナに向けて、愛の手紙をたくさんおくってくるが、芙美子は入営した与一から、妻あてに愛情のこもった手紙を何通もおくらせる。そして、『清貧の書』全体からも、『オネーギン』からとおなじく、清く美しく温みのある気持がにじみだしてくる(7)」といっている。

一方、森英一は「十四行を一詩節とする『オネーギン』のスタイルを第一に芙美子は借用したのではないか。1から12までから成り、かつそれらを行分けしてあるというスタイルは短篇集『清貧の書』の諸作をも初出のスタイルを変更して、それに倣わせたほどである」「板垣が言う〈清く美しく温みのある気持〉は『清貧の書』の場合ならいざ知らず、『オネーギン』に該当するかどうか。『オネーギン』は勝利者であったオネーギンが最後にみごとにタチヤーナによって敗北させられる無残な物語と読みとるべき(8)」と異論を唱えている。

しかし私は、『オネーギン』からの影響は、手紙というものを小説の世界に組み込んだことだと思う。これによって、〈私〉と與一だけの閉じられた夫婦の世界に、ポリフォニックな効果をもたらしたといえるからである。

また、「清貧の書」には、前の夫・魚谷からの暴力を詠んだ〈私〉の詩が挿入されている。ミハイル・バフチンは「小説の言葉」(一九三四〜五年)のなかで「小説というジャンルに特徴的なのは、人間そのものの像《イメージ》ではなく、ほかでもない言語の像《イメージ》なのである(9)」とし、具体的に発話された言語のなかには、ある特定の社会的・歴史的・文化的・階層的な属性があらわれていて、それらの諸言語の多声的な葛藤として小説世界が構築されていることを指摘しているが、「清貧の書」では、手紙や詩がこの多声的な言語=ポリフォニーとして重要な役割を果していると思われる。

林芙美子の「小区」は、「清貧の書」からちょうど一年後の一九三二(昭和七)年十一月、『中央公論』に発表された作品である。主人公の〈私〉の名が「加奈代」から「ちよ」に変わってはいるものの、夫の名は両者とも「與一」であり、「清貧の書」で描かれた夫婦のその後、といってまず差し支えないだろう。ここでの夫婦は、すでに結婚から六年が経過していて、描かれているのは主に二人の喧嘩の様子である。そこに、近所の松村家、竹中家などの夫婦を重ねて描いている。「清貧の書」がいわば閉じられた世界ならば、こちらは開かれた世界である。同様のモチーフを扱った作品では「魚の序文」もそれに当たり、この場合は語り手が〈僕〉という一人称で、夫から見た妻を描く、という真逆のパターンになっている。しかし、どうしても芙美子の分身である妻の〈私〉の方が、作者の実感が強く出るために、薄手な印象を免れ難い。これらの作品を比べると、「清貧の書」における手紙や詩がいかに大きな役割を果しているかがわかる。

なお、「小区」は限りなくリアリズムの小説であり、「清貧の書」は、方法意識に富んだ一種のメルヘンなので、どちらの方が優れているとはいい難い。しかし、芙美子が意識的に小説を構築しようとした作品として考えると、後者はまた新たな意味を持ってくるのではないか。

3

「清貧の書」でもう一点注目すべきなのは、主人公の〈私〉が対象化・客観化されていることである。すでに述べたように、〈私〉はいつまでも母に苦労をかける娘であると規定されており、また夫が初婚であるのに対して〈私〉は三度目の結婚と、いわゆる良き妻のイメージとはおよそかけ離れている。それが時々、次のようなユーモラスな効果を生んでいる。

　母はこの蒲団を送つてくれるについて枕は一ッでよいかと聞いてよこした。私は母にだけは、三人目の男の履歴について、少しばかり私の意見を述べて書き送つてあつたので、母は「ほんにこの娘はまた、男さんが違うてのう」そのやうに腹の中では悲しがつてゐたのであらうが、心を取りなほして気を利かせてくれたのであらう、「枕は一ッでよいのか」と、書いてよこした。（中略）すると最も田舎風な、黒塗りの枕を私は一ッ手にした。死んだ祖母の枕ででもあつたのであらうが、小枕が非常に高いせゐか、寝てゐるのか起きてゐるのか判らない程、その枕はひどく私の首にぴつたりとしない。

後、私は蒲団の事については、長々と母へ礼状を書き送つてやつたのであるが、枕の事については、礼の一言も、私は失念したかの形にして書き添へてはやらなかつた。

宇野浩二も指摘したこの小説の新しさとは、おそらく主人公の〈私〉の造型にある。〈私〉のこれまでの結婚遍歴と、二番目の夫から受けた虐待から来る性格の歪み、卑屈さは、決して美化されてはいない。その決定的な場面となるのが、さきに引用した母からの「枕は一ッでよいのか」という場面である。蒲団とともに送られてきたひどくぴったりとしない枕に対して、〈私〉は意地になって母に礼をいわない。この羞恥心と意地の入り混じった感情を描いたことで、思いがけないユーモラスなやりとりの情景となって浮かび上がるのである。

芙美子は、出発当初から、自己を対象化・客観化する視点を持ち合わせていたといえる。たとえば「放浪記」は、基本的には主人公の〈私〉を救済するような文句が多く書き連ねてある。しかし一方で、次のような箇所は、冷めた視点がユーモアを生んでいる。

朝、寝床の中ですばらしい新聞を読んだ。

本野子爵夫人が、不良少年少女の救済をされると云ふので、円満な写真が大きく新聞に載つてゐた。あゝこんな人にでもすがつてみたならば、何とか、どうにか、自分の行く道が開けはしないかしら、私も少しは不良じみてゐるし、まだ二十三だもの、私は元気を出して飛びおきると、新聞に載つてゐる本野夫人の住所を切り抜いて麻布のそのお邸へ出かけて行つてみた。

折り目がついてゐても浴衣は浴衣なのだ。私は浴衣を着て、空想で胸をいつぱいふくらませて歩いてゐる。

「パンをおつくりになる、あの林さんでいらつしやいませうか?」

女中さんがそんな事を私にきいた。どういたしまして、パンを戴きに上りました林ですと心につぶやきながら、

「一寸お目にか丶りたいと思ひまして……」と云つてみる。

女流作家のいわゆる私小説を読んでつくづく気になるのは、作者自身とみなされるその主人公が、どこかで美化されたり、救済されていることである。自己憐憫もある。加害者としての〈男〉、被害者としての〈女〉（自分）という図式が浮かび上がる。そもそも、女流文学の源流となる王朝文学、たとえば『蜻蛉日記』などが典型的だが、そこには夫に対する恨み言などが綿々と綴られ、それが女という生き物の悲しさを表現する。

しかし「清貧の書」においては、男性関係も奔放で、おまけにひねくれた妻を持った夫の與一こそ被害者とはいえまいか。〈私〉が生活の汚濁にまみれてしまっているのに対し、與一はどこまでも純朴であり、徹底した善人である。その点で、「清貧の書」は大変ユニークな作品なのである。この荒んだ〈女〉と善人である〈男〉という構図は、女流作家の場合は非常に少ない。

先に私は、「小区」との比較をしたが、この二つの作品で決定的に違うのは、「小区」において

は「私自身はなほさら不幸な女に思へ」「與一の貧しい仕事を助けてやらねばならない」といった、いわば自己を憐れんだり、〈私〉を與一よりも上位に置く表現があることなのである。したがって、「清貧の書」がもつ独特の雰囲気――読者が主人公に感情移入することを助け、同時にユーモアとペーソスを生み出す――がない。

ところで、「清貧の書」における〈私〉の描き方に、太宰治、坂口安吾、織田作之助といった〈無頼派〉と呼ばれる作家と共通のものを見るといったら、誤解を招くだろうか。たとえば太宰の「父」(『人間』昭和二二年四月)などは、無頼な生活を送る主人公に対し、家族はなかば聖化されていて、主人公は次のような感慨を抱く。「地獄だ、地獄だ、と思ひながら、私はいい加減のうけ応へをして酒を飲み、牛鍋をつつき散らし、お雑煮を食べ、こたつにもぐり込んで、寝て、帰らうとはしないのである。義。義とは? その解明は出来ないけれども、しかし、アブラハムは、ひとりごを殺さんとし、宗吾郎は子わかれの場を演じ、私は意地になつて地獄にはまり込まなければならぬ、その義とは、ああやりきれない男性の、哀しい弱点に似てゐる」。

これと林芙美子がまったく重なるものではないが、彼女の結婚までの生活はまさに無頼そのものであり、〈炉辺の幸福〉からは隔絶されていた。また生涯その不遇な生い立ちや半生を糧に自身の文学を構築した(私小説において、という意味ではない)という点では、共通の資質を見るものである。

「清貧の書」は、妻(女)が夫(男)の愛によって自己回復を行う物語であると同時に、その裏には〈炉辺の幸福〉とはあまりにも縁遠い女の姿が描かれている。

林芙美子は「清貧の書」の発表前後、一九三一（昭和六）年十一月四日に、朝鮮から満州、シベリア経由で渡欧しているが、これは当時恋人であった画家の外山五郎を追って行ったものだとされており、これについて和田芳恵は以下のようにいう。「緑敏は、このことを知っていた。五郎は、セロなどをひく、ドンファンで、芙美子は棄てられるに決っていると思ったから、極力引きとめたが、緑敏の言葉に耳を貸そうともしなかった。芙美子は、二度と自分のふところへ戻るまいと緑敏は考えた。（中略）一途に五郎を思いつめた芙美子は、緑敏に惨酷な仕打ちをしながら、『清貧の書』を書きあげたことになる。悪人なればこそ、深い愛情を見るということだろうか[10]」。

美しい夫婦の情愛を描いたこの作品が発表された時に、別の男性を追っているというのは、芙美子の作家としてのしたたかさがうかがえるような気がする。「清貧の書」は、主人公の〈私〉が対象化され、行き暮れた後の女として描かれている反面、夫の與一は凡庸ながらも大きな愛情で妻を包む男として段々とクローズアップされ、読後、印象に残るのは〈私〉よりも與一である。これは、当時別の男性を恋人としていた芙美子の、夫・緑敏へのせめてもの罪滅ぼしではないかといったら、穿ちすぎであろうか。

また、〈私〉をひねくれさせることになった原因の一つとして、前の夫からの暴力があるが、このモデルは野村吉哉であろう。のちに野村と結婚した橋本沢子は、「放浪記」や「清貧の書」での野村の描かれ方、また自身も「放浪記」で実名を出されたあげく、根も葉もないことを書かれたことなどに抗議するため、芙美子に手紙を出したが、それに対する芙美子の返事は、「私は、あんなことでも書かなければ食べて行くことができないのです。どうかわるくおもはないで。笑つてよみながしてやつて下さい」というものだったらしい(11)。

林芙美子に限らず、たとえば平林たい子も、すさまじいまでの男性遍歴や放浪生活を逆手に取る形で作品を書き、文壇での地位を確立していくが、こうなると力を得たものが勝ちで、かつての恋人や夫がいくら抗議や弁明をしても、彼女たちの〈伝説〉を増やすことにせっせと力を貸しているだけのような気がする。

注

(1) 入籍は一九四四(昭和一九)年三月二十八日である。

(2) のちの新宿——荻窪間の都電。一九六四(昭和三九)年に廃止された。

(3) 三島由紀夫「市民文庫『晩菊』解説」昭和二六年三月、角川書店。

(4) 『清貧の書　林芙美子文庫』「あとがき」。

(5) プーシキン(一七九九—一八三七)の代表作である『エヴゲーニイ・オネーギン』(一八二三〜三〇年)のこと。十四行詩を連ねた全八章から成る。伯父の遺産として農園を得たオネーギンは田舎暮らしを始めるが飽きてしまい、唯一の楽しみは隣村の青年・レンスキーとの交流である。レンスキーはオネーギンとは違ってロマン的な夢を抱く詩人で、地主ラーリン家の次女オリガと愛し合っている。オネーギンはレンスキーとともに地主邸を訪れ、オリガの姉・タチヤーナに出会う。タチヤーナに思いを寄せられ手紙で愛を告白されるがオネーギンは拒否し、オリガと戯れたりする。

それに激怒した純情なレンスキーはオネーギンに決闘を申し込み、死ぬ。オリガは新しい恋人と結婚、残されたタチヤーナは田園を捨ててモスクワへ向かい、グレーミン公爵夫人となる。レンスキーを殺して村を離れたオネーギンは、美しく成熟したタチヤーナと再会し、心を奪われる。今度はオネーギンがタチヤーナに手紙で思いを打ち明けるが、タチヤーナはしりぞける。打ちひしがれたオネーギンは放浪の旅へ出る。なお、オネーギンはロシア文学における〈余計者〉の最初の典型とされている。

（6）『風琴と魚の町　林芙美子文庫』「あとがき」。

（7）板垣直子『林芙美子の生涯　うず潮の人生』昭和四〇年二月、大和書房。なお「與一」の表記は引用文のまま「与一」とした。

（8）森英一『林芙美子の形成——その生と表現』平成四年五月、有精堂。

（9）引用は『平凡社ライブラリー153　小説の言葉』（伊東一郎訳、平成八年六月、平凡社）に拠った。なお、奇しくもバフチンは「小説の言葉」ならびに「小説の言葉前史より」において、『エヴゲーニイ・オネーギン』を取り上げその多声的な言語について論及している。

（10）和田芳恵「林芙美子とその時代」『現代文学アルバム13　林芙美子』所収、昭和四九年六月、学習研究社。

（11）野村沢子「林芙美子傳の真実のために」『新潮』昭和三五年一〇月。

3　文体の完成――「牡蠣」

1

　林芙美子が客観主義的な作風に転じ、自身でも戦後に「小説らしい小説を書くやうになつたのはこの頃ではないか(1)」と振り返っている「牡蠣」が発表された一九三五（昭和一〇）年前後は、文学史を考える上でも非常に面白い時期である。文壇の動きと、自身の作風の変化がはからずも歩調を合わせたことに、芙美子の時代の子としての資質がうかがえるような気がする。

　この年で特筆すべき出来事は何といっても芥川賞・直木賞が設定されたことであろうが、この前後、正確には三三年から三七年にかけてを、文学史ではいわゆる〈文芸復興期〉と呼ぶ。それは、政治優先、イデオロギー重視の指導によって芸術性が失われたプロレタリア文学運動の退潮後、さまざまな思想傾向や創作方法を持った作家が、旺盛な執筆活動を展開した時期であり、その流れの一つとして数多くの文芸雑誌が創刊された。三三年には小林秀雄や林房雄が同人となり、各方面の有力者が結集した『文學界』を筆頭に、『行動』や『文藝』、翌年には『詩精神』『現実』『四季』などが登場している。

また、この気運の特色の一つとして、文学における通俗性（大衆文学を含む）に対する積極的な評価があげられる。なかでも最も大きな問題を提示したのは、横光利一の「純粋小説論」（『改造』昭和一〇年四月）であった。「もし文芸復興といふべきことがあるものなら、純文学にして通俗小説、このこと以外に、文芸復興は絶対に有り得ない、と今も私は思つてゐる」という有名な一文からはじまるこのエッセイは、当時の文壇の様子を知ることができるばかりでなく、ヨーロッパ文学を意識した上で、純文学の危機に対する創作上の新提案を行ったもので、いわゆる〈純粋小説論争〉(2)まで巻き起こしたものだった。

「純粋小説論」は、新感覚派の将として華々しく登場して以後、文壇をリードし続けた横光らしい批評といえる。彼の提示した〈第四人称〉についての言及はここでは差し控えるが、本文中では舟橋聖一・阿部知二などが中心となった〈能動主義（行動主義）〉や、プロレタリア文学というべき〈思想〉に席巻された文壇に対し、〈心情〉の復活をはかった『コギト』『日本浪曼派』の保田與重郎らに代表される〈浪曼主義〉についても触れられていて、当時の文学がひと目で見渡せる。

その他にも、谷崎潤一郎の「春琴抄」（『中央公論』昭和八年六月）、川端康成「禽獣」（『改造』同年七月）、永井荷風「濹東綺譚」（『東京朝日新聞』『大阪朝日新聞』同一二年四月一六日〜六月一五日）などの傑作があらわれ、この時期の文壇は、純文学の危機が叫ばれると同時に、優れた作品も数多く生れた、誠に幸福な時期であったといわねばなるまい。徳田秋聲、宇野浩二など既成作家の復活もあった。芙美子の「牡蠣」のような手堅いリアリズムの作品が評価されたことは、この機運とあながち無縁ではないだろう。

奇しくもこの時期は、女流作家の作品も、質・量ともに深化したといえる。まずは岡本かの子が「鶴は病みき」（『文學界』昭和一一年六月）で小説家としても認められるようになり、その後も彼女の代表作となるような作品を立て続けに発表し、宇野千代も「色ざんげ」（『中央公論』同八年九月〜翌年三月）といった名作を残している。他にも、新聞小説で爆発的な人気を博した吉屋信子の「良人の貞操」（『東京日日新聞』『大阪毎日新聞』同一一年一〇月六日〜翌年四月一五日）、矢田津世子の「神楽坂」（『人民文庫』同一一年三月）などが数えられる。

しかし、私が特に注目すべき作品としてあげたいのは、佐多稲子（窪川いね子）の「くれなゐ」（『婦人公論』同一一年一〜五月、『中央公論』同一三年八月）である。彼女はこの作品において、家庭では妻そして母であり、一方では〈個〉として働く女性の苦しみ、葛藤を定着させた。この作品は現代においても十分通用する問題を扱っており、また女の〈性〉も浮き彫りにされている。

プロレタリア文学者として出発した佐多稲子には「キャラメル工場から」（『プロレタリア芸術』同三年二月）といった佳品があるが、「くれなゐ」の世界にはあきらかに作者の人間認識の深まりが見られる。運動の壊滅前後の一九三二（昭和七）年には夫・窪川鶴次郎の検挙があり、自身も三五年五月に逮捕され、事実上プロレタリア文学から離れることを余儀なくされたからだろうか。ここには「キャラメル工場から」における哀調が、成熟した〈女〉の哀しみとして昇華した感があり、そのような意味では彼女は出発期からあらわれていた自己の資質をよく生かしたということができる。

そしてこの時期、数多くの女流作家の中心的な立場に踊り出たのが、おそらく林芙美子だったのである。とくに「牡蠣」の発表により、芙美子は真に小説家として認められた感がある。

日下典子が三五年十二月、『三田文学』に発表した「一九三五年度の女性作家」を読むと、それまで芙美子が文壇でどのように見られていたのか、また「牡蠣」によってその評価がどう変化したのかがわかる。日下はまず、「牡蠣」発表以来、芙美子が急にというには妥当でないかもしれないが「明星の如く玲瓏と輝き始めた」といい、それまでの彼女の文学については次のような批判的な態度を示している。「『放浪記』で名を得たこの作家は、何処の国から持ち合せて来たかと思はれるばかりの純粋さ、素直さ、温かさ、感傷癖を身上にして、小さいながらもユニイクな境地を持ち、多くのフアンを得たが、その把握する視野は如何にもメソメソとしてゐて、まともな鑑賞に耐へるものもなく、勢ひ芸術価値も低く扱はれなければならなかつた。（中略）みみずの泣くやうな作品と言つたら、余り失礼であらうが、所詮はそんなところに止まる林芙美子かと思つてゐた」。

この他にも「牡蠣」は新聞・雑誌の時評で数多く取り上げられ(3)、好評をもって迎えられた。

2

「牡蠣」のあらすじは以下のようなものである。

日本橋横山町の袋物問屋の職人・周吉は、二十五歳の時に高松から上京し、船大工、植木屋、仕立屋とさまざまな職を転々とするが、船大工をしていた時分、櫓から落ちて頭を打って以来、頭が鈍くなり根気も続かず、乗物恐怖症になった。そのために、駄物専門で賃金の安い仕事に甘んじている。

　下宿先の階下の運送屋の親爺が蘭虫《ママ》に凝り始め、近所の下宿屋・北秀館の親父がその目利きであったことから、周吉はそこの女中・たまと親しくなり、両家の世話で二人は夫婦になる。生活は苦しく、しかも周吉は同業の腕利き職人である富川から、問屋が大量生産を考えていることを聞き、行き詰った挙句に無理矢理家財道具を売り払い、嫌がるたまを連れて郷里に帰る。しかし生家の瓦屋は姉と養子に入った義兄のものになっており、夫婦には子供が七人もあることなどから、二人は邪険に扱われる。

　東京に戻った周吉は再び袋物の仕事を始めるが、生活は一層苦しく、二人には炭を買う金もない。病的な恐怖心や猜疑心が昂じた周吉はたまを責め立て、ついに彼女は家を出てしまう。たまから書留郵便が届き、その送り先を頼りに千葉の料理屋を尋ねた周吉だったが、彼女は酌婦に身を落としていた。東京に戻った周吉は、久しぶりに運送屋を訪れる。親爺が丹精込めて育てた蘭虫を手づかみにし尻尾を引き裂いた周吉は、驚いた運送屋と北秀館の主人に外へ連れ出されるが、周吉は何もなかったかのようにのんびりと街中へ去っていく。

　詩人から出発した芙美子が三人称の客観小説の作法を会得するにあたり、学んだのは徳田秋聲であった。とくにこの「牡蠣」はその影響が如実にあらわれていて、和田芳恵も「もし、ゆるされるなら、『女秋声』という仇名《あだな》を贈りたい。林芙美子が、もっとも敬愛した小説家は徳田秋声であった。『牡蠣』には長い間読み親しんできた秋声の影響がある。『牡蠣』という題名に表徴された、白く濁って、ぶよぶよした生身の実在感は、秋声文学の本質を突いたようにさえ、いまの私には思われる」[(4)]といっている。

松本徹は『徳田秋聲』（昭和六三年六月、笠間書院）のなかで、その文学の特徴として、①時間の錯綜、②「なりゆき委せ」の書き方、③写実が主観性と客観性の両面に渡っている、④省略と要約、⑤擬態語の多用、などを挙げている。これらの一つ一つと照らし合わせて、芙美子との影響関係を分析する余裕はないが、それまでの彼女の作品にはなかった、とくに目立った特徴について述べてみよう。

まず、「牡蠣」における小説内の時間は、非常に複雑な形で錯綜している。まず冒頭では、たまと暮らす周吉の仕事ぶりが描かれ、それからはじめて「今日も黄昏時の忙しい時刻に」と、小説のなかの〈現在〉となる。次に、周吉とたまが結ばれた経緯、つまり〈過去〉へとさかのぼる。周吉はたまに対して「いつたい二十五歳になる今日までどんな身持ちでゐたのだらうと、妬ましい心持ちにもな」ったりする。たまの異性関係に関するこの周吉の心情から、小説は周吉が「二十四五の折、たつた一度女を知つた」体験へと広がり、たまに出会うまでの過去が描かれるのである。その後、小説は時系列に沿って展開する。

こうした方法は、「風琴と魚の町」や「清貧の書」には見られなかったものであり、以後、芙美子は死ぬまで好んで使った[(5)]。そしてこのような手法を取ったのが秋聲であった。小説内の時間が〈過去〉と〈現在〉を往復することによって、読み手が登場人物に対して持つイメージは少しずつ肉付けされ、より立体的になる。さらにそれが、そのまま作品世界の厚みや奥行きになっているのである。

時間の使い方は、描写の省略と結びついた場合、次のような効果を生む。

女の傍まで行きながら、周吉はそれからどんな風にしてい丶のか判らなかつたので、握つた女の手首に、時々力を入れて握りしめてみた。暫くは二人とも、手首を握つたり握られる事によつて、暗い部屋の中で、摸索する心持ちであつたが、たまは急に周吉の手を払ひのけると、「いやあ」と小さい声で叫んで、周章てて坐りなほした周吉の膝に子供のやうに凭れて行つた。

その晩、たまが帰つたのは、十一時を大分まはつてゐた。

ここで読み手は、周吉とたまとの間に性的な関係が結ばれたことを知る。しかし、それについての直接の描写はない。最後の一文に「十一時を大分まはつてゐた」とあることで、それ以前の部分との間に時差があり、その間に何が行われたのかをあくまで想像させる仕組みになっているのである。

秋聲は、「大きな森を写すにしても、一本々々の樹や草や、一つ〳〵の葉や花やを悉く精細に写し得たからと云つて、決して森そのものを写したとは云へない。森には、樹や草や花や葉と云ふ形象の明かなもの丶外に、奥深い、暗い、見え透かない、森そのもの丶蔵したサムシングがある。而かも、個々の物象よりは、この深く蔵されたサムシングの方が、森そのものに取つては、大切な生命だ。この奥深いサムシング、それを僕は書きたいと思ふ。と云つて、何もその奥深いサムシングを明るみへ持ち出さうと云ふのではない。その見えない奥、わからない味、さながらに書き表はして見たいと云ふのが、僕の希望です(6)」と語っているが、たとえば芙美子も「風琴と魚の町」で〈〜のように〉といった直喩的な表現を濫用していた時代と比べれば、非常に進歩したといえるだろう。

作品に登場する蘭虫は、そのまま周吉とたまとの関係の象徴として存在している。二人が関係を持つようになったきっかけは、北秀館の主人が運送屋に対し、蘭虫の餌であるぼうふらをたまに使いとして運ばせたことであった。しかし、たまが出て行った後、狂気の進んだ周吉は、自らの手で運送屋の飼っていたすべての蘭虫の尻尾を、無造作に引き裂いてしまう。

ところで、芙美子が詩的・自伝的作風から三人称の客観小説へと転じる際、一番の問題になったのはおそらく視点の定め方であったと思われる。なぜなら、それまでの彼女の作品系列のなかで重要とされるものはいずれも主人公が〈私〉であり、語り手の視点が固定され、ある意味では描きやすいからである。芙美子はそれをどのように解決したのだろうか。

A周吉は膳を洋燈の下へ運んで来て神経質に煮つけの匂ひを何時までも嗅ぎながら飯を食つた。B飯が済むと、膳を押入れの中へ入れ今日貰つて来た仕事包みを開けてみた。柔らかいすべすべした茶色の革がしんなりと手のひらにこゝろよかつた。鼻の先きに持つてゆくと洗つた馬のやうな匂ひがした。C周吉は新小牛の柔らかい肌を自分の頬に当ててみたが、こんな駄物職人では仕方がないと、美濃田で見せて貰つたあの金唐革の金粉の色が眼にちらついて仕方がなかつた。

（傍線、高山）

ここで傍線Aの部分は、語り手としての作者の視点で書かれており、きわめて客観的なものである。しかし傍線Bの部分の述語に注目してみると、「開けてみた」「こ、ろよかつた」「匂ひがした」と、これは周吉の視点・実感となる。ここでは巧みに主語が省略されているため、前の文からの視点の移動に違和感を起こさせない。さらに最後の傍線Cの一文になると、「周吉」という主語が示されて客観的な描写に戻るようでありながら、「こんな駄物職人では仕方がない」と周吉の実感を織り込み、「仕方がなかつた」という締め括りの述語では作者から見た周吉なのか、周吉の実感なのか非常に曖昧な形にしている。いわば、作者は時には語り手として語り、時には登場人物の内面に入り込み、その人物になりきって語っているのである。

このような主観的な描写と客観的な描写の自由な往復が、小説世界に幅を持たせている。こうした日本語を自在に展開したのが秋聲で、彼の影響を受けた作家が、最も心服したのはこの語りの自在さにあった。川端康成が「近年私は秋声を読むたびに、その文章がやはり現代の日本文の可能性を高めているのにおどろく。無造作、投げやりの個所もないではないにしろ、自在無礙《むげ》のような形のうちに、精密な日本文の創造と駆使がある」(7)といっているのもその一つの証左だろう。芙美子も、このような方法を身につけることによって、詩的・自伝的な作風から大きな飛躍を遂げることができたのである。

「牡蠣」がおおむね好評をもって迎え入れられたことは先に記したが、一方、次の尾崎士郎の危惧は、その後の林芙美子の作品の弱点をある意味では正確に指摘している。「このやうな作品感情が新しいか古いかといふことはすくなくともこの作品の場合は問題ではない。この作者が素質に応じてこなし切るに適当した素材を選んだことも事実であらうがしかし、これだけこまかく行き届いた愛情といふものはそれだけで一つの価値に任ずるものである。唯警戒すべきことは作者が素質の美しさのためにあまりにやすやすと完成した技巧の中に陥ちこみさうな危険だけである」(8)。

実際に、芙美子は底辺にうごめく庶民の姿を描いた作品を数多く残したが、基本的には同様のテーマの反復であった。したがって、一部の代表作を除き、地味な文体のためにどれも印象が茫漠としたものになってしまう。しかし芙美子は秋聲の文体を手に入れたことによって、自己の資質を虚構の世界に生かし、普遍化することがはじめて可能になったといえるだろう。

3

しかし、「牡蠣」は地味で古風なだけの作品ではない。周吉はたまと結婚後、八、九年ぶりに故郷の高松へ帰るが、生家は完全に姉と養子に入った義兄のものになっていて、居場所がない。特に姉はたまを快く思っていない様子で、静養したいと願っている周吉との間に衝突が起こる。

「自分の家とはよう云へたもんぢや、お父つあんもお母さんもとうの昔に仏様だしな、お前はわしを助けもせんで早うからをらんやうになつとつて、俺の家とはよう云へたもんぞな、何云ひなさるかの、義兄さんに聞えてみなさい、怒られるぞ」

「帰る、東京へ帰るよ！　旅費を貰らはん事にや、どうにもならん」

「お前も東京へ行つて、ひどい男になんさつたのう……」


ここでは肉親の情愛などはもはやなく、〈家族〉という共同体は崩壊している。それもすべて、周吉が東京へ行ったということがきっかけなのだ。都会も周吉にとって住みよいところではないが、「東京の土地が寄合ひ者ばかりのせゐか何でもやつてゆけるだけ、それだけ暮しい、やうに」思えるのである。この後、周吉とたまは再び東京へ戻る。行き場を失ったこの二人の姿は、都市浮浪民のなれの果ての姿だとはいえまいか。

「放浪記」には、帰郷した〈私〉が母親と義父の件で争う場面があるが、方言の効果もあって「牡蠣」のこの場面と非常によく似ている。


「お前は八つの時から、あの義父さんに養育されたンぢや。十二年も世話になつて、いまさらお父さんはきらひとは云へんとよ」

「い、や、私はそだてられちやゐないッ」

「女学校にも上がつつろがや……」

「女学校？　何を云うとるンな、学校は、私が帆布の工場に行きながら行つたンを忘れんさつたか。夏休みには女中奉公にも出たり、行商にも出たりして、私は自分で自分の事はかせいだンよ。学校を出てからも、少しずつでも送つとるのは忘れてしまうたンかな？」

云はでもの事を、私は袂の中で啜鳴る。

「お前はむごい子ぢやのう……」

「放浪記」も、地方から上京した主人公が流浪の生活を送る作品で、主人公の〈私〉は都会で傷つくたびに両親のもとへ帰るのである。しかし、真の居場所はない。

一九二六（昭和元）年十二月、画家の手塚緑敏と結婚した芙美子は、翌年七月、当時高松に住んでいた両親を二人で訪ねている。周吉の郷里を高松に設定し、たまを連れて帰るというこの場面には、実際の芙美子の体験が生かされていると思われる。もちろん、「牡蠣」は客観小説であって、作者と主人公に直接の接点はない。しかし、作品にリアリティを持たせるために、作者の実感に根差したものが巧みに生かされていると考えられる。いいかえると、「牡蠣」によって芙美子の小説作法が、虚構の世界のなかに自己を表現するまでに成熟したということだ。

「牡蠣」は、他にも様々な読みかえが可能な作品である。周吉は、頭を打ったせいで根気がない、およそ世間で生きていくのにはふさわしくない男として造型されている。彼は同業の富川から問屋が近々工場を持ち、大量生産に入ることを聞かされる。これは、一見古風なリアリズムの世界であるこの作品において、時代を映している重要な箇所である。工場の大量生産体制になれば、周吉のように働きの少ない人間は真っ先に職を失うことは間違いなく、その後の生活の保証もない。しかし彼は「もし食へなくなつたならば、着物の仕立職人にでもなるより仕方がない」と思うだけで、あきらめに近い形で現実を受け入れる。

周吉にはこれといった友人もなく、彼の周辺にいる人間といえば問屋の主人や小僧と、下宿の運送屋の親爺、北秀館の主人、そしてたまだけである。社会構造に対する疑念、ましてやプロレタリア革命の思想など入ってくる余地はない。しかし、これが大多数の庶民の姿なのである。作者のなかには、貧しいものはどんなことをしてでも働くしかない、それができないならば飢えて死ぬしかない、という非常にシンプルな生活に対する信念があるようである。その道行きとして、前者に酌婦として身を落とすたま、後者に周吉を据えている。ここで「牡蠣」は、知的エリートが担ったプロレタリア文学への挑戦状としての様相を帯びてくる。

「放浪記」によって文壇にのぼりつめた芙美子は、当初、モダニズムの作家として迎え入れられていた。〈十三人倶楽部〉から後に〈新興芸術派倶楽部〉の発表機関となった一九三〇年十二月号の『近代生活』、「都会ナンセンス」のコーナーに芙美子は「新宿裏」という題のエッセーともルポルタージュともつかない一文を寄せているが、同誌は他にも堀口大學「百貨店風景」、川端康成「ある夜浅草」、吉行エイスケ「職業婦人気質」などがあり、文字通りモダニズム一色の誌面構成となっていて、目次を見ただけでも非常に面白い。

ちなみに芙美子の「新宿裏」はほとんど「放浪記」と同じような形式になっている。内容は、かつて〈私〉が働いていたこの地を五年ぶりに訪れるというものである。彼女の風俗を活写する力量はここでも発揮されていて、新興都市として、また大衆化の波をまともに受けた街としての新宿が持つエネルギーを伝えている。

芙美子が本格的に文学の道を歩み出したのは、アナキスト詩人たちとの交流によってである。その間、一九二四（大正一三）年八月号の『文芸戦線』に「女工の唄へる」という詩を発表したりするが、一見プロレタリア文学正統のようなこの題名でも、「私は貧乏でありながら／空へ飛びあがる事をかんがへる——」と、社会構造などに目を向けた作品というよりは、どちらかといえば彼女の資質が強く刻印されたものである。つまり、出発当初から芙美子はさまざまな流派を知りながら、あくまで自己の資質に頼ったものを書き続けていたのである。

大久保典夫は「井伏鱒二の位相」（『現代文学史序説　文体と思想』所収、昭和六二年九月、笠間書院）のなかで、「大正期に完成した私小説の文士気質の代表格といえば葛西善蔵を挙げるのが定説だろうが、わたしはより包括的な宇野浩二を原型として考える。宇野なら、梶井基次郎も嘉村礒多も牧野信一も坂口安吾も川崎長太郎も包摂できるし、林芙美子も高見順も中山義秀も視野に入ってくる。〈文士気質〉というのを方法的にいえば、広津和郎のいわゆる〈散文精神〉——『どんな事があってもめげずに、忍耐強く、執念深く、みだりに悲観もせず、楽観もせず、生き通して行く精神』ということになる」といっているが、私小説作家ではないにしろ、芙美子の態度はこれに貫かれているといえる。大久保氏は、自己の資質を核としたものを〈文士気質〉としているが、林芙美子の場合、それは「牡蠣」によってほぼ完成されたといえるだろう。

注

（1）『清貧の書　林芙美子文庫』「あとがき」。

（2）これについては臼井吉見『近代文学論争』（下）（昭和五〇年一一月、筑摩書房）などに詳しいが、注目すべきなのは、横光の論に対する批判が集中したのは前半部分の偶然性や通俗性に関する箇所で、後半に提示された〈第四人称〉に言及したものはほとんどなかったということである。この方法的な部分を積極的に評価する動きは、中村真一郎「『純粋小説論』再読」（『文學界』昭和三七年八月）など、戦後まで待たねばならなかった。

（3）林房雄「もっと愛情を！林芙美子と岡田禎子（文芸時評）」（『都新聞』昭和一〇年八月二四日）、海野武二「九月創作評」（『時事新報』同九月二日）、岡田三郎「文芸時評」（『新潮』同一〇月）など。

（4）和田芳恵「林芙美子とその時代」『現代文学アルバム13　林芙美子』所収、昭和四九年六月、学習研究社。なお「秋聲」の表記は引用文のまま「秋声」とした。

（5）森英一は『林芙美子の形成――その生と表現』（平成四年五月、有精堂）で、「牡蠣」の直前に発表された「帯広まで」において、このような時間の錯綜の手法が取られていたことを指摘している。

（6）徳田秋聲「見えぬ所、わからぬ奥」『早稲田文学』明治四一年三月。

（7）川端康成「解説」『日本の文学9　徳田秋声（一）』所収、昭和四二年九月、中央公論社。注4同様、引用文のまま「秋声」と表記した。

（8）尾崎士郎「生ける感情（文芸時評3）」『東京朝日新聞』昭和一〇年八月二八日。

4 〈性〉の問題——「稲妻」をめぐって

戦前・戦後の女流文学において、それを分かつ大きな特徴を考えると、戦後は女流作家自体が多数登場したことと、性表現のタブーがあまりなくなったことがあげられると思う。憲法で〈表現の自由〉が保証され、戦前のような厳格な発禁処分などもなくなり、〈性〉について書くことはそれほど困難ではなくなった。

瀬戸内晴美が「花芯」（『新潮』昭和三二年一〇月）を書いた時、露骨に「子宮」という言葉が多用されていることからポルノグラフィと批判され、その後五年間文芸雑誌に作品が発表出来ない憂き目にあうということもあったにせよ、現代においては、〈男——女〉といった単純な枠組から脱し、セックス（生物学的性）・ジェンダー（社会的・文化的性）・セクシュアリティ（性的志向）などの観点から文学を見直す女流作家も多い。

代表的なのは松浦理英子で、『ナチュラル・ウーマン』（昭和六二年二月、トレヴィル）は「たまたま女に生まれてついでに女をやってるだけ」という主人公が登場し、レズビアンやSMが描かれ、『親指Pの修業時代』（平成五年一一月、河出書房新社）では右足の親指がペニスになった女子大生の性の遍歴が綴られている。松浦に限らず、第百三十回芥川賞を受賞した金原ひとみの「蛇にピアス」（『すばる』同一五年一一月）も過激な風俗と露骨な性描写がなされており、女性が〈性〉を大胆に描くことはもはや珍しいことではなくなった。

この動きの後押しをしたものとして、一九六〇〜七〇年代のウーマン・リブ、八〇〜九〇年代のフェミニズムの運動があげられる。これらは、概して女性にとっての自己の〈場〉の獲得——それまでは男性中心に考えられてきた、女性を取り巻く様々な制度との闘いであった。これを文学の面から考えると、社会的・政治的・文化的・言語的に規定されてきた〈性〉に関する言説を解放する、ということになるだろうか。

明治以降の日本の女流文学において、女性が〈性〉を描くことのはしりとなったのは、林芙美子なのではないかと思う。時代的な制約はあるにせよ、彼女ほどそれを描いた女流作家は、戦前においてはあまり見当たらない。芙美子とほぼ同時期に文学的出発を遂げた平林たい子も〈性〉についてては書いているが、たい子の場合、それを通した上で、生きることの意味を問うたものが多いといえる。ちなみに芙美子は一九四一（昭和一六）年七月、短篇集『初旅』が「本書は初旅以下十一箇の短編小説ヲ収メテヰルガ、中ニ人妻、未亡人、妻子アル男ナドノ不倫ナ情事ヲ描イタモノ多ク、全般ニ不健全ニシテ風壊ノ虞アルニヨリ禁止」(1)として発禁処分を受けている。

文壇出世作である「放浪記」も、当時としてはかなり〈性〉にまつわる記述がなされていて、新しい風俗も含め、そのような興味から読んだ者も実際は多かったのではないかと思われる。たとえば、「かうして寝てゐるところは円満な御夫婦である。冷たい接吻はまつぴらなのよ。あなたの体臭は、七年も連れそつた女房や、若い女優の匂ひでいつぱいだ。あなたはそんな女の情慾を抱いて、お勤めに私の首に手を巻いてゐる」『あんたは、まだ私を愛してるとも云はないぢやないの……暴力で来る愛情なんて、私は大嫌ひよ。私が可愛かつたら、もつとおとなしくならなくちやア厭！』私は男の腕に狼のやうな歯形を当てた。（中略）雨の夜がしらみかけた頃、男は汚れたまゝの顔をゆるめて眠つてゐる」というような箇所は、それまでの女流文学作品にはなかったものだった。げんに、古谷綱武なども、「当時のぼくは、心でもからだでも、たえず、異性のことばかり思っていたのであった。そうした当時のぼくは、この作品を、まるで、若い女の体臭でもかぎまわるようにして、つよい好奇心で、男に見せない若い女の私室をのぞきこむような思いで、つまり野卑な心情のほうへ傾斜して、ひきこまれたよみかたをしていたのであった(2)」といっている。

「放浪記」に限らず、林芙美子の作品には、精神的な結びつきといったものを不問に付した、肉体の結合のみの関係を描いたものが非常に多い。人格や意思は欲望の前には頼りなく、その場の状況に応じて流されていく。そのような意味では、彼女のなかには常に〈性〉というものが大きな問題として存在していた、ということになるだろう。

私はこの章で、林芙美子にとっての〈性〉の意味を、「稲妻」を通して考えてみたい。この作品は、『文藝』に一九三六（昭和一一）年一月から九月まで連載され（八月を除く）、同年十二月、連載部分の続きを書き加える形で『〈純粋小説集第六巻〉稲妻』として有光社から刊行された。さらに、翌年二月、『文學界』に「稲妻―後章㈠」が発表される。この末尾には「（つづく）」と記されているが、結局その後書き継がれることはなく、現在では「稲妻」というと有光社版の初刊本を指すことになっている。

まず、あらすじを簡単に述べておこう。

縫子・嘉助・光子・清子の四人は、下の二人を除いて皆父親が違うきょうだいである。縫子は、酒飲みだった父親の血を受け継ぎ、娘の頃から男を渡り歩く淫蕩な女で、現在は袋物問屋の主人・龍吉の妻であるが、夫に不満を持ち、光子の夫・呂平とも関係を結んでいた。嘉助は母のおせいが手をかけすぎたせいか、妻も定職もなくぶらぶらしていて、母との二人暮しを続けている。光子は思い切ったことができない気弱な性格で、縫子といわくのあった呂平を押し付けられて結婚し、古着屋を営む質素な生活をしている。末娘の清子は四人の中でただ一人女学校を卒業、光子の家に下宿をしながら電話交換手をしている。自尊心が強い反面、兎口という障害に劣等感を持っている。

ある時、龍吉の友人である小事業家・後藤綱吉が清子を嫁にと申し出て来て、呂平が急性肺炎であっけなく死んだことから、一族の歯車が狂い始める。呂平には子どもまで生せた女・田村りつがいたことが発覚し、光子はせっかくの保険金の大半を持っていかれてしまう。綱吉は精力に満ち溢れているような男で、大量生産方式のパン屋で荒稼ぎをし、その利潤で綱島温泉に旅館「いろは」を開業、光子に手伝いを依頼する。縫子はやり手の綱吉にひかれ関係を持ち、夫を捨てて「いろは」に移り住むようになる。龍吉は綱吉と対等に張り合う度胸もなく、嘉助と満州へ行く計画を立てたりするが結局煮え切らず、嘉助は一人で満州へ旅立つ。

光子はやがて旅館をやめ、わずかに残った保険金と綱吉の助力で神田に喫茶店「ミツ」を開くが、綱吉に半ば強引な形で肉体関係を持たされてしまう。このことから縫子と光子との間に醜い争いが起こる。家族に嫌気がさした清子は交換局をやめ、山の手の大久保で下宿生活を始める。そして、容易になびかないためにかえって自分に執着する綱吉を拒否し続ける。

清子はこのような状態の原因は全て父親が違うからだとし、母を責めるがおせいは非を認めようとはしない。下宿の近所に住むピアノを弾く青年・国宗周三にひかれた清子は、一族から遠ざかり夜学に通って堅実に勤めようと考える。

思い余って家出をした光子が清子の下宿を訪ねてくる。綱吉とのこともあり妹のようには母を非難することができない光子に対し、清子は「死んで生れた方がよかつた」と激昂する。

芙美子はこの「稲妻」に関して、「創作ノート」を残している。「私は平凡な小説を書かうと思つた」という一文で始まるこのエッセイには、作者が何を描こうとしたのかということや、登場人物のイメージがスケッチとともに残されており、この作品を考える上では欠くことのできないものである。しかし私がここで特に注目したいのは、「稲妻は私の一生涯の仕事にしようと思つてかゝつた作品である」「此姉妹の一人一人が父が違ひ私生子であると云ふことが、此作品の主流である。『血』と云ふものに性格があると云ふことも書きたかつた」という言葉の持つ意味である。

そのためにはさしあたって、この作品における複雑な血縁関係の背後に、芙美子自身の出自の問題が絡んでいることに若干ふれておく必要がある。

林芙美子は、戸籍上では一九〇三（明治三六）年十二月三十一日に生れている。父の認知がなかったために、林久吉の姪フミコとして入籍された。つまり私生児である。ところが、母・キクは芙美子を生む以前の一八九九（明治三二）年七月十三日、父親は不明であるが女児ヒデを生んでおり、この子もまた私生児として届けられているのである。平林たい子が「私生児が二人も入っている戸籍はめったにないものだ」[4]といっているように、これはかなり特殊な環境といわねばなるまい。

キクは、芙美子の実父である宮田麻太郎よりも十四歳年上であり、のちに芙美子の養父となった澤井喜三郎にいたっては二十歳下であったことを考えても、破天荒な女性であったことは間違いない。彼女の生きた時代を考えれば尚更である。芙美子の生涯には、この母が決定的な影響を及ぼしている。おそらく芙美子はこのような個人的な宿命を、客観小説の枠組を使って冷徹に見つめ、さらにはそこから自由になることを願って「稲妻」に着手したのであろう。

ここでは、姉妹の人物造型に絞って論を進めることにするが、「創作ノート」によると、縫子は「エゴイステイツクな、念入りな残忍性を持つた女」に、光子は「怠惰と夢想と、結婚してからのちに愛情を感じると云ふ、ありふれた女」に、清子は「誰からも破壊されない、精神的なエゴイズムを持つてゐる、頭出頭没、虚空を立派に打ちやぶつてゆく女」に書きたかったという。この試みはある程度成功しているといえるだろう。

清子が「まるで、三人の姉妹が、この綱吉にやどり木のやうな状態なのが、不思議な気持ちだつた」と感じるように、綱吉をめぐる縫子と光子の争いには、男女の愛欲のすさまじさがよくあらわれている。

夫に飽き足らない縫子は自ら進んで綱吉に身を任せ、ある意味では多情な女の典型ともいえるが、決して男にすがるといったようなものではなく、生活力も旺盛である。清子に腹を立てて鋏を投げつけるような気性の激しさも持っている。しかし別の角度から考えると、激情的なタイプの人間は、小説という虚構の世界においてはある意味では描きやすいともいえるので、「稲妻」において最も緻密な人物造型がなされているのは気弱な光子だろう。おそらく大多数の女性のタイプを代表するこの人物を通して、作者は性格などを突き抜けた女という生き物の〈性〉を暴き出している。そのため、強烈な個性を持つ縫子・清子の姉妹と拮抗するだけの存在感があるのである。

この点について少し詳しく述べると、まず、光子は、夫を亡くしたという心細さから綱吉に身を任せる結果になってしまった、というような、いわば安易な設定を施されているわけではない。物語の初めの部分で、光子は呂平と床を並べながら、清子の見合いについて相談する。しかし夫は、適当な相槌を打ってやがて鼾をかき始める。なかなか寝つくことができない光子は次のような思いをめぐらす。

匍匐して枕に頭をつけてゐると、呂平ではない別の若い男の顔が眼の中にちらちらする。胸の中が燃えるやうであつた。眼鼻立ちを判然《はつきり》とつかまへようとするのだけれども、その面影は波紋のやうに大きく拡がつていつてぷつんと切れたやうに消えて行つてしまふ。

光子の性的な渇きが、すでに夫の存命中からあったことが伏線としてあらわれている。この時点では明かされていないが、光子は、呂平と姉の縫子との間にかつて関係があったこと、また現在は別の女がいることを薄々感じ取っている。そのような寂寥感や古着屋を営むつましい生活に対し、光子はどこか物足りないものを感じているのである。光子は夫の死後、骨壷が納められている寺で、若い僧侶の体臭に動悸のようなものを感じる。そのような描写を経て、喫茶店を開いた光子が綱吉の前で見せたぎこちなさから、二人の間にはすでに性的な関係ができてしまったことが、それとなくわかるようになっている。これはあくまで、清子の視点で読者に提示される。作者は、清子が母や姉たちを詰《なじ》る結末の場面で、光子に「結婚をしたことのない貴女には解りはしない」という言葉を吐かせるが、この短い台詞から、女の一人寝の寂しさが浮かび上がるのである。光子は綱吉との関係に罪の意識を抱いており、その理性と欲望の狭間に揺れる姿にはリアリティがある。

では、先に引用した芙美子の言葉からも分かるように、作者がおそらく最も力を注ぎ、かつ血縁からの脱却という自己の夢を託すはずだった清子の造型はどうであろうか。結論を先にいってしまうと、皮肉なことに最も不十分な描かれ方になってしまっている。そしてそれは、はからずもそのまま「稲妻」という作品の弱点を明らかにすることにもつながってくる。

本能を中心に動く姉妹を含めたほとんどの登場人物と、清子との決定的な違いは、精神というものを持っている点である。物語の前半部分で、清子は肉親を常に批判的な目で見つめている。それは冷酷ともいえるほどで、彼女は「家族と云ふものが、役にも立たない間柄でありながら、堅固なつながりを持つてゐる」ことに苛立ちを感じている。しかし、そのような清子の人物像は、彼女が初めて母を批判する場面から一種のぶれを起こし始める。大久保に一人で下宿を始めた清子のもとに、縫子と光子の争いに手を焼いたおせいが訪ねてくる、その場面を引用してみよう。

「あんたが、血の違つた子供ばかり生むからよ。縫子だつて嘉助だつて光子だつて……」

清子はわざと姉や兄を呼びすてにして、心のうちに（ろくなのは一人もゐないぢやないか）と姉妹をの、しつてゐた。

「母さんは、どうして一々結婚しなけりやならなかつたの？　ろくでもないのばかり生んで、違つた父さん達の血が喧嘩してるみたいよ。母さんには、どれもこれも血を分けた子供か知れないけど、私達には迷惑至極だわねえ……」

これに対し、おせいは一切答えない。清子の様子を窺いながら、「此辺は閑静でい、ね、わたしも茅町をた、んで来ようかしら……」とはぐらかす。この部分は重要である。端的にいってしまえば、おせいの方が何倍もしたたかなのである。〈娘〉が〈母〉に敗北した瞬間ともいえるだろう。後日、もう一度清子は母への批判を試みるが、「何とでも云ふがい、、え、何とでも云ひなさい。いまさら……古いなりゆきのことをとがめだてて云ひだしたり、私にどうしろと云ふンだい？」と開き直られてしまう。この後清子は、殺したいほどの感情を持っていたはずの母に対して「たまらなく哀しく可愛い気持ち」を抱き、母だけを連れて暮らすことを考えるのである。

きょうだいがいがみ合う元凶としての母親を非難することは、この小説中で最大の山場になるはずのものであった。興味深いのは、この二つの批判の場面をはさんで、国宗周三という如何にも育ちが良さそうな青年が登場することだ。ピアノを弾くという設定がそれを象徴している。おそらく作者は、母と娘の対決が一種の膠着状態に陥ったことで、清子に全く異質の人間と恋をさせ、小説の流れを転換しようとしたのではないだろうか。しかしそれはほとんど機能しているとはいえない。結局、清子は新しい人生を歩むこともなく、「死んで生れた方がよかつた」という感傷的な言葉を吐き、さらには「人並な結婚も出来ないやうに、誰が私を生んだのよッ！」と、当初は血縁への憎しみで成立していたはずの自我が、障害を持つ自分の肉体への恨みへとすりかえられて物語は終わってしまう。なぜこのようなことが起こったのか。

清子は一族を批判する側の人間として対置され、ひいては肉親の呪縛から解き放たれた人物として造型されるはずであった。しかし、芙美子はそのように押し切ることはできなかった。それは、おそらく作者と清子その人が、必要以上に密着してしまったことに原因があると思われる。〈母〉への批判のその先にあるものが、芙美子には摑めなかったのではないか。母親を憎み切れず、「たまらなく哀しく可愛い気持ち」を抱く清子の描かれ方は、「放浪記」にも散見される〈私〉と母との密着度と五十歩百歩のものであろう。

結末部分における光子と清子についていうと、光子は自己のなかにある女としての〈性〉を認識し、同時に母を擁護することで血縁を確認している、ともいえる。しかし、清子の場合はそれを拒否するでもなく、受け入れるでもなく、中途半端なものになってしまった。芙美子自身が最も書きたかった清子が、そのような結果になってしまったのは皮肉である。

作者自身も「途中から力弱くなつてしまつた」(5)と認めているこの原因について、江種満子は「林芙美子論――『女の日記』『稲妻』の位置――」(『日本文学』昭和五六年六月)において、「市井のありふれた女達を追求する視点に、『血』と云ふものに性格がある」という視点を交え、清子には生れついての疵を宿命的に負わせ、いわば平凡な世界に特殊なタガを嵌めようと試みるところに生じた紕《ママ》れきに苦しんだためではないか」とし、作者の境遇によく似た人物設定をしながらも、結局は芙美子自身が我が身を喰い破る辛さに耐えられなかったためだと結論づけている。

江種氏のこの指摘はほぼ当たっていよう。私なりにいいかえれば、芙美子は同じ女としての自己の〈性〉と母親の〈性〉、そしてひいては血縁を対象化しきれなかった、ということになる。また、作者の抱いたイメージと実際に動き出した清子とのずれもあったのかもしれない。新しい人生を歩む、といった一種の向日性を持つにはあまりにも清子は暗い。

芙美子にとって〈性〉の問題は、そのまま自分の出自にかかわる問題であった。自己の血縁をめぐる問題を抱えた作家は多いが、芙美子の場合は、血縁を語ることはそのままそれをつくる端緒の〈性〉にかかわるものだった、という点が重要だと思う。「稲妻」における母親の男性関係や、三姉妹が一人の男に翻弄されることがそれを物語っている。

また、おそらく芙美子は、彼女の人生とは切っても切り離せないほど密着していた〈母〉を突き放し、客観小説の世界で〈母〉という存在に対する批判を試みようとしたのだろう。それは同時に、彼女自身の業――私生児として生れたこと、そしてそれにまつわる自身のものを含めた人間の愛欲のすさまじさ――を剔抉することでもあった。しかし、それは結局「稲妻」においては不十分な形で終わってしまう。

女の〈性〉に関していえば、戦後の「晩菊」が傑作だろう。ここに描かれる主人公・きんの、性欲を含めた即物的欲望の深さと、老いという冷酷な現実との対比は素晴しい。

林芙美子は私生活の面において、性的に奔放であった。アナキスト・グループと交流があった時期は勿論、一九二六（昭和元）年に手塚緑敏と結婚した後も、三一年に渡欧した際や晩年に至るまで、多数の男性との関係が絶えなかった。平林たい子は「彼女は旅か恋愛かを、一緒にか別々にかたえずしていたのである。『私は一ヵ月に一度恋をする』と冗談まじりに言ったことがある」(6)といっており、野口冨士男は、晩年の林芙美子の家を訪ねた際、彼女自身の口から「時どき男のジャーナリストを次々と旅先の仕事場へ呼び寄せて寝る」「背広一着だから、安いもんよ」(7)という話を聞いたことを明かしている。

芙美子のこのような資質は、諸家が指摘する通り母から受け継いだものに、育った環境が加わったものだろう。しかしそこには一種の寂寥感がつきまとっている。彼女は〈旅愁〉という言葉を好んで使ったが、私は、根無し草のような彼女の人生とともに、決して満たされることのない精神的・肉体的な寂しさがその裏に張り付いているような気がしてならない。

注

（1）『禁止単行本目録Ⅲ　昭和16〜昭和19年』昭和五二年二月、湖北社。

（2）古谷綱武『〈青春の伝記〉林芙美子』昭和四二年九月、鶴書房。
（3）林久吉は芙美子の母・キクの実弟にあたる。
（4）平林たい子「林芙美子」『新潮』昭和四四年四月。
（5）『林芙美子長篇小説集』第三巻「創作ノート」。
（6）注4に同じ。
（7）野口冨士男『流星抄』昭和五四年一〇月、作品社。

第三章　林芙美子と戦争

1　南京視察

林芙美子は、男女を問わず当時の作家のなかでも、とりわけ深く先の戦争にかかわっている。そしてその全貌は、未だに明らかにされていない。

それについて、この第三章で可能な限り詳しく述べていくつもりであるが、まずはそれまでの彼女の文学的活動についてもう一度簡単にまとめておきたい。

詩人を志していた芙美子が一躍文壇にのぼるきっかけとなったのは、「放浪記」によってである。これは〈私〉という主人公の日記の形式になっており、そこには当時の風俗や日々の生活の哀歓などが描かれている。これが一九三〇（昭和五）年七月、改造社の〈新鋭文学叢書〉の一冊として刊行されベストセラーとなる。芙美子は『放浪記Ⅱ　林芙美子文庫』の「あとがき」のなかで、次のように述べている。

放浪記を書いた始めの気持ちは、何か書くといふ事が、一種の心の避難所のやうなもので、書く事に慰められてゐた。私は、此当時は、転々と職業を替へてゐたし、働く忙はしさでいつぱいであつたから、机の前に坐つて、ゆつくりものを書く時間はなかつた。日記の形式で、ひまがあると書きつけてゐたものが、少しづつたまつてゆき、昭和四《ママ》年に第一部第二部の放浪記が改造から出版された。

この文章から判断すると、「放浪記」の日記形式というものは、生活のための労働に追われていた芙美子が、少ない時間で書ける唯一といってもいい形だったことがわかる。このことは、その後の彼女の作家生活に、善かれ悪しかれ大きな影響を及ぼすことになった。

つまり、「放浪記」の成功により、芙美子は自身が願っていた詩人としてではなく、小説家として出発することを余儀なくされたのである。この直後に書かれた「春浅譜」は、「放浪記」的な発想を出ておらず、また新聞小説の性格も飲み込んでいないといった欠点もあり、完全な失敗作であった。しかし、食うための労働に追われ、小説作法を会得する間もなかった彼女にとっては当然の結果であったと思う。芙美子の作家としてのスタートが他と決定的に違うのは、文壇に出てから本格的な小説の勉強をしなければならなかったことであろう。

初期の「風琴と魚の町」や「清貧の書」は叙情味豊かな散文形式で書かれた佳作で、ここには芙美子の苦闘のあとがうかがえる。森英一は「風琴と魚の町」に関して、「『春浅譜』の失敗に懲りた芙美子は安全牌を出す気持ちでこれを執筆した[1]」といっているが、実際にこの時期の芙美子の作品には、身辺に題材を取ったものが多く続いている。「小区」「耳輪のついた馬」「魚の序文」などがそれに当たる。

その芙美子が、写実的傾向を見せた記念すべき作品が「牡蠣」だった。同年七月に発表された

「帯広まで」にも、その萌芽を見出すことができるが、「牡蠣」の方がその客観性において完成度は高いので、芙美子の作品系譜において特筆すべきものであろう。これは、頭を打った後遺症で精神にやや異常をきたした袋物職人の周吉が、貧困の中にやがて完全に狂ってしまい、家を出た妻のたまも酌婦に身を落とす、という救いようのない世界を描いたもので、かつての奔放なまでの叙情性はなく見事な客観小説となっている。

芙美子は徳田秋聲に小説作法を学んだといえるが、この時期に最も高い水準として表れたのは「稲妻」であろう。これは、「牡蠣」の〈夫婦〉の世界から一歩広がりを見せ、父親も性格も違う縫子・嘉助・光子・清子の四人きょうだいと、その夫たち、母親、姉妹のそれぞれとかかわりを持つ男・綱吉などを描いたものである。この登場人物は、その血縁が象徴するかのように皆複雑に絡み合う。また、自堕落な縫子、臆病な光子、勝ち気だが兎口という障害を持った清子、そして男たちと、登場人物それぞれの性格の描き分けにもある程度成功している。この「稲妻」に関して芙美子は「創作ノート」のなかで、次のように記している。

小説はたゞ物をぽつんと置いてみたところで物語にはならない。物語の中で沢山の各人物が動き始めてこそ、作家の脳髄で色々の偶然がつくられてゆき、大なり小なり法則が生れて来るのだ。（中略）この稲妻は、自分で書きながら、作中の人物が勝手に歩いて行つた。

これを見る限り、芙美子の構想を越えて物語が進んでいったことがわかる。一番顕著なのは綱吉で、はじめは、清子の見合い相手として、両国でパン屋を経営する三十七歳の男、といった程度の情報しか記されていない。その名前すらなかった人物が、やがて物語の鍵を握る重要な存在になっていく。既婚者である縫子がまず綱吉と関係し、やがて光子も夫との死別をきっかけに綱吉の手中に落ちることになるのである。

創作に関してはかなりの苦闘があり、一歩一歩成長してきた感のある芙美子だが、文壇での話題性、あるいは大衆の人気などから、社会的には流行作家であった。これは、「放浪記」の爆発的人気の延長線上にあったと考えられる。文芸講演会などへの出席の他に、一九三四（昭和九）年九月には読売新聞社主催による文士の読売機北日本リレー旅行に参加、青森・札幌・能代間を飛んだり、三六年九月の毎日新聞社主催「国立公園早廻り競争」には、女性文士軍（西軍）の一員として、山陰の大山から瀬戸内海の島々をまわっている。翌年一月十七日には『婦人公論』の要請で議会を傍聴するなど、ジャーナリズムからは原稿以外の面でも引っ張りだこの状態であった。しかしその人気が、彼女を戦争協力へと向かわせる大きな要因になったともいえるのである。

ここではまず、三七年における林芙美子の南京視察について検討していきたいと思う。

この年の七月七日、盧溝橋における日中両軍の衝突は日中全面戦争へと発展し、日本はいよいよ挙国一致の体制となっていった。近衛文麿内閣は同年八月二十四日に国民精神総動員実施要綱を決定、九月九日には訓令を発する。二十五日には情報委員会を廃止し内閣情報部を設置、十一月十八日には戦時大本営条例を廃止し大本営令を交付、二十日には宮中に大本営を設置し、陸海軍の一体化をはかった。政府、軍部の指導体制も次々と一新され、日本は本格的に戦争へと突入していく。

その一環として同年七月十一日、政府はまず新聞通信各社代表の四十名に挙国体制の協力を要請した。さらに十三日には中央公論社・改造社・日本評論社・文藝春秋社の代表にも同様のことを行っている。その結果、まず吉川英治が『東京日日新聞』の特派員として天津に赴き、八月五日に第一報の「天津にて」を寄せている。さらに二十五日には「主婦之友皇軍慰問特派員」として吉屋信子が天津へ行っている。女流作家としても特派員第一号であった吉屋は、日中開戦当時最も注目を集めた作家であった。その他にも八月二十九日に林房雄が上海へ、十月十一日には岸田国士が華北へ行くなど、文学者の戦地視察が相次いで行われた。

やがて芙美子も、十二月十三日の南京陥落に際し、『毎日新聞』の特派員として南京に向かうことになる。その行程ははっきりしていないが、「女性の南京一番乗り」や「南京まで」などのエッセイから判断すると、十二月三十日の朝、トラックで上海から南京へ向かい、翌日の夕方に現地に到着。南京で元旦を迎え、二日まで慌しく各地を視察し、再び上海経由で帰国している。この視察の最大の焦点は、まさにあの南京事件が起こった直後のその土地を彼女がどのように捉え、ルポルタージュに書いたか、ということになるだろう。

まず、芙美子が滞在したわずかな期間、南京はどのような状態だったのであろうか。彼女は町の様子を次のようにつづっている。

さすが玄武湖の元旦の景色はなごやかなものだ。来る道々、昨日まで馬や支那兵の死骸を見て来た眼には、全く幸福な景色である。立つてゐる歩哨の兵隊さんも生々してゐるし、街には避難民達がバクチクを鳴らしてゐる。バクチクの音は耳を破るやうにすさまじく鳴つてゐて、その音をきいてゐると、わつと笑声を挙げたいほど愉しかつた。(「女性の南京一番乗り」)

正月二日の日も、南京上空には敵機の空爆があつたさうだけれども、私は、陽当りのい、徐堪《じょかん》の宿舎の二階で、故郷の友人達へ宛て、年始状を書いてゐる長閑さであつた。(「南京まで」)

いささかの緊迫感もない文章である。のどかな正月の風景だ。しかしこれに対し、たとえば当時ドイツ・ジーメンス社の南京支社長だったジョン・H・ラーベの日記では以下のような記述になっている。「今日、うちの難民がふたり、外をぶらついていたところを日本兵に連れていかれて、略奪品を運ばせられた。昼、家にもどると、かみさんのひとりがひざまずいて訴えた。『お願いです!うちの人を連れ戻してください。でないと、殺されてしまいます!』みるも哀れな姿だった。しかたなく私はそのかみさんを車に乗せて、中山路でようやく連中を見つけた。武装した兵隊二十人とむきあう。案の定二人を引き渡そうとはしない」。これは芙美子が南京に滞在していた十二月三十一日の記述である。

さらに、一月二日には以下のような言葉も見られる。「本部の隣の家に日本兵が何人も押し入り、女の人たちが塀を越えてわれわれのところへ逃げてきた。(中略)日本軍の略奪につぐ略奪で、中国人は貧乏のどん底だ。自治委員会の集会がきのう、鼓楼病院で開かれた。演説者が協力ということばを口にしているそばから、病院の左右両側で家が数軒焼けた。軍の放火だ」。

ラーベはナチス党員であったが、日本占領下の南京で国際安全区委員会(2)の代表となって中国人救済のために奔走した人物で、日本軍の南京攻撃から入城、占領に至る過程を克明に記した日記『南京の真実』(平成九年一〇月、講談社)は、南京事件に関する貴重な資料だといえる。なぜなら、加害者の日本人でもなく、被害者の中国人でもない、いわば第三者の目から書かれたものだからである。

彼の日記によれば、南京は陥落後も依然として至る所で日本軍の略奪、放火などの残虐な行為が行われており、芙美子の文章とはあまりにも落差が大きい。彼女はそうしたものを目の当たりにすることはなかったのであろうか。いずれも、わずかに残された南京視察に関するルポルタージュから判断することは不可能である。しかし芙美子の文章には、ある種の不自然さも見られるのである。

わたし達のトラックは大毎の支局になつてゐる徐堪といふひとの邸のなかへ這入つて行つた。(中略)この邸のなかにはテニスコートもあり、前庭も後庭ものび〳〵ととつてある。石造りの英国風な家造り、わたしは、こゝの家族はいつたいどこへ逃げて行つたのかといぶかしい気持だつた。隣もその隣も、南京は遠くまで空家ばかりだ。(「女性の南京一番乗り」)

これを読む限り、芙美子は南京で何があったのかを知らずにいたとも受け取れる。しかし、この後に続く文章には、どうもそうではないような作為が感じられる。

わたしはつくづく批判をするよりもまづ、戦ひには勝たなければいけないと思つた。日本がもしこんなになつたらどんなだらう、考へただけでも身震ひがしてならない。（中略）だけど、わたしは、戦争の跡をみて、たゞさう痛感しただけで、わたしには国のことは何もわからないのだ。（同）

南京事件に関しては、当時厳重な管制が布かれていた。内閣情報部は『文藝春秋』の付録として発行された「ジャパン・ツーデー」に託して、日本は虐殺などをするはずのない、平和的な国であり民族である、といった宣伝をするなど、海外からの非難をかわすことに狂奔していたのであるから、芙美子が南京の真実を書かなかった、もしくは書けなかったという可能性は当然高い。そのせいなのか、芙美子は戦跡の視察においても、「わたしは土嚢のいつぱい詰つた門をくゞりながら、よくもこゝを打ち抜いたものと感嘆してしまふのだつた」（同）などと、その荒廃ぶりをあえて日本の強さを讃えるものにしている。

この時、崩れかかった光華門の前で撮った芙美子の写真が残されているが、彼女はそのような南京の町を見て、いったいどのように感じたのであろうか。しかしさらに問題になるのは、〈女性の南京一番乗り〉を果たした芙美子の報告には、〈女〉であることの意識が強く反映された文章が書き連ねられていることである。戦争のルポルタージュであるだけに、その記述はひときわ目を引く。

「女のひとでは林さんが一番乗りですね」といはれた。さういはれると、中山路の街通りには、日本の兵隊さんばかり、日本の女の人は一人もゐない様子だ。(「女性の南京一番乗り」)

私は女なので、助手台へ乗せて貰つたのですが、(「私の従軍日記」)

私はまづ女だから御不浄場を探して歩かなければなりませんでした。(中略)私はそんなことから心配してかゝらなければならないのです。(同)

「おい、女の従軍記者だよ」と云つて、こゝまで来た私を見て吃驚《びつくり》してゐる。さうして、どの兵隊さんも挙手の礼をして、私のトラックを見送つてくれる。(「南京まで」)

日本では、なかなかこんな風に男達に大切にはされないのだけれども、戦地では私のやうなものでも兵隊さんが丁寧に歓迎してくれる。(同)

ここには、女性が戦地で過ごすことの困難さが、やや媚を含んだ調子で書かれており、また女性一人のため、同行者からも兵隊からも注目され、大切に扱われることへの喜びがにじみ出ている。なぜこのようなことになったのか。私には、これに関連して思い出す一つの挿話《エピソード》がある。森光子の主演で名高い舞台「放浪記」の脚色をした菊田一夫の証言だ。

無名時代の林芙美子と交流があった彼は、以下のようにいう。「昔、男たちがカフェかどこかへ行っちゃうと林芙美子一人残される。台所係兼印刷文選工の僕は留守番だからいるでしょう、そうすると二人でさしむかいで僕が好きだったサツマ揚げの煮物をおかずにご飯を食べる。彼女は、『夫婦みたいね』って言うんだ。相手にされない女のさびしさ、悲しさなんだな。後年、僕はその意味がわかったんだが、林芙美子のことを考えると、いちばんさきにそれを思いだす」(3)。

おそらく、男女関係において早いうちから辛酸をなめてきた芙美子にとって、戦地でのこのような体験は、それまであまり経験してこなかったものなのではないか。

全体的に、芙美子の南京視察に関する文章はたんなる旅行記の域を出ておらず、かつ主観にたよった文章で、報告としての価値はきわめて低い。それは、言論の統制という状況を差し引いてもほとんど変わらないものであり、いわば芙美子の身辺雑記といってもいいものなのである。

だが、この南京視察にともなって書かれた文章は、彼女の戦争協力の第一歩として記憶されなければならない。なぜなら、この時の彼女の文章の性格が、のちの漢口従軍や南方徴用での報告の基調になっているからである。またおそらくその本質においても、この南京視察が原点であろう。

つまり、この時期の女流作家の話題性という点では、芙美子は吉屋信子に先を越された形となったが、南京の〈女流一番乗り〉ということへの誇りと、戦地における好待遇への喜びは彼女にしっかりと収穫をもたらした。その結果として、先に述べたようなルポルタージュの特徴が表れているのである。この後、芙美子はいっそう戦争に深入りしていくことになるが、この南京視察が、彼女の戦争協力の基盤をつくったといっても過言ではないだろう。

文壇でも作家たちの従軍報告やルポルタージュはさまざまな話題、議論を呼んだが、その論点はほぼ報告文学のあり方や本質という面からのもので、戦争批判はもとより、文学者の従軍をめぐる是非などは対象にならなかった。これには言論を取り締まる風潮も関係しているが、めまぐるしく変化する中国での戦況、日本軍の相次ぐ勝利から来る国民の熱狂に、多くの知識人、文学者も例外なく巻き込まれたことが原因であろう。

芙美子は大衆の人気を集める力を持った作家であり、したがってジャーナリズムの側も、作家と戦争を結びつけ、大衆に宣伝する効果を考えると、芙美子を利用しない手はなかった。そのような外部からの要請と、芙美子の功名心の強い性格とが利害関係で一致したことは、彼女の戦争協力におけるひとつの柱になっていると思う。

注

(1) 森英一『林芙美子の形成——その生と表現』平成四年五月、有精堂。

(2) 日本軍の南京への攻撃に対し、南京市街地の一部に難民区または非戦闘員の避難所としてつくられた区域のこと。ラーベは設置委員会の中心人物で、のちにその代表となった。

(3) 菊田一夫・高峰秀子・森光子「『放浪記』二人の芙美子」『婦人公論』昭和三六年七月。

2　漢口従軍

1

満州事変の勃発から日中戦争の激化にともない、文学者が新聞・雑誌等の特派員という形で中国に赴いたことと、彼らの現地報告の文章は、人々の関心を中国へと向かわせる一つの大きな要因になった。

一九三七（昭和一二）年、火野葦平が「糞尿譚」（『文学会議』昭和一二年一〇月）で芥川賞を受賞したが、彼が応召中だったために、その授与式が異例ともいえる杭州の陣中で行われたことも、この時期の戦争と文学にまつわる話題として数えられるだろう。火野が翌年に発表した「麦と兵隊」（『改造』同一三年八月）は爆発的な成功をおさめることになる。その一方で、南京攻略戦に従軍し、「生きてゐる兵隊」（『中央公論』同年三月）を発表した石川達三が、その残虐な戦場の描写がきっかけで発売禁止どころか禁固四年の処分になった事件もあった。文学者をめぐる状況は、いよいよ戦争を抜きにしては考えられないものに変わってくる。それは林芙美子も例外ではなかった。

このようななか、南京を占領すれば終結すると考えられていた日中戦争は、陥落直前に蔣介石率いる国民政府が漢口に逃れ、抗日戦徹底を宣言したために泥沼の長期戦に突入する。何とかその膠着状態を打破しようとした日本は三八年、徐州作戦実施を下令する。これは華北・華中の双方から中国中央軍を徐州付近に包囲殲滅しようとするものだったが失敗に終わり、同年、大本営は更に、武昌・漢口・漢陽の武漢三鎮攻略を決定する。この作戦は日中戦争では最大規模のもので、作戦開始後総兵力約三十万人が投入されたといわれる。

こうした状況を背景に、漢口攻略戦に従軍する作家のペン部隊結成の計画が進められることになったのである。その経緯については、高崎隆治の詳細な研究があるので(1)、ここでは要点だけをまとめておこう。

三八年八月二十三日、当時日本文芸家協会の会長であった菊池寛を中心に、佐藤春夫・久米正雄・横光利一・尾崎士郎・白井喬二・北村小松・吉川英治・片岡鉄兵・丹羽文雄・小島政二郎・吉屋信子の十二名が内閣情報部に集まった。会合は時局の話から戦線視察の話になり、白井喬二によると、情報部は武漢三鎮攻略戦の現状を説明し、次のようにいったという。「従軍が御希望ならば、陸海軍部と協力して充分便宜な方法を講じよう。先《ま》づ人員二十名位までは引受ける用意がある。然し、従軍したからとて決して物を書けの、斯《か》くせよのといふ註文は一切考へてゐない。全く、無條件だ。勿論、国家としては斯かる重大事局に際し正しい認識が文筆家一般に浸滲《しんしん》することは望む所であり、亦それが当然だとは思ふ。雖然《けれども》、戦争の現場を見たからとて、何もすぐ戦争文学が生れる筈の物では無いではないか。十年後に筆を染めようと、二十年後に作品を発表し。ようと其麽事《そんなこと》は一切自由だ。只だ、何よりも諸子の目で、心臓で、この世紀の一大事実である所の近代戦争の姿を見極めて来られては何うであらう」(2)

この申し出に、横光だけが華北方面へ行きたいという理由で断った他は、会合の参加者全員が従軍を希望したという。さらにその後十一名が追加となり、八月二十六日、先に挙げたメンバーも含めて最終的に選ばれた二十二名の作家が首相官邸で発表される。そして、林芙美子の名もそこには含まれていた。なお、彼女の他に追加されたのは浅野晃・岸田国士・川口松太郎・瀧井孝作・深田久弥・佐藤惣之助・中谷孝雄・富沢有為男・杉山平助・浜本浩であった。

芙美子がなぜ従軍作家に選ばれたのかは不明であるが、それまでに戦場を経験していた女流作家が吉屋と芙美子だけであったということを考えてみると、先に吉屋の従軍が決まった以上、必然の成り行きであったのかもしれない。ペン部隊の一行は陸軍班と海軍班に分けられ、二人の女流作家は吉屋が海軍班、芙美子が陸軍班とそれぞれ配属されることになった。

なお、このペン部隊の人選については、板垣直子の次のような指摘がある。「『ペン部隊』は、ただかくだけでなく、それぞれ新聞や雑誌に、現地の情報を発表しなければならなかった。芙美子は南京陥落のとき『毎日新聞』のために働いたから、当然同新聞からの契約の相談が、くるものと思っていた。ところが、『毎日新聞』の学芸部長には、久米正雄がなっていた。久米は菊池(3)とともに、吉屋信子の親友であったばかりか、吉屋信子が少し前に『毎日新聞』に連載したばかりの小説の『良人の貞操』は、非常な人気をよび、同紙の購読者をふやしたといわれるほどだった。それゆえ、久米正雄が信子に依頼したことに無理がなかった。しかし、芙美子は不平であった。

以前からのつながりを無視された憤りの他に、吉屋信子を用いたことに対する反感もあった。芙美子は信子が大衆的な小説で名をなしていたことは知っていたが、芙美子特有の同性に対する競争意識がここでも燃え上ったとみられる[4]」。

これはおおむね当たっていたといえるだろう。しかし吉屋は、客員として毎日新聞社に籍を置いていたので半ば当然の措置でもあり、結局芙美子には『朝日新聞』がつくことになった。

前節でも述べたとおり、吉屋は最初に中国戦線に立った女流作家であり、その活躍ぶりはすでに華々しく報道されていた。このことに加えて、当時陸軍よりも待遇がよいとされていた海軍班に吉屋が決まったことは、この後中国に渡ってからの芙美子の行動を見てみると、彼女に何らかの競争意識をあおらせることになった一因ではないかと思われる。

ペン部隊の作家が中国に着いた後、現地滞在の軍情報部から示された「従軍文芸家行動計画表」は、「目的——主として、武漢攻略戦に於ける陸軍部隊将兵の勇戦奮闘、及び労苦の実相を国民一般に報道すると共に、占領地内建設の状況を報ぜしめ、以て国民の奮起緊張を促し、対支問題の根本解決に資するものとす[5]」というようなもので、先に引用した白井の文章における内閣情報部側の発言とは食い違うことに気づく。作家たちはそれぞれの従軍に先立ち、新聞・雑誌社と契約を結んでいたこととは別に、報告の義務を負わされるということを意味しているからだ。同時にその文章にさえ、軍部が介入するということも暗に示している。

文学者というものは本来、永井荷風がいうように、「私は父母と争ひ教師に反抗し、猶且つ国家が要求せざる、寧ろ暴圧せんとする詩人たるべく、自ら望んで今日に至つたのである。(中略)

博徒にも劣る非国民、無頼の放浪者、これが永久吾々の甘受すべき名誉の称号である」[6]というような存在である。それが権力の側につく羽目になったことで、彼らの文学的精神が歪まないという保証はどこにもない。事実、そのジレンマに陥った者、権力に迎合してしまった者がこの戦争中は無数に出た。

芙美子のことに話を戻すと、彼女は中国に着いてからはほぼ単独行動を取った。新聞や雑誌社の特派員として来ているなら、自由な行程で戦場視察を試みることも可能であったが、今回は軍部直結であるペン部隊の一員である。単独行動などは言語道断だった。しかし、彼女は陸軍班でありながら、海軍の関係機関などを巧みに利用するなど、誰もが考えつかない手で現地をまわった。そして結果的に陸軍稲葉部隊と行軍を共にした芙美子は、朝日新聞社のトラックに乗り換え、十月二十二日、報道記者として漢口入城一番乗りを果たしたのである。

石川達三は、当時の芙美子について次のように語っている。「どんな手づるで、どうやってこの戦車兵団の中にもぐり込んだのか、誰も知らない。ただ私には林芙美子という人の負けん気の強さ、抜け駆けをやりたがる根性のようなものが感じられた。そしてもう一つ、ペン部隊の連中の鼻を明かしてやろうという彼女の心情が解るような気がした。(中略)一番乗り部隊の中に林芙美子はちゃんとはいっていた。何たる根性!……それは彼女の生活力の強さ、抜け目のない聡明さ、そして彼女の作家魂でもあった。私小説文壇の精神とは少し違った、もっと恥知らずで行動的で破れかぶれな魂であった」[7]。

この間、彼女の従軍通信が断続的に『朝日新聞』に連載されている。そしてこれと書き下ろしの報告、帰国後同紙に掲載された「漢口より帰りて」を加えてまとめたものが『戦線』として刊行された。発刊に先立ち、朝日新聞社は社屋にアドバルーンを掲げて大々的に宣伝している。さらに芙美子は、同様の従軍記『北岸部隊』を発表する。

漢口における芙美子の一連の行動は、陸軍班の団長でもあり『毎日新聞』の学芸部長でもあった久米正雄の怒りを買った。さらに板垣直子によると、芙美子は従軍の直前に『サンデー毎日』と『週刊朝日』からそれぞれ五〇枚の巻頭小説の執筆依頼を受けていたが、『サンデー毎日』側には出発の前に東京駅で原稿を渡すといっておきながら果たさず、今度は大阪で渡すと約束したものの、やはり渡さずそのまま中国へと旅立ってしまった。そして『週刊朝日』の方にはきちんと芙美子の巻頭小説が掲載されていたというのである。(8) これについては、当時『毎日新聞』の学芸部記者だった辻平一が、多忙だった芙美子は本当に書く時間がなかったのではないか、と異論を唱えているものの、(9) これをきっかけに、芙美子をめぐる『朝日』と『毎日』の確執が生まれ、それは戦後、彼女が『毎日新聞』に「うず潮」を連載するまで続いた。

芙美子は十月三十一日に帰国したが、大阪の木津川尻飛行場に降り立った芙美子を翌日付の『朝日新聞』は写真入りで大きく報じている。また帰国後、休む暇もなく大阪・福岡・熊本・名古屋・東京で報告講演会を行っており、その記事はたびたび同紙に掲載された。紙上座談会などでも、芙美子の名は連日新聞、雑誌等を賑わせていた。男性作家を押しのけて最前線の兵隊と行動をともにしたという体験は、話題性に事欠かなかったのである。戦争と女流作家に関して補足すれば、この出来事をきっかけに、ジャーナリズムの花形は吉屋信子から林芙美子に移ったといえるだろう。

2

この従軍によって生れた『北岸部隊』は、上海へ到着してから各地を視察し、さらに最前線の部隊と合流し漢口に入城するまでの経緯が日記形式で書かれている。しかし、肝心の部分、つまりどんな手段を使って一番乗りを果たしたのか、という点は周到に省かれている。[10] つまり、実際の芙美子はさまざまな手段を使ってペン部隊の英雄の座を獲得したのだが、あからさまに何かを利用したという印象を読者に与えないような記述になっているのである。まるで、最前線の部隊への従軍は、あらかじめ決められていた行程なのではないかと思わせせられるほどなのだ。芙美子が日本を出発する直前に書いた「詩の戦使」には、「二十二人の作家から離れて、私は一人で兵隊につきたく思つてゐる」という部分があるので、何らかの計画がすでにあったのかもしれないが、今は推測するしかできない。

その従軍記の質となると、結論からいってきわめて低いものであるといわざるを得ない。『戦線』も同様である。このなかの芙美子は、常に感傷的であり、些細なことでも涙をこぼす一人の女性にすぎない。戦記を書くにあたっての最大の難関は、時には自己をも徹底的に対象化しなければならないほどの客観性をどれだけ持てるか、にあると思う。しかし、芙美子の従軍記には、最前線という絶好の舞台があるにもかかわらず、戦場の極限状態などはほとんど描かれていない。

兵隊、軍馬、そして何より作者自身の生活記録になってしまっているのである。

私は戦場で見る兵隊達の素朴な友情を忘れることは出来ません。一つのものをいくつにも分けあひ、一つの席もゆづりあふ美しい男同志の友情はこれは見てゐて虹のやうに美しいものでした。（『戦線』）

北岸部隊の後続隊がどんどん行軍して来る。露台を見あげて、林さんと呼んでくれる兵隊があつた。私は手を振りながら、溢れる涙をぢつと耐へていた。素直に流せる涙をうれしいと思つた。（『北岸部隊』）

このようなやや誇張された表現が全篇を通して見られる。これが何回となく繰り返されると、一つの疑問が浮かんでくる。すなわち、これは芙美子の計算の上に立った表現なのではないかということだ。それを立証するために、次の二種類の文章を比較してみよう。

（A）私の前を行く耳輪の長い女の、腰の線の何と云ふ美しさ、楚々と云ふ言葉も、こゝへ来て始めてうなづける。（「北京紀行」）

青年達は仲仲逞くましく元気である。何を話しあつてゐるのか判らないが、それぞれりゝしい表情だつた。（同）

（B）両手を拡げた位の狭い町のあつちこつちに、支那兵が様々な恰好で打ち殪《たふ》れてゐます。

まるでぼろのやうな感じの死骸でした。こんな死體をみて、不思議に何の感傷もないと云ふことはどうした事なのでせう。(『戦線』)

向うから茶色の帽子をかぶり、清潔な服装の支那人が一人のここつちへ歩いて来た。郊外住宅地の地主と云つたやうな男だつた。私の前を黙々と歩いてゐた兵隊は、急にその支那人の処へ寄つて行つて、その男のソフアの帽子をはぎとり、帽子を溝の方へ転がした。(『北岸部隊』)

(A)の「北京紀行」は、漢口従軍の前年の一九三七(昭和一二)年一月、『改造』に発表されたものである。芙美子はすでに私費で何度となく中国大陸を旅行し、その風土と人間には並々ならぬ愛着を持っていた。それが短期間で(B)のような表現に変わっているのである。私はここで、戦争協力の文章を書いたことを短絡的に非難するつもりなのではない。また、人道的な点から言及したいのでもない。これほどの短期間で文章が変貌を遂げていること、しかもそれがあまりにも時局に即した安直な表現になっていることに注目したいのである。

火野葦平によると、当時作家が戦争を書く際に加えられていた制限は大変なもので、まず「日本軍が負けているところを書いてはならない」「戦争の暗黒面を書いてはならない」「戦つている敵は憎憎しくいやらしく書かねばならな」い(これは敵兵のみならず民衆にも当てはまる)。さらに、「作戦の全貌を書くことを許さない」「部隊の編成と部隊名を書かせない」「軍人の人間としての表現を許さない」「女のことを書かせない」という条件があったという。[11] これでは、まともな従軍記など書けるはずはない。しかし、芙美子の『戦線』や『北岸部隊』は、どうもそれだけでは片付けられない問題をはらんでいると思う。

芙美子が、女性一人で過酷な戦場に赴き、行軍を共にしたということには想像を絶する労苦があったに違いない。しかし、他を出し抜いて漢口一番乗りを果たした抜け目のなさという現実と照らし合わせてみると、その儚げな女性のイメージ、安易な中国人蔑視の表現などは、全て読者あるいは時局を意識した上での、彼女のしたたかな計算が込められているといわざるを得ない。分かりやすくいうと、こう書いたら読者は感動するだろう、というような意図が透けて見えるのである。戦地での感動に関する安直な表現の多用は、この従軍記自体を浅薄なものにしてしまっている。

高崎隆治は、「林の身辺雑記ふうな薄手の従軍記は、『放浪記』以後、次第にその自他籠絡のツボを心得て安売り的となった安易なセンチメンタリズムを一歩も出るものでなかった。母親的におろかしく、母親的にはがゆく、母親的に涙っぽい、実になんともやりきれない古めかしい女を描くことは、すでに彼女にとって自家薬籠中のものであるわけだが、従軍の全行程において、そういう女を地でいった林は、いってみれば、『兵隊さんよありがとう』のパターンの原基でしかなかったのである」(12)といっているが、まさしくその通りなのである。

そして、ここにも、南京視察の際に見られたような、女性の特権を意識したような表現が見られることをつけ加えておきたい。

矢原隊の階下の部隊では、夕方湖へ行つてわざわざ私の為に野花をとつて来たのだと云つて、私の前の卓上に黄色い花が飾つてあつた。さうして、私にだけ蜜豆の罐詰があけられてゐた。
(『北岸部隊』)

夕方、I部隊長の従卒の方が、林女史と共に茶など淹れて食べられたし、とある部隊長の手紙を持つて、羊羹を一本とゞけて下すつた。(同)

また、芙美子が戦場に行くことが可能だったのは、作家という立場があればこそのものである。しかし、「従軍作家なんて、酸つぱくつて、何と云ふ厭な名前だらう。私は兵隊や馬と同じやうに、一人の女として、こゝまでついて来たやうな、そんな胸のふくれるやうな気持もあるのです」(『戦線』)などと書かれては、職業作家としての初歩的な自覚さえ疑わしくなってくる。

『北岸部隊』の手法に関しては、板垣直子が「戦争文学批判」(『新潮』昭和一四年三月)で次のような指摘をしている。「ルポルタージユでは客観性のあるといふことが大切である。或ひは奥行きのあることも必要である。または、その何れか一つを具へてゐてもよいであらう。『北岸部隊』にはその両方がないやうである。北岸部隊について漢口入りをするといふことは元来すばらしい従軍である筈だが、林氏の描写が自分本位であることは非常に惜しく思はれる。『北岸部隊』をよんでゐる間、私は『放浪記』の繰り返へしであることを始終感ん《ママ》じた」。確かに、『北岸部隊』は客観的なルポルタージュとしての面は薄く、作者を取り巻くあらゆる環境がその主観に頼って書かれている。自然描写なども〈私〉の印象がすべてなのだ。

概して、自己の感性に頼った、しかも体験的な生活圏の描写が中心となる女流作家にとって、戦場というものはあまりにも非日常の世界であった。芙美子のルポルタージュが結局身辺雑記に終始してしまった原因の一つはそこにある。したがって結果的に、自己の感性によって捉えられる範囲で兵隊の苦労を取り上げたにすぎないものになってしまった。板垣氏の言葉を借りていえば、「放浪記」の世界が戦場に移行しただけなのである。『戦線』『北岸部隊』は「牡蠣」などで確立されたリアリズムの手法が全く生かされなかった。

また、大岡昇平は、『北岸部隊』は、それまでの戦記ものの発行部数から見て初版五万を刷ったが、ほとんど全部が返本されたことを指摘、その原因を「国民の間に厭戦気分が漲りはじめた徴候」と解説している(13)が、それよりももっと基本的なこと、すなわち、内容そのものに問題があったことは間違いない。

いくら林芙美子が泥まみれになって従軍したとしても、所詮それは外部からの〈客〉であったということだ。途中でやめようが引き返そうが構わない。ところが兵隊はそうはいかない。生きるか死ぬか、殺すか殺されるか、といういわば極限状態に置かれているのである。ペン部隊に参加した文学者の従軍記が、結局のところ外から見たものにすぎなくなるのは当然のことであった。したがって、実際に兵隊体験をしている火野葦平のいわゆる〈兵隊三部作〉などとは性格がまったく異なるのである。

ペン部隊への参加は、戦後になってからも、権力の圧迫に抗し難いものだった、といった種類のいい逃れができないものである。なぜなら当初、横光利一が華中ではなく華北方面に行きたいという理由から参加を断ったように、太平洋戦争開戦後の文士徴用（これについては次節で述べる）とは違って断ることができたからである。そして何よりも、当時の金額で三百円(14)という莫大な支度金をもらったという事実がある以上、作家たちはすすんで軍部のお先棒を担いだといわれても仕方がない。

これを大前提に、芙美子にとっての漢口従軍について総括してみよう。彼女は「詩の戦使」のなかで次のようにいっている。

> いままでに度々自費で支那へは行つたけれど、官費で行くのは生れて始めてゞある。いままでは自分の金で出掛けて行つたせいか、私は、雑誌や新聞の特派の人達のやうに、支那に就いてはあまり書いてゐない。

ここからは、ある種の誇りのようなものが感じられる。「放浪記」の林芙美子が、ついに官費で海外に行くまでになったのである。恐るべき出世だといえよう。それは彼女自身が誰よりも感じていたに違いない。他人を出し抜くような形での〈漢口一番乗り〉までの行動、ルポルタージュの性格など、すべて彼女の幼い頃からの劣等感の照り返しのような印象を受ける。

芙美子はかつて「哈爾賓散歩」という随筆のなかで、「日露戦争の跡もみて来たかったが、小心者の私は、戦争があんまり好きぢやないので、旅順の二百三高地へは、わざと行かないで止めてしまつた」と述べていたことがあったが、こうした記述と、漢口への従軍は何ら矛盾しない。

従軍前と従軍後の彼女の文章は、内容が百八十度変わっても、芙美子のジャーナリズムを知りつくした上での要領のよさという点でつながっているからである。

この当時、戦争という大事件そのものは、芙美子にとっては本質的には無関係であった。ただ、戦争に絡む恩恵に関しては深くコミットしていたといわねばなるまい。行軍を共にするということも、底辺を生きてきた芙美子だったからこそ可能だったたと思われる。つまりあらゆる面において、彼女の持つしたたかさに、他の従軍作家は及ぶべくもなかったのだ。戦場での芙美子はまさしく紅一点であった。帰国後も芙美子はジャーナリズムの寵児であった。一九三八年の文壇は、男は火野葦平、女は林芙美子の一人舞台であったということができる。このような華々しい体験は、それまでの彼女の人生にはなかったといっていい。

ペン部隊に参加し、その経験が作品化されたものとしては丹羽文雄の「還らぬ中隊」(『中央公論』昭和一三年一二月～翌年一月)や尾崎士郎「ある従軍部隊」(同、同一四年二月)があげられる。これ芙美子は戦場を見たにもかかわらず、それそのものを小説として形にすることはなかった。これは、戦争と女性が結びつく要素が薄いことも関係しているが、それよりも彼女が作家としてのプロ意識とは別なところで戦争に参加したということの、ひとつの証明になりはしないだろうか。

注

(1) 高崎隆治『戦時下文学の周辺』(昭和五六年二月、風媒社)、『戦場の女流作家たち』(平成七年八月、論創社)など。

（2）臼井喬二『従軍作家より国民へ捧ぐ』昭和一三年一一月、平凡社。
（3）菊池寛のこと。
（4）板垣直子『林芙美子の生涯　うず潮の人生』昭和四〇年二月、大和書房。
（5）高崎隆治『戦時下文学の周辺』。
（6）永井荷風『歓楽』明治四二年九月、易風社。
（7）石川達三『経験的小説論』昭和四五年五月、文藝春秋社。
（8）注4に同じ。
（9）高木健夫「林芙美子への待遇——張り合う『朝日』『毎日』——」『新聞小説史　昭和篇Ⅱ』所収、昭和五六年一一月、国書刊行会。
（10）二〇〇二（平成四）年七月、中央公論新社より『北岸部隊　伏字復元版』（中公文庫）が刊行されたが、完全なものではない。
（11）火野葦平「解説」『火野葦平選集』第二巻所収、昭和三三年一一月、東京創元社。
（12）注5に同じ。
（13）大岡昇平「解説」『昭和戦争文学全集』第二巻所収、昭和三九年九月、集英社。
（14）高崎隆治「文藝春秋と十五年戦争」『危うし!?文藝春秋［文春ジャーナリズム］全批判』所収、昭和五七年二月、第三文明社。

3　南方徴用

1

林芙美子畢生の大作「浮雲」は、彼女の戦時中における南方体験が生かされていることでも知られている。この作品については別に詳述するが、ここで一言だけいえるのは、物語の舞台となっている仏印が、単なる装置としてではなく、必須条件としてあることである。そのぐらい、主人公の男女にはこの土地が深く影を落としている。

この節では、その「浮雲」を書かせることになった林芙美子の南方徴用について考えたい。

まず、時代背景を確認すると、日中戦争が膠着状態となり、解決の見通しがまったく立たなくなってきた日本は、一九四〇（昭和一五）年七月、第二次近衛内閣成立にともない、「東亜新秩序」の国策要綱を発表している。これはのちに〈大東亜共栄圏〉の構想に発展し、以後、日本をめぐる国際情勢はめまぐるしく展開していく。

近衛内閣は同年九月、日独伊三国同盟に調印、アメリカやイギリスなどとの対立を決定的なものにし、翌四一年四月には日ソ中立条約を結ぶ。しかし六月に同盟国のドイツがソ連に侵攻したために、日本は南進か北進かで迷うこととなり、結局東南アジア方面の兵力を増強することになった。資源を得るという名目で軍部が東南アジアで行った軍事支配は、西欧帝国主義からアジアを解放するという大義のもとに合法化され、国民の意識は〈南方〉へと移っていく。これは、文学者を含むあらゆる文化人にとっても例外ではなかった。

　前節で述べたペン部隊の成功は、この戦争において文学者というものがおおいに利用できる存在である、ということを軍部に認識させることにつながり、以後、ナチスのPK《ペーカー》部隊にならった対南方作戦宣伝班の編成が始まる。これは、従来の宣撫班、報道班などと呼ばれていたものの性格をさらに発展させ、より総合的な文化作戦を目的としたもので、いよいよ日本が総力戦の体制になってきたことを示すものであった。

　その具体的な任務としては、現地での日本語教育、映画の作成、新聞・雑誌等による日本文化の啓蒙、日本国民への宣伝などが主なものであった。これが漢口攻略戦のペン部隊と大きく異なる点は、①辞退できない、②上陸作戦等にも参加する、③戦闘への直接参加はないが銃火の下でも任務を遂行しなければならない、など、兵士同様の扱いを受けることだった。そこには当然、生命の危険もともなうわけである。

　高見順の『昭和文学盛衰史』（昭和三三年三月、文藝春秋社）によると、文学者のもとに召集令状の「赤紙」ならぬ徴用令状の「白紙」が届いたのは、一九四一年[1]十一月中旬のことだった。そしてその直後の十七日、本郷区役所にて身体検査が行われ、第一次の南方徴用作家が決定する。なお、高見はビルマ組となり大阪から出港、香港沖にさしかかった時に船中のラジオで十二月八日の日米開戦を知ったという。

こうした文化人の徴用は、女流作家にも及んできた。林芙美子も、陸軍報道部の臨時徴用に応じ、南方へ赴くことになるのである。

しかしながら、これに関して芙美子は、『戦線』あるいは『北岸部隊』のような詳細なルポルタージュをあまり残していない。また、徴用は軍の戦略に関係してくるので資料も不十分である。そこで、南方へ同行した元『中央公論』編集長・黒田秀俊の『軍政』（昭和二七年一一月、学風書院）や、佐多稲子の文章等を参考にしながら、その行程や本質に迫ってみたいと思う。

まず、現在判明している範囲での南方徴用の行程を記しておこう。

〈一九四二（昭和一七）年〉
一〇・二六　広島県の天城旅館に集合。同行者は佐多稲子・小山いと子・美川きよ・水木洋子ほか出版関係者十三名。
一〇・三一　宇品港より出港。
一一・一六　シンガポール着。
一一・一八　ジョホールバルなどを美川と共に視察。
一二・初め　佐多、美川らと共にマレー半島を北上、タイ国境のアロルスターへ行く。
一二・下旬　ジャワのスラバヤに赴く。
〈一九四三（昭和一八）年〉

一・一　カリマンタン（ボルネオ）島のバンジェルマシンで正月を迎える。
一・六　スラバヤに戻る。
一・一二　スラバヤ郊外のトラワス村に赴き村長宅に寄宿。
三・三　ジャカルタから飛行機でスマトラ島・パレンバンへ向かう。
三・五　パレンバン出発、車でメダンへ。
三・七　途中ジャンピイで二泊。
三　ジャワ・トラワス村再訪。
五・六　フィリピン・マニラにて「コレヒドール攻略一周年記念式典」に参加、東条首相を迎える。
五・中旬頃　帰国（推定）。

黒田氏によると、大本営陸軍報道部から南方視察の依頼があったのは四二年八月から九月頃のことで、その際徴用と同様の趣旨で取り扱うために辞退は認められないことをいい渡されたという。しかし、女流作家の場合はいささか様相が異なっていたようである。それは、「徴用という名目はついていたが、女の私など、口実をつければ行かなくともすんだ。げんに、はじめ一行のひとりだった中里恒子さんは、出立前に取りやめにしている(2)」と後年佐多稲子が語っていることからもわかる。また、漢口ペン部隊のメンバーは三百円という莫大な支度金をもらったにもかかわらず、「南方へ行ったたって生活の方はただで食べさせてくれるだけ」「支度金などもらいません(3)」

というものであったらしい。

林芙美子がどのような経緯で選出されたかは不明だが、すでに南京・漢口を視察してきたこと、また戦場での〈一番乗り〉といった大活躍で、彼女と戦争とを結ぶイメージが社会的に定着したためと考えられる。そして最終的に、この南方視察には次の人間が選ばれた。林芙美子・佐多稲子・小山いと子・美川きよ・水木洋子・橋本求（講談社）・馬場秀夫（毎日新聞社）・渡辺綱雄（朝日新聞社）・内山基（実業之日本社）・神山裕一（同）・下村亮一（第一公論社）・相沢正己（博文館）・池田克己（旺文社）・川村英一（小学館）・小山誠一郎（誠文堂新光社）・黒田秀俊（中央公論社）・清水一継（同）。なお、この後講談社の木村喜市が恤兵部から派遣され加わる。

一行は広島の天城旅館に集合の後、十月三十一日に宇品港を出港した。しかし乗船したのは国際法に違反する病院船で、そこには慰問団や民間人などが千人余り乗っていたという。佐多の「虚偽」（『人間』昭和二三年六月）は、この南方徴用を題材にとっているが、船中の描写の中に「甲板の底に当る広い方の船艙には、軍属になって南方の島の役所に事務をとりにゆく十四、五人の若い女もいた」とある。当時民間レベルでも南方へ行く人間はかなり増えており、「浮雲」の主人公・幸田ゆき子も、タイピストとして仏印に渡っている。ペン部隊の際は華々しく出発も飛行機であったのに、この旅は軍の戦略の関係から秘密裡な部分が多く、船内の待遇もひどいものであった。

十一月十六日、シンガポールに着いた一行は、作家一人に対し新聞社・雑誌社が随行するという形でそれぞれ別行動をすることになった。芙美子と美川には朝日新聞社、佐多には毎日新聞社がついた。このため、芙美子の南方に関する紀行文はそのほとんどが朝日新聞社系列の雑誌に掲載されることになる。芙美子はすでに出発前に朝日と契約がついており、それに対抗した毎日側が佐多を獲得したという経緯があった。なお、この背景にある芙美子をめぐっての両社の確執は、ペン部隊の時の彼女の行動に端を発していることはいうまでもない。

芙美子と美川は十一月十八日にジョホール水道の敵前通過点、ブキテマの激戦地などを視察した。その時の模様は翌日の『朝日新聞』で「林・美川両女史ら昭南島へ」という記事になっており、芙美子は「私は戦死された兵隊さんのことを主として書きたいと思ふ、女の眼で見た南の戦ひといふものを書きたいと思ふのです」という談話を寄せている。さらに「南方初だより――マライからの第一信――」では、芙美子が十二月、約二週間をかけて佐多、美川と共にマレー半島を北上し、タイ国境付近のアロルスターまで車で視察したことが記されている。しかし、途中バトパハで女子小学校を見学、マレー人に日本語を教えている女性と出会ったこと以外、詳細な旅の内容は不明である。

芙美子は十二月下旬にジャワ・スラバヤへ渡り、そこからボルネオのバンジェルマシンへ行って正月を迎えた後、四三年一月六日にスラバヤへ戻り、同地の内政部長・守屋圭一郎の世話で原住民と起居を共にすることになる。これらの経緯が記された一月十二日付の『朝日新聞』によると、芙美子はボルネオでは海軍軍政部当局のはからいでかなりの奥地まで視察し、インドネシア人を前に講演も行っている。この記事には「原住民と融合ふ心」という見出しが付いており、芙美子がジャワで原住民との生活に入る意気込みが報告されているが、作家たちにはそれぞれ視察重点地域が割り当てられており、芙美子はジャワであったためにこのような村落生活に入ることも可能であったと思われる。一月十二日からジャワ・トラワス村で村長宅に寄寓する生活に入った後も、芙美子は各地を精力的にまわり講演や座談会等を行っている。

ジャワでの約二ヶ月の滞在を経て、三月三日に芙美子はジャカルタから飛行機でスマトラ・パレンバンに向かった。パレンバンから車でメダンを目指すこの旅は「スマトラ――西風の島――」に詳しい。なお、ここでは三月四日に創立されたばかりの瑞穂学園(日本語学校)を見学している。

スマトラ島の旅程が終了した後、芙美子は再びトラワス村に行っている。正確な日時ははっきりしないが、再度の村落生活を報告した「南の田園」に、「内地では三月だと云ふのに、この南ジャワの山の上では田植が始まつてゐる」という記述があることから、三月中にジャワへ戻ったと考えられ、ここからは村落生活を満喫している芙美子の様子をうかがうことができる。しかし、「私は、小学校《スコラ》の先生達に、毎日、日本語を教へに通つてゐた」という一文を見ても、いわゆる植民地を支配する側としての徴用の任務は果していたと思われる。

芙美子の旅の記録は、五月七日付の『朝日新聞』に掲載された詩「祖国の首相を迎ふ」で終わっている。この前日、フィリピンのマニラで行われた「コレヒドール攻略一周年記念式典」に参加して書いたもので、「涙してこの大いなる歴史にひれ伏す/祖国の神々よ護らせたまへ」などといった文句が並べられた愛国調のものである。

2

芙美子の南方での紀行文を読むと、そこにはいささかの緊迫感も感じられない。どれも、行く先々の風土を満喫しているといっていいものである。太平洋戦争を考える時、南方はその最前線というイメージが強いが、この落差はどこから来るのであろうか。

彼女の訪れたジャワを例にとって考えてみよう。当時、徴用された文化人を統率していたジャワ派遣軍宣伝班長の町田敬二が書いた『戦う文化部隊』（昭和四二年二月、原書房）によると、ジャワ軍政は大体以下の三期に分けられるという。第一期は占領直後で、主に日本の戦争資源の供給地としての施策に重点が置かれた時期。第二期は戦況が悪化し、戦線各所の兵が物資の補給困難のために飢餓状態に陥っている反面、ジャワ島駐留部隊のみが豊富な物資のおかげで我が世の春を謳歌した時期である。そして第三期は敗戦の直前で、補助兵力として現地青年を起用するなど最後の搾取に取りかかっていた時期に当たる。ジャワ島の蘭印軍が無条件降伏したのは一九四二年三月九日であるから、芙美子達が訪れた時期はちょうど第二期に相当すると見ていい。

当時の南方の頽廃ぶりは、芙美子の戦後の作品「ボルネオ　ダイヤ」などに描かれている。これは、軍政期のボルネオを背景に、慰安婦の珠江と日本兵・真鍋の関係を中心に描いたもので、次のような部分になど、当時の状況がよく出ているといえるだろう。

軍隊といふものは、一つの土地を占領するまでは勇ましく突き進んで何も考へるひまもないのだけれど、一つの土地を占領して、そこへ落ちついてしまふと、名誉ある軍隊の規律は、平和的なものに臆病になり、落ちつきがなくなつてくる。四囲が平穏になればなるほど、軍隊の規律は乱れはじめてくる。濁つてくるのだ。（中略）真鍋はもう退屈でやりきれない思ひに苦しめられてゐる。

芙美子の南方視察は、こうした背景のもとで行われた、ということをまず前提としておく。ところで、徴用という形で南方へ行った作家は男女を問わないものだったが、その待遇にはどのような違いがあったのだろうか。男性作家が「兵士と同等」の扱いであるのに対し、現地人の前で講演したり日本語教育に携わったりと、しっかりと軍部の文化工作の一翼は担っていたものの、女流作家の場合は分担された地域を比較的自由にまわることが可能で、何よりも視察ということが最大の目的になっている。それは、先に述べた宣伝班の任務とはややかけ離れているといえる。

なお次の文章は、マレー方面に行った井伏鱒二が、戦後になって徴用中の生活について書いたものである。「クルーアンの私たちの宿舎には机も椅子もなかつた。床の高いマレー風の民家だが、設営隊がこの家を接収する際、この家の人たちとの誓約で、家具や調度をみんな一つの小部屋に蔵つて板戸が釘付になつてゐた。『この板戸を明けることを厳禁する』といふ文句を書きつけた貼紙に、『ぐんせんでんはん、せつえい隊』と記してあつた。椅子も卓子もみんな板戸のなかに蔵つてあつたので、私たちは食事をしたり日記を書いたりする小机もなかつた。字を書くときには床板へ腹這ひになり、本を読むときには立つて読むか、胡坐をかいて読むか、仰向けになつて読むかであつた。私が仰向けになつて書類を読みかけてゐると、空襲警報のサイレンが鳴りだした。空襲のときにはゴム園のなかに逃げるに限る。（中略）私は北町君や月原君たちと離れ離れになつて、ゴム園に乗り捨てになつてゐる敵の中型自動車のなかに入つた。ここなら書類が読めるだらうと思つたが、機銃掃射が気になつて文字など目に辿れなかつた」(4)。

徴用作家の日常がうかがえるものであるが、これに対して芙美子の南方での暮らしぶりは以下のようなものだ。

私はこのトラワスの山の村へ来て、丁度二週間になる。毎日ザワに出て原住民の百姓仕事を眺めるのが愉しみであつたし、小学校《スコラ》へ行つて先生に日本語を教えるのも愉しみであつた。（中略）女中のワラシが、裸足で熱いコォヒィを持つて来た。小柄で、十四五の少女だけれど、顔の表情は老人のやうににぶい。私は熱いコォヒィを見ると、急におなかが空いたやうな気持になつた。ワラシは私の足もとの土の上にきちんと坐つて、私の用事を待つてゐる様子だ。私は、部屋のランプを消すことと、毛布を干して貰ふことと、少しばかりの洗濯物を頼んだ。ワラシは泥の土間に額をつけるやうにして音もなくすつと奥へかくれてゆく(5)。

この部分を比較しても、徴用という名目は同じでも、男女の作家の待遇には違いがあることがわかる。引用の文章は、芙美子のトラワス村再訪の模様を記したもので、彼女は村長のスプノウ氏の家に滞在したが、そこの使用人にも「奥様」と呼ばれ、手厚いもてなしを受けている。原住民と生活を共にするといった行程も女流作家ならではのものであり、これに限らず芙美子の南方におけるルポルタージュは、彼女のそれまでの紀行文とまったく違いはない。旅を楽しんでさえいる。

結局、女流作家の南方徴用の特徴は、次の佐多稲子の言葉に集約されるだろう。「当時の『マレー半島』とスマトラ北部を廻った私の場合、中国で出会ったような辛いおもいをすることはなく、まるで旅行者の見物に過ぎなかった。強いて云えば帰国の便が自由ではなく、航路には危険もあるという状態ではあったが、私は、その地の風景や生活風習がもの珍らしく、たのしんでさえいた[6]」。

佐多の「虚偽」は、作者自身と思われる年枝という主人公が、数人の作家やジャーナリストとともに南方に渡った時の模様と、帰国後の友人たち（プロレタリア作家）との邂逅を描くことによって、自己の戦争責任を告白した作品である。年枝にとってこの旅は、「見物というような旅」にすぎなく、ホテルの費用も軍の会計でまかなわれ、「年枝たちに軍が負わせる役目をお互いが承認しているということの上に成り立っているものにちがいなかった」。その年枝は本来の思想を隠し、同行の人間にも戦争協力という虚偽を装っているのだが、パダンのホテルで現地人と懇談した時、「心の中に、演技の真がのりうつり、彼女はほんとうに日本政府を代表しているような傲ぶった感情」になるのである。

このような傲岸な態度は芙美子にもあって、先の引用文における現地人の少女に対する態度や、この山の中にゐる日本人は私一人きりであつたので、狭い村のなかはスプノウ家にゐる私のことが相当問題になつてゐる様子で、道であふ人達は遠くから中腰になつてしづかにゑしやくをして私のそばを通つてゆく。(7)

といった文章にも表れている。彼女達は、現地人の態度の裏に隠されているものに気づいていなかったのだろうか。日本人に対する畏れは、軍の略奪や暴行といった侵略行為そのものと直結している。

佐多も芙美子も、最も深く戦争にかかわった女流作家であるが、この南方徴用を含めて、佐多の場合、長谷川啓が『佐多稲子論』(平成四年七月、オリジン出版センター)において指摘しているように、まず第一に窪川鶴次郎との夫婦生活の荒廃からくる虚無感、戦時体制への批判力の低下があげられる。

また、佐多自身が「作品の中の私」(『図書』昭和三三年九月)において「私がプロレタリア作家であるというふうなことは近所でも知っているわけであります。というのは私の家にもいろいろ警察が出入りしますし、私自身も警察につかまったりしていることがあるのでありまして、そういうことで近所と私との関係、これが非常に私にとってはつらい問題でございました。戦争の時期に何か自分だけがのけ者に見られているというそういう感じ、それがつらい、もっと一緒になりたいという、そういう気持ちがあるんです」といっているように、大衆からの孤立感に耐えられなかったことがあげられるだろう。

しかし、これはプロレタリア文学運動に参加した佐多が、思想的な意味で孤立感に悩んだというわけではない。彼女のいくつかの文章をみても、それは多分な感傷性からくるもので、皆に混じっていきたいといった性質のものである。また、彼女自身の女性解放への願望が、戦時下の女性能力活用政策にはからずも便乗することになり、それが戦中の自己の行動を正当化させることになった、という点も忘れてはならない。

それに対して芙美子の場合は、この南方視察を「千載の一遇」(8)といっていることにすべてがあると思う。彼女の場合、佐多のような思想的な要因はまったくなく、この南方徴用を含めて、芙美子の戦争に関するルポルタージュは、女性であることを多分に意識した、もっといえばその立場を最大限に利用したものだったからだ。

従軍は兵隊と行動を共にしており、文字通り泥まみれのものであったが、この南方行きは、数ある芙美子の戦争協力の旅において最も贅沢をきわめている。その点においては決定的に異質なのである。しかしそうなると尚更、ルソンで戦死した里村欣三、またはかろうじて生還したもの の、皮膚は青黒く歯は一本もないほど欠けてしまった今日出海など、男性作家のことを考えずにはいられない。女流作家の南方徴用の最大の特徴は、〈徴用〉という名がある以上、最も戦争あるいは軍部と結びついているにもかかわらず、現実の旅は最も戦争とは遠い状況にあったことだろう。

日本本土では、一九四一(昭和一六)年四月一日から東京など六大都市で米が配給制になるなど、いよいよ庶民の暮らしは困難な状況になっていた。それと照らし合わせると、「ただで食べさせてくれるだけ」でも十分であったと思う。まして芙美子の場合は、旅行好きなどという概念を越えて、旅が人生そのものだった。これ以上の恩寵はなかったであろう。
林芙美子の南方体験は、戦時中はついに作品化されることがなかった。これが重要な意味を持ってくるのは、後年の「浮雲」においてである。

注

(1)『文芸年鑑　二千六百三年版』(昭和一八年八月、桃蹊書房)にその名前が掲げられているが、徴用作家は一九四四(昭和一九)年末まで派遣され続けている。それに関しては、神谷忠孝「一九四〇年代文学の一視点——徴用作家の問題——」(『昭和文学研究』昭和六一年七月)に詳しい。
(2)佐多稲子「時と人と私のこと」(4)『佐多稲子全集』第四巻所収、昭和五三年三月、講談社。
(3)佐多稲子「『年譜の行間』の行間」『図書新聞』昭和五九年一月二一日。
(4)井伏鱒二「徴用中のこと」『海』昭和五二年九月〜五五年一月。
(5)「南の田園」。
(6)注2に同じ。
(7)注5に同じ。
(8)「スマトラ——西風の島——」。

〈補〉　その他の戦争協力行為

林芙美子の戦争協力について、これまで三つに大別して論じてきたが、若干補足しておきたい。

まず、彼女は戦地慰問も行っている。一九四一（昭和一六）年九月十六日、朝日新聞社主催の〈銃後文芸奉公隊〉の一員として、大佛次郎・横山隆一・佐多稲子・大田洋子とともに満州へ行ったのがそれだ。その出発の記事が同年九月十七日付の『朝日新聞』に出ているが、ここには当時の福山関東軍報道部長が一行を歓迎する旨の談話も合わせて掲載されており、新聞社主催とはいっても、当時のジャーナリズムと軍部との密接なつながりがうかがえるものである。

また、芙美子が、典型的な国策文学を書いていることはあまり知られていない。漢口から帰国後の第一作「獅子の如く」、これは全集にも未収録の作品なので、あらすじを含めて簡単に紹介しておこう。

新聞記者の司馬秀人は、二年前に妻・ひろ子を亡くし、現在は七十一歳になる母親と娘のキヌ子、女中のツヤと暮らしている。ツヤは田舎の出身でまだ二十二歳であるが、キヌ子がなついているために秀人は心頼みにしている。ある雨の日、秀人は同僚の坂内亮太郎から頼まれ、彼の妹である百合子を迎えに行くことになる。百合子は、今年女学校を出たばかりのわがままで快活な娘だ。また、秀人の家に父方の親類でかつて秀人との縁談もあった光子が、大阪からやって来て同居することになる。

それから数日後、秀人に召集令状が届く。留守宅が心配な彼はツヤとの再婚を決意する。いよいよ明日出征という晩、秀人はツヤと記念写真を撮りながら、百合子が送ってくれた詩の文句「獅子の如く」を思い、決意を新たにするのだった。

結論を先にいってしまうと、これは数ある林芙美子の作品の中でも一、二を争う愚作といっていいだろう。それは、典型的な国策文学である、という面だけではない。「稲妻」などにおいて、性格の違う登場人物をリアリティをもって描き分けることのできた作家が書いたとは思えないほど、人間が生きていないのだ。皆、国策に沿って類型化されている。それでいて、林芙美子の風味だけは感じられるものになっているので、余計に始末が悪い。

百合子、光子という二人の女性の登場は、物語が動いていくことを読者に予感させる。つまり、主人公の秀人と何らかのドラマが生れるのではないか、と思わせるのである。しかし、秀人とこの二人との間には男女の心理的交錯もなく、結果的に百合子は出征する秀人に千人針と詩を渡すだけで、光子も坂内と結ばれることを暗示させる役割にとどまっている。

秀人が第二の妻として選んだのは、勝気な百合子でもなく、独身を続けている美人の光子でもなく、田舎育ちの質実なツヤだった。ここには理想的な銃後の女性のあり方が込められていると考えられるだろう。「私には戦争のことは何も判りませんけれども、兎に角、誰にも負けないで……私も一生懸命お家のことをしようと思ひます。何も出来ませんけど……」というツヤの言葉がそれを象徴している。

しかし、秀人と再婚するまでのツヤには、あくまでも一女中以上の存在感はない。また、性格の違う百合子や光子との対比もなされていない。秀人がかつてツヤの行水の場面に出くわし、妖しい胸騒ぎを覚えたという伏線はあるにしても、ツヤとの再婚はあまりにも唐突な印象を受ける。その秀人もきわめて健全な思想を持った日本男児である。彼は「いま、心の底に去来するものは、母や子供のことばかり」であり、「戦場で結ぶ夢の中には、素直にツヤの夢もしのんで来てくれるとい丶と念じ」、また「わが民族の為には獅子の如くに堂々と戦ふも、また本望」と思うのである。

林芙美子は、〈性〉をテーマにした作品を数多く書いている作家であり、登場人物は男女を問わずそれぞれ何らかの性的魅力がある。その証拠に、四一年七月には、短篇集『初旅』が「本書は初旅以下十一箇の短編小説ヲ収メテキルガ、中二人妻、未亡人、妻子アル男ナドノ不倫ナ情事ヲ描イタモノ多ク、全般ニ不健全ニシテ風壊ノ虞アルニヨリ禁止」(1)とされ、発禁処分を受けている。そのような芙美子の作家的特質を徹底的に排除し、全面的に時局に迎合した作品がこの「獅子の如く」だということができる。

芙美子の全集は、未だに完全なものが発行されておらず、現行の文泉堂出版の全集も解題すらない。また、戦時中のものはあまりにも欠落していて、とくにルポルタージュは『北岸部隊』と南方徴用時の「赤道の下」のみが収録されている状況である。このようなことが、戦時下の芙美子に関する研究を遅らせている一つの要因だろう。

文学は、作品それ自体に価値を求めなくてはならない。すぐれた作品ならば、そこにどれほどの権力が介在しようとも、読む者の心を打つ何かがあるはずである。私は、戦時中の芙美子の作品を全否定する気は毛頭ないが、この時期の彼女の佳作は、ことごとく戦争とは直接関係のないところに主題を置いたものばかりである。たとえば「魚介」などは、一見戦争の波に巻き込まれた娼婦の運命を描いているようだが、それでも戦争は作品の構築に不可欠な条件にはなっていない。

芙美子は随筆的な小説である「歴世」や「感情演習」などで戦中の息苦しさを吐露しているが、その「感情演習」のなかに、

鏡の中の私は疲れた顔をしてゐた。平凡で何一つ取り柄のない自分の顔を見てゐると、こんなつまらない女が小説を書いたり旅をしたりしたのかと厭な気持ちだつた。至つてつまらない女で、見苦しくて、哀しい存在でしかない自分にやりきれなくなつてゐる。私は汚れた卓子に頬杖をついてみた。何と云ふつまらない女だらうと眺める。つまらない女だと思ふと、なほさら痛々しくて見てゐられなくなつてしまふ。

という部分がある。生活も逼迫し殺伐とした〈内地〉を背景にすると、作者自身までも荒んでしまうが、ひとたび〈外地〉に出るや、彼女の文章は精彩を放つ。もちろんそれは作品の完成度という意味ではなく、書き手の気分の高揚が伝わってくるという意味においてである。

私たちはどうしても現在の観点でものを見てしまう。戦争協力に関しても、そこに、権力の圧迫による言論の不自由さをあげ、決して林芙美子は幸福ではなかった、と結論づけてしまうか、あるいは当時の状況として致し方のないことだったのだと弁護するであろう。当時、戦争協力を免れることができたのは、老大家や肺疾患を抱えていた太宰治のように、何らかの理由で肉体的条件の整わぬ作家であった。それ以外の、林芙美子などの中堅作家は、協力しなければ生活の危機にさらされる可能性があった、ということは考慮しなければならない問題である。とどのつまり、協力以外に残された道は、拒否して投獄されるか、筆を折るしかなかった。しかし、男性作家とは違い、女流作家の従軍、戦地慰問、徴用などが、比較的自由に個人の意思で選択できたことはすでに立証ずみである。

また一方では、数々の戦争協力の事実から、彼女の文学のすべてあるいはこの時期の彼女の作品を「ゼロの文学」として葬り去ってしまう向きもあるかもしれない。その典型的な例が小田切秀雄で、彼は「戦争責任解除」（『朝日評論』昭和二二年六月）のなかで、「戦争中、権力者の欲するままに戦争支持へ日本人を駆り立て、日本人の精神的衰弱と無力化に一役買つた戦争責任ある文学者たち」の一人として林芙美子をあげ、戦後の復活を無責任なものとして糾弾しているが、しかし真に追究すべきなのは彼女の戦争責任ではなく、彼女にとって戦争とは何であったかを解くことであろう。そしてそれはあくまでも、彼女が残した作品を手がかりにして判断しなければならないと思う。

戦後、もっとも辛酸をなめさせられたといえる火野葦平と比較して考えてみよう。戦時中、いわゆる〈兵隊三部作〉によって国民的作家となった火野を戦後に待ち受けていたものは、すさまじい罵倒の嵐だった。一時は生活に困っておでん屋をする計画をしたりした彼は、敗戦の苦悩から「青春と泥濘」の稿を起こすが、一九四八（昭和二三）年三月に文筆家追放の仮指定を受け、五月には尾崎士郎、林房雄などとともに本指定を受けてしまい、執筆はますます困難なものになってしまった。

戦後の林芙美子については、後に詳しく述べるつもりだが、彼女を含めて女流作家はことごとく火野のような運命からは免れている。事実、戦後のジャーナリズムの復活にともない、芙美子の執筆活動はそれまでにないほど旺盛になっているのだ。

芙美子の戦争協力の性格は、いくつかの作品やルポルタージュが物語っているように、女性あるいは作家の特権を最大限に利用したものである。それは芙美子だけではなく、政治をいくらか知っているはずのプロレタリア作家・佐多稲子でさえも同じだった。その証拠に、彼女たちが書いたルポルタージュ等は現在では読むにたえないものとなっている。

何より、繰り返し述べてきたことだが、林芙美子がそのおびただしい戦争体験をついに作品化し得なかった点に注目すべきであろう。彼女は戦争そのものを書かなかったのではなく、書けなかったのだ。なぜなら芙美子の戦争協力は、作家としてではなく、一人の女性としてのものだったからである。そこに、この時期までの彼女の作家的基盤の脆弱さがある。芙美子のルポルタージュはどれも、ただの旅行記と大差がない。芙美子のなかに、作家としての肩書きがあればこそ、華々しい活躍ができるという認識や、あるいはすべてを言語によって表現しなければならないという責任感が、はたしてこの時期にあったであろうか。そこは疑問が残るところである。

林芙美子の人生の中で、これほどスポットライトが当たった時期はないだろう。芙美子自身の行動と、彼女の手によって書かれた言説を当時の状況に解き放ってみるならば、そこにおのずと浮かび上がってくるのは栄光に包まれた姿である。文壇の寵児、戦場での紅一点、南方での贅沢な生活など、それまでの彼女が生きてきた環境とはおよそかけ離れたものであった。戦争があったからこそ、彼女はそのような地位を手に入れることが出来たのである。また、旅が宿命のような彼女が、結果的に戦争のおかげでおおっぴらに各地を旅行できたということも、合わせて付け加えることができるだろう。

彼女の文学において、戦争体験が真の意味を持ってくるのは戦後である。

注

（1）『禁止単行本目録Ⅲ　昭和16～昭和19年』昭和五二年二月、湖北社。

第四章　戦後の成熟と完成

1　反戦文学

1

一九四五（昭和二〇）年八月十五日の敗戦を、林芙美子は疎開先の長野県角間温泉で迎えた。文泉堂出版『林芙美子全集』第十六巻の年譜によると、芙美子は八月十九日に上京し自宅の状態を確認、ただちに疎開先を引き揚げ、十月二十五日の朝、東京に戻っている。しかし荷物の発送が遅れたため、引き揚げの完了は十二月十日であった。芙美子自身を主人公にしたと考えられる「作家の手帳」の〈私〉、「夢一夜」の菊子は、疎開しながらも東京へ帰ることを切望しているが、これは敗戦が決定した直後の作者本人のこの行動と重なる。

ジャーナリズムの復活にともない、芙美子は旺盛な執筆活動を再開する。実際に、戦後の作品の量は膨大であり、それらのすべてに言及することは不可能である。そこでこの章では、「晩菊」や「浮雲」といった代表作を軸に、戦後の林芙美子の文学を考える際に、必要不可欠だと思われるいくつかの短篇についても言及していきたいと思う。

まず、戦後最も早い時期に発表された作品である「吹雪」、「雨」はどうだろうか。この二作は、もっともわかりやすい形で反戦思潮を描いている点で注目される。

「吹雪」の舞台は信州のある小さい村。かねは三年前に夫の萬平が出征し、姑と子供四人との貧しい生活を送っている。その萬平の戦死の知らせが届き、悲嘆にくれるかねだったが、隣家の勝さんが細やかな気遣いをしてくれることに慰めを得る。かねと勝さんが結婚を考え始めた折、萬平が生きていて、今は宇都宮の病院にいることを聞く。かねは勝さんに連れられて宇都宮へ行き、三人は気まずい再会を果たす。かねにとっては両者とも別れがたいいい人だが、勝さんはかねとの別れを決意する。

三人が再会する場面は、戦争によって翻弄された善良な人々の姿として描かれている。萬平はかねに向かって、「みんな聞いてるよ、どうも仕方のねえ事だもの、俺は何とも思やしねえが、――俺が戻るとなれば、お前たち困るだらう」といい、勝さんも萬平に「でも、お前が生きてゐてよかつたなア。（中略）どうせお前も病気がよくなれば戻つてくるのだしなア、かねさんも、子供も年寄もよろこぶ事だし、――俺にかまふことはない。俺は東京へ出てまた前のやうに働かうと考へてるのさ」という。

「雨」も戦死の誤報を題材として扱った作品である。主人公の孝次郎は、やっとの思いで張家口から復員してくるも、自身の戦死公報が既に届いていたために、妻の初代が弟の総三郎と再婚したことを父親から告げられる。帰る所がなくなった孝次郎は名古屋の友人を訪ねるが、空襲で行方不明になっていた。偶然入った飲み屋の主人と語り合ううちに、孝次郎は誰もがこの戦争で何かしらの傷を負っていることに気づく。

これは、「吹雪」よりもはるかに反戦を前面に押し出した作品である。孝次郎は二度応召しているが、戦地へ行きたくないがために仮病を使って免れる。戦前ならばこれはまぎれもなく〈非国民〉である。しかし作者は生命尊重の観点から、この主人公を肯定的に描いている。孝次郎が所属するはずだった部隊が南方で全滅したために、戦死の誤報も起こったのだが、家族のためにも何としてでも生きたかった孝次郎の行為は皮肉な結果となってしまっている。このような理不尽さ、戦時中の歪んだ価値観への批判がここには込められていることがわかる。そして以下の部分などは、この作品中で最も反戦の思潮が出ている箇所だろう。

聞いてみれば、自分だけが不幸ぢやないのだ。息子を戦地へおくつたり、工場へ出したりして、祖国を想へばこそ、無理な長い戦争にも此の人達は耐へ忍んできた。どの人も泣くだけ泣いたあとのやうに何も彼もあきらめかけてゐる……。だが、そのあきらめは空なあきらめではない。いままで只の一度も自分達の国家だの、政治だのを考へてみた事もないつまらない女達までが、この敗戦で、しみじみと国の姿を手にとつて眺める気持ちになつてゐるのだ。誰に気兼ねもなく手離しで泣き合へた人々の心の中には、少しづつでも小さい希望が与へられてきた。戦争最中の、あの暗い不安な気持ちを続けるよりも、戦ひに敗けてよかつたと思ひ、誰もが、現在に吻つと息をついてゐるかたちだつた。

戦争中、時局にもっとも迎合したといえる林芙美子が、戦後早々とこのような反戦文学を書いたことは、どのように考えたらよいのだろうか。私は、本書において彼女の漢口従軍について述べた際に、芙美子の中国に関する旅行記と、『戦線』や『北岸部隊』の内容とを比較しながら、彼女の戦争賛美には読者や時局を意識した、したたかな意図が込められていることを指摘したが、反戦の言辞にも同様の構図が見られると考えて差し支えないと思う。先に引用した「雨」と一見対照的なようでありながら、本質的には同じであるのが、たとえば『戦線』の以下のような表現なのだ。

戦線へ出てみて、私は戦争の如何なるものかを知り、自分の祖国が如何なるものかを知りました。美食もなければ美衣もない、軀だけの兵隊が、銃をになひ、生命を晒して祖国のために殪《たふ》れてゆく姿は、美食や美衣に埋れて、柔かいソフアに腰をすゑて、国家を論じてゐる人達とは数等の違ひだとおもはれます。

板垣直子は「吹雪」「雨」の二作を優れた反戦文学としているが(1)、北原武夫は次のような厳しい指摘をしている。「敗れ去つた国にふさはしい頽廃や惨めさの道具立ては、悪達者な筆で悉く竝べ立てられてゐるが、會つて彼等の書いた戦争文学が、いささかも愛国の情といふものに染めつけられてゐなかつたと同様、敗戦を描いた今度の作品も、国の敗れた人間の哀しさといふものに少しも裏づけられてはゐない。あるのは、知つた振りの観察と、ぢろぢろ眺めてゐる冷たい眼と、ただそれだけだ。（中略）戦争も、敗戦も、もともとかういふ作家には何の関係もなかつたのだ」[2]。

終戦後、「吹雪」と「雨」といふ短篇をかきましたが、現在の私の心のありかたは、このやうな一点にのみは熾に燃えてゆかうとしてゐる自分を感じます。この戦争で沢山のひとが亡くなつてゆきましたけれども、私はそのやうなひとたちに曖昧ではすごされないやうな激しい思ひを持つてゐます。せめて、そのやうな人達に対してこそ仕事をするといふことに、私は現在の虚無的な観念から抜けきりたいとねがふのです[3]。

2

こうした芙美子の言葉から、庶民への愛情、弱者への共感といった好意的な見方をすることはたやすい。戦争中も、怪我をした兵隊や、集団から離れて一人でいるような者には真の情愛らしきものを見せていた彼女である。あるいは、敗戦を迎え傷ついた民衆の姿を見て、戦争に協力した自己への反省が生れたと考えられないこともない。しかし、それにしては表現があまりにも短絡的でありすぎる。芙美子の反戦文学は、敗戦直後を席巻した暴露的な反戦思潮に影響を受けたもので、かつてエンゲルスがある種のマルキシズム文学について指摘した〈傾向文学[4]〉を思い起こさせる。ジャーナリズムの要求や世間の声に敏感だった彼女が、そのような風潮を逃すはずはない。そうした意味では、彼女の戦時中の行動と表裏一体のものである。

「吹雪」や「雨」などで戦死の誤報を取り上げ、いわば戦争そのものにかかわってくる問題を描いた芙美子だが、十五年にもわたる戦争が生んだ悲劇は、それに縁した国民の日常生活にも及んだ。とくに女性の人生は、戦争をはさんで激変したといっていい。出征、そして戦死により、青年・壮年男性の人口が減ってしまったなかで、(5) 戦争未亡人の増加という深刻な現実が浮かび上がり、また夜の街に立つ娼婦、いわゆる〈パンパン〉が大きな社会問題になったのもこの頃である。

芙美子はそのような素材をもとにした小説も数多く発表している。それが「河沙魚」や「骨」、「下町《ダウン・タウン》」などである。

「河沙魚」の主人公・千穂子は、夫の隆吉が出征している間に義父の與平と関係ができてしまい、挙句に女児を生む。千穂子は四年間も夫と離れていたので、今では與平に対する愛情の方が大きくなっている。子供の貰い手がないまま隆吉復員の知らせが届くが、千穂子と與平はなす術がない。

「骨」の道子は夫が沖縄で戦死したために現在は娘の笑子、リューマチの父親、肺結核に苦しむ弟の勘次を一人で養っていかねばならない。そういう道子自身も胸を患っている。夜の街角に立ち、体を売ることで生計を立てるが、生活は困窮を極め、自身の病気も悪化していくことから道子は時々父や弟の死を願う。勘次はとうとう死んでしまい、道子は火葬場からの帰りにふっと「父の死は何時頃であらうか」と思う。

茶の行商をしながらシベリアにいる夫の復員を待つ「下町」のりよは、ある日行商先の工場で鶴石芳雄という男と親しくなる。二人は次第に互いへの愛情を持つようになり、りよの息子・留吉を連れて三人で浅草へ遊びに行った際、雨宿りをした旅館で結ばれる。二日後、りよは留吉とともに鶴石を訪ねるが、前夜に彼がトラックの事故で死んだことを聞かされる。

これらの作品の主人公たちは皆、戦争がなければ平凡な家庭の主婦として、それなりに幸福な一生を送ったに違いない。しかしそれは無残にも破壊されてしまった。加えて、社会的・倫理的に反するような道へ進まざるを得なくなってしまう。この裏には、生活の困窮という点に加えて、〈性〉の問題がある。千穂子は三十三歳、道子は二十六歳、りよは三十歳である。それぞれ女ざかりで、しかも夫がいた。彼女たちは皆、自己の性的欲望を抑えられなくなっているのだ。このような問題を作品のモチーフとして扱うことは、芙美子のお家芸ともいえる。

E・G・サイデンステッカーは、戦後の林芙美子の作品を、「彼女の成熟期の小説の思い出に残る場面は、特定の時と場所をこえた問題に苦しんだ人間を扱っているのだ。林芙美子の作品全体をつらぬく本質的な主題は、家郷喪失であり、この主題が戦争直後の時期にもっとも見事な表現を得たとすれば、それは彼女が優秀なジャーナリストだったためというより、家郷喪失が、ある意味でこの時期の日本人全体の共通の体験だったために他ならぬ。(中略)いわば家郷喪失の瞬間に、彼女は初期の作品においては直接の個人的体験の中に見出していた象徴を、自分の外側に見出すことが出来たのだ」(6)と総括しているが、確かにその通りで、これらの作品の主人公が、生きるために転落していくのは、戦争によって夫(男)という柱を失ったからに他ならない。

敗戦、その後の連合軍による占領は、それまでほとんどの日本人を縛ってきた軍国主義や不敗神話の崩壊、つまり日本という故郷の喪失を意味している。さらに、女性にとっては最も身近な柱、すなわち伴侶を失ったのであるから、その後はまさに流転の人生を辿るしかない。芙美子にとって、敗戦後の日本女性の姿は、かつての自分を思い起こさせるものであったに違いない。なお、これらの主人公は、何らかの形で〈救い〉を与えられている点で注目される。

どうしても、死ぬ気にはなれないのが苦しかつた。本当に死にたくはないのだ。死にたくないと思ふとまた悲しくなつて来て、千穂子はモンペの紐でぢいつと眼をおさへた。全速力で何とかしてこの苦しみから抜けて行きたいのだ……。(中略)――長い事、橋の上に蹲踞んでゐたせいか、ふくらつぱぎがしびれて来た。千穂子は泥の岸へぴよいと飛び降りると、草むらにはいりこんで誰かにおじぎをしてゐるやうな恰好で小用を足した。い丶気持ちであつた。(「河沙魚」)

男は百円札を一枚づつ勘定して十枚を道子の手へ握らせた。「あのう、何かお飲みものはいりませんか?」「お銚子二本。それから南京豆少し貰ふかな、それでい丶よ」道子は廊下へ出て、うすべつたい蒲団をまたいで階下の帳場へ行つた。(中略)道子はハンドバッグから百円札を出して、四枚数へた。そして、ふつと舌をべろりと出した。(「骨」)

りよは、鶴石の子供をもしも、みごもるやうな事があつたら、生きてはゐられないやうな気がして来た。シベリアから何時かは良人は戻つて来てくれるだらうけれども、もしもの事があつたら死ぬより仕方がないやうにも考へられて来る。——だが、珍しく四囲は明るい陽射しで、河底の乾いた堤の両側には、燃えるやうな青草が眼に沁みた。りよの良心は案外傷つかなかつた。鶴石を知つた事を悪いと云つた気は少しもなかつた。(「下町」)

いずれも、〈救い〉という名には値しないかもしれないが、ささやかな喜びではある。彼女たちにとっては、暗い絶望的な生活のなかでの恩寵である。人間はどんなに苦しい時でも、二十四時間三百六十五日悲嘆に暮れているわけではないので、こうした場面には妙なリアリティがある。三島由紀夫は芙美子の作品の中で「水仙」を高く評価しているが、その「水仙」にも、主人公の四十三歳のたまえが、長い間毒づきあって暮らしてきた一人息子の作男と別れた後、人ごみの中で小さい万引きをしながら「生きてゐる事も愉しい気がして来」る場面がある。三島はこれについて、「われわれが生きてゆくための時宜を得た救ひは実はこんな小さな罪を犯すことで十分なのだ。それが罪であるといふことは社会の異様な厖大な矛盾とつながりをもち、一方この小さな罪が見つかりさうもないといふ安堵感は、社会の錯雑した秩序とかかはりをもつてゐる。この数行で『水仙』は長篇小説のやうな展望を読者に強ひる。ここで作者の道徳観は透徹してゐる。このたまえはごく小さなささやかな罪を犯すことによつて恩寵にひたる。この場合、彼女の行為は彼女の暗澹たる心にとつての善なのであり、人間の一員としての自分自身に対する小さな慈善の行為ですらあるのである」(7) といっているが、これはそのまま「河沙魚」「骨」「下町」にも当てはまるだろう。

彼女たちは皆、道徳からははずれた行為をしており、なおかつ夫以外の男性の肉体的な魅力にとらわれている。こうした価値観は、戦前ならば当然否定されるべきものだが、そのようになってしまったのも戦争が原因である。また彼女たちが受けるささやかな恩寵も、生理的・物質的な欲望に即したものとなっていて、これは戦時中の精神性を尊ぶ思想――たとえば特攻隊の精神、銃後を守る貞淑な女性像、数々のスローガンなど――に対する芙美子の挑戦であったかもしれない。「河沙魚」について、「只の不倫な作品として読み捨てられはしないか(8)」と心境を語っているのも、彼女の狙いがそのような所にあったからだと思う。

「河沙魚」「骨」「下町」には、「吹雪」「雨」のような直接的な反戦の言辞はない。しかし、登場人物はいずれも戦争に翻弄されているので、読後は結果的に反戦の思想を生むことになるだろう。これらの作品は戦争が生んだ数々の悲劇としてのリアリティがあった。もともと風俗描写には長けた芙美子である。自己のそれまでの体験に近接した題材を得たことによって、おそらく彼女にしか書けないであろう、反戦文学の形を彼女は得ることができたのだ。

戦時中は最も深く戦争にかかわっていた林芙美子が、敗戦を境に百八十度の方向転換をしたことについては、これまで明確な答えが出されてこなかった。『新潮日本文学アルバム　林芙美子』(昭和六一年八月、新潮社)における磯貝英夫の解説では、「芙美子は、自意識を反芻するようなタイプではなく、その時々の感情に忠実に疾走するところに、その独特の資質があるのであって、そういう彼女には、そうした質問の矢は刺さらない」と述べられており、大部分の研究者もそれにならってきた。この言葉の半分は当たっている。すなわち、世の中の動きに敏感だった彼女が、いち早く反戦文学を書いたことである。しかし、それだけですまされるものなのだろうか。本書ですでに触れたように、敗戦は彼女にとって、人生の最も華やかなりし時代の終焉を意味している。敗戦がもたらした林芙美子の内面のドラマについては、次節から考えていきたい。

注

（1）板垣直子『林芙美子の生涯　うず潮の人生』昭和四〇年二月、大和書房。

（2）北原武夫「文学といふ運命について」『新潮』昭和二一年六月。ここで北原は、丹羽文雄の「篠竹」「雨」、林芙美子の「吹雪」「雨」を取り上げ、厳しい評価を下している。引用文中の「彼等」とは丹羽と芙美子のことを指す。

（3）『林芙美子選集』「自作に就て」。

（4）エンゲルスはミンナ・カウツキー宛の書簡（一八八五年一一月二六日）で、彼女の小説『古き人々と新しき人々』の登場人物であるアルノルトが「立派すぎ」、「原則のなかに解消してしまっている」という欠点を指摘し、以下のようにいっている。「この本のなかで、公然と党派的立場に立ち、自分の信念について全世界の前で証言したいというのが明らかにあなたの欲求でした。そして、そのことは実行されました。そのことはもうすんでしまったのです。こんな形でそれを繰りかえす必要はありません。私はけっして傾向文学そのものに反対するものではありません。（中略）私の考えでは、傾向とは言葉であからさまにそれと指し示すことなしに、状況と筋の進行からおのずと出てくるものでなければなりません。そして作家は自分が描いている社会的葛藤の、未来における歴史的解決を読者に手渡しする必要はないのです」「社会主義的な傾向小説は現実の状況を忠実に描くことによって、状況をおおい隠している因襲的な幻想をぶちこわし、ブルジョア世界の楽観主義をぐらつかせ、現存するものが永遠に通用するんだという考えにいやでも疑いを抱かざるをえないようにするならば、それで完全にその使命を果たしているので、かならずしも作者自身が直接にその解決を提出しなくてもかまわないし、また事情によっては、はっきりと党派的立場に立たないことさえあってもいいのです」(『マルクス＝エンゲルス芸術・文学論』③、マルクス＝エンゲルス全集刊行委員会訳、昭和五〇年二月、大月書店)。なお、ミンナ・カウツキー(一八三七―一九一二)は社会民主主義的なドイツの作家。

(5)一九四〇(昭和一五)年、四五年の国勢調査をもとに比較すると、二〇歳以上五〇歳未満の人口の男女比は、四〇年ではそれほど差がない。しかし四五年では、特に二五歳以上四〇歳未満において女子の方が人口を占める割合が高い。

(6)E・G・サイデンステッカー『現代日本作家論』昭和三九年六月、新潮社。

(7)三島由紀夫「市民文庫『晩菊』解説」昭和二三年六月、角川書店。

(8)『晩菊　林芙美子文庫』「あとがき」。

2 〈断絶〉と〈連続〉

1

林芙美子は、『淪落』刊行の際、「あとがき」で次のような言葉をつづっている。

私は自分の仕事に就いて、ほんの少しづゝでも前進して行きたいと思ひながらも、時々、いつたい何処へ行きつくのだらうと迷つてゐる。

この言葉は、いったい何を意味しているのであろうか。世相でいうと、終戦による一時の解放ムードも影をひそめ、国民のほとんどが方途を見失っていた頃である。

私がここで取り上げようとしている作品は、芙美子の代表作からはおよそ外れるものばかりである。尾形明子が、「戦後の林芙美子の作品をただひたすらに読み続けていると、『浮雲』とか『晩菊』『骨』等を除いて、作品の輪郭がぼやけ、どの作品も同じように思えてくる。それぞれ面白く読んだはずなのに、内容をすぐには思い出せない。とめどない言葉の量と、同じような表現の繰り返しは、どこか、氾濫した川が海になだれ込む時の無数の泡を思わせ、息苦しくなってくるせいかもしれない。が、それよりもむしろ二六年六月の急逝時までのおびただしい量の短篇、随筆、五篇の新聞連載、九篇の雑誌連載、すべてが同一テーマのバリエーションであるからなのだろう」(1)と指摘している通り、一部の作品を除いてはほとんど言及されずに現在に至っている。

芙美子の戦中から戦後へのまたぎを考える時に、二年間の疎開生活にはぜひとも触れておく必要がある。文泉堂出版『林芙美子全集』第十六巻の今川英子作成の年譜によると、一九四四(昭和一九)年四月二十七日、信州上林温泉「塵表閣」に疎開。八月二十日、一時帰宅し、三十日に長野県下高井郡穂波村角間温泉へ疎開、牛木宅の二階を借りる。翌年五月、柴草元吉宅に移り、そこで敗戦を迎えている。

戦後に発表された随筆「童話の世界」には、この間の生活が描かれているが、そこで作者自身が、「戦争のあらゆる障害に対して、この現実を相手にして物を書くといふことは、それ自身罪のやうにも思へ、どうしてい丶のか文へすらもないみじめな田舎暮しのなかで、私は童話を書くことが唯一の救ひであつた」と記しているとおり、この時期にまとまった創作活動はしておらず、小説家としてはほとんど機能していない毎日であった。

芙美子と戦争とのかかわりについて言及したものも多くはないが、疎開中のことになるとさらに少ない。ほとんどがたんなる〈充電期間〉としてすませている。しかし、はたしてそれでよいのだろうか。芙美子が疎開していた時期はまさに戦争末期で、彼女に限らずほとんどの作家は作品を発表していない。しかし、谷崎潤一郎の『細雪』(昭和一九年七月、私家版)などがあるように、彼女には彼女なりの物書きとしての立場があったはずである。

それを前提に、まず「作家の手帳」と「夢一夜」について考えてみたい。いずれも、作者自身が主人公とみられる作品であり、疎開生活を中心に描いているので、この時期に芙美子がどんな状態であったかを知る材料にはなるだろう。

「作家の手帳」は、〈私〉という一人称で書かれた随筆とも小説ともつかない作品である。昭和二十一年五月十七日の新聞記事からはじまり、疎開中の生活——敗戦——東京への引き揚げ後、という時間の構成をとっているが、それもはっきりしたものではなく、思いつくままに書きつづったという印象を受ける。

五ヶ月にわたって連載されたこの作品をまず貫いているものは、反戦の思想である。

私はこの戦争の悲劇を忘れてはならないと思ふのです。この戦争は何といふ長い月日をかけてゐたのでせう。私と同じやうに想ひを共にしてゐる女性の人たちに、日本にとつて最大の悲劇であつたこの戦争のかもしてゐた、様々な人間生活の弑せられてゐた暗黒な時代を書いてみたいと思つてゐるのです。自由も希望もない灰色な戦争！　考へただけでも、もう戦争は沢山です。

また当時の占領軍を意識してか、「アメリカの飛行機をみて子供達はその美しさや、遠路をものともしないで飛来してくるその冒険を心のそこでは尊敬の念さへ持つてゐるのに、日々の新聞には醜翼と報じてゐる」というような表現も見られる。疎開児童の生活の実態は短篇「放牧」とも重なるもので、これもやはり子どもを犠牲にした戦争というものへの批判につながってくる。

　このような表現だけなら、前節で述べたことと重複するのであえて言及する必要もない。しかしここで注目したいのは、〈私〉が空虚な心を引きずっていることである。

　その原因の一つとして、疎開中の〈私〉の生活が非常に窮乏していたことがあげられる。もちろん、事実そのままを描いているわけはないのであるが、この間まったく作品を発表しなかった芙美子が、貯えを切り崩して生活していた可能性は十分にある。さらに芙美子は、疎開する直前の四三年十二月、産院から生後間もない男子をもらって泰《たい》と名付けている。自ら畑を耕したりもした。

　では、貧しさだけが空虚な毎日を送らせることになったのだろうか。その答えは敗戦後を描いた物語の後半部分に隠されている。ここに至って〈私〉は、反戦の気持ちとともに、過去の生活への郷愁に心が揺れ動いている。荒廃した東京の街を見てはかつての放浪時代を思い、殺伐とした事件を耳にしてはのどかな南方での生活を思う。とくに南方を思い出す部分の記述は長い。〈私〉の、現在を見て過去を思うという構図はすべて、失われたものは二度と帰ってこない、という喪失感に根ざしている。とくに重要なのは、南方での思い出に溺れている点だ。〈私〉がこの地へ赴いたのは一種の軍属としてなので、敗戦直後にその時の生活を礼賛することは、きわめて危険をはらんだ表現ともいえる。これらの部分は、物語の冒頭から反戦を前面に押し出しているため、読み手に一層矛盾を感じさせる。

私は日本へ戻つて、渋谷の百軒店で芝居をしてゐる五月信子の一座を観にゆきました。熱帯の土地々々で興行してゐた時よりも、何となくうらぶれた感じであつただけに、思ひ出は美しく、もうあの日の五月信子は杳かに遠く去つて行ったのだとあきらめた感じで芝居小屋を出ました。

このような表現は、五月信子という女優に自己を重ねていると見ていい。〈私〉が空虚感を抱えるのは、自己にとって華々しい思い出となっている〈過去〉から一転して、持ち物を売るなどして生きなければならないような生活になったためであって、貧しさそのものだけではなく、ここには〈転落〉というキーワードが隠されている。

「夢一夜」では、さらにそれが深化されている。これには疎開生活が克明に描かれており、主人公は「菊子」と三人称になっているが、菊子は物を書く仕事をしていること、子どもと母親と疎開していることなどから、やはり芙美子自身をモデルにしたと考えていいだろう。この作品では、主人公の現在の様子がたとえば次のように描かれている。

とぼしい火鉢の火種に炭をつぎ、ぷうぷうと吹きたてながら、菊子はもう若さなぞ微塵もなくなつたやうな、衰へを感じた。夕映のやうな、最後の照り明りも、もう終つた。灰になつた女の頭上を、大切な光陰が荒々しく流れてゆく。生涯に一度しかない最後の夕映も、無為に過してしまつた。女にとつて、一番大切な夕映の一瞬を、あへなく取り逃がしてしまつた悔いは、胸の奥底の底の方に、もやしのやうな白い芽を吹いたまゝ腐つてゐた。

菊子には夫の勇作とは別に一郎というアモイに行っている恋人があり、彼と電報をやり取りすることだけが生きがいとなっている。菊子はかつて、左翼の友人に金を与えたという罪から留置場体験をしており、それが権力への恐れになったとされている。実際の芙美子も同様の罪で一九三三（昭和八）年九月四日から十二日まで中野警察署に拘留されているが、この表現を額面どおり受け取るのは危険だろう。当時の社会状況をふまえた彼女なりの処世術とも考えられるからである。

菊子の心理描写は、「浮雲」の主人公・幸田ゆき子が引き揚げ後、行き暮れては仏印での生活を思い出すことと似ていなくもない。しかし、右のような文章は疎開中の侘しい生活の描写にしては、少し大げさではないだろうか。これと呼応すると思われるのが以下の部分である。

東京での生活は、自分を自惚れさせて、ほとんど傲慢に近い女になり、何彼と饒舌な暮しむきであつたけれども、東京の生活から一切離れて、たゞ、とぼしい貯へだけを頼りに暮してみると、一日々々が、菊子にとつては何とも云へない空虚なものであつた。

菊子は、華やかな東京の生活を失ったために、虚しさに襲われているということがこの一文からわかる。彼女は過去への郷愁が捨て切れないため、空襲の危険をかえりみずに自宅へ戻ったりするが、それは「作家の手帳」の〈私〉も同じであり、ひいては芙美子がそうであった。ゆえに芙美子は、敗戦を迎えた後は早々に帰京している。

菊子にとっては、疎開とは惨めなものであり、その比較対象となるのがそれ以前の生活である。そこでは、一郎との逢瀬を楽しむこともできた。疎開は転落以外の何物でもないのだ。

川本三郎は、『林芙美子の昭和』（平成一五年二月、新書館）において、「夢一夜」のなかの「この激しい戦争から逃避して山の中にゐる自分と云ふものが吐き気のするほど厭であつた」という表現を、「底辺にいる人間ほど苦労している時代に、自分だけが危険を避けて、信州の山のなかに疎開していることが許せない」と解釈、芙美子を「大東亜戦争下に、ぎりぎりの良心を保持しえていた作家」としている。しかし菊子は刺激のある東京に思いをつのらせているので、地味な生活に身を置いている自分に「吐き気がする」のだと考えた方が適切である。

芙美子は、随筆である「童話の世界」、一人称で描いた「作家の手帳」では書けなかったことを、「夢一夜」の菊子に託して描いたのではないだろうか。三人称の客観小説として設定しているため、芙美子の心理がある意味では描きやすい。

「作家の手帳」の〈私〉、「夢一夜」の菊子、いずれも過去と現在に揺れているのは興味深い。この節の冒頭で引用した芙美子の迷う姿は、この揺れにあったのではないだろうか。芙美子にとって、戦争そのものは簡単に否定することが出来ても、戦争によって得た甘美な思い出は否定できなかったのである。

八月の十五日、私は新聞で終戦になつた事を知りました。何とも云へない、無心な涙があふれ、その涙の下から、重い重い荷物を肩からおろしたやうな晴れやかなものを感じました。(中略)終戦になつて、晴れやかになつたとは云へ、心の隅には、その晴れやかさを正直に表情に出しては悪いやうな、何とない心のかげりも雲のやうに去来してゐます。

「作家の手帳」の〈私〉は、手放しで敗戦を喜んではいない。このことは、疎開生活を描いた二つの作品に、矛盾あるいは揺れという形で表れている。疎開による生活の変化は、戦争によって恩恵を受けるような、いわば〈選ばれた〉人間から一庶民になることであった。その落差は、芙美子に空虚さをもたらしたといっていい。この間、芙美子が童話を書いていたことには触れたが、この虚脱状態と単調な生活では、小説は書けなかったのではないかと思う。その延長で芙美子は敗戦を迎えた。そしてジャーナリズムの求めに応じ次々と作品を発表する。時代の流れを読み、いち早く反戦文学を発表するなど、芙美子の資質である要領のよさは相変わらず発揮された一方で、失われた過去への郷愁には絶えず揺れ動いていたと考えられる。

2

戦中と戦後、すなわち過去と現在に揺れ始めた芙美子は、それを自己の文学のテーマの一つとして作品化していく。そのなかから、「麗しき脊髄」、「荒野の虹」を例にとって考えてみよう。「麗しき脊髄」の主人公・喬造はビルマから復員してきた青年である。喬造が戦地に行っている間に横浜の家は焼け、母は終戦の直前に病死し、妹の妙子は文部省の下級官吏に嫁ぎ、夫の家族と同居している。喬造は妙子の家に転がり込むが、歓迎されるどころか疎ましく思われ、結局東京の街を放浪する羽目になる。行き場を失った喬造の絶望は、次のような文章によく出ている。

母に逢ひたいと云ふ子供らしい愛情、優しい妹に逢ひたいと云ふ肉親への愛情、それも、かへりの船路では最大のきづなであつたけれども、いまはもうなつかしい母も世を去り、妹もかたづいて、喬造をあまり必要としない世界しか残つてゐない。

喬造は敗戦と共に無気力になっているが、その原因は自分を培ってきた環境がことごとく崩壊していることにある。彼は荒れ果てた東京の観察者ともいえるが、その眼は絶えず過去との比較という観点に立っている。喬造は時折、幼い時を過ごした巣鴨や大塚を訪れている。この時だけは「焼跡の何の標識もない街通りの一隅に、喬造は激しい昔の匂ひや色彩を発見」し、「祖国にゐると云ふ、何とない甲斐らしきもの」を感じる。また喬造は、夜の女や物陰で抱き合う男女の姿を見て、「刃物を突き刺してやりたいやうな嫉妬を感じ」ている。これは〈女〉を知らないことと、愛情に対する不信があることが理由として挙げられるが、この屈折した心には、肉親への愛情と憎悪が形を変えて尾を引いていると考えられるだろう。

そのような荒んだ喬造の生活に、ある日わずかな変化が生じる。田原町の小さなホテルに泊まった際、彼は満州から引き揚げてきた母子に出会う。はしかにかかった子供の看病をするその母親と喬造は、引き揚げ者同士の気安さから世間話を始める。母親は話しながら子に乳房を含ませるのだが、その場面は次のようになっている。

いぼのやうな乳首を喬造はぢいつとみつめた。母と風呂へはいつた少年の頃のなつかしさが、その乳首から思ひ出になつて浮んで来る。喬造は大きな落しものをしたやうだつた。母の死を見たわけではないので、かへつて母の病死がむごたらしく瞼に描かれて来る。戦地へ旅立つ時の、泣きはらした母の眼を忘れる事が出来なかつた。

翌朝、回復した子を見て喬造は久しぶりに生きていることを実感する。ここで、喬造が亡き母のイメージから生きる曙光を見出したことは注目に値する。この母子に出会うまでは、洗面所にいた下着姿の女に頭を悩ませていたのだが、そのような性的欲望はここで消滅してしまっている。母のイメージは、大きく見れば喬造にとって懐かしい〈過去〉である。それに出会ったことで、喬造は漠然とではあるが〈生〉の方へ向かうのだ。

「荒野の虹」は、同様の主題がより強く出た作品である。「東京の過去が失はれた如く、自分の過去も亦一切合財を含めて失はれてしまつた」という一文がそれを端的に示しているように、主人公の村上龍男はスマトラからの復員者で、妻の春江とは六年間も離れていたため、夫婦間には埋めようのない溝ができてしまっている。物語は春江が中野の実家に帰るところから始まる。龍男はそれに対して夫婦の愛情のもろさにやりきれなくなるが、引き留める気力もない。

龍男の造型において重要なのは、彼が絶えず南方での生活を懐かしんでいる点にある。なかでも緋佐子という慰問団の踊り子との束の間の恋は、龍男にとって忘れがたいものとなっている。しかしそれは春江も同じで、空襲の時、共に逃げた名も知らぬ男との交渉に時々「胸をしめつけ」られるのだ。二人が別れることになったのは、愛情がなくなったためではなく、夫婦生活の空虚さに耐えられなくなったからで、お互いが現在の単調な〈日常〉ではなく、戦時中の〈非日常〉に思いをはせていることは興味深い。いわば、最も〈生〉が充足している時の相手が、社会的・制度的な意味においての伴侶ではなかったのだ。二人のずれは、龍男が帰還してからの夫婦の性生活がきっかけになっていることが暗に示されている。

龍男はある日、緋佐子と同じ慰問団にいたセキ子と偶然出会う。彼女も荒んだ生活をしている様子である。さらに龍男は、緋佐子が既に結婚して子どもまでいることを聞かされる。時は冷酷に過ぎ去ってしまったのだ。この龍男とセキ子との邂逅はこの作品の一つの軸になっている。

「何だかあのころつて、あンまり調子がよすぎたのよ。まるでお金持ちのうちへ留守番に来てるやうだつて、その少尉さん云つたけど、日本が占領したつもりでいゝ気になつてたけど、本当は留守番に行つてたみたいな戦争ぢやアなかつた?」

こういいながらもセキ子は南へ帰りたいと漏らす。二人が南方の思い出話に花を咲かせた翌日、龍男は春江が訪ねて来たことを知るが、何の未練も感じなくなっている。
龍男の微妙な変化は、セキ子と再会したことが原因になっているのは明白である。この時点で龍男の関心が春江よりもセキ子に移っているのは、彼女そのものに魅かれているのではなく、南方での思い出を共有できる人間だったということであろう。いわば、龍男はセキ子を通して忘れがたい〈過去〉に再会することができたのだ。

龍男は金色の葉を繁らせた、山櫻のさしてある花筒へもうろうと眼を向けてゐた。孤独さの中に湯気が蒸発するやうな、肉感的なものを淡い花の色のなかに見た。ぼたりとした唇のやうな花びらのなかに、探し求めてゐたものを探りあてたやうな気がした。セキ子の野性的な茶色の眼が、櫻の葉の繁みのなかからいくつものぞいてゐるやうだつた。龍男は南のあの日が恋しいと思つた。六年をかけた兵隊生活のみじめさも、あの緋佐子との思ひ出のためにはつぐなはれるやうな気がした。

作品の末尾の部分である。花びらの描写は、何かしら女性の性器を連想させる。龍男のなかで、セキ子と緋佐子の区別はもはやなくなっているが、彼は共通の思い出を持つセキ子によって、生命力の回復を図ろうとしているといえるだろう。
「麗しき脊髄」の喬造、「荒野の虹」の龍男、両者とも荒廃した心や世相から、戦前もしくは戦中という〈過去〉のイメージによって這い上がろうとしているのは面白い。しかし、二人はそこから明確な生きる方途を見出してはいない。過去はあくまでも過去で、いわば幻影にすぎない。そこに、どうしようもない絶望感、虚無感が引き出されるのである。

「麗しき脊髄」の喬造が幼少時に育った場所を訪ねたり、「荒野の虹」の龍男がセキ子に会って南方への郷愁をいっそうかき立てられるのは、「作家の手帳」の〈私〉が五月信子を観て感慨を深くする場面と相通ずるものを持っている。この根底にあるものは一体何なのか。

佐伯彰一は、『日本を考える』（昭和四一年七月、新潮社）のなかで、敗戦文学について「断絶と連続の二重性、解放と無力化のかさなり合い、また占領下の民主化といったアイロニカルな戦後の状況に迫るもの」が優れていると指摘、「この種の二重性を見すえる眼にささえられた作品」として、川端康成「再会」（『世界』昭和二一年二月）や井伏鱒二「二つの話」（『展望』同年四月）などをあげている。

「吹雪」や「雨」などで敗戦直後の暴露的な反戦思潮に乗った作品を発表した芙美子も、佐伯氏がいうように、敗戦を〈断絶〉と〈連続〉、〈解放〉と〈挫折〉などといった複眼で捉えつつあったと考えられる。芙美子にとって戦中は華々しい時代であったが、敗戦とともにそれは消えてしまう。この挫折感を〈断絶〉、戦中への郷愁を〈連続〉と捉えると、芙美子がこのような複眼を育てる土壌は十分にあったと考えられる。

戦後の芙美子の作品に登場する男性が、おおむねいいようもない鬱屈感を抱いているのは、女性よりも直接的に戦争とかかわり、敗戦という現実をまともに受けているからである。加えて家父長制の崩壊、すなわち権威を剝奪されたことも一因としてあるだろう。「夜の蝙蝠傘」もそのような作品である。中国戦線で負傷し、右脚を切断した英助という男が主人公で、彼は戦後も隠者のような生活をしている。妻の町子の収入が頼りなのだが、町子はどうやら他に付き合っている男がいるらしい。英助は、「煙草に火をつけながら、人間に権威がなくなつた場合の、みじめつたらしい卑しさが、自分の指のさきに見えてきて、何もかも無情に引きずられてやりきれなくなつて来」ている。

これは戦中・戦後の林芙美子とどこか重なりはしないだろうか。文学者という特権的身分のため戦争にかかわり、人生で最も華やかな時を経験したものの、それは敗戦とともに失われる。芙美子の作品において、女性の描き方は、作家生活をスタートさせた時から本質的には変わっていないが、男性に関しては戦後新たに開拓したといっていい。

後年の「浮雲」を貫く主題のひとつは、戦時中に仏印で無拘束の恋愛にふけった男女が、敗戦後もその甘美な思い出を引きずり続けることにあるが、既にその予兆はこれらの作品に表れているといえる。

注

（1）尾形明子「作品の世界『うず潮』」『解釈と鑑賞』平成一〇年二月。

3　文学的成熟――「晩菊」その他

「晩菊」は一九四八（昭和二三）年十一月に『別冊文藝春秋』に発表され、文壇的にも評価の高かった作品である。芙美子も翌年三月、新潮社より刊行された際、「あとがき」で次のように述べている。

　水仙、晩菊は、最近の作だけれども、案外な事に、志賀直哉氏、長与善郎氏に讃めていたゞいた事は、以外《ママ》であつた。長い作家生活を続けて来たものかなとふつと思ふ。

　この作品は、第三回女流文学者賞を受けた。芙美子の短篇技術の最高を示すものとして、中村光夫の「人生の暗さと救ひなさを描いた名作は自然主義以来乏しくないのですが、そのなかから十篇を選べば『晩菊』はそのなかに加へられると思はれます[1]」、川副国基の「作者の円熟の境地が窺われ、リアリスチックな技法もたしかに、きめも細かで『放浪記』の作者もついにここまで来たかという感を与えずにおかない[2]」など、その評価には揺るぎないものがある。
「晩菊」のあらすじはいたって単純なものだ。五十六歳になる水商売あがりのきんは、かつての恋人・田部から来訪の旨を告げる電話をもらう。淡い期待を抱きながら念入りに身支度を整えて迎えるが、田部の用件は金策であり、きんの肉体には魅力を感じていないらしい。またきんも、落ちぶれた田部に幻滅を感じるばかりである。

きんのモデルは、徳田秋聲の愛人だった栢植そよだといわれている。野口冨士男の『徳田秋聲傳』（昭和四〇年一月、筑摩書房）によると、そよについては次のように記されている。「秋聲がその生涯にめぐり合せた女性のうちで、彼女ほど多彩な半生をたどつた者はない。そよが少女時代から反抗的な拗ね者であつたのは名門の妾腹に産れたためで、奈良を故郷とする彼女は芝の神明に育つて不良少女団の団長となり、銀座にカフェ・ライオンが出来たとき美人女給の募集に応じて七人組のうちの一人となつた。（中略）彼女はこれを振り出しに新橋で左褄を取つたかと思うと吉原の遊女になり、二、三ヵ月で落籍されると『お職で威張つてられるのが嬉しさに』また吉原へ舞い戻つた揚句、一しよになつた株屋の男とも別れてドイツ人の貴族で武器商人の男と七年間同棲したあと、一時芝公園の近くに家を持つた。秋聲を識つたのはこの前後のことだが、彼女は水ぎわで待合をはじめてから後にも男出入りが絶えなかつたというような閲歴の持主だつたのだ」。

これだけを見ても、きんの半生と重なる部分が多いことがわかる。ちなみにそよは秋聲の「假装人物」（『経済往来』昭和一〇年七月～一三年八月）に狭山小夜子として登場しているが、この作品には芙美子も主人公・庸三のもとを訪れる女流詩人として描かれている。芙美子は秋聲と出会ってから、終生その人柄と文学を敬愛していた。

ともあれ、ここでは「晩菊」の手法と、芙美子の作品系譜におけるその位置について考えてみたい。

この作品についてまず第一に言及しなければならないのは、改行がきわめて少なく、地の文と会話文とをつなげて書いていることだろう。この改行なしの手法は、きんの存在と密接なつながりを持っている。彼女の身体的リズムによって小説世界が支えられているために、改行が多いとそれが崩れてしまうのである。物語の冒頭近く、田部のために念入りな身支度をするきんの姿が描かれるが、その克明な描写は、きんにとって自分を作ることというのが、あたかも熟練の職人技であるかのような印象さえ受ける。この部分の描写の執拗さがきんの身体的リズムの基調を作っており、それは後半部分の田部との暗闘にまで貫かれている。

また、この作品は、これだけの短篇でありながらきんの過去半生、田部との恋愛があった戦時中、そして戦後（小説中の現在）と、さまざまな時間の流れが圧縮されている。しかし、田部の電話から来訪まで、実際の時間に換算すると半日足らずである。したがってこの改行なしの文体は、そのような過去から現在にかけての連続性を表現しているともいえるだろう。文章が与える視覚的効果としても密度の濃さを示している。

樋口一葉の「にごりえ」（『文章倶楽部』明治二八年九月）なども、雅俗折衷体の文章で地の文と会話文を改行や「　」なしでつなげ、緊密感を出すことに成功しているが、ある意味で「晩菊」は、一葉の作品に始まった近代女流文学史の流れを正統に受け継いだ作品といえるかもしれない。

秋聲の文学と芙美子の文学との相似については本書でもたびたび触れているが、最初にその共通性を小説作法の上から詳細に論じたのは森英一で、彼によると「晩菊」も秋聲文学の学習成果が十二分に表れているという。(3) おもにそれは、田部の来訪を告げる電話——きんの身支度——きんの過去半生——田部の来訪、と小説のなかの時間が錯綜していることに焦点が当てられている。秋聲文学における時間の錯綜は、時に読み手を混乱に陥れるが、「晩菊」の場合はスムーズである。これは短篇のメリットでもあり、同時にきんの意識の流れが一貫したリズムを保っていることに関係する。しかし、時間の扱い方だけではなく、「晩菊」はある意味では秋聲そのものともいえる特徴を他にも抱えているのだ。

松本徹は『徳田秋聲』（昭和六三年六月、笠間書院）のなかで、秋聲文学の特徴として、時間の錯綜の他に、①「なりゆき委せ」の書き方、②写実が主観性と客観性の両面にわたっている、③省略と要約、④擬態語の多用、などをあげ詳細に論じている。このなかの①と②については、特に説明を加えておきたい。

「なりゆき委せ」の書き方とは、あらかじめはっきりした構想を立てないで小説を書くことをいう。その代表的なものが「新世帯」（『国民新聞』明治四一年一〇月一六日～一二月六日）だ。これは新吉とお作という若い商人夫婦の結婚生活を描いたものだが、秋聲は連載開始前日の予告で、(4)「結婚前後から妻が産後の肥立が悪くて死んで了《しま》ふまで」を扱うとしているにもかかわらず、実際の作品ではお作は流産するものの死なず、物語は「『開業三週年《ママ》を祝して……』と新吉の店に菰冠《こもかぶり》が積上られた、其秋の末、お作は又身重になつた」という一文で締めくくられている。これは、秋聲自身が同予告で「今度の作も今後如何変化するか、それは自分にも解らぬ」といっていた結果であろう。

また「新世帯」では、「同じ村から出てゐる友達」として、実直な新吉とは正反対の如才ない男が登場する。この人物は物語が進むにつれて「小野」という名前であることが明らかにされ、さらには手形の問題で拘引されてしまう。それをきっかけに、その妻のお国が新吉夫婦の家に転がり込み、波風を立てることになる。つまり、結果的に重要な役割を与えられることになる。お国は愚鈍なお作とは違い、蓮葉だがてきぱきと働く女として造型されている。この小野とお国の登場は、地味な新吉夫婦だけでは物語が展開しないというところから来ている。対照的な人物を動かしていくことによって、主人公にもドラマが生れてくるのだ。これも、小説が進行するにつれて必然的に起こったことであった。

これが、かつて「稲妻」について芙美子が語った、

　小説はたゞ物をぽつんと置いてみたところで物語にはならない。物語の中の沢山の各人物が動き始めてこそ、作家の脳髄で色々の偶然がつくられてゆき、大なり小なり法則が生まれて来るのだ。（中略）この稲妻は、自分で書きながら、作中の人物が勝手に歩いて行つた。(5)

という言葉につながり、「晩菊」でも同じようなことが起こっている。きんは啞のきぬという女中とともに暮らしているのであるが、このきぬは登場時点ではたんなる「女中」という記述しかなされていない。しかし後半になると彼女は一気にクローズアップされる。その部分を引用し

てみよう。

女中がウイスキーのグラスと、さつきのハムやチーズを盛りあはせた皿を持つて来た。「い、娘だね……」田部がにやにや笑ひながら云つた。「え、、でも唖なのよ」ほゝうと云つた表情で、田部はぢいつと女中の姿をみつめてゐた。柔和な眼もとで、女中は丁寧に田部に頭をさげた。きんは、ふつと、気にもかけなかつた女中の若さが目障りになつた。

これがさらに次のようになっていく。

（きんが）厠へ立つて、帰り、女中部屋を一寸のぞくと、きぬは、新聞紙の型紙をつくつて、洋装の勉強を一生懸命にしてゐた。大きなお尻をぺつたりと畳につけて、かゞみ込むやうにして鋏をつかつてゐる。きつちり巻いた髪の襟元が、艶々と白くて、見惚れるやうにたつぷりとした肉づきであつた。

女中はここで初めてきぬという名前が与えられる。それと同時に、この文章は、「若さが目障り」になった者に、きんが完全に敗北したことを意味している。森英一は「きんや田部が自分たちの老いをそれぞれ認めざるを得ない媒介として、女中のきぬが存在する」「女中のきぬの若さが、あたかも三角形の頂点に位置づけられ、きんと田部の眼という他の二つの頂点から眺めるような仕組みになっている。そして、その若さを焦点に収めた二人はそれぞれに応じて年齢を自覚する」(6)と指摘している。しかし、きぬは物語が動くにつれて自然に存在意義が出てきたと考えた方が適切であろう。きぬを〈女中〉としてではなく一人の〈女〉として意識することは、きんにとっては何よりも、まず容貌から絶対的・現実的な老いを実感させられることになる。いくらきんが自分の肉体はまだ衰えてはいないと気を張っても、目の前に動かぬ証拠を突きつけられているようなものである。ここで、小説冒頭近くにおける主人公の身支度の場面もあらためて生きることになるし、寂寞とした彼女の心理を描くことにも効果をあげることになる。

次に、②の写実が主観性と客観性の両面にわたっているという点に関してだが、純客観のリアリズム作家といわれてきた秋聲を、松本氏は次のように述べる。「写実と云つたとき、主体と対象、主観と客観といつた枠組を設定して考へるのが一般だが、秋聲はその枠に囚れない。そして、それが、作者の写実的な態度を曖昧にすることにはならない。逆に、その柔軟さ自在さによつて、より的確になる。ただし、その写実が、第三者的な観察者のものでないのは云ふまでもなからう。単なる観察者は、対象を自己の外に捉へ、そこでそのものが示してゐる姿を目で見るにすぎないが、秋聲は、自己の裡へ迎へ入れ、直截に感受することをとほして捉へる」。これは、描写の性格が作者の目から捉えたものとも、登場人物の目から捉えたものとも受け取ることができるような表現、ということになるだろうか。「あらくれ」(『読売新聞』大正四年一月一二日〜七月二四日)から例を取ってみよう。

お島は昔気質の律義な父親に手をひかれて、或日の晩方、自分に深い憎しみを持つてゐる母親の暴《あら》い怒と惨酷な折檻から脱れるために、野原をそつち此方彷徨《こつちうろつ》いてゐた。時は秋の末であつたらしく、近在の貧しい町の休茶屋や、飲食店などには赤い柿の実が、枝ごと吊されてあつたりした。

この部分の、特に「時は秋の末であつたらしく」以降の描写の視点は、作者の目ともお島の目とも考えることができる。秋聲文学の様々な特徴を総合すると、彼の在り方は物語の〈語り手〉に類するもので、作品の世界にも現実にも巻き込まれず、自在に語り進める（書きつづる）という姿勢は、同じ自然主義の作家に分類されている田山花袋のいうような〈平面描写(7)〉とは完全に異質のものだろう。

「晩菊」に話を戻そう。この作品のきんは主人公であると同時に視点人物でもあり、ほとんどが彼女の意識の流れに沿って描かれているのだが、以下のような部分などはきんの心理とも作者の心理とも受け取ることができる。

長い年月に晒らされたと云ふ事が、複雑な感情をお互ひの胸の中にたゝみこんでしまつた。昔のあのなつかしさはもう二度と再び戻つては来ないほど、二人とも並行して年を取つて来たのだ。二人は黙つたまゝ現在を比較しあつてゐる。二人は複雑な疲れ方で逢つてゐるのだ。小説的な偶然はこの現実にはみぢんもない。小説の方がはるかに甘いのかもしれない。微妙な人生の真実。二人はお互ひをこゝで拒絶しあふ為に逢つてゐるに過ぎない。

なお、この部分は田部の心理と考えても差し支えない。

以上、秋聲文学との関連を述べてきたが、芙美子が会得したその小説作法は、「晩菊」においてほぼ完成されたといえるだろう。この作品における文章の流麗さは、秋聲なくしては考えられなかったかもしれない。女流文学の系譜や秋聲の文体という、文学史上に存在していた一種の様式の美学が、この作品を優れたものにしている一つの要因である。

芙美子は、「晩菊」で何を描こうとしたのか。それについて野島秀勝は「林芙美子・人と作品」（『昭和文学全集』第八巻所収、平成元年九月、小学館）のなかで、「男を凝視する女主人公ならびに作者の『眼の旅愁』は、人間へのいかなる優情とも無縁なものだ。行を変えることとさえ手ぬるいといわぬばかりの稠密《ちゅうみつ》な語り口をびっしりと裏打ちしているのは、虚無の、こういっていいなら執拗かつ正確な酷薄さだ。『味気のない男の旅愁を吐き捨てた』『晩菊』の女主人公の男への、人間への嘔吐の毒は、ひとり林芙美子のみのものであ」ると述べている。きんの、人間への唾棄すべき感情が恐ろしいほどのリアリティを持っているのは、観念的な厭世感とはおよそかけはなれた、即物的・現実的欲望の深さも関係していると思う。

きんのあらゆる欲望は、〈老い〉の二文字によって無残にも瓦解してしまう。目の前にいる田部に幻滅を感じてしまったきんが、

①金一封を出して戻つてもらひたい位だ。だが、きんは、眼の前にだらしなく酔つてゐる男に一銭の金も出すのは厭であつた。初々しい男に出してやる方がまだましである。
②ウイスキーはまだ三分の一は残つてゐる。これをみんな飲ませて、泥のやうに眠らせて、明日は追ひ返してやる。自分だけは眠つてゐられないのだ。

と、田部を拒絶する意志に立った時、自己の青春や〈老い〉を避けてきたことが全て崩壊してしまう。つまり、現実を嫌でも認めざるを得ない状況になってしまうのだ。一方、逆に田部を受け入れてしまうことは、彼女の培ってきた男に対する、

①金のない男ほど魅力のないものはない。
②自尊心のない男ほど厭なものはない。自分に血道をあげて来た男の初々しさをきんは幾度も経験してゐた。きんは、さうした男の初々しさに惹かれてゐたし、高尚なものにも思つてゐた。理想的な相手を選ぶ事以外に彼女の興味はない。

という美学に反する。この抜き差しならない状況は、和田芳恵がいうところの「人生の極北にたった(8)」姿ということができるだろう。また、「晩菊」におけるきんの即物的な現実主義は、モデルがあるにしても芙美子の姿が投影されていると考えていいと思う。きんの孤独は、同時に芙美子の孤独とも受け取れる。

きんは、小金をためたという理由から飢えや貧しさとは無縁であったので、敗戦という現実があっても生活に直接は影響を及ぼさず、むしろ利殖を増やすチャンスにさえなっている。そして、「まだ、男は出来る」と、自分の美しさに対する自信を多分に持っている。これはすなわち、きんにとって華やかだった戦前も世相の混乱している戦後も連続していることを意味する。したがって、田部が来るという電話によって「別れたあの時よりも若やいでゐなければならない。けっして自分の老いを感じさせては敗北だ」という決意に立つことになる。

一方の田部は、ぼろぼろの姿で復員し、兄の世話で自動車会社を起こして立ち直ったものの、その事業が窮地に陥る。いわば敗戦の混乱をまともにかぶっている人間である。そして、きんに対するかつての情熱はとうに冷え切っていて、金策の相手としてしか見なくなっている。そのような田部は、あらゆる面において敗戦による〈断絶〉を背負った人間として設定されている。きんは、田部の来訪の真意を知ってはじめて過去との〈断絶〉という現実を見せつけられるのである。

三島由紀夫は「市民文庫『晩菊』解説」(昭和二六年三月、角川書店)のなかで、次のように述べている。「『晩菊』に於ける時間の二重写しは、『麗しき脊髄』の戦中戦後の二重写しと同様に、情熱の緩慢なくすぼりとその対象の速《すみ》やかな死とを同時に描くために効果をあげてゐる。いづれも情熱の対象はとつくに死んでゐる。目の前になほうごめいてゐるものは、対象の死屍ではなくて、こちら側になほもえくすぶつてゐる情熱のゐがき出す幻影にすぎぬ」。

きんにとって、田部は若かりし頃の自分と同時に、激しい情事を思い出させてくれる人間である。しかし、田部にはきんへの情熱など微塵もない。美しかった過去は永遠に葬られてしまったのである。むしろきんが、自ら過去を拒絶してしまったといってもいい。

過去（戦前・戦中）との〈連続〉と〈断絶〉の間に揺れ、またそれを描き続けた芙美子は、「晩菊」に至って初めて〈断絶〉を冷徹に描ききった。これは彼女の作家としての覚悟であったかもしれない。

「晩菊」の優れているもうひとつの所以は、敗戦後の風俗を直接描かなかった点にもあると思われる。芙美子の戦後の作品の多くは、いずれも戦争によって翻弄された庶民の姿が描かれているが、その作品全体を覆う陰鬱さは、間接的にしても読者に反戦の気分を呼び起こさせる。悪くいえば感傷的なのだが、それは芙美子の自家薬籠中のものでもあるのだ。しかし、「晩菊」には、それまでの林芙美子の作品に溢れていたセンチメンタリズムはもうない。あるのは荒涼とした心理のみである。江種満子は「芙美子が自身の出自や縁戚などをめぐる個人的宿命を冷静に突き放して見る目を獲得する時は、彼女が現実にたいする媚びを捨てた時であろう(9)」といっているが、「晩菊」はそれに当てはまる作品だといえる。

敗戦直後の荒廃した世相においては、戦時中の甘美な夢は追い求めようがない。芙美子にとって現実世界が意味を持たなくなった時、彼女に残されたものはもはや文学だけであった。この時はじめて虚構への意志が生まれ、秋聲の自己放下の文体も真に生かされたのである。「晩菊」はそのような意味でも、芙美子の文学的成熟を示す記念碑的な作品であった。

ところで、芙美子は、六興出版社刊の『浮雲』の「あとがき」で、「浮雲」の前哨的な作品として「晩菊」の他に「牛肉」と「夜猿」を挙げている。たしかに、戦後の荒廃を背負った「浮雲」の富岡兼吾は、落ちぶれた「晩菊」の田部と重なるものがあるが、では、他の二作はどうなのであろうか。

「牛肉」のあらすじを簡単に述べると、主人公の新聞記者・佐々木が、本牧の売れっ子の娼婦・満喜江と関係を持ち恋をするも、時代の波に翻弄されるかのように満喜江は眼病を患い、やがて吉原の娼婦に堕ちていき、佐々木の熱情もそれとともに冷めていく。敗戦後、戦地から帰還し結婚した佐々木は、満喜江が気が狂ってしまったことを人伝に聞くが、ほとんど何の感慨も起こらない。彼のなかには華やかな本牧時代の満喜江の印象しか残っておらず、現実には幻滅している。過去に焦がれることもない。

時の流れの冷酷さという点で「牛肉」は「晩菊」と共通の面を持っているといえるが、もう一方の「夜猿」は主題も設定も全く異なるものである。また実在の人物をモデルにしているという点においても異質である。

この作品は洋画家・青木繁が主人公で、肺結核を病み死期が迫りつつあるなかでも、なお旺盛な制作欲を失わない姿が描かれている。病の悪化と反比例するかのように制作欲はますます高まり、したがって生への欲求も一段と激しくなっていく過程が、一種異様な緊張感を生んでいる。

繁の生への執着は、まさに死ぬ直前に、最高潮に達するのだが、その部分の描写は鬼気迫るものがある。

「その薬の包み紙を捨てるなッ」と云つて、繁は紙にこびりついた薬をべろべろと色の悪い舌でなめた。大粒な涙をこぼしながら、「命の薬なンだ。俺はいま死にたくない。この命の薬を半分もこぼして、俺を不憫だとは思はないのかッ。ひらつてのませてくれ……」泣きながら、痩せた手を出して、繁は、枕にこぼれた散薬をすくふやうな恰好をしてゐた。

三島由紀夫は、「夜猿」を評して、「瀕死の画家と彼の夢想する烈しい制作との間を執拗に隔てているものが、病気ではなくて実は生―危殆に瀕してもえあがる怖ろしい生―であるように思われてくるところに、この作品の秘密と成功があ(10)る」といっているが、まさにその通りで、繁の死期を早めているのは、病ではなく旺盛な制作欲、つまり生命の燃焼である。繁は頭の中で思い描いている絵を、実際に絵筆をとって形にすることはできない。そこに焦りと苛立ちを感じている。そのような繁にとっての芸術的な危機感と、生命の危機は全く一致しているといっていい。絵に対する異常なまでの情熱が、結果的に死を早めているのである。

こうした芸術至上主義的な立場は、それまでの芙美子にはなかったものである。「晩菊」において芙美子がそれまでの〈読者への媚び〉を捨てたことは先に触れたが、「夜猿」はさらに、それまでのあらゆる甘さ、すなわち作家としての基盤の脆弱さを捨て、芸術を最優先にするという芙美子の宣言の書でもあるように思える。芙美子は短篇集『牛肉』刊行の際、「あとがき」のなかで、この集にあつめた作品は、私の仕事としての新世界をめざしたもので、今までの古いきづなだつた一切の習慣から抜け切りたく努力した。すべて、戦後の作品である。

云はゞ異境へ迷い込んだ気持ちでもあらうか。

私の昔を壊滅させる為には、血みどろに前進するより道はない。（中略）私は、このごろ、小説を書く以外に何の興味もない。私に生きよと云ふ事は小説を書くと云ふ事だ。


といっているが、そのような芙美子の熱意が作品として表れたものの一つが「夜猿」であろう。おそらく芙美子は自分なりの自由な青木繁の像を作り上げたのだろうが、「小説を書く以外に何の興味もない」「生きよと云ふ事は小説を書くと云ふ事」という芙美子は、絵を描くこと以外に何の興味もない「夜猿」の青木繁そのままであると思う。

青木繁の死因は肺結核であり、林芙美子は心臓麻痺でこの世を去った。それを引き起こした心臓弁膜症の悪化は、一九五〇（昭和二五）年十一月頃から起こっており、医師から静養をいいわたされるほどであった。したがって、芙美子の発病自体はどうしてもそれ以前ということになる。芙美子はそれから毎月一週間前後、熱海・桃山荘で静養に努めているが、実際はそこでも原稿の執筆に追われていたという。衰弱していく体をよそに、「浮雲」という大作に取りかかり、なおかついくつもの原稿を抱えていた芙美子の姿は、生命の危機という点からも「夜猿」の青木繁と二重写しになってくる。おそらく芙美子は、繁に自己の姿を託したのであろう。この作品の持つ緊迫感は、繁の裏に作者の生の危機があるからこそなのである。

「夜猿」は、繁の「女の顔」の絵を愛蔵する実業家・杉村与作夫人の慶江が、夫亡き後もその絵を手放さず、なおかつ繁の子・福田蘭童の尺八の音を聴き、

まさか、この笛を吹いてゐる主人公が、遠い神戸の長屋の二階に、自分の母の絵があるとは思つてもゐないだらうと、慶江夫人は一種のなつかしさを持つてラジオに耳をかたむけてゐた。継ぎあはせてみれば、世の中の何処かには、何かの交流があるものだが、それが別々に切れて、途切れて、それぞれの生活のなかの人生を住み暮してゐる……。

と感慨にふけるところで終わっている。この部分が作品にほのかな甘さを添えているが、私には、ただひたすら自己の〈生〉、すなわち〈文学〉を残したいという芙美子の祈りが込められているように思われてならない。

注

（1）中村光夫「林芙美子論」『現代日本文学全集第四十五巻　岡本かの子・林芙美子・宇野千代集』所収、昭和二九年二月、筑摩書房。
（2）川副国基「林芙美子『晩菊』について」『文学者』昭和二六年一〇月。
（3）森英一『林芙美子の形成——その生と表現』平成四年五月、有精堂。
（4）徳田秋聲「『新世帯』に就て」『国民新聞』明治四一年一〇月一五日。

(5)『林芙美子長篇小説集第三巻』「創作ノート」。
(6)注3に同じ。
(7)田山花袋は「『生』に於ける試み」(『早稲田文学』明治四一年九月)において、平面描写とは「単に作者の主観を加へないのみならず、客観の事象に対しても少しもその内部に立ち入らず、又人物の内部精神にも立ち入らず、たゞ見たまゝ、聴いたまゝ、触れたまゝの現象をさながらに描く」ものとしている。
(8)和田芳恵「作家と作品」『日本文学全集48　林芙美子集』所収、昭和四一年七月、集英社。
(9)江種満子「林芙美子論――『女の日記』『稲妻』の位置――」『日本文学』昭和五六年六月。
(10)三島由紀夫「文芸時評」『東京新聞』昭和二四年一二月二九日。

4　挫折の形象化――「浮雲」論I

1

「浮雲」は一九四九(昭和二四)年十一月から翌年八月まで雑誌『風雪』に連載され、同誌が休刊の後、九月から五一年四月まで『文學界』に書き継がれ完結した。

発表当時は藤川徹至が「林芙美子論」（『文学者』昭和二六年一〇月）のなかで、「真に解決を迫られている厳粛な倫理に対決する人間の心理的内省の展開も不充分で、その不充分なところに低迷する諦念を哀傷の抒情にうたい上げているのですから、最早人物の生の意識と希求のみが語られ、社会と自己との認識というようなものは皆無で、土台問題になどなりません。作家に於てはまったく知性を放棄しての作業しか営まれていないのです」と述べているのを筆頭に、あまり高い評価を受けなかった。

当初は「約八〇枚づつ四回連載される予定(1)」というふれこみであったが、実際にはそれをはるかに越える量で完成したためか、「もし作者が最後まで女主人公のゆき子を中心にして押し切ることができたら、またこれを現在の三分の二ぐらいの長さにまで圧縮することができたら、一層に感銘の深い作品とすることができたであろう(2)」という河盛好蔵のような評価もある。

確かに「浮雲」の主人公は幸田ゆき子であるが、物語の後半になると明らかに中心は富岡兼吾に移っている。それが長篇であることも相俟って、散漫な印象を与えてしまうのであろう。三年間にもわたる連載であったために粗雑な面も見られる(3)。

しかし、その後再評価され、現在では大久保典夫の「およそこの長篇小説ぐらい敗戦日本人の虚無感と当時の混乱した世相を浮き彫りにした作品もないだろう(4)」という見方をはじめ、まぎれもなく林芙美子の代表作として認知されている。そして、一番の問題作でもある。彼女の作品のなかで、これほど多くの読みかえがなされているものは他にはないだろう。

「浮雲」には、戦後の荒廃した世相と、そこに繰り広げられる一組の男女の情痴があまりにも見事に描かれているので、作品の仕組みにまで言及されることはほとんどなかった。とくに、作者はなぜ、後半は富岡を中心に描いているのか。その時々の感情に流されて生きるゆき子は、芙美子が「放浪記」以来描き続けた女の集大成というべき人間だが、富岡の造型に関しては、平林たい子が『日本の文学47　林芙美子』（昭和三九年七月、中央公論社）の「解説」で、「戦後には頽廃した精神を、敗戦を背景とした小説が無数に生まれたが、敗戦で挫折した人間像の形成には、なぜか誰もあまり成功しなかった。『浮雲』の富岡は、その文学史の空白を埋め得る一つの典型である」といっているように、この作品をたんなる情痴小説ではなく、すぐれた〈敗戦文学〉たらしめているのである。

物語は、ゆき子が仏印から引き揚げてくるところから始まり、敗戦直後の日本を背景に二人の道行きが描かれていく。そこにはさまれる仏印の場面において、ゆき子が親戚の伊庭杉夫との不倫の関係を断ち切るために、仏印ダラットの山林事務所にタイピストとして赴任したこと、そこで農林技師の富岡兼吾と出会い、恋に落ちたことが示される。しかし具体的な二人の恋愛の模様は描かれていない。作者は、戦後の二人を描くことから、甘美な仏印時代を逆照射する。

ゆき子は、敗戦下の日本でも富岡との恋を再現しようとするが、富岡はそうしたゆき子とは違い、家庭を気遣う無気力な男になっており、ゆき子に対してもかつてのような情熱を抱かない。これはまず、二人にとって唯一の絆ともいえる仏印という土地の捉え方が、根本的に違っていることが原因である。以下のような文章などからは、二人の仏印に対する捉え方の違いがよく出ている。

富岡にしたところで、かうしたごみごみした敗戦下の日本で、あくせく息を切らして暮す気はしないのである。野生の呼び声のやうなものが、始終胸のなかに去来してゐた。イエスの故郷が本来はナザレであるやうに、富岡は、自分の魂の故郷があの大森林なのだと、時々恋のやうに郷愁に誘はれる時がある。（十四）

あゝ、もう、あの景色のすべては、暗い過去へ消えて行つてしまつたのだ……。もう一度、呼び戻す事の出来ない、過去の冥府の底へかき消えてしまつたのだ。貧弱な生活しか知らない日本人の自分にとつては、あの背景の豪華さは、何とも素晴しいものであつたのだ。ゆき子は、さうした背景の前で演じられた、富岡と、自分との恋のトラブルをなつかしくしびれるやうな思ひで夢見てゐる。悠々とした景色のなかに、戦争と云ふ大芝居も含まれてゐた。（三十六）

ゆき子にとって富岡は仏印と不可分の存在であり、富岡を通してその地を見ている。それに対し富岡は仏印という土地そのものへ執着を持っており、荒廃した日本では、ゆき子に情熱を傾けられないのもいわば当然なのだ。

ゆき子はその後、ふとしたことから街で知り合った外国人ジョオと関係を持ち、富岡は鬱屈感を紛らすために酒に溺れる生活を送る。しかし、二人は別れることができず、ついに伊香保へ心中の旅に出る。

一度は死を考えた富岡は、伊香保でバーの女おせいと出会ったことからその決意を翻し、そのたくましさにすがって生命力を回復しようとする。「浮雲」は、おおむねこの伊香保での出来事を境に前半と後半に分けることができるだろう。東京に戻った二人はしばらく疎遠になるが、ゆき子は富岡の子を妊娠したことに気づき、富岡は伊香保を飛び出してきたおせいと同棲する。しかし、おせいはほどなく追って来た夫の向井清吉に殺されてしまう。

ここから富岡は、明らかに前半とは違った人間として描かれることになる。引き揚げ直後の富岡は、まず知人の田所と材木の事業を始めているが、統制の関係などからそれが思うように進まない。彼は官吏生活には嫌気がさしているにもかかわらず、うまく立ち回る力もない。しかし、おせいの死とその夫・向井の存在によって、彼女を足がかりにして再生をはかろうとした自己のエゴイズムに気づかされた富岡は、はじめて贖罪の念が生れる。かつて仏印で、同僚の加野がゆき子に夢中なのを知りながら、彼女を奪ったことについても、同様の意識が芽生える。富岡は仏印での思い出を書き始め、雑誌に発表し続けていく。

〈書く〉という行為は、さまざまな想念がくすぶっているうちは不可能である。つまりこれは、富岡のなかで仏印での過去が整理され、かつ突き放すことが可能になったことを意味する。実際にこの過程において彼は職業安定所に行ったり、農林省時代の友人を訪ねたりするようになるのである。ゆき子は富岡の子を中絶し、伊庭が働く大日向教で会計をすることになり、再び彼の囲われ者となる。

富岡のこうした変化は、ゆき子との交渉が絶たれた間に起こっていることに注意すべきであろう。しかし、彼が妻・邦子の葬儀費用をゆき子に借りに行ったことをきっかけに、二人の関係は復活し、そこからまた富岡は流転の運命を辿ることになってしまうのだ。富岡は屋久島の営林署に勤務することになり、大日向教の金庫から六十万を盗み出したゆき子もそれについて行く。しかしゆき子は鹿児島で発病、屋久島に着いてからほどなく、孤独のなかに大喀血して死ぬ。ゆき子の死後、富岡は「酒に溺れ、別人のやうに顔が変つて」いる。伊香保へ行く前の、鬱屈した状態に逆戻りしてしまっているのだ。そして、それはそのまま末尾の文章に集約されていく。

富岡は、まるで、浮雲のやうな、己れの姿を考へてゐた。それは、何時、何処かで、消えるともなく消えてゆく、浮雲である。

結局、富岡の再生はかなわなかったことになる。しかし、富岡が書くことに没頭する姿は、戦後、憑かれたように作品を発表し続けた芙美子に不思議と重なってくる。官吏生活に嫌気がさしていた富岡が、屋久島の営林署という元の職業に近い仕事を選んだのは、戦後の混乱期を乗り越える才がなかったこともあるが、結局それしかできなかったためであろう。芙美子が作家として生きていく他に道はないというはっきりとした意識に立ったのは、本書ですでに述べた通り戦後に入ってからで、そのような意味においても富岡は戦後の芙美子の歩みそのままであった。

ところで、「浮雲」のクライマックスを屋久島に設定した理由は何なのであろうか。芙美子はそのためにあえて現地を取材し、その際に書かれた「屋久島紀行」のなかで「戦争の頃、私は、ボルネオや、馬来や、スマトラや、ジャワへ旅したことがあつた、その同じ黒潮の流れに浮いた屋久島に向つて、私はひたすらその島影に心が走り、待ち遠しくもあるのだつた」と記している。作者は、二人が断ち切れなかった仏印を連想させる南の果ての島が、再出発をはかろうとする場所にはふさわしいと考えたのだろう。つまり屋久島は、ゆき子と富岡にとって第二の仏印になる可能性があったのである。実際に富岡は、屋久島が近づくにつれて気分が高揚していく。しかしそれは鹿児島でのゆき子の発病と、次の部分の描写で暗転する。

照国丸は、まるで仏印通ひの船のやうだつた。さうした、錯覚で、富岡は、今朝、このま、ゆき子と此の船へ乗れたなら、どんなにか愉しい船旅だつたらうと思へた。だが、この快適な船は、屋久島までの航路で、それ以上は、今度の戦争で境界をきめられてしまつてゐるのだ。此の船は、屋久島から向うへは、一歩も出て行けない。南国の、あの黄ろい海へ向つて、この船は航路を持つてはゐないのだ。

どこまでいっても屋久島は日本の一部にすぎず、南方に見立てた新天地もいわば幻想でしかない。最後の陰惨な場面に結びつく重要な箇所といえるだろう。

これと同様の意味において、「浮雲」のなかで、重要な役割を果たしている小道具に腕時計がある。これは、物語が転換する要所要所でさりげなく使われている。まず、富岡は伊香保で向井清吉に仏印で買ったオメガを売り、それがきっかけでおせいとの関係ができる。この行為は、富岡のなかで仏印という土地そのものへの執着が一度絶たれ、新たなもので生命力の回復をはかるということが暗示されている。

さらに、屋久島へ赴任することになった富岡が、その記念にと鹿児島で腕時計を買い求める場面がある。ここで重要なのは、その時計が「スイス時計のイミテイション」であるということだ。屋久島という土地が、あくまで擬似的な南方であることを象徴するかのように、時計も「イミテイション」なのである。これはゆき子の死後、雨に濡れたために止まってしまう。つまり、擬似的なものすら手に入れることができない（あるいは、許されない）という、徹底して残酷な結末なのである。

2

「浮雲」でもう一つ注目すべきなのは、戦争の〈加害者〉としての日本人を主人公にしていることだろう。これまでも述べてきたように、芙美子の戦後の作品には、戦争によって翻弄された庶民を主人公にしたものが圧倒的に多い。登場人物は、あくまでも戦争の〈被害者〉なのである。しかし、「浮雲」の主人公であるゆき子と富岡は、内地とは正反対の豊かな状況だった日本軍政下の仏印で、無拘束の恋愛にふけった人間である。つまり、戦争の恩恵を受けた、広義の〈加害者〉なのである。

ゆき子と富岡にとって、仏印は絶ち切り難い甘美な思い出の土地であるが、この仏印時代を描いた部分、章でいうと（三）から（十二）を読むと、二人は必ずしもその風土を満喫してはおらず、日本の植民地支配の本質をよく表したものになっている。

極楽にしても、ゆき子はかつてこんな生活にめぐまれた事がないだけに、極楽以上のものを感じてかへつて不安であつた。富豪の邸宅の留守中に上り込んでゐるやうな不安で空虚なものが心にかげつて来る。（七）

山も湖も、空も亦異郷の地でありながら、富岡は、仏蘭西人のやうにのびのびと、この土地を消化しきれないもどかしさがある。この土地には、日本の片よつた狭い思想なぞは受けつけない広広とした反発があつた。おうやうにふるまつてはゐても、富岡達日本人のすべては、此の土地では、小さい異物に過ぎないのだ。何の才能もなくて、只、この場所に坐らされてゐる心細さが、富岡には此頃とくに感じられた。貧弱な手品を使つてゐるに過ぎない。いまに見破られてしまふだらう……。（十二）

また富岡は、安南人の女中ニウと関係を持ち、子どもまで作るが、こうした行動はポスト・コロニアリズムにおける征服者・被征服者の関係に結びついているといえる。すなわち、占領者（男性）と被占領者（女性）間の恋愛は、占領者が被占領者に不安・恐怖を持つがゆえに、その支持を得たいという願望がそのまま恋愛に発展するということだ。ここにはもちろん、男が女を性的に征服するというジェンダーの点からの力関係も働いている。いわば二重性を持った〈征服〉といえるが、富岡が仏印において感じていた漠然とした不安のようなものと結びつけると、〈加害者〉としての日本人が浮かび上がってくるだろう。

なお、「浮雲」には、直接的な〈加害者〉の行動に関する箇所も見られる。


「牧田さんはうまい事したなア、サイゴンとプノンペンでは、久しぶりのオアシスだね……」

「うん」

「富岡さん、サイゴンで、面白い事あつたの?」

「面白い事なンかあるもンか」

「さうかなア……。さうでもないだらう?」

「君も、トラングボムへ帰る迄に、一度、サイゴンへ行つて、さつぱりして来るンだね……」

「サイゴンか……。久しく行かないなア……」


これは、ゆき子にいい寄った加野と、それに気づいた富岡との会話の部分である。「牧田」とはダラット山林事務所の所長で、ちょうどこの時は出張中であった。加野はゆき子に出会う直前まで、トラングボムの山中に勤務しており、人恋しさがつのっている時である。こうした前後の状況もふまえると、ここで交わされているのは性に関する話である。

戦時中、アジア各国に設置された慰安所は、次の四種類に大別することができる。①軍直営の慰安所。兵站部門の経営するものと前線派遣部隊直轄のものと二種類がある。②軍が監督し統制する軍人軍属専用の慰安所。③軍が一定期間兵隊用に指定する民間の慰安所。④純粋な民間の慰安所（売春宿）、である。

「浮雲」の舞台となっている仏印は、当時日本軍が東南アジア各地に戦争を拡大するための兵站基地としての役割を担っており、また進駐後もフランスと共同でその地を支配していたため、例外的に平穏な地であった。従って、慰安婦（慰安所）の問題も中国・フィリピン・インドネシアなどに比べて表面化していない。

しかし、戦時中仏印で生活をした日本人に対する聴き取り調査を行った吉沢南の『私たちの中のアジアの戦争　仏領インドシナの「日本人」』（昭和六一年九月、朝日新聞社）によると、同書に登場する特務機関員、製麻会社員、憲兵がいずれも現地女性と関係を持っている。ハイフォンのかつての憲兵の以下のような証言もある。「私の聴取りでも、十中八、九の人が、ベトナムの民衆が飢餓に瀕していた時、日本兵は『腹一杯食って、遊んでいた』と証言している。『先生にですからざっくばらんに話しますが、その頃の女遊びはすごかったですよ』、と高田さんは恥じらいながら語った。繁華街の一角に色町があった。日本の女がいる店には将校連中などがかよい、朝鮮・台湾の女がいる店には、兵士がかよった。高田さんの馴染みもそこだ。やや離れたところには、ベトナムの女がいる店もあった」。

仏印の憲兵隊本部はハノイにあり、その下に分隊が置かれていた。ハイフォンはそのうちの一つで、他にハノイ、フーラントゥオン、ヴィン、トゥーラン（ダナン）、ニャチャン、チョロン、プノンペンに分隊が設置されていた。「浮雲」において富岡の上司に当たる牧田はサイゴン、プノンペンに行くとなっているが、サイゴンは小パリとも呼ばれる仏印の主要都市であり、プノンペンも憲兵分隊が置かれるほどの重要都市だったとすると、当然この地域にも慰安所があったといえるので、やはり先に引用した部分はそのような話題であったと考えざるをえない。また、富岡を含め山林事務所勤務の人間は、農林省の派遣であるからほぼ軍属と見られるので、かなり自由に〈遊ぶ〉ことができたはずである。

戦後、仏印から引き揚げてきたゆき子と富岡の感情がなかなか燃えてゆかないのは、戦中が甘美な時代であるのと同時に、どこかしら侵略した側の人間としての後ろめたさを引きずっているからであろう。

ラジオは戦犯の裁判に就いての模様だつた。ゆき子はそのラジオを意地悪く炬燵の上に置いた。富岡は急にかつとして、そのラジオのスイッチをとめて、床板の上に乱暴に放つた。

「何をするのよッ」

「聞きたくないンだ」

「よく聞いておくもンだわ。誰の事でもありやしないでしよ？　私達の事を問題にされてゐるンでせう？　だから、あなたつて、駄目ッ。甘いのねえ……」

この部分から、ゆき子は二人の恋愛を保証したのがラジオで取り上げられている戦犯たちであり、結果的に自分たちもそれにつながっているということに気づいている。これは富岡の場合も同じで、だからこそ罪障感・鬱屈感を抱くことになるのである。

敗戦直後は、戦場を舞台にした戦争文学が数多く出た。具体的な作品としては梅崎春生「桜島」（『素直』昭和二一年九月）、大岡昇平「俘虜記」（『文學界』同二三年二月）や「野火」（『文体』同年一二月、翌年七月）などである。これらはいずれも、主人公を含む日本人を〈被害者〉として捉えた反戦文学であった。別の側面からいえば、戦争あるいは軍隊といった〈公〉の悪から離脱して、一人の人間として生きる〈私〉の抵抗が描かれている。

〈被害者〉であると同時に〈加害者〉でもある日本人が本格的に描かれるようになるのは、阿川弘之「雲の墓標」（『新潮』昭和三〇年一～一二月）、遠藤周作「海と毒薬」（『文學界』同三二年六～一〇月）あたりからであるといえる。つまり戦後約十年を経てはじめてそのような視点からの作品が出てきたので、それを考えると、芙美子の「浮雲」は一九四九年から書かれているのであるから、特筆すべきことだろう。また、成田龍一が指摘するように、数少ない「帝国日本の側から、（二つの側面を持つ）植民地支配とはいったい何であったのか[5]」を描いた作品である、ということができる。

3

林芙美子にとって、「浮雲」という作品は何だったのであろうか。なぜ、この作品が書かれたのだろうか。

板垣直子は「『浮雲』は作者が執筆にさいして、何の条件もだされず、全く自由にかきあげたものだ。かく舞台が商売雑誌だと、商売本位のワクをいろいろだされるので、何の注文もださぬ同人雑誌の『風雪』に思う存分にかくことにした」「芙美子級の作家なら、営利雑誌も紙面を提供したろうに[6]」ということをいっており、また、吉屋信子によると芙美子は「ジャーナリズムってのはほんとに薄情なんですからね。いつ棄てられるかちょっとも油断は出来ませんよ[7]」というのが口癖であったという。

彼女はなぜ、あえて商業雑誌を避けたのか。私はここで、中村光夫の言葉を思い出さずにはいられない。中村氏は一九五一（昭和二六）年、芙美子と同じ年に世を去った宮本百合子と比較しながら、次のようにいっている。「宮本百合子が思想の上では『人民』のなかに溶けこむことを標榜しながら、実際は生れのよいお嬢さん気質を終生失はなかつたに反して、林芙美子は生れながらに民衆の血を享け、それを彼女なりの文学の源泉としたことです。宮本百合子にとつて、民衆はいはば思想の憧れの到達点であつたに対して、林芙美子には、それは這ひでなければならぬ泥沼であるとともに、もつとも気兼ねなく振舞へる故郷でもあつたからです[8]」。

芙美子には庶民との連帯感と同時に、幼少期から青年期にかけて、最下層ともいえる庶民階級に属していた自己への劣等感があった。そこには、たび重なる挫折感が働いている。本書でも述べた数々の芙美子の戦争協力は、そこから何とかして抜け出したいという強烈な夢を追った結果だった。

芝木好子が和田芳恵との対談のなかで「林芙美子の文学の出発はその怨みつらみ[9]」と指摘しているが、まさにその通りなので、「放浪記」にも挫折の連続である境遇への嘆きが表れている。

また、あれほど深く戦争にかかわったのも、周囲を出し抜いた形で〈漢口一番乗り〉を果たしたのも、ことごとく幼少期から青年期にかけて抱いてきた劣等感をはねのける行為であったと思う。他人に負けたくないという感情や、物質的な欲望の深さなどが、妄執といってもいい彼女の人格を作り上げたのだ。しかしそのある種成金的な発想は、逆に何と庶民的であることか。

敗戦とともにすべては崩壊し、もはや彼女に残されていたものは作家としての自己そのものだけであった。芙美子が戦後、おびただしい量の作品を発表したのは、それにしがみつく以外に生きる道が残されていなかったからである。芙美子も、「浮雲」のゆき子や富岡と同じように、戦時中にあまりに甘美な夢を見過ぎてしまったが、敗戦による挫折が、「浮雲」執筆の直接の動機であったといっても過言ではない。

吉屋信子に「林さんをジャーナリズムが殺したというひともいたが、むしろ林さんがジャーナリズムの寵児の位置をいのちを懸けて死守した感もある」[10]といわしめた芙美子が、商業性とは無関係にどうしても書かなければならなかったのが「浮雲」だった。

> 富岡は、もし、この一文がうまく書けて、雑誌社でも出版してくれるやうであつたならば、死んだ加野へ贈るつもりであつた。そしてまた心ひそかに、仏印の土と消えた人々へたむける、ひそかな願ひも心にはあつた。

この部分を読むと、芙美子のなかで「浮雲」は贖罪の書以外の何物でもなかったことがわかる。

では、芙美子はなぜ仏印（南方）を舞台にしたのであろうか。彼女は戦時中、南京・漢口・満州などへ赴きジャーナリズムの寵児となった。しかしそうした芙美子の誇りは、敗戦とともに瓦解してしまう。その挫折を描こうとした時に、これら中国は舞台としては適さない。なぜなら、彼女が中国で訪れた場所は、すべてむき出しのままの戦場であったからだ。

しかし、そのような芙美子の戦争協力のなかで、南方徴用だけは別の意味を持っている。本書ですでに述べたとおり、徴用というのは名目だけで、実際は豪奢な観光旅行そのものであった。いわばこの時、彼女は最も深く戦争に関与しながら、最も戦争とは無縁の状況にいたのである。彼女が自己の挫折と転落を作品として形象化するには、甘美なイメージとしての南方を描く以外なかった。

なお、芙美子が南方という風土への郷愁のみで「浮雲」を書いたのではないことは、ゆき子が仏印で富岡、加野という男たちから愛されることからもわかる。引き揚げ後、富岡はゆき子に向かって「あんな処では、女は無上の天国だからね……。誰にも愛されるのは、女にとつて、いゝ気持ちだらう」というが、これは南京や漢口への従軍の際、紅一点としてもてはやされた芙美子にそのまま重なるだろう。

つまり、幼い頃から惨憺たる人生を送ってきた芙美子の人生において、唯一といっていいほど華々しい時代であった戦時中へのあらゆる郷愁と、敗戦にともなう挫折を塗り込めたのがこの「浮雲」だったのだ。彼女にとって日本の敗北は、そのまま人生の敗北だったのである。人生の絶頂期を過ぎてしまった戦後は、いわば余生であった。芙美子は、戦後の早い時期に出版された

『風琴と魚の町　現代文学選14』の「あとがき」で、「長い戦争の間に青春があせて、私は年をとつたのだらうと思ふ」といっている。そうした心情は、「浮雲」のゆき子や富岡に重ねられている。

林芙美子は「浮雲」において、〈挫折〉という自己の背負った宿命を、「放浪記」以来一貫して描き続けた男と女の関係を軸に形象化したのである。彼女は、敗戦によって味わった挫折感を何としてでも書き残さねばならない心境にかられていたのだ。芙美子が「浮雲」にかけた執念は、彼女の作家魂そのものであった。敗戦による挫折が、彼女を真の文学者にしたといえる。

仏印時代を思慕し続けたゆき子は凄惨な死に方をし、再生をはかろうとした富岡も、まるでそれがすべて徒労であったかのように一人取り残された。ここに私は、芙美子の抱えていた救いようのない暗さを感じるのである。芙美子は「浮雲」に至って戦中に恋い焦がれる自分（＝ゆき子）を最後には殺し、戦後の生きざまそのものの自分（＝富岡）を絶望と孤独に追いやった。裏を返せば、戦争の恩恵を肯定していたゆき子は死を与えられ、加害者としての後ろめたさを引きずり、贖罪の念が湧いた富岡を生き残らせている。主人公の二人に作者の魂が完全に分かち与えられた「浮雲」は、芙美子の遺書でもあり、贖罪の書でもあったのだ。

「浮雲」を書き終えた芙美子は、一九五一（昭和二六）年四月一日から『朝日新聞』に「めし」を連載し始める。これは夫婦の倦怠期を取り扱ったもので、彼女は連載開始直前の三月二十九日付の同紙の社告に、次のような文章を寄せている。

めしを常食にしている、私達、日本人の言葉を、ふつと、この小説の題名に考えてみたのです。たきたての、御飯のような、ふつくらした小説を、きどりのない人達にあてて、のんびりと私は書きたいのです。

「めし」の世界には、もはや戦争は影を落としてはいない。岡本初之輔・三千代夫妻の倦怠期は、敗戦直後の混乱期を乗り越えた後の平穏な日々のなかで生れたものである。これは余裕の産物だ。また、二人の間に波風を立てる里子は、完全にアプレ・ゲールである。日本は、一九五〇年の朝鮮戦争をきっかけに急速な復興を遂げていくが、「めし」はそのようななかで書かれ始める。しかし、芙美子の死によって未完のままで終わってしまう。

和田芳恵は「浮雲」を評して「敗戦の挫折感を背負った富岡という人間を芙美子は、隈《くま》なく書ききって、百日たらずで、死んでしまった。『浮雲』の最後に近いゆき子の死の、みごとな描写の裏側から、死神に憑かれた芙美子の、少し、むくんだ顔が覗いているようにさえ思われる。芙美子は、『浮雲』のなかに、自分が持っていたすべてを出しつくしてから死んだのであろう」(11)といっているが、まさしくその通りであった。

〈付記〉

「浮雲」は仏印ダラットが舞台になっており、芙美子の南方徴用時の体験が生かされているわけであるが、すでに本書でも述べたように、芙美子が仏印を直接訪れたという記録は残されていない。中川成美は、「林芙美子――女は戦争を戦うか」（『南方徴用作家――戦争と文学』所収、平成八年三月、世界思想社）において、六興出版社刊『浮雲』の「あとがき」の、「戦争中、南方の島を八ケ月ほどまはり、此の地方を知つてゐたので、仏印を背景に選んだ」という文章と、作品本文の叙述から、南方での行程が明らかでない時期、とくに一九四二（昭和一七）年十月三十一日に日本を発ってから十一月十六日にシンガポールに着くまでの約二週間の間か、もしくは帰国直前の翌年四月から五月頃に仏印を訪れた可能性があるとしている。

なお、当時仏印の奥地森林地帯の調査に従事した農林技師・明永久次郎が書いた『佛印林業紀行』（昭和一八年一〇月、成美堂書店）を読むと、「浮雲」は同書をかなり参考にしていると思われる部分があるので、若干触れておこう。

たとえば、「浮雲」で「富岡は、煤けた天井を眺めながら、地図のやうな汚点をつけて、ふつと、ユヱの街を思ひ出してゐた。駅から街の中心へ向ふ街路に、樟の若芽が湧きたつやうな金色だつた。香水河と云つたユヱ河に添つた遊歩道には、カンナや鉄線花が友禅のやうに華やかだつた。椰子、檳榔、ハシドイが至る処に茂つてゐる。赤褌一つのモイ族が、二三羽のインコを籠に入れて、遊歩道で売つてゐたのを、富岡は思ひ出した」となっている箇所は、『佛印林業紀行』における次の文章とよく似ている。

「ユヱの駅から都心へ通ずる街路には、樟の若芽が燃えるやうにあざやかである。この街路は俗に香水河と呼ばれるユヱ河に添つてゐる。河畔の遊歩道には色彩豊かな花壇が設けられ、椰子、檳榔、ハシドイの樹が配してある。椰子の葉陰に、河向ふの王城の赤煉瓦の城壁が隠見する。香水河のほとりクレマンソウ橋畔のグランド・ホテルに旅装を解いた。(中略)私共は此処の広場で巨大な印度ゴムの木の下にたゝずむ一人のモイ族を見出した。彼の身に纏ふものは唯一つの赤褌だけで、黒々とした裸体姿であり、仲々の偉丈夫である。遠くの山地からこの市場に交易の為にはるぐ〵と出て来たのであらう、二、三羽のインコを容れた鳥籠をその手に提げてゐる」。

富岡はこのユエの街で山林局長のマルコンと出会っているが、明永氏もマルコンという名の安南山林局長とユエで会っており、両者ともそのマルコンについての記述が、〈一九三〇年に森林官として仏印に渡航、仏蘭西のナンシー山林学校の卒業〉と一致している。

さらに、本文中の富岡の手記では、漆、伽羅の木などが取り上げられているが、それは同書の「安南漆」「伽羅の木」の章と内容が重複している。登場人物のゆき子、富岡に関する描写の部分でも、似たような箇所が見受けられる。

「浮雲」の仏印に関する描写は、この『佛印林業紀行』の内容とかなり重複しており、芙美子が何らかの形で同書を手に入れ、参考にした可能性は否定できない。富岡の職業を農林技師としたことにも影響が考えられるだろう。したがって、芙美子が実際に仏印を訪れたかどうかは、まだ検討の余地があると思われる。

しかし、いずれにせよ「浮雲」が林芙美子畢生の大作であることには変わりがない。

注

(1)「編輯後記」『風雪』昭和二四年一一月。

（2）河盛好蔵「林さんの小説」『文藝』昭和二六年九月。
（3）たとえば、加野の引き揚げ後の住所が（二十三）では「小田原」となっているのに対し、（三十四）では「横浜の簑沢」になっている。また、ゆき子と富岡の思い出の場所・安南王の陵墓付近の地名が、（十一）では「マンキン」だが（四十四）では「マンリン」となっている。なお、正確な地名は「マンリン」である。
（4）大久保典夫「戦後文学史のなかの女流文学——林芙美子『浮雲』の位置——」『解釈と鑑賞』昭和四七年三月。
（5）川村湊他『戦争はどのように語られてきたか』平成一一年八月、朝日新聞社。
（6）板垣直子『林芙美子の生涯　うず潮の人生』昭和四〇年二月、大和書房。
（7）吉屋信子『自伝的女流文壇史』昭和三七年一〇月、中央公論社。
（8）中村光夫「林芙美子論」『現代日本文学全集第四十五巻　岡本かの子・林芙美子・宇野千代集』所収、昭和二九年二月、筑摩書房。
（9）野口冨士男編『座談会　昭和文壇史』昭和五一年三月、講談社。
（10）注7に同じ。
（11）和田芳恵「作家と作品」『日本文学全集48　林芙美子集』所収、昭和四一年七月、集英社。

5　デカダンスの美学――「浮雲」論Ⅱ

1

河野多恵子の「ある種の作品のこと――平林たい子覚え書」（『文學界』平成四年二月）には、平林たい子が生前、林芙美子の「浮雲」を絶賛していたことについて、次のような感想が述べられている。「その説には、私は全く同感であった。第二次世界大戦で日本が敗戦国になった時、国民は性別や年齢や環境や立場等々のそれぞれの条件によって、その結果は実にさまざまであった。その次第は、当時の新聞をはじめとする今日までの多くの記録や文学作品や手記からどのようにも知ることができる。しかし、その一方には、――自覚しなかった人、自覚はあったが程なく忘れてしまった人も少くなかったことであろうし、人によって深浅の相違もあったであろうし、そして暫しの間に消え去った、明確には言い表せない気分――十歳以上の全国民が心のどこかで唯一共有した気分があったのである。長編『浮雲』（昭和二十四年十一月号――二十五年八月号『風雪』二十五年九月号――二十六年四月号『文學界』）は、私にそれを顧み自覚させた作品である。（その気分の現われたものとしては、この作品と石川淳『焼跡のイエス』、阿川弘之氏『霊三題』以外には、どのような方面にも、私は例を知らない。)」。

私は前節において、「浮雲」が芙美子の戦争協力の果てに生れた作品であるということを述べた。しかし、一九七五(昭和五〇)年生れの私には、河野氏が指摘するような〈気分〉は、どんなに想像を逞しくしても真の意味で理解することはできないのではないか、という不安がどこかにつきまとっている。

そもそも、私と林芙美子との最初の出会いは、成瀬巳喜男が監督した一連の林芙美子原作の映画によってであった。古い日本の映画に早くから親しんでいた私は、その延長から彼女の作品を読み始めたといっていい。そのうちの一冊が「浮雲」であった。これが決定的だった。その時私は二十歳前後であったが、これを読んで何よりも感じたのは、人間という生き物のおぞましさであった。それは恐怖に近いものだったような気がする。しかし、世間一般の価値観でよしとされているものからは、一切無縁であるかのようなこの小説世界のなかに、何かしら不穏に美しいものを見出したのも事実だ。

なぜこのようなことをあえて書いたのかといえば、私と林芙美子との出会いが、彼女の実人生からは切断された、作品そのものによってであったことを記したかったからなのである。「浮雲」に衝撃を受けた時、私は林芙美子の生涯など知りはしなかった。したがって、その感動というものは、戦争を知らない私にとっては、河野氏の指摘するような〈気分〉とは無縁だったはずなのである。当時の私が魅かれたのは、たとえば次のような箇所なのであった。

ゆき子は、富岡の軀にあたゝめられながらも、もつと、何か激しいものが欲しく、心は苛だつてゐた。（中略）富岡も亦、女を抱いてゐながら、灰をつくつてゐるやうな淋しさで、時々手をのばしてはビール壜のカストリを、小さい硝子の盃にあけてはあふつた。時々、ゆき子も一息いれては、寿司をつまんだ。まだ、夜がいつぱいあるやうな気がして、寿司を舌の上にくちやくちやと嚙みしめながら、ゆき子は、畳の上に火照つた脚を投げ出したりしてゐる。夥しい二人だけの思ひ出がありながら、実際には、必死になつてゆくほど、相反する二人の心が、無駄なからまはりをしてゐるに過ぎないのだつた。これからの、先途について、二人は語りあふでもなく、一切の現実を忘れて、ひたすら、昔の情熱を、もう一度呼び水する為の作業を試みてゐるやうなものであつた。時々、二人は力が抜けるやうな淋しい気になり、この貧弱な環境のせゐなのだと、そつと、お互ひに鼻を寄せあつて、相手の息の臭さにやりきれなくなつてゐるのだつた。

草部和子はこの場面について、「このような描写の方法で、逢引の姿を女流作家が描き切っていることは、おそろしいことと思う。安ホテルの布団のなかで抱きあって、ものを食べ、お互の息の臭さにやりきれなくなる、というような醜悪の状態を描いて、それが、極限につきつめられた暗い美を感じさせる。性欲や金銭問題や人情のもつれなど、通俗小説の題材にもなりかねないことをとりあげながら、この作品には高い格調がある。芙美子は『浮雲』のなかで、日本で稀少なデカダンスの美を形づくったとさえいえる(1)」と指摘しているが、私もまったく同感なので、

「浮雲」という作品を覆う陰鬱さと美しさは、太宰治の「トランプの遊びのやうに、マイナスを全部あつめるとプラスに変るといふ事は、この世の道徳には起り得ない事でせうか(2)」という言葉を思い起こさせる。

デカダンスの美学を代表する文学者といえば、何といってもボードレールの名があがるだろう。これについて唐木順三はわかりやすく以下のように述べている。「頽廃中の頽落の中に身を置いて、即ち浮浪人、犯罪人、娼婦、浪費、放蕩、泥酔、阿片吸飲の中に身を置いて、しかも毅然として英雄主義を維持すること、罪を犯しながらに高潔であること、『死刑囚にして死刑執行人』であること、それが貴族的なダンディズムであった。頽廃の選手として出場しながら、同時に審判官であるという引裂かれたところに自らを持するという不敵な魂をいだきながら、いうところのイロニイに生きながら、それを詩として表現するという手のこんだ逆説を維持する美の権化がボードレールであった。神から最もかけはなれた泥沼にあって神を求めてやまず、娼婦の神聖を説き、神に見放されることによって神に近いというそういう中にあって自らをひとつの華に化したところの、その方法こそ、東洋の風来子にとっての駭きである(3)」。

芙美子にはボードレールにみられるようなダンディズム、ストイシズムはないが、ボードレールの世界に顕著なように、デカダンスの大きな特徴としての頽廃・憂愁・倦怠・死・腐敗・汚濁といったイメージは、「浮雲」の至るところに散見される。

先に引用した場面の他にも、富岡の子どもを妊娠したゆき子が中絶手術を受ける箇所の、「搔《さう》爬《は》が済んだあと、ゆき子は、軀が奈落へおちこんだやうな気がした。ぐちやぐちやに崩れた血肉の塊が眼を掠めた時の、息苦しさを忘れなかつた」という表現。また、二人が屋久島へ向かう途中、富岡はゆき子に「さかりの女を過ぎた感じのみすぼらしさ」を感じ、その姿については「この四五日の同棲で、眼の下は三角に薄黒くなり、唇の皮が破れて、紅が筋のなかに固まつてゐた。眉は立ちあがつてゐたし、小さい鼻の頭には膏が浮いてゐた」と描写されている。これなども不潔なイメージを立ち上がらせているといえるだろう。このような表現を好んだ女流作家は、同時代ではあまり例を見ない。

もともと芙美子には、既成の価値観に対する反感というものが根っこにある。彼女が生涯、人間の愚かさや醜さを執拗に描き続けたのもその一端であろう。また、「放浪記」の以下のような表現などは、生理的な空腹と、主人公の〈私〉が抱える諸々のルサンチマンを重ね合わせて、食えないという環境への怨みといった単純な表現を超えたイメージの飛躍を生んでいる。

二日も私は御飯を食べない。しびれた体を三畳の部屋に横たへてゐる事は、まるで古風なラッパのやうに埃つぽく悲しくなつてくる。生唾が煙になって、みんな胃のふへ逆戻りしさうだ。ところで呆然としたこんな時の空想は、まづ第一に、ゴヤの描いたマヤ夫人の乳色の胸の肉、頬の肉、肩の肉、酸つぱいやうな、美麗なものへ、豪華なものへの反感が、ぐんぐん血の塊のやうに押し上げて来て、私の胃のふは旅愁にくれてしまつた。いつたい私はどうすれば生きてゆけるのだ。

ここでは卑俗なものと高貴なものという相反するものを絡めて、独特の表現を生んでいるが、そもそも、デカダンスの美というのは、〈俗〉と〈反俗〉という構図に支えられていて、それを指向した文学者たちには皆、堕落することで、あるいは、堕落を描くことで聖なるものを希求するという逆説的なメカニズムがある。

山室静は、このデカダンスの発生について以下のように概括している。「人間が神や封建道徳の権威から解放されて、所謂自由なる人間としての歩みをはじめた時に、それとうらはらをなしながらずつと人間に伴つて来たもののやうだ。最初はルネサンスの人間解放といふ威勢のいゝ呼び声と、また新しく発見された、様々の地上の富の、黄金や肉体や科学上の真理や、の魅惑に半ば酔ひしれてゐて、異郷や遠い未来やの地上の楽園を夢みながら、真に人間的な、自己充足した、無限に進歩してゆく自律的文化への道を歩んでゐるとの歓ばしい感情に裏づけられてゐたのだが、まもなくさうした人間性追求の空しさ卑しさが痛感され、社会は停滞し分裂して、人間のどうしやうもない低俗さ、救ひがたさ、といつたものが感じ始められて来るに至つて、ニヒリズムが生じ、デカダンスが色濃く立罩めざるをえなくなつたのだ[4]」。

日本において、デカダンスは一九三〇(昭和一〇)年前後に、共産主義の運動を文明開化の論理の終焉として捉え、デカデンツ(die Dekadenz)を唱えた保田與重郎によって自覚的な方法となった。この時期、プロレタリア文学運動壊滅後の日本文学の美意識を体現したのが保田で、彼は明治以来の近代化路線の限界を見ていたが、近代を否定しながら、その近代の真っ只中に生きるというアイロニカルな状況を文学であらわしたといえる。

「文学の曖昧さ」(原題「主題の積極性について(又は文学の曖昧さ)」『日本浪曼派』昭和一〇年一〇月)のなかで保田は以下のようにいう。「僕はかういふ現代に対するデカデンツのない、従つて現代に於て専ら一途に健康な文学につねに未来の日を感じない。僕らは一見の健康よりも、デカデンツにはるかに未来を感じることを強ひられてゐる」。「健康」とは、簡単にいってしまえば俗悪ということで、彼は、これに限らず逆説的な表現を多用して優れた文学を書き残している。

詳しい説明はここでは避けるが、保田の場合、時代の要請と自己の資質というものがそのような文学を生んだので、それは坂口安吾・太宰治・織田作之助といったこの世代の作家の多くに共通して見られる現象でもある。

林芙美子の場合は、そのような作家たちと直接関係があったわけではないが、彼女も例外なく近代の洗礼を受けた人間であり、また生得のものとしてデカダンスの資質があった。それについては後で述べるとして、表現としてのデカダンスの大きな特徴として、頽廃・憂愁・倦怠・死・腐敗・汚濁といったイメージの他に、自虐ということが大きなものとしてあげられると思う。林芙美子には、初期の詩篇においてすでに「処女何と遠い思ひ出であらう……/男の情を知りつくして/この汚らはしい静脈に蛙が泳いでゐる」(「恋は胸三寸のうち」)「この酔ひどれ女の棺桶でもかつがして/林立した街の帆柱の下を/スットトン/スットトンでにぎはせてあげませう」(「酔ひどれ女」)「脳のくさりかけた私」(「乗り出した船だけど」)といった自虐的な表現が見られる。「放浪記」においてもそれは同様であろう。

出発期から彼女には、自己相対化が可能な冷めた視点、自虐的かつアイロニカルな資質があったと考えていい。たとえば芙美子は、嫌悪していたプロレタリア文学についても、真っ向から否定せずに以下のようにいう。「私なんぞは鉢巻きをして読んでもなほかつ判読にむつかしい」(5)。

戦前はおそらく半ば無意識的に使っていたであろうそのような書き方は、戦後になってはじめて自覚的な表現に変わった。「浮雲」が典型的な例だが、他にも、芙美子が「始め、『蛆』といふ題名にしてゐた」(6)という「松葉牡丹」には、皮をはがれたヤギの白い体が血に染まる場面、肉の塊に湧く蛆といった場面が、「只、生きてゐる事が懶い感じだつただけ」で首を吊る主人公に重ね合わされている。こうしたものを突きつめて、彼女はいったい何を描きたかったのだろうか。

このデカダンスの構造として、比較的わかりやすいのが「骨」である。主人公の道子の夫は沖縄で戦死したが、彼女のもとに帰ってきたのは空っぽの骨壺だけであった。道子は娘の笑子、リューマチの父親、肺結核に苦しむ弟の勘次を一人で養っていかねばならない。そういう道子自身も胸を患っている。彼女は夜の街角に立ち、体を売ることで生計を立てるが生活は困窮を極め、自身の病状も悪化していくことから、時々父や弟の死を願う。勘次はとうとう死んでしまい、道子は火葬場からの帰りにふっと「父の死は何時頃であらうか」と思う。

道子は、「父と弟の専用のおまるの臭気が、クレゾオルの匂ひと一緒に鼻をさすほど匂」うような劣悪な環境で暮らし、困窮した家族は皆それぞれ荒んでいて、そこにはもはや情愛などは存在しない。しかも彼女は、「自分の軀で汚れた紙幣を良人の骨壺」に隠しているのである。

道子の行動は、世間一般から見れば完全に背徳的な行為である。しかも、戦死した〈英霊〉である夫の骨壺に、肉体を売った——ある意味では、最も汚れた——金を入れるというのは、林芙美子らしい発想だと思う。しかしながら、父や弟の死を願うという一見非情な道子の汚れた行為は、裏を返せば自身を犠牲にしての絶対的な献身ともいえる。女にとって、貞操を売るというのはその極点であろう。醜悪な環境、行為、そして心理を描きながら、芙美子は道子という人間の聖性を浮かび上がらせているのだ。次のような箇所は、中途半端な道徳観念を持つ人間への挑戦状である。

道子にとつて死は他愛のないものであり、馬鹿々々しくさへあつた。ほろびるものはずんずん無力なまゝに此の世から消えて行くのだ。それしか自分達のやうな人間の解決の道はない。棺を送つたその夜も、道子は街に出た。誰が悪いのかも解らないまゝに道子は只現実の中に歩む。運命が悪いのだらうか？　此の様に生れあはせた運命が意地悪くせめぎたてて来るのであらうか。

芙美子は六興出版社刊の『浮雲』の「あとがき」において、「社会の道徳観が、人の世を滅すための審判にのみ役立ち、此の二十世紀はますます老い疲れて来てゐる感じである」といっているが、それはそのままこの「骨」をはじめとした戦後の作品に当てはまるといえる。いわば、道徳への反逆と挑戦である。

2

林芙美子はなぜ、戦後になってデカダンスを己の資質として顕現し得たのであろうか。

デカダンスには、堕ちるという意味が含まれていて、堕ちるという以上は何らかの高みを想定している。それはいうまでもなく〈神〉である。デカダンスをもって任じた文学者たちは、神に反逆することで絶えず神というものの重さを確かめていたといえるので、換言すれば、悪を強く意識すればするほど神を意識せざるを得なくなる、ということになる。そのような文学者たちは、この下降への意志を活力として作品世界に展開してきた。キリスト教文化圏ではない日本においても、〈無頼派〉と呼ばれる作家たちにそれは典型的にあらわれている。

しかし、林芙美子の場合、性別の違いは勿論のこと、彼らのような〈芸術即生活〉がもたらす激しさはなく、実人生においては健全な市民としての生活を失ってはいなかった。彼女の場合は、自身のなかに蠢くデカダンスへの指向を、あくまでも作品世界において昇華したといえるだろう。「浮雲」の冒頭には、レオ・シェストフの「理性が万物の根拠でありそして万物が・理性あるならば／若し理性を棄て理性を憎むことが不幸の最大なものであるならば……。」というエピグラフが掲げられている。また、作中でたびたび富岡は、ドストエフスキーの「悪霊」（一八七一～二年）におけるスタヴローギンに自己をなぞらえたりするなどしているが、小説自体は旧約聖書の「創世記」やミルトンの「失楽園」（一六六七年）の枠組に最も近い。禁断の果実を食べてエデンの園を追われるアダムとイヴは、仏印という楽園を失った富岡とゆき子に重なってくる。

二人は、自分たちの恋愛を保証したのが他ならぬ戦争であることを知っているので、そのような意味では罪を背負った人間として設定されている。物語の終末部分で、富岡は仏印で見たという「男女の生殖器の接合した、シバの象徴」について、「このシバの大自在天は、人間最大の文明だね。この自在天シバの秘密のなかから、アトミックボオンも生れたンだらうからね」と語っているが、これはそのまま、人間が誕生すること自体が罪を生むという、原罪の概念に近いものがあるといえるだろう。

デカダンスには、一種の終末感がつきまとっている。「浮雲」における主人公二人は、戦時下の日本とは無縁の状況にある仏印で無拘束の恋愛にふけるが、それはゆき子の「極楽にしても、ゆき子はかつてこんな生活にめぐまれた事がないだけに、極楽以上のものを感じてかへつて不安であつた。富豪の邸宅の留守中に上り込んでゐるやうな不安で空虚なものが心にかげつて来る」といった心理や、日本の敗戦を予期する富岡の姿に象徴されるように、あくまでも日本の趨勢によって保証されている恋愛である。逆にいえば、そのような不安定かつ非日常的な状況だからこそ、二人は激しい恋に落ちたのである。

しかし、作者はゆき子が敗戦によって単身引き揚げて来たところからこの小説を書き起こしている。したがって、戦争が続くことが必須条件であった二人の恋愛は、崩壊せざるを得ない地点から物語が始まっているといえる。より広い観点に立つならば、敗戦国である日本において「浮雲」を書く作者から見れば、ゆき子と富岡は結ばれた時点でその関係が破綻していたのである。

これが終末感でなくて何であろうか。

実際に、この二人は救いようのない状況に追い込まれ、ついにさいはての屋久島まで流れていくが、作者はとどめを刺すかのように、これ以上はないと思われるほど残酷な形でゆき子を死なせている。「浮雲」において最も印象的な場面であろう。長くなるが引用してみる。

ゆき子は、胸もとに、激しい勢で、ぬるぬるしたものを噴きあげて来た。息が出来ない程の胸苦しさで、ゆき子は、ぐるぐると軀を動かしてゐた。両手を鼻や口へ持つて行つたが、噴きあげるぬるぬるぬるはとまらないのだ。息も出来ない。声も出ない。蒲団も毛布も、枕も、噴きあげる血のりで汚れた。

ゆき子は、このまゝ死ぬのではないかと思つた。分裂した、冷い自分が、もう一人自分のそばに坐つて、一生懸命、死神にとりすがつてゐるのだ。死神は、ゆき子の分身の前に現存してゐる……。この女の肉体から、あらゆるものが去りつゝあるのだと宣べて、死神は、勝利の舞ひを、舞つてゐるやうでもあつた。（中略）未知の世界へ逝く、不安と分裂と混乱が、ゆき子の十本の指のなかに、ピアノのキイを叩くやうな表情で、表現されてゐた。空洞になつた肺のなかに、泥々の血が溢れてゐるやうな気持ちの悪さだ。

誰かが枕許で、影をちらちらさせてゐた。その影がわづらはしく、ゆき子は、血みどろの顔を挙げて、その影をさけようとした。だが、その影は、人類破滅の稲妻のやうな、暗い光をともなつて、ゆき子の額に、ちらちらと動いてゐた。

ノアや、ロトの審判が、雨の音のなかに、轟々と、押し寄せて来るやうで、ゆき子は、その響きの洞穴の向うに、誰にも愛されなかつた一人の女のむなしさが、こだまになつて戻つて来る、淋しい姿を見た。失格した自分は、もうこゝでは何一つ取り戻しやうがない。あの頃の自分は、どうしてしまつたのだらう……。仏印での様々な思ひ出が、いまは、思ひ出すだにものうく、ゆき子はぬるぬるした血をううつと咽喉のなかへ押し戻しながら、生埋めにされる人間のやうに、あゝ生きたいとうめいてゐた。ゆき子は、死にたくはなかつた。

私は先に、デカダンスというのは高みから堕ちるの意が含まれていると述べた。この転落・没落の背景には、戦時中の栄光と敗戦による挫折といった芙美子の体験がある。しかし、それだけではない彼女の資質も多分に関係している。

下降指向と、彼女の戦争協力に典型的にあらわれたスノビズムとは、一見矛盾した資質であろう。そのような矛盾は、文壇出世作「放浪記」にも、明るい向日性と投げやりでニヒリスティックなものを抱え込む主人公の〈私〉として表現されている。また、人間を儚い浮雲に喩えたように、芙美子には、その場の状況によって人間はいかようにも変化する、あてにならないものであるといった認識があったのではないか。「浮雲」の主人公二人を結びつけているのが、愛情だけではなく時には未練や打算であるのもその一例である。

それは、幼い頃から放浪生活をして来たことにも関係があるかもしれない。「私は宿命的に放浪者である。私は古里を持たない」(「放浪記以前」)といったように、芙美子には、人間がこの世に生を受けて、最初に確固たる基盤となるはずの故郷すらなかった。平林たい子がそれを敷衍して、芙美子は尾道時代からの初恋の相手・岡野軍一との結婚の夢に破れてから、「父母の与えただけではない」、「自分だけの内部に起った魂の放浪が始まった」といい、「越えがたい境界が自分の道と世の人々との間に思ったより尚厳しく存在していることを知った(7)」と指摘している。たい子は恋愛に焦点を絞っているが、私はもっと、広く外界(他者)に対する絶望という観点で考えたいと思う。

幼少期よりつぶさに辛酸をなめてきた林芙美子の注目すべき点は、彼女の置かれた環境が、彼女の意志とは無関係の、半ば強いられたものだったということである。「風琴と魚の町」について本書で述べた際も指摘したように、行く先々で結局よそ者にすぎない芙美子は、他者との断絶というものを、否応なしに植えつけられてきたといえる。極言すれば、あらゆる他者に絶望していたといえるだろう。しかし、人間は何かしらの希望がなければ生きられない。岡野との結婚は、そのなかでのわずかな望みであった。

しかしそれも破綻した時、本当の意味で彼女の作家としての人生はスタートした。あらゆる人間関係に絶望していた彼女は、それを逆手に取る形――他人や環境を利用することで、作家的地位を築いたといえる。

林芙美子には、他の女流作家が作品を発表するのを妨害したといった類のエピソードが後を絶たない。しかし、おそらく彼女には、他人は皆自分よりは幸運に恵まれているという意識があり、究極的に他者はすべて見返すための存在であったのである。そのような芙美子の底辺から這い上がりたい、他人に認められたい、という欲求、それがもたらした行為の極点が、戦争協力であった。

しかし、戦争は、彼女を取り巻く外界としては規模が大きすぎた。作家として文壇に登場して以後の芙美子の人生は、紛れもなく彼女自身が選択し、切り拓いたものであった。彼女の戦争協力が、不可避の運命ではなく、また女性であるために強制されるものでもなかったということについてはすでに述べた。そして、その結果、自分の行為がはからずも日本という国とその国民を荒廃に陥れることに加担していたと知った時、彼女ははじめて自分自身にも絶望したのである。「浮雲」のゆき子と富岡は、どちらかといえばずるく汚い人間である。おそらくそれは、芙美子自身が獲得した人間像であり、彼女の一部であった。自分が人間というおぞましい獣の一員だと知った時、彼女の人間認識とともに文学も深化されたといえる。

極言するならば、彼女が真の意味で自己の資質に完全に居直ったのは、戦後の一時期だけだった。戦後の林芙美子の文学的活動は、その自己の内面のドラマを、客観小説の枠組を使ってひたすら書くことに尽きたと思われる。私小説の手法を取らなかった分、その自己解剖は苛烈をきわめた。作者自身を主人公にする場合、どうしても自己を防御する働きが起こるため、精神の恥部を剔抉するには不十分となる。三人称小説の形式を使ったことで、彼女は逆に自分のすべてを打ち込むことができたのだ。潜在的にあったデカダンスの資質も、その過程で完全に顕在化したといえるだろう。

その極北が「浮雲」であった。先に引用したゆき子の臨終の場面に、芙美子のすさまじいまでの自己嫌悪、自己罵倒すら感じられるのは私だけであろうか。それと同時に、「浮雲」では神への祈りにも似たものが感じられる。自己も含めた人間への信頼のなさは、無力感を生む。しかしそれでもどうにか打開したいという願いが、林芙美子の作家魂であった。そのためには、最悪を、どん底を描くしかなかった。

ゆき子の死の描写も見事であるが、富岡が死者にたった独りで寄り添う場面もまた印象的なものがある。

富岡は、両の掌に、がくりと顔を埋めて、子供のやうに、をえつして哭いた。人間はいつたい何であろうか。何者であらうとしてゐるのだらうか……。色々な過程を経て、人間は、素気なく、此の世から消えて行く。一列に神の子であり、また一列に悪魔の仲間である。（中略）

この狭い枠のなかから、一歩も出て行けない、不可能さを、富岡は、自分への報いだと思つた。その不可能さは、一種のゲッセマネにまで到る。ゆき子の死そのものが、災難のやうな何気なさであつただけに、ゆき子の死の目的は、富岡にとつては、案外、不憫でいとしくもあるのだつた。これでは、東京で、自動車に跳ね飛ばされるのと、何も変りはない。長く患つて亡くなつたのなら、まだ、受難的な夢を、死者に考へる事も出来たのだが……。

ここでいう「受難的な夢」というのは、罪を犯した者の罰という意味が隠されている。罰を受けることで、その先には救いという夢、あるいは希望を見出すことも可能であろう。しかし、ゆき子の死はあくまでも偶然、突発的なものであって、冷酷そのものである。

近代文学史上、肺結核は作品の重要なモチーフとなってきた。しかし、作者は発病から死までの時間の経過をほとんど省き、臨終の場面だけを凄惨かつ執拗に描くことで、わずかでも生れそうになる感傷性を排除した。主人公をここまで残酷に殺した作品は、あまり例を見ないのではないか。芙美子の絶望と苦悩が、それだけ深かったということである。

人間が「一列に神の子であり、また一列に悪魔の仲間である」という認識こそ、林芙美子が到達した地点であろう。この引き裂かれたところに生きるのが人間なのであって、芙美子は「浮雲」において、醜悪な人間の醜悪な関係を余す所なく描くことで、デカダンスの美を燦然と輝かせたといえるだろう。

彼女は『浮雲』の「あとがき」において、以下のようなことをいっている。


　誰の眼にも見逃されてゐる、空間を流れてゐる、人間の運命を書きたかつたのだ。筋のない世界。説明の出来ない、小説の外側の小説。誰の影響もうけてゐない、私の考へた一つのモラル。さうしたものを意図してゐた。（中略）神は近くにありながら、その神を手さぐりでゐる、私自身の生きのもどかしさを、この作品に描きたかつたのだ。

芙美子は、生れた時から死に至るまで、あらゆる宗教、思想とは無縁であった。戦争協力にしても、思想としてのナショナリズムに共鳴したからではなく、あくまでも彼女の資質に由来している。経済的な基盤も係累もなく、身一つで生きるしかなかった彼女にとっては当然であっただろう。彼女はまず目先の困難を乗り越えていく、いいかえれば自分で自分を救うしかなく、その分何かにすがるよりも、自己を恃む性質が強かったように思われる。しかし逆にいえば、絶えず一人で運命に立ち向って行かなければならなかったからこそ、人間の生の深淵を垣間見ることも可能だったのだ。

神に見放されながら、神と最も近いところにいる——己の宿命を自覚し続ける——という引き裂かれた林芙美子自身を、作品として完璧に定着したのが「浮雲」だったのである。そ芙美子は戦後、心臓弁膜症が悪化し、医師から静養をいいわたされても原稿を書き続けた。その彼女が、次のような感慨をもらしている。

私は色んな職業に就いたが、小説を書くと云ふ事は骨身をけづり、自分の生身を食ふ事だと判つた。生れて始めてと云つてい、位の大病をして、これは私の肉体から発した病気ではなく、私の生身を小説に食はしたへばり方だと思つた。(8)

林芙美子は、最後は文学に己を蝕まれて死んだといえる。

注

(1) 草部和子「宮本百合子・林芙美子の文体——その散文性と抒情性——」『国文学』昭和三五年五月。

（2）太宰治「ヴィヨンの妻」『展望』昭和二二年三月。
（3）唐木順三『詩とデカダンス』昭和二七年一一月、創文社。
（4）山室静「デカダンスの文学」『群像』昭和二二年六月。
（5）「長谷川時雨論」。
（6）『松葉牡丹　林芙美子文庫』「あとがき」。
（7）平林たい子「林芙美子」『新潮』昭和四四年四月。
（8）注6に同じ。

6　家庭小説の位相――「茶色の眼」「めし」

1

『明治文学全集93』（昭和四四年六月、筑摩書房）は副題が「明治家庭小説集」となっていて、この時代、とくに日清戦争前後にあらわれた〈家庭小説〉というジャンルにあえて一巻を割いている。

瀬沼茂樹「家庭小説の展開」（『文学』昭和三二年一二月）によれば、〈家庭小説〉という概念は、もともと家庭の団欒にふさわしい読み物、というところに成立していた。瀬沼氏はその概念の変化の理由を時代背景とからめて、「婦人の社会的地位の向上は、家庭婦人をも徐々に封鎖的な家庭生活から社会生活へ解放する路をつけるだろうし、主として家庭婦人を読者としていた家庭小説を単なる家庭小説の埒内にとどめておくわけにもいかなく」なったからだとしている。

私がここで取り上げようとしている林芙美子の「茶色の眼」、「めし」は、まさしく〈家庭小説〉であろう。これらの作品は、それまでの林芙美子の作品ではあまり主軸になることはなかった、平凡な、ある意味では最大公約数的な家庭が描かれている。彼女はその生涯にわたって、市井の庶民をモチーフに小説を描き続けたが、その世界においても、主人公は姦通をしたり複数の人間と肉体関係を持ったり、あるいは娼婦であったりというケースが目に付く。いいかえれば、それらの女たちはまぎれもなく庶民ではあるが、アウトローであるか、もしくはドロップアウトしている場合が多い。しかし、「茶色の眼」の美種《みね》子夫人や、「めし」の三千代は、どこにでもいるような平凡な主婦なのである。しいていえば、芙美子は、〈家庭〉を舞台に、〈個〉としての女ではなく、夫との〈関係〉を通して女という生き物の本質を抉り出そうとした、といえるかもしれない。

この二作品ではいずれも夫婦の倦怠期が扱われている。戦後の芙美子は、敗戦という現実を抜きにしては語れない作品を数多く残したが、これらは必ずしもそれが絶対的な要素とはなっていない。

そもそも、倦怠期、ということ自体が、良くも悪くも精神的な余裕の産物なのかもしれない。

たとえば坂口安吾は「堕落論」（『新潮』昭和二一年四月）において、「たとへ爆弾の絶えざる恐怖があるにしても、考へることがない限り、人は常に気楽であり、ただ惚れぐ〳〵と見とれてゐれば良かつたのだ。私は一人の馬鹿であつた。最も無邪気に戦争と遊び戯れてゐた。終戦後、我々はあらゆる自由を許されたが、人はあらゆる自由を許されたとき、自らの不可解な限定とその不自由さに気づくであらう。人間は永遠に自由では有り得ない」といっている。

このような見方は〈八・一五〉を境とした日本の現実を正確に捉えていて、戦時中は、ある意味では国の運命に人間の生存自体が支配されているため、個人的な運命を思い煩うことが少なく、人間の内面は奇妙に平穏な時期であったといえる。一方、敗戦直後の場合は、敗北感・挫折感・虚無感に加え、社会は混乱し、飢えと貧しさは戦時中よりもひどい。その日の食料にも事欠くような状態でありながら、生きる目的や方途を求めて必死だった、ということだ。そこからやがて、個々人の内面の問題が顕在化する。

「茶色の眼」や「めし」に登場する夫婦は、いずれも単調な日常生活に退屈を感じているが、こうした感情を抱くこと自体、混乱期を乗り越えた後に来る人間の危機のひとつで、それは、戦争という〈非日常〉がもたらす生の充足感に対し、平和という〈日常〉から来る精神的な飢餓感ともいえるかもしれない。ここから来る夫婦、ひいては家族の崩壊は、外圧的なものではなく、内部から侵食されるものである。

2

「茶色の眼」は、大体において以下のような構成をとっている。

中川十一は、十四年前に美種子と結婚した。見合いの席で、彼女がバルザックの『海辺の悲劇』を携えていたことが決め手となったのだが、いざ結婚してみると美種子は潤いに欠けるところがあり、二人の生活は単調で平板だった。家計が苦しいために美種子は内職をし、二階は美術学校の学生である谷村や女学校の後輩である松山栄子《さかえこ》に貸している。栄子の夫はシベリアから帰還してくるが、職を探そうともせず夫婦の間には喧嘩が絶えない。美種子の妹である良美は姉とは正反対の性格でやや不良がかっており、時々亡父や亡兄の洋服をこっそり持ち出しては、金をつくり遊んでいる。

そのようななか、十一は同じ職場に勤める未亡人・相良トシ子と親しくなる。彼女は子どもを抱えながらも仕事をてきぱきとこなし、女性らしい気遣いも多分に持っている。しかし彼女は家庭の事情から大阪に行くことになってしまう。十一は何とも侘しい気持ちになるが、相良が大阪へ発つ前、二人ははじめて接吻を交わす。

十一と美種子の仲はすっかり冷え切っている。相良との関係を感じ取った美種子は十一に食ってかかるが、そのことがますます夫婦の溝を深くする。十一は大阪へ出張の機会に相良と会い、一夜を共にしたことで、夫婦の決着をつけなければならないと思う。

美種子は十一と相良の関係が深まったことを察する。二階の松山夫婦の後には、峰内という若い女が引越してくる。彼女は商人の妾であったが、ある日その商人の妻が追って来たのを見て美種子は身につまされる。美種子は十一の会社を訪れて相良の住所を探り、痛烈な手紙を書いたりする。見かねた叔父などが夫婦の仲裁に入るが、十一の心は変わらない。

　相良が上京した際、十一は彼女を湯河原に誘って三日間を過ごす。その旅館の勘定書を見つけた美種子は相良の居場所を突き止め詰問する。相良から別れの言葉とともにその時の様子が書かれた手紙を受け取った十一は離婚を決意する。

　夫婦の倦怠期と夫の側の浮気という、単純なものなのであるが、ここで面白いのは夫婦関係に亀裂が入る要因として、〈食〉と〈性〉の飢餓感を据えていることである。芙美子のユニークさは、性の他に人間の生存に直結するもう一つの重要な要因としての〈食〉にまで根を下ろした点にあるだろう。それは出発当初から一貫している。

　「放浪記」は、後年の作品と比較すれば文体もまったく異なるし、三人称の客観小説に対して、〈私〉という一人称を用いている。しかし、彼女の文学を形成する要素は、すでにこの時にはっきりとあらわれていた。たとえば次のような箇所である。


　時ちゃんが帰らなくなつて今日で五日である。ひたすら時ちゃんのたよりを待つてゐる。彼女はあんな指輪や紫のコートに負けてしまつてゐるのだ。生きてゆくめあてのないあの女の落ちて行く道かも知れないとも思ふ。あんなに、貧乏はけつして恥ぢやあないと云つてあるのに

……十八の彼女は紅も紫も欲しかつたのだらう。（中略）

何もないのだ。涙がにじんで来る。電気でもつけませう……。駄菓子ではつまらないと見えて腹がグウグウ辛気に鳴つてゐる。隣の古着屋さんの部屋では、秋刀魚を焼く強烈な匂ひがしてゐる。

食欲と性欲！　時ちやんぢやないが、せめて一椀のめしにありつかうかしら。

食欲と性欲！　私は泣きたい気持ちで、この言葉を噛んでゐた。

主人公の〈私〉が、女給仲間の時ちゃんとつつましい同居生活をはじめるものの、時ちゃんは貧しさに耐えられなくなり、四十二歳の請負師の愛人になってしまう場面である。ここに示されている通り、芙美子は〈食欲〉や〈性欲〉といった動物的・本能的なものが、愛情や信頼といった精神的なものを時には凌駕してしまうこと、もっといえば本質的に人間はそれらに支配されているということを知り抜いていたといえる。

では、この動物的欲求の危機が、中川夫妻にどのような影響を及ぼしたかについて述べてみよう。

倦怠期を迎えた夫婦の大部分がそうであるように、中川夫妻の性生活には破綻がきている。美種子が「薄情な人ね。――私、このごろ、ヒステリーなのよ。何でもカンシャクがおきるから眼の色が変るのよ。貴方がみんな悪いのよ。溜息ついてるような人と寝てたつて面白くないわ。いまから、お爺さんみたいにさ……」と十一に詰め寄る場面があるが、彼は決して性欲が減退しているわけではなく、相良さんの夢をみては「少年の時のような、思いがけない失策に閉口する時はある」のである。その晩、夫婦は久しぶりに寝床を共にするが、そこは次のように描かれている。

十一氏はくるりと起きなおつてスタンドの燈をつけた。美種子夫人の眼が、らんらんと光つていた。ぞつとするような怖ろしい眼光だ。十一氏はやりきれない気がして、相良さんと二人で大阪へ落ちのびて行きたい気がした。木枯めいた風が雨戸へ叩きつけている。寒いので人間の心も凍りつきそうだ。

遠くに消防のサイレンが行く。（中略）

軈て、二人は、とにもかくにも、二つ枕を並べて寝てはみたが、二人とも別々な味気なさで、少しずつ、少しずつ、荒い息づかいにはいりかけるだけであつた。

作者はここで、極力情緒的な言葉を排し、きわめて突き放した描き方をしている。肉体的にはつながっていても、二人の関係は赤の他人同士より冷たい。

一方、〈食〉の面で象徴的なのは、十一が相良さんに魅かれるようになったきっかけとして、彼女の弁当の中身に関心を持ったことが描かれている点である。十一のそれが「色の悪いパンに薄くバターを塗つて、そのそばに切りいかのつくだ煮がちよつぴり添えてある」のに対し、相良さんのものは「黒いパンに盛りあがる程な野菜のはみ出ている美味そうなサンドウィッチを頰張って、小さい魔法瓶から、湯気の出る紅茶を自分専用のコバルト色の茶碗についで」飲むような優雅さがある。十一は、「良人へ対する愛情なぞはみじんもない弁当の中味が、全く、ものぐさな夫婦生活の味気なさを表現している」と感じる。
この弁当の対比の場面は秀逸で、十一の深刻さと妙な取り合わせの弁当との落差に、ユーモアが生れる。このような場面は後で再び繰り返されることになるが、反復の効果も相俟ってさらにデフォルメされることになる。

今日は竹の皮入りの弁当である。そもそも竹の皮と云うものには、握り飯と煮〆のようなものが似合いなものだけれども、開いてみると、器量の悪い配給のパンに、松山氏よりの貰いものである海老の天ぷらがたった一つのつかっていると云う妙なとりあわせであった。天ぷらはもう冷くて、すでに衣をぬぎかけていて、にちやにちやとパンにくっついている。

芙美子は単行本化の際、「あとがき」で、この作品について、「この小説の文体は、私にとっては、全く新しい発見で、私は、こうした淡々としたスタイルで書いたのはこの小説が始めてであった」「実に愉しい小説実験をさせて貰った」と記している。
作者自身がいうように、この作品は彼女の作品系列において非常に異彩を放っている。それはまず、人物造型における徹底的な戯画化と、そこから生れる辛辣ともいえるユーモアである。先の弁当の描写などはその一例にすぎず、相良さんへの恋に苦しむ十一についても、「中学生のような初々しさになり、まるでセントヘレナへでも流されて行きたいようなやるせなさになつていた」などと滑稽化している。

こうした人物造型に大きな役割を果しているのが、その名前の記し方である。中川十一は「中川氏」「中川十一」「中川さん」「夫（良人）」と多岐にわたっているが、最も多いのは「十一氏」で、他にも「美種子夫人」「相良さん」「谷村君」など、基本的には敬称が付けられている。特に二人の女性に対する呼称は、そのまま十一とその人物との心的な距離を出すことに成功している。また、敬称を付けることでより三人称の客観化が強められ、作者と登場人物との間の距離も広がり、その分自由に戯画化することが可能になったといえるだろう。

しかし、小説は、十一と相良さんが関係を結んでからはやや単調になり、前半部分に見られたようなユーモアに乏しくなる。もはや十一は滑稽ではなく、二人の女性の間で煩悶するだけの男になり、その心理が美種子と別れるか、別れないかの一点に絞られてしまっている。もしも、前半の調子で押し切ることができたら、林芙美子の代表作になっていたかもしれない。(1)

十一氏の滑稽化に対し、美種子夫人の描き方には、書き手の意地の悪さが感じられるほど苛烈なものがある。そして問題なのは、作者の批判が集中しているのは、先に述べた弁当などにあらわれているような美種子の悪妻ぶり？ではないことである。なぜなら、美種子は乏しい家計を補助するために毛糸編みの内職をし、その毛糸を少々ごまかして炬燵掛けなどを作るような細かい神経も持ち合わせているからだ。ただ、たまたま料理に対する関心が薄いだけのことである。問題は、以下のような箇所にあらわれている。

「そりゃァ君変だよ。何も、自分が志願して好きで戦争に行きはしないしさ。国の命令だもの仕方がないだろう……」

「だから、男は馬鹿だつて云うのよ。全国の兵隊が束になつて兵隊になるのは厭だつて、いまみたいにストライキでもすれば戦争なンてなかつたのよ。私そう思うわ。国の為になンて少しも思わないくせに、家を捨てて天皇陛下万歳で出掛けたンでしよう？（中略）」

中川氏は、そろそろ美種子の屁理窟が始まつたと、女と云うものは、どうして、根本のはずれた物の云いかたをするものなのかと妙な気がしてくる。

かつての戦争が、こうしたストライキではどうにもならなかったこと、起こすことすらできなかったこと、また起こそうとする者すらほとんどいなかったことはいうまでもなく、この美種子の発言は、物事の本質とはおよそかけ離れている。似たような描写は、かつてアメリカに対して悪口雑言を吐いていた婦人が、戦後になってまるで自分は日本人ではないかのように、日本の風俗の下等なことを論じている新聞記事を読んだ十一が、その「手の裏を返したような物の云いかた」に不信を持つ、といった箇所にもあらわれている。

これら女性の姿は、戦時中、おそらくどの女流作家よりも戦争に協力しながら、敗戦直後はいちはやく反戦文学を多数発表した芙美子の姿に、どこか似てはいまいか。また、何の葛藤もなく、軍国主義から民主主義に乗りかえた一部知識人の姿に重なってはこないだろうか。この作品について芙美子は「私にとつては、ある意味で、この小説は、非常に思い出の深いもので、私は、自分という女の裏側を書いてみたつもりでもある」[2]ともいっているが、芙美子は、おそらく彼女自身のなかにある女性性、あるいは戦争協力の際に最もあらわれた自己の醜なる部分に、すさまじいほどの憎悪を持っていたのだろう。同時に、敗戦の現実を正面から受け止めない社会に、たえず苛立っていたのであろうと思う。私には、芙美子がそれらを剔抉するために、美種子という人物を造型したような気がしてならない。

3

一九五一（昭和二六）年六月二十八日、作者の急死によって絶筆となった「めし」は、未完の作品であるため、作品に関する論考も少ないものの、その結末に関しては、三千代は再び夫・初之輔のもとに戻っていく、という展開になるという見方でほぼ一致している。[3]

大阪で証券会社に勤務する岡本初之輔は、周囲の反対を押し切って三千代と恋愛結婚をしてから五年になる。眉目秀麗だった初之輔も今では平凡な疲れたサラリーマンになり、三千代は子どもがいないこともあり、夫にも暮らしにも飽き足らなさを感じていて、夫婦の間には倦怠感が漂っている。子どもを貰う話もあるが、なかなかふんぎりがつかない。

東京から、初之輔の姪である里子が、親の勧める結婚に反発して大阪にやってくる。自由奔放な里子に初之輔は新鮮なものを感じ、三千代ははらはらしたり気持ちを苛立たせたりする。大阪で三千代の女学校時代の同窓会が行われるが、三千代は一番幸福な結婚生活をしていると羨ましがられる。華族の出だった親友の堂谷小芳は今では落ちぶれ、かつ独身のようである。その晩、帰宅した三千代は、鼻血を出した里子を介抱し、その間に靴を盗まれてしまった初之輔に腹を立て、二人の不和は決定的なものとなる。

三千代は、相変わらず奔放な里子を東京に連れて帰る名目で、しばらく実家に戻ることにする。叔父の竹中の家に借金を申し込みに行った三千代は、かつて縁談があった長男の一夫と出会う。未婚の一夫が今でも自分を思っているらしいことに、三千代も悪い気はしない。初之輔を残して上京する列車で三千代と里子は一夫と乗り合わせ、人懐こい里子はすぐに仲良くなる。

三千代がいざ実家に帰ってみると、すでに一家の中心は妹の光子夫婦になっていて居場所がなく、三千代は離れている初之輔のことを思う。

この作品は「浮雲」の緊張感から解放されたせいなのか、文章にある種の余裕があり、そこはかとないユーモアが生れている。「茶色の眼」に見られるようなシニカルなものではなく、自然に滲み出るようなものだ。いってみれば、〈かるみ〉の境地というところであろうか。

ディテールも素晴しい。たとえば、一人になった初之輔のもとに、三千代の依頼で堂谷小芳が様子を見に来る場面で、茶の用意をする初之輔は台所にある三千代の歯ブラシが「だめよ」といっているように感じる。そこにバーを経営し、同時に妾でもある向いの金沢りうがやはり初之輔の世話を焼こうと訪ねて来る。彼が茶の間に戻ると小芳はやましいこともないはずであるのに、あわてて「ナイロンの靴下のまゝで、庭へ降りて」いるのである。このような微妙な心理のあやがよく描かれている。

「茶色の眼」では、夫の妻に対する愛情は完全に冷めていて、別の女性と関係を持つという直接行動に出るが、「めし」の場合、初之輔は心が揺れることはあっても浮気はせず、三千代に対しても愛情を持っていないわけではない。むしろ、愛しているとさえいえるだろう。しかしそれが上手くかみ合わない。そこにリアリティがある。

この作品は、「結婚は、していゝものでもあるし、しないで、済むものなら、しなくてもいゝものだね、と初之輔が云つた」という、当時としては挑戦的な一文から始まっている。また、三千代の同窓会において、めいめいが家庭の不足不満を放出する場面で、一人が「今度、アメリカから送つて来た、アレがあるでしょう。日本の牛が、受精したつて……。いまに、人間も、あンなふうに、なるンじゃないかしら。女一人で生きてゆくにも、そンなのがあつて、とても、優良な子供を、残す事が出来たら、何のいざこざもなくて、世の中が、カンタンに、なるンじゃない？」などというが、これらもその後一般的に認知されるようになった人間の体外受精を考えると、その先見性には驚かされる。

ところで、この作品の主要な舞台は大阪である。「めし」の岡本夫妻が抱えているような問題は、どこでも起こり得ることだが、「めし」において丹念に描きこまれた大阪の風俗を読むと、作者はあえてここを選んだのだという感じがしてくる。これについて、『朝日新聞』に連載当時、挿絵を担当していた福田豊四郎が、次のような興味深い回想をしている。「丁度その頃坂口安吾氏の大阪巷談(4)を読んだが仲々的確でズバリと大阪をつかんでゐるのに感嘆したが、私はこれからかかうとする林さんに精神的な動揺を与へないだらうかと心配したりした。ある機に林さんに、坂口巷談を読まれたかを聞いたらうなづいて……私は目的が違ふと云ふ意味のことを云はれたやうに記憶する」(5)。

端的にいえば、この作品は東京出身の三千代が大阪に住むというところに大きな意味がある。彼女は、異なる境遇の同性と自分とを比較した時に、必ず妬み、羨みといった感情を起こす。同窓会に行っても、同級生との比較で自己の位置を確認している。そして、その最大の表象として、里子が存在しているのである。岡本初之輔・三千代夫妻の危機は、そもそも里子という異邦人がまぎれ込んできたことをきっかけにしている。未婚の里子はあらゆる面で三千代と対照的なのであるが、肝心なのは里子が三千代の故郷である東京からやってきたという点であろう。

初之輔の仕事の関係上、大阪に住むようになった専業主婦の三千代には、叔父の竹中家、向かいの谷口のおばさん以外にほとんど交流がない。親友の小芳でさえ、同窓会で久しぶりに会うという有様である。潜在的には、故郷を離れた土地で、非常に不安定な心理状態に置かれているといえるだろう。彼女は閉ざされた世界にいて、究極的には夫との生活だけがすべてである。そこに外部からの闖入者である里子がやって来る。しかも、大阪の生活に東京の風を運んでくる。舞台を大阪にしたのは、実にそのためであったと思われる。東京生れの三千代にとって、あらゆる面において大阪は異質な世界である。かつ、血縁や地縁の束縛もない土地に生活する人間の孤独感を出すためには、やはり舞台を都市にする必要があったのである。

はじめに私は、芙美子が〈個〉ではなく〈関係〉そのものに眼を向け始めたのではないかといった。夫との関係からのみ自己の存在を認識していた三千代は、他者との出会いによって変化する。同時に、〈女〉としてではなく一個の〈人間〉としての存在意義が問われているといっていい。彼女には主婦という肩書き以外は何もない。果たすべき明確な仕事もなければ、子どももいない。血縁のしがらみもない。「茶色の眼」において、美種子には敵対すべき表象として夫の十一や相良さんが存在しており、全篇を通して彼女に反省はない。しかし、三千代の場合、はっきりした〈敵〉もいないいため、その鬱屈した状態のはけ口はなく、東京にいざ脱出しても実家には居場所がない。ここで、小説世界は一層相対化される。

それは里子の造型にもあらわれているだろう。里子は初之輔をはじめ、男達を次々に翻弄する。「何もかも、知つているだろうというような、あつかいかた」をする勤務先の男性社員から淫らな話を聞いたりするが、実際は、男女の関係というものを「何も知らない」のである。東京へ戻った里子は、自宅の鶏小屋をのぞきこみ、「雄鶏が、ばかに勢がよくて、八羽の雌鶏を組みしたがえて、トサカは、真赤にした丶るばかりの、色つやをしている」のを見て、棒切れを金網のなかに突っ込んで脅かすが、これは本能的に〈オス〉という性を嫌悪しているといえるだろう。彼女の家出は親に勧められた縁談から逃げることがきっかけになっていて、一見無軌道な里子の行動も、その奥に自己の存在を確かめるためのものがきが秘められている。

芙美子はこの作品で、夫や恋人などの〈男〉から離れた時に、平凡な女に何が残されるかを描きたかったのではないだろうか。次の場面は、この小説中の最大の見せ場でもある。

引きかえして、暗い梯子段へ行き、静かに、二階へ上りかけたが、梯子段の途中で、三千代は思いあぐねて、腰をかけた。

二階へ上ることも出来なかつたし、それかといつて、降りて、里子と、枕を並べて、寝る気もしない。

暗い梯子段の途中に、腰をかけて、三千代は、静かに、溜息をついた。（中略）三千代は、この、暗い梯子段の空間だけが、自分の、隠れ穴のような気がした。子供のように、心細くなつてきていた。階下では、里子が、本の頁をめくる音がしている。梯子段は不気味にきしみ、安定感がない。

三千代は、猛烈に、二階に、上つて行きたくなつていた。

まさに、「女三界に家なし」である。三千代は二階に行く（夫にすがる）こともできず、一階に行く（里子のように奔放に生きる）こともできない。しかも、どちらにも行き場がないというだけではなく、「自分の、隠れ穴のような気」がする梯子段でさえ、安定感がないというのは、三千代の置かれている状況が、どれだけ頼りないものかを象徴している。

作者は、いわば、〈男〉の存在によってしか自己の存在を確認することができない〈女〉を、冷めた眼で見つめている。そのような意味では、「めし」は非常に批評的な作品であるともいえる。

4

私ははじめに、倦怠期は精神的な余裕の産物、意地の悪いいい方をすれば贅沢な悩みであることについて述べた。戦後の平和というものは、三島由紀夫の『仮面の告白』（昭和二四年七月、河出書房）で、敗戦の報に接した主人公が「私はその写しを自分の手にうけとつて、目を走らせる暇もなく事実を了解した。それは敗戦といふ事実ではなかつた。私にとつて、ただ私にとつて、怖ろしい日々がはじまるといふ事実だつた。その名をきくだけで私を身ぶるひさせる、しかもそれが決して訪れないといふ風に私自身をだましつづけてきた、あの人間の『日常生活』が、もはや否応なしに私の上にも明日からはじまるといふ事実だつた」と感じるような、退屈な日常の積み重ねであるともいえる。芙美子にもそれが見えていたのかもしれない。

彼女の戦後の作品は、戦前のそれに比べると作者の視点が〈男〉にも向けられている点で注目される。芙美子は生きる方途を見失った、あるいは敗戦で打ちひしがれた〈男〉を描き続けたが、これらに共通していえるのは、いずれも生活力に乏しいということであろう。

日本の当時の状況を、家父長制と絡めて考えてみると、戦前は一家の頂点に〈父〉、その上には最終的に天皇の存在があるヒエラルキーの構造を呈していた。〈八・一五〉以降、日本は連合軍によって占領された。天皇にかわって国を統括したのが最高司令官ダグラス・マッカーサーであるが、それは、頂点に君臨する者が変わったというだけで、制度的には崩壊していても心情的には依然として家父長制は存在していたことになる。

それは当時の文学を見ればわかることで、戦後すぐに登場した〈第一次戦後派〉の文学は、〈軍〉に対する〈個〉の反抗という形であらわれ、それは戦前の志賀直哉に代表されるような〈父〉に対する〈子〉の反抗という系譜をそのまま受け継いだものだった。

真の意味で家父長制が崩壊したのは一九五一（昭和二六）年九月のサンフランシスコ講和条約による占領状態の解消、その後の高度経済成長期あたりからで、文壇では父権ではなく母権を軸とした〈第三の新人〉や、昭和初頭にまさる多数の女流作家が登場してくる。芙美子は五一年六月、占領下の日本で死んだ。しかし、芙美子の眼には、社会でも家庭でも男性の権威が失墜し、満たされない妻が反乱を起こすという光景が見えていたのかもしれない。(6)

注

（1）このことに関しては、山本幸正「メロドラマへの距離――林芙美子の『茶色の眼』と『婦人朝日』の読者――」（『国文学研究』平成一六年六月）のなかに興味深い指摘がある。それによると、「茶色の眼」が連載された『婦人朝日』は戦後の復刊第一号から、「読者とのインタラクティヴな関係」を重視した雑誌であったとし、読者からの批判をふまえた誌面づくりをしていた、という。そして、「茶色の眼」連載中の一九四九年十月号の巻末、「原稿募集」のコーナーに、「中川十一氏と相良さんの恋愛について十分論じていただきたいと思います。むろん美種夫人その他の人物について論及されることも自由でありますが、作品そのものの批判でなく作中人物の行動に対する批判をお願いしますす」といった記事が掲載されたことを引いている。同号「茶色の眼」は連載第十回、十一と相良が大阪ではじめて結ばれる場面に相当しており、山本氏は読者の採用原稿を検討しながら、「茶色の眼」という〈メロドラマ〉が作者——雑誌（ジャーナリズム）——読者という関係からいかにつくられていったか、また芙美子がこの関係をうまく使って人物を造型したということを周到に論じている。

（2）『茶色の眼』「あとがき」。

（3）『現代文学アルバム13　林芙美子』（昭和四九年六月、学習研究社）には、「結局、三千代は思いなおして大阪の初之輔のところへ戻って行くことになりそうである」と記され、川本三郎も『林芙美子の昭和』（平成一五年一月、新書館）において、「結局、三千代はまた初之輔の許に戻っていくしかないだろう。そして、たぶん、また同じ『妻の退屈』に悩まされることだろう。林芙美子の描く女性たちは、いつも、生きる解答を見つけることが出来ず、諦念を抱えてとぼとぼと歩いてゆくしかない。『めし』は中断されることなく最後まで書かれたとしても、三千代に解決は与えられなかっただろう」と述べている。しかしこれは、私見では、一九五一（昭和二六）年十一月の、成瀬巳喜男監督による同作品映画化の影響が強い。脚色は井手俊郎、田中澄江であるが、この映画のラストは初之輔（上原謙）が三千代（原節子）を迎えに行き、二人で仲良く大阪へ戻るという形になっている。人気スターを配したこともあり、この映画は好意的な評価を受けている（五一年度キネマ旬報ベストテン第二位）。加えて封切は芙美子の死の余韻冷めやらぬ時であった。

（4）坂口安吾「安吾巷談」は、一九五〇年一月より十二月まで『文藝春秋』に連載された。

（5）福田豊四郎「林芙美子と『めし』のさしゑ」『芸術新潮』昭和二六年九月。

（6）川本三郎は前掲書（注3）において、「茶色の眼」や「めし」を評して、「いま林芙美子の『茶色の眼』や『めし』を読んでみると、そこにアメリカのサバービア文学との共通項が見えてくる。無論、物質的な豊かさの点ではアメリカと日本では雲泥の差があるが、戦争が終って、ようやく長いあいだ望んでいた平穏な暮しが得られたと思った次の瞬間には幸福で平穏なはずの暮しそのものに窒息させられてゆく、その構図はきわめてよく似ている。林芙美子はアメリカのサバービア文学を先取りしていたとさえいえる。さらには日本のサバービア文学と呼ぶべき、山田太一の『岸辺のアルバム』をはじめとする数々のテレビドラマさえ先取りしている」といっている。なお、サバービア〔suburbia〕は、「郊外」を意味する〔suburb〕から派生した言葉で、郊外の住宅、そこに住む人間、その生活様式といった広い意味を持つ。第二次大戦後、アメリカでは郊外に中産階級が住むような住宅地が作られた。そこでの安定した生活から、やがて生じる亀裂を書いたジョン・チーヴァーやジョン・アップダイクの小説をここでは指している。

7　林芙美子と大衆文学――「絵本猿飛佐助」

1

戦後の林芙美子はそれこそ憑かれたように作品を発表し続けたが、そのなかには「羽柴秀吉」「新淀君」「絵本猿飛佐助」など、いくつかの大衆文学がある。「絵本猿飛佐助」に関しては、一九九六（平成八）年九月、講談社文庫の〈大衆文学館〉シリーズに収録されたりもしたが、これら一連の作品は、研究者の間では完全に黙殺されてきたといっていい。

ちなみに、芙美子の幼少期の原風景ともいえる「放浪記」の冒頭に収められた「放浪記以前」には、以下のような記述がある。

　夜は近所の貸本屋から、腕の喜三郎や横紙破りの福島正則、不如帰、なさぬ仲、渦巻などを借りて読んだ。さうした物語の中から何を教つたのだらうか？メデタシ、メデタシの好きな、虫のい丶空想と、ヒロイズムとセンチメンタリズムが、海綿のやうな私の頭をひたしてしまつた。

これが芙美子の読書体験で最も古いものであろうと考えられるが、こうしたものと、彼女が手を染めた大衆文学との関連を考えるのはあながち無駄ではあるまい。

林芙美子と大衆文学、といっても、その大衆文学の規定がまず非常に難しい。尾崎秀樹の『大衆文学の歴史　上　戦前篇』（平成元年三月、講談社）には、「西欧諸国よりも数歩遅れて近代化にのり出した日本は、西欧の近代社会のあり方に範をとり、それに追いつき追い越そうとするあまり、伝統の批判的摂取を二のつぎとした。文学の場合もそうであり、近代的自我の確立という大命題をかかげ、それにひたすらに迫ろうとした。それはそれなりに意味があったし、いくつかのすぐれた近代古典をも生む結果となったが、西欧近代文学の意識を接ぎ木したため、近世以来の庶民文芸や話芸の伝統を無視し、ときには通俗なるものとして拒《しりぞ》けた。そのため、文学の大衆的伝統は底流化し、さまざまな曲折を経た上で大衆文学として花ひらく」とある。

尾崎氏による大衆文学の歴史的な見取り図を簡単に示すと、まず近世以来の戯作は明治以降、三遊亭円朝や松林伯円などの口演速記という形態を経て伝統が保持される。速記本による話芸の活字化は、人情噺や講談、さらに新講談の形式として大衆に定着していく。一方、明治期の村上浪六・渡辺霞亭・塚原渋柿園・村井弦斎等の歴史小説・家庭小説は、通俗小説の土壌をひらいた、となっている。

日本の大衆文学は、成立当初は時代小説が中心で、家庭小説や恋愛小説などの風俗を扱ったものは、一般的に通俗小説として区別された。これに探偵小説などが加わってひとしなみに〈大衆文芸〉と呼ばれるようになるのは昭和五、六年ごろだと尾崎氏はいっている。

林芙美子の「絵本猿飛佐助」であるが、元は立川文庫にたびたび登場した猿飛佐助ものが下敷きになっていると思われる。芙美子は別のところで「両親が行商に出たあと、私は木賃宿の一室に残されて、終日本を読んで暮すやうになつた。その頃、貸本屋と云ふものがあつて、私は、水戸黄門だとか、双児美人、猿飛佐助と云ふやうな講談本から読んだ」(1)と振り返っているからだ。

立川文庫は、一九一一(明治四四)年十月の『諸国漫遊一休禅師』から始まり、以後大正末年まで約二百点が刊行された。発行元は立川文明堂で、定価は当初一冊二十五銭であったが、後に三十銭となっている。体裁はタテ一二・五センチ、ヨコ九センチときわめて小さい。このシリーズ最大のヒーロー猿飛佐助は、一九一四(大正三)年二月、立川文庫第四十編『真田三勇士忍術名人猿飛佐助』と題されて刊行されたのが始まりである。冒頭には雪花山人著となっているが、奥付は「編者　佛山樓主人」となっていて正確な作者は不明である。

この立川文庫に関しては、坂口安吾の以下のような言葉がある。「私たちの少年時代には誰しも一度は立川文庫というものに読みふけったものである。立川文庫の主人公は猿飛佐助、百地三太夫、霧隠才蔵、後藤又兵衛、塙《ばん》団右衛門、荒川熊蔵などという忍術使いや豪傑から、上泉伊勢守、塚原卜伝、柳生十兵衛、荒木又右衛門などの剣客等、すべて痛快な読み物である。子供たちはそれぞれヒイキがあった。私は猿飛佐助が一番好きであった」(2)。

安吾には「猿飛佐助草稿」が残されており、織田作之助にも「猿飛佐助」(『新潮』昭和二〇年二月、『新文学』同年三月)がある。安吾は一九〇六年、織田は一三年、そして芙美子は〇三年生れである。若干の年齢の開きはあるが、足立巻一の「第四十編『猿飛佐助』が発刊されると全国的に大正期の忍術ブームを巻き起こした。そのころのことで正確な発行部数はつかめないけれども、『猿飛佐助』が大正期のベストセラー、ロングセラーの上位にあったことは疑いない(3)」という指摘からも、猿飛佐助の存在は、この時期の少年少女を魅了してやまないものだったのだろう。

信州・鳥居峠の麓に住む鷲尾佐太夫の息子・佐助は、山で猿と遊び暮らすうちに忍術の大名人・戸沢白雲斎に見出され、三年間の修業をする。十五歳になってたまたま猪狩に来た真田幸村に仕えることになり、猿飛佐助幸吉の名を賜る。その佐助が、隣国海野城主平賀源心入道をはじめ、種々の忍術で次々と敵を倒す。ここでは、佐助が完全な善玉であり、敵は悪玉という、〈勧善懲悪〉の構図が見事に成り立っているが、林芙美子の「絵本猿飛佐助」はこれとは異なった物語の展開を見せている(これについては後述する)。

また、織田作之助の「猿飛佐助」でも、佐助はアバタが多く醜い顔をし、自意識過剰で軽薄な男として設定されている。彼は恋人・楓の前でその顔を嘲笑されたことから鳥居峠に身を隠し、戸沢白雲斎に忍術を学びやがて真田幸村の家臣となる。楓は真田家の女中となるが、ある晩、佐助は楓をかけた歌会に出席しなければならない羽目になり、彼女にアバタ面を見られたくないがために真田家を飛び出す。佐助は旅先で次々と道場破りをするが、これも劣等感の裏返しで、自尊心を満足させるためのものとなっている。

以下のような箇所など、織田は佐助に自己を重ねているといえるだろう。「既に生真面目が看板の教授連や物々しさが売物の驥尾の蠅や深刻癖の架空嫌いや、おのれの無力卑屈を無力卑屈としてさらけ出すのを悦ぶ人生主義家連中が、常日頃佐助の行状、就中この山塞におけるややもすれば軽々しい言動を見て、まず眉をひそめ、やがておもむろに嫌味たっぷりな唇から吐き出すのは、何たる軽佻浮薄、まるで索頭持《たいこ》だ、いや樗蒲打《ばくち》だ、げすの戯作者気質だなどという評語であったろうが、しかしわが猿飛佐助のために一言弁解すれば、彼自身いちはやくも自己嫌悪を嘔吐のように催していた。荘重を欠いたが、莫迦ではなかった証拠である……」。

立川文庫版の『猿飛佐助』が、空想色が強く荒唐無稽な分、かえって作家は自由に物語を飛躍させることができたのだろう。いいかえれば、その作家なりの佐助像を作り出すことができる。そのような意味では、芙美子の「絵本猿飛佐助」も、織田作之助の「猿飛佐助」も、その作家にしか書けない佐助だった、ということになる。

2

「絵本猿飛佐助」は「山の虹」「出発の日」「蓑虫歌」「雪の舞」「天に雲無く」「残された者」「再会」「石割りの術」「きらめく星」「初陣」「善政」「時鳥の頃」「火」「孤独な渦」「喜雨」「一つの限界」「道づれ」「二人の美人」「峠越え」「武蔵野」「夕焼け富士」「箱根の決闘」の計二十二章から成る。「山の虹」から「孤独な渦」までには、佐助の修業から真田幸村への仕官、そして幸村のもとを離れるまでが記され、「喜雨」以降は旅をする佐助の姿が描かれる。

これが、事実、そうであるということの根拠はない。昔の伝説のなかに生きた、空想をほしいま、にした、猿飛佐助の夢物語について、いかにも、ドン・キホーテ的な「忍術」の世界を、筆者はなつかしむのだ――

冒頭の一文が象徴しているように、語り手としての作者は時折ほとんど生のままの形で作品に登場する。「ドン・キホーテ」という単語が象徴しているように、作者は現代日本から猿飛佐助を語る、という姿勢を示している。また、全体的に、主人公の佐助は三人称であるにもかかわらず、主語が省略されることが圧倒的に多い。作者は、語り手の立場と佐助そのものの立場とを自在に行き来しながら筆を進めている。私はこれまで何度も、客観的な視点と登場人物に自在に入り込んでの視点との往還という、芙美子の小説における〈語り〉の機能について述べてきたが、この「絵本猿飛佐助」ほど伸びやかにその語り口が生かされているものは、彼女の数多い作品のなかでもそう多くはない。

十七歳の佐助は、父の鷲塚佐太夫と姉のさよとともに、信州上田市の東北三里、神川の上流である上州境の鳥居峠の南麓に暮らしている。父はかつて川中島城主・森武蔵守長可の家来であったが、主君が戦死して以来百姓をしている。ある日、佐助は父の書架の聞書忍術の書を読んで、鬼になろうと決意する。この、佐助が鬼になって谷間に飛び込もうとする場面などでは、その〈語り〉が独特のリズムを生んでいる。

「鬼になれ、鬼になれ、鬼になれよッ」

我と我が心に気合いをかけてみる。
谷間から、冷たい風が吹きあげると、見るまに、さつと、空あいが昏くなり、時雨がやつて来た。あざみも、山うどの葉も、雨に叩かれる。四囲の紅葉はいつそう鮮かになつた。
佐助も、草木とともに濡れるに任せた。

ここでは、極端に主語を省略し、畳み掛けることで佐助の動的なイメージを作り出している。また、「佐助も」とすることで、自然と共存し、汎神論的な世界に生きる少年を表現しているのだ。

佐助は、一人の仙人に出会い、剣術を習うことになる。戸沢白雲斎という摂州花隈の人で、諸国を遍歴する甲賀流の達人であった。佐助は家族を捨てる決心をする。彼は「一年の風雨と戦いながら、土を相手に暮す百姓仕事が、佗しく」なっていて、「何か、かあつと燃えてゆけるような、青年らしい仕事がしてみたい」のである。そのような佐助には、父の「主を持てば、義に追いつめられて、無用の殺生もしなければならぬ」という言葉が理解できない。芙美子は、佐助を鬱勃たる精神に燃えた人間として造型している。それは、立川文庫版の『猿飛佐助』とも、織田作之助の描いた自意識過剰な佐助とも違う。

仙人は身分の卑しい佐助の野心を見抜き、「武芸のたしなみは、立身出世の具である。だが、このたしなみは、たしなみ以外のなにものでもない。己れの力を過大して、たしなみを破る軽挙に出る場合は、かならず、己れの身をはめつに導くもとである」と忠告するのだが、この〈武芸〉

を〈文学〉と置き換えると、まさに戦時中、作家という立場を利用して最大限に戦争協力をした芙美子の姿にそのまま重なってくるのである。ここで、佐助は林芙美子その人であることがわかる。物語の前半部分において、作者は仙人の言葉に仮託して戦時中の自己を批判しているような箇所が多い。「昇進の機会を摑もうと努力するも愚。政治にくちばしを入れるも愚。大官要路にぺこつくも愚なり」といった言葉にそれは如実にあらわれている。

修業を続ける佐助は雪の日、狩りをする真田信繁、のちの幸村一行に出会う。信繁は佐助にもう一度会いたいと思い、家来の猟師・茂次郎を使いにやるが、白雲斎は修業が終わる春まで待てという。幸村と改名した信繁は、徳川と羽柴の争いで天下の形勢は一変するという父・昌幸の侵略欲についてゆけないものを感じている。

佐助が一人前になったとみた仙人は旅立ち、残された佐助は偶然、謀反の証拠をつかんだことから、幸村に仕官することになる。佐助を可愛がる幸村に、清海入道、伊三入道といった古くからの家来たちは面白くない。清海は力比べを仕掛けるが、佐助に軽くあしらわれてしまう。

ある日、町に出た佐助は、裏切り者の谷本一派が海野口城主・平賀修理之助のもとに逃げるのを発見、城下の荒物屋の婆さんの所に泊めてもらう。首尾よく城中に忍び込み様子を探り、海野城の見取図を盗み出す。上田に戻った佐助は、平賀方との合戦で初陣を迎える。戦は真田方の勝利に終わり、佐助は世話になった荒物屋を訪れるが、彼を泊めたことで婆さんは足腰も立たないほど折檻されたことを聞き、暗澹たる思いにかられる。

百姓たちが互いを監視し、密告するという構図は、戦によって人心が乱れるさまをあらわしている。ここで重要なのは、庶民の荒廃ぶりを、作者は戦国時代と十五年戦争とを重ねることで、重層的に表現しているということである。戦において人間の醜い部分に嫌気がさした佐助は、幸村に暇を告げて旅に出たいと思うようになる。真田のなかにも、佐助を疎ましく思う者が出、ついに彼の殺害計画まで持ち上がる。

私は本書において、芙美子の戦争に関するルポルタージュについて述べた際、それが戦場の記録ではなく彼女の身辺雑記に堕してしまっていることについて触れた。そしてその原因の一つとして、概して、自己の感性に頼った、しかも体験的な生活圏の描写が中心となる女流作家にとって、非日常の世界である戦場というものを描くことがいかに困難であったかを記した。それは、戦国時代を描いている「絵本猿飛佐助」においても、同様の弱点となってしまっている。

この作品は、合戦の場面、あるいは戦国武将の勇壮さといった、いわば男性的な世界の描き方が不十分な印象を免れ難い。叙述がどうしても単調になってしまうのである。具体的にいえば、先に述べた登場人物になりきって語る、という形の芙美子の文体が、共感や理解に限界があるためなのか平板になってしまっている。物語の後半部分が、真田幸村のもとを離れて諸国を放浪する佐助を描くことになってしまったのはそのためであろう。

実際に、武士の世界に生きる佐助よりも、一個の人間に立ち戻った佐助を描く場面の方が生き生きとしていて、〈語り〉の文体も効果をあげている。

崖の上の、森々と繁つた、杉の樹間に、佐助は、眼をとめた。馬をとめて、暫く薄暗い樹間を透かしていたが、何を考えてか、高い杉の木に、ましらのように登つて行つた。むせるような、杉の老樹の匂いがする。生臭い杉の葉の匂いが、佐助の青春を呼びおこした。胸を拡げて、深く息を吸いこむ。姉のさよがなつかしくもある。柔い母の声が、聞える気がした。

白い雲は、眼の上を流れ、下を見ると、栗花は、小さく見えた。佐助は、木から木へと渡つてみた。ゆさ〳〵と、ねばりの強い枝がしなう、弾力のある植物の手ごたえに、何とも言えない、爽快なものを、佐助は感じた。


ここでは、もはや作者と佐助は渾然一体となっているといえるだろう。

幸村に旅立ちを引き止められた佐助のもとに、北条氏政・氏直の親子が上田城を攻めて来るという知らせが届く。幸村の守る沼田城が先に攻められることから、昌幸は幸村に玉砕を命じる。佐助は火遁の術を用いて、三千の兵で二万の大軍を追い払うことに成功するが、清海から上田城の老人たちが自分を殺そうとしていることを聞かされる。幸村はそのことをかねてから知っていて煩悶しているらしい。佐助は、「徹頭徹尾、滑稽なしぐさとしての、功名手柄だけが、人間を支配している」ことに、おかしなものを感じないではいられない。それが「極端にまで行くと、狂気になる。その人間の、順応性」を不思議なものと考える。

佐助は幸村に暇を告げ旅に出、絵師である檜山宗以と道中をともにすることになる。その宗以が佐助に語りかける場面がある。

「熱病というものが、人間の頭を惑乱させて、昔の記憶を、すつかり忘れさせてしまうように、国々の一生にも、狂暴な、一つの時代というものがあつてその国々は、内乱の炎に包まれ、人生すべて無といつた、焼け跡に変り果てるものですが、どうしても、私は、人間を不憫な奴と思います。猿飛氏は、まだ、おみかけしても、お若いので、こうした田舎絵師の言う事は、おかしなものと、思われましようが、どうも私は、人間には、それ〴〵の限界があつて、その限界を越えると、人間も国も、惑乱して来るのではありますまいかの……」

ここで作者が宗以に入り込んで語らせているのは、戦と国、そして人間の関係である。肝心なのは、国と人間が同一地平で捉えられていることだ。ここに、アジアを侵略し、結局惨めな敗戦を味わった日本の姿が浮かび上がっては来ないだろうか。さらに、国の運命と同じように、作家としての立場を見失い、戦争に進んで協力した林芙美子の姿が重ね合わされている。私はここに、戦争によって踊らされた芙美子の自己嫌悪、もっといえば自己自身への呪詛を見るものである。

坂本の宿で、佐助は自分と同じ技を心得ている女の山伏・きんに出会い、腕を試され、この後二人はしばしば対決することになる。

下仁田から秩父、東飯能をたどって二十日ばかり後、佐助は樵夫から真田昌幸の批判を聞かされる。豊臣に目をかけられた昌幸は、いよいよ征服欲を増しているらしい。また、最近出没する子供盗人の話を聞いた佐助は、それが妙義山中で取り逃がしたきんであると直感、ついに彼女に深傷を負わせる。

秀吉が北条征伐に乗り出した。沼田城はすでに北条方の所有になったらしい。幸村のことが気がかりになった佐助は、悶々として心が落ち着かない。江戸を目前にしたところで、豊臣と北条の合戦が始まる。昌幸が幸村を連れて京師へ赴くという風評を聞きつけた佐助は、自分も京師へ向かうことを決心し、宗以と別れる。きんが佐助の後を追ってきて、「貴方さまに、添うわけにはゆきませぬか？」とすがるが、佐助は取り合わない。

幸村は家康の底力についてたびたび父・昌幸に忠告するが、秀吉の天下が続き、しかも秀吉に好意を持たれているという慢心から父は鼻で笑うばかりである。京に向かう道中、昌幸の行列の物々しさは世の語り草となる。幸村は、この旅が真田家の盛衰を決める、これが真田家の限界だと思う。

佐助はひたすら幸村のもとをめざす。箱根の峠で石川五右衛門に出会い、五右衛門はすぐに佐助に魅かれる。一緒に京師へ行こうという誘いも、自分を追い続けるきんにも目もくれず進む。

以上で「絵本猿飛佐助」は終わっている。末尾には、「――病気をしましたので、ここで一休みして、またいずれ機会を得て続けるつもりです。御愛読を謝します。――筆者――」という添え書きがしてあるが、結局その後書き継がれることはなかった。しかし私は、この物語はこれで十分完結していると思う。

これまで見てきたように、芙美子の描く猿飛佐助は、立川文庫のそれとはまったく異なり、一種のビルドゥングス・ロマンに仕立て上げられている。武士になるという功名心に燃えた佐助が、その望みを達成するも、戦によって人間社会に幻滅し、一度はそれに背を向ける。しかし最後は再び真田幸村のもとへ帰る決心をする。

そして、繰り返し述べてきたが、戦国の乱世と日本の十五年戦争、そして敗戦を重ねている点が最も重要である。佐助に限らず、作者はあらゆる登場人物を使って、戦争という愚行を暴くと同時に、それに手を貸した自身の懺悔を試みている、といえるだろう。作者はきんに対しては非常に厳しい描き方をしているが、それも本能のままに生き、他者をかえりみない自身も含めた〈女〉という生き物への苛烈な分析にも見える。

では、なぜ芙美子は猿飛佐助、ひいては大衆文学の枠組を借りてまでこの作品を書いたのであろうか。

結論をいってしまうと、この形の方がリアリズムの小説よりも、彼女の描きたいものが表現しやすかったからに他ならない。例をあげればきりがないが、登場人物の会話は、きわめてメッセージ性に富んだものが多い。白雲斎の「幾度、合戦があり、幾度、国まわりの境は異変があろうともたかゞ人間のやる事じや。自然の悠久さにくらぶれば、かげろうよりもはかない」という言葉や、幸村の「人間と言うものは、翼を切られた、哀しい鶩だ。狭い天地を、鎖を引きずつて、仲間同士をつゝきあつているようなものじや。容易には、この平地に、平和は求められまい」といったつぶやきなどがその代表的なものだろう。しかし、このような台詞を、現代小説で吐かせてしまえば何とも薄手で陳腐なものになってしまう。大衆文学のなかであるからこそ、生きてくるのである。もしかすると、この作品は彼女の書いた最も優れた反戦文学となっているかもしれない。

佐助は真田と運命を共にする決意をするが、私は、敗れた日本及び日本人と運命を共にする、という芙美子の決意と重なってくるような気がしてならない。

3

「絵本猿飛佐助」は、林芙美子の〈語り〉の文体がよく機能した作品であることはすでに述べたが、この作品に限らず、彼女の〈語り〉の特徴として、時折作者の生に近い解釈のような文章が自然に織り込まれていることがあげられる。典型的なのものを、「晩菊」から引用してみよう。

もう一度、田部はきんの手を取つて固く握つてみた。きんはされるまゝになつてゐるだけである。火鉢に乗り出して来るでもなく、片手で煙管のやにを取つてゐる。
長い歳月に晒らされたと云ふ事が、複雑な感情をお互ひの胸の中にたゝみこんでしまつた。昔のあのなつかしさはもう二度と再び戻つては来ないほど、二人とも並行して年を取つて来たのだ。二人は黙つたまゝ、現在を比較しあつてゐる。幻滅の輪の中に沈み込んでしまつてゐる。二人は複雑な疲れ方で逢つてゐるのだ。小説的な偶然はこの現実にはみぢんもない。小説の方がはるかに甘いのかも知れない。微妙な人生の真実。二人はお互ひをこゝで拒絶しあふ為に逢つてゐるに過ぎない。田部は、きんを殺してしまふ事も空想した。

「長い歳月」から「逢つてゐるに過ぎない」までの部分は、ある意味ではきんの視点とも田部の視点とも受け取れるが、それ以上に作者自身の〈解釈〉という意味合いが強い。このような表現は、彼女が学んだ徳田秋聲にはなかったものであり、林芙美子独特のものであるということができる。正確には、秋聲の文体を、彼女の資質に見合った形で発展させたというべきであろうか。

いわゆる〈語り〉というのは、本来口頭で伝えるということに根ざしていて、歌舞伎・講談・落語・浪花節など、古くから庶民の文化として存在し続けてきたが、近代以降、リアリズム文学の隆盛で主流からははずれることになった。

大衆文学の歴史に必ずといっていいほど登場する野間清治は、この口承文芸を活字化することで成功をおさめた出版人である。彼は、学生の雄弁熱の盛り上がりをより発展させるために、一九〇八（明治四二）年、大日本雄弁会を結成し、翌年には学生や著名人の演説速記を中心とする雑誌『雄弁』を刊行した。この成功によって口頭文化の可能性に気づいた野間は、さらに一一年、『講談倶楽部』を創刊、講談社を設立、同誌は一時発行部数が一万九千部にまで伸びた。

ところが一九一三（大正二）年、講談師側が、講談速記と浪花節のような下品なものとが同じ雑誌に掲載されるのは不服である、と浪花節の掲載中止か講談の掲載禁止を迫る。窮地に陥った講談社がそれを脱する試みとしたのが、従来のように講談師の演じた講談速記を掲載するのではなく、新たに小説家に講談を〈書かせる〉というものだった。いわゆる〈新講談〉である。

これは従来のものとはまた異なり、作品の枠組や語彙、人物造型などに現代の感覚が取り入れられていたこともあり、結果的に『講談倶楽部』は売れ行きを伸ばすことになる。この〈新講談〉は、大衆文学という新たなジャンルが生れることにつながった。その後の大衆文学の隆盛を考えると、口承文芸というものがいかに日本人の心性に根差していたものであったかがわかる。

松本徹は芙美子の師匠ともいえる徳田秋聲の文学における〈語り〉について、彼の親しんだ義太夫の影響をあげているが[4]、芙美子と口承文芸とのかかわりは、今まで指摘されてこなかった。しかし、彼女の「こんな思ひ出」のなかに、興味深い記述がある。

これは、「誰にもまだ話した事がないけれども、私は幼ない時分、浪花節語りになりたくて仕方がなかつた」という書き出しから始まっている。これによると芙美子は幼少期、直方の炭鉱町に住んでいた時分、同じ木賃宿にいた雲花という名の浪花節の上手な女性を知り、「浪花節の枕と云つた風なもの」を習ったという。雲花とは直方を離れてもしばらくは交流があったらしく、芙美子もかなり慕っていたことが受け取れる。

さらに芙美子は以下のように記す。「私は、この雲花さんのお蔭で、ばん団衛門とか、福島正則横紙破りとか、猿飛佐助の講談本を読む事を覚えた。その頃は、町内にはかならず貸本屋があつて、家号のスタンプのはいつた厚紙表紙の講談本を始終かりて来たものだつた」。

このことから、芙美子が、まず口承文芸を〈聞く〉ことから、活字の世界に入っていったことがわかる。

浪花節は、そもそも発生に諸説はあるが、一般的には江戸時代に、説経節[5]や祭文[6]から生れたとされている。主として三味線を伴奏とし、節と啖呵から成る浪花節は、幕末から明治初期にかけて、種々の口承文芸の要素を取り入れて、今日の浪花節の形になった。題材も、講談・人情噺・歌舞伎・小説などさまざまなものから取っている。また、こうした背景に加え、講談や落語が寄席において興行が可能であった時期に、浪花節だけは大道芸であったという事情から、講談の側からは下等なものとして扱われていたらしい。

伝統芸術の会編『話芸――その系譜と展開』(昭和五二年九月、三一書房)や、大西信行『浪花節繁昌記』(平成一〇年一一月、小学館)によると、浪花節は下等なものとして差別され、文化人・知識人からは嫌悪されていたという。(7) 先に野間清治の作った『講談倶楽部』において、講談師側から浪花節の掲載中止を求められ、同誌が窮地に立たされたことに触れたが、これもそのような差別のあらわれであろう。しかし、芙美子が多くの文化人・知識人に蔑まれていた浪花節語りになりたかったというのは、ある意味では彼女の人生を象徴しているようで面白い。(8)

講談が、軍記物などの男らしい、漢語まじりの文章を読む(9)のに対し、浪曲の場合は同じような題材を扱っても要所要所に節があり、主として義理人情を歌い上げる。おおざっぱにいってしまうと、講談があくまでも叙事的ならば、浪曲は叙情的な要素が強いということになる。浪曲においていて評価されるべき声とは、いわゆる美声ではない。長大詩を表現するための趣のある声がよしとされていて、独特の声使いによって表現される感情の起伏が醍醐味となる。それは講談とは決定的に異なる。

「絵本猿飛佐助」には、叙事的な語りの部分に、突如、傍線部分のような詠嘆調が入ったりする。

猿飛は、たてにとつていた、杉の大木へ、宗以を背負つたま丶、するすると登り始めた。四米くらいの枝へ手をかけ、そこへやつとたどりついて、宗以をそつと、その太い枝へ、馬乗りにさせてやつた時である。眼の下の径を黒いものが、息を切らして、やつと登って来た。二人が、見下しているのも知らず、黒い姿は、そこに立つて、荒い息を入れている。

あだし野の、葛のうら吹く、秋風の、目にし見えねば、知る人もなし。で、寂寞とした秋夜の山の中に、何かをたくらみ、生きる人の働きがある事に、佐助は、人間世界の哀れさを汲みとる。（傍線、高山）

私は、芙美子の〈語り〉の文体の特徴として、客観的な立場の語り手と、登場人物に自在に入り込んでの語りとの融合という点を繰り返し述べてきた。それは、このような叙事的な部分と叙情的な部分を自在に組み合わせるような箇所にもあらわれているといえるだろう。こうした要素は、口承文芸に非常に多いといえる。興味深いのは、芙美子は「晩菊」などの客観小説にもそれを生かしているということだ。

板谷が来始めてから、きんの家は美しい花々の土産で賑はつた。――今日もカスタニアンと云ふ黄いろい薔薇がざくりと床の間の花瓶に差されてゐる。銀杏の葉、すこし零れてなつかしき、薔薇の園生の霜じめりかな。黄いろい薔薇は年増ざかりの美しさを思はせた。誰かの歌に

ある。霜じめりした朝の薔薇の匂ひが、つうんときんの胸に思ひ出を誘ふ。（傍線、高山）

以上、いささか思いつきめいてはいるが、林芙美子と口承文芸とのかかわりを述べてきた。しかし、それ以外にも、まさに芙美子ならではといえる、話芸とつながる環境が彼女にはあった。これに関しては、和田芳恵の興味深い指摘を引用したい。「私が見た実母のキクは、肌が白い小柄な人であった。子供のように小さい体つきだったが、よく均斉がとれ、男なら膝の上へ乗せたくなるような感じの人だった。しゃきしゃきした働き者らしいキクは、明治元年生まれとは見えない若わかしさであった。西南の役で敗れた賊軍が抜刀を杖に逃げ帰ってきた思い出話などを、話じょうずに私に語ってくれたりしたから、芙美子の座談のうまさは、あるいは母親ゆずりかもしれない(10)」。

芙美子は行商を生業とする家に生れたが、実父、養父、そして母が皆、時にはてきやを行っていたことが、彼女のいくつかの作品には描かれている。代表的なものは「放浪記」、そして「風琴と魚の町」であろう。とくに後者は、「肋骨のやうに、胸に黄色い筋のついた憲兵の服を着た父が、風琴の音色に合わせてオイチニイの歌を歌いながら薬を売り歩く情景が描かれている。父は、以下のような口上を述べる。「え丶――御当地へ参りましたのは初めてでござりますが、当商会はビンツケをもつて蓁の膏薬かなんぞのやうなまやかしものはお売り致しませぬ。え丶――おそれおほくも、××宮様お買ひ上げの光栄を有しますところの、当商会の薬品は、そこにもある、こ丶にもあると云ふ風なものとは違ひまして……」。

この作品に出てくる〈オイチニイの薬売り〉は、室町京之介『香具師口上集』（昭和五七年一一月、創拓社）によれば、日露戦争から帰還した傷病兵の新たな職業の一つとして、丹沢善利が創立した生盛薬館で生産した整腸剤〈征露丸〉(11)の売り子を指す。これには、さらに次のような説明が加えられている。「丹沢さんは叡智の人、廃兵の身を思い、売り子でもある廃兵が、より多く売れるよう、香具師、的屋の事実を歴史に学んで、啖呵売にした。しかも自ら作詩作曲、廃兵には手風琴《アコーデオン》を持たせて、奏法を教えて、社会へ送り出した。啖呵売に楽譜が出来たのは、実にこれが始めである。しかも素晴らしいのは、売らせる廃兵に当時の兵隊の、蛇腹の軍服を衣裳として着せた事である」。

なお、この〈オイチニイ〉の歌は、「オイチニ　オイチニ／生盛薬館製剤は／親切実意を旨となし　ハイ／オイチニ　オイチニ／病の根を掘り葉をたずね／その効験を確かめて　ハイ／オイチニ　オイチニ／売薬商たる責任を／尽し果さんそのために　ハイ／オイチニ　オイチニ／春夏秋冬へだてなく／辛苦の人には施薬せん　ハイ／オイチニ　オイチニ／オイチニの薬を買いなさい／オイチニの薬は良薬ぞ　ハイ／オイチニ　オイチニ」といったようなものである。

これを読むと、彼女の記憶がいかに確かなものであったかがわかるだろう。彼女自身が口上を述べ、物を売っていたかどうかは定かではないが、「放浪記」にはわずかに書かれている(12)。しかし、話術の巧みさがものをいう環境に育ったことは間違いない。

林芙美子の〈語り〉には、彼女の生得のもののほかに、やはり育ってきた環境が関係しているといわざるをえない。苦難の境遇からの脱出、変革を望みながらも、結局彼女が選んだ文体は、その慣れ親しんだ話芸に非常に近いものだったのではないか。いいかえれば、彼女の身体的なリズムに最も合った手法だったのである。

戦時中の彼女の文学が荒廃したのは、戦争協力による己の立場の錯覚にあったといえる。初期の自伝的な作品には、底辺の庶民との連帯感、相互扶助的な世界がある。また、客観的な作風に転じてからも、作者の下層庶民への共感は基本的には変らなかったといえるだろう。

それが、知識人の一人として、国家権力の片棒を担ぐような道に進んでからは、おそらく彼女が根城にしてきた世界とは一種の断絶感が生れたのではないか。彼女の文学の活力は、やはり民衆の日常の世界にあるのである。戦時下における彼女のルポルタージュなどが、現在ではとても読むに耐えないものであることは私も繰り返し述べてきたが、一方小説に関しても、駄作もない分飛び抜けて優れた作品というものもない。芙美子の手堅いリアリズムの文章が、悪い意味においての職人芸のようなものに堕してしまった感がある。

戦後になって彼女が独自の成熟を遂げたことの裏には、その戦争協力に対する痛切な悔悟があった。芙美子が、荒廃した国土にうごめく庶民と意識的に運命を共にしようとした時、いいかえれば自己の出自や資質に真に居直った時、彼女の文学は深化を遂げたといえるだろう。

大衆文学へ手をのばしたのも、それが背景にあったと考えられる。永井荷風が自己を江戸時代の戯作者になぞらえたように、戦後の林芙美子も、身をやつして作品を書いていたのではないだろうか。いってみれば、大道芸人、語り物の芸人のように。

注

（1）『放浪記Ⅰ　林芙美子文庫』「あとがき」。
（2）坂口安吾「安吾武者修業　馬庭念流訪問記」（原題「現地ルポ」）『講談倶楽部』昭和二九年四月。
（3）足立巻一『立川文庫の英雄たち』昭和五五年八月、文和書房。
（4）松本徹『徳田秋聲』昭和六三年六月、笠間書院。
（5）中世末から近世にかけて行われた語り物の一つで、仏教の説経から発し、和讃・讃式・平曲などを取り入れ、大道芸、門付芸として発達した。伴奏は鉦から簓《ささら》、胡弓、三味線へと変化した。後に演劇としての説教浄瑠璃が発達してからは衰退する。
（6）祭祀の際、神前で奏する祝詞。江戸時代に俗謡化し、歌祭文が生れる。
（7）ここでは、泉鏡花や久保田万太郎の浪花節への嫌悪や、芥川龍之介の「文反古」、永井荷風「濹東綺譚」などに書かれている浪花節への差別が紹介されている。
（8）『文藝別冊　総特集　林芙美子』（平成一六年五月、河出書房新社）収録の川本三郎と与那原恵の対談「意地悪で嫉妬深くて…でも可愛くて」において、川本氏は芙美子について「庶民にはものすごくウケがよかったんですけど、文壇の中での鼻つまみ者的な存在でもあった」「どこの馬の骨だかわからないみたいな作家」だったといっている。
（9）講談では〈語る〉とはいわずに〈読む〉という。
（10）和田芳恵「作家と作品」『日本文学全集48　林芙美子集』所収、昭和四一年七月、集英社。
（11）当時は傷病兵を廃兵と呼んだ。

（12）「放浪記」には、直方の街でアンパンを売り歩く幼い〈私〉の他に、以下のような場面がある。

「今日はメリヤス屋の安さんの案内で、地割りをしてくれるのだと云ふ親分のところへ酒を一升持つて行く。（中略）夜。私は女の万年筆屋さんと、当のない門札を書いてゐるお爺さんの間に店を出さして貰つた。蕎麦屋で借りた雨戸に、私はメリヤスの猿股を並べて『二十銭均一』の札を下げる」。

ここでいう「地割り」とは、てきやの場所決めのことである。

第二部　林芙美子周辺

1　林芙美子と尾崎翠

林芙美子と尾崎翠とは、一九二八（昭和三）年七月に創刊され、当時のほとんどの女流作家が集結した雑誌『女人芸術』において、非常に特異な位置を占めている。『女人芸術』が出発当初は『文藝春秋』（大正一二年一月創刊）のような総合雑誌を目指していたにもかかわらず、当時の時代状況を反映して次第に左傾化した経緯については本書ですでに述べたが、この二人は、そのような状況にあっても、自己の資質をかたくなに守った作品を書いている点で興味深い。

尾崎翠は一八九六（明治二九）年十二月二十日、鳥取県岩井郡岩井村（現・岩美郡岩井温泉町）に生れた。県立鳥取高等女学校を卒業後、代用教員などを経て、一九一九（大正八）年に日本女子大学国文科に入学。翌年一月には『新潮』に「無風帯から」を発表するが、そのかどで同大学を退学することになり、その後、経済状況が厳しいなか、文筆活動に専念する。翠よりも七歳年下であった芙美子は、二二年に尾道高等女学校を卒業後、さまざまな職を転々としながらアナキスト・グループに接近、詩人を志す。まだ無名だった芙美子は翠を知り、彼女を非常に慕った。二人のかかわりは深く、日本女子大学時代に翠と寮で同室だった松下文子によると、『女人芸術』に翠と松下を誘ったのは芙美子だったという(1)。

『定本　尾崎翠全集』下巻（平成一〇年一〇月、筑摩書房）の「解説」（下）において稲垣眞美は、林芙美子、尾崎翠と『女人芸術』のかかわりについて次のようにまとめている。すなわち、一九二八年十月に始まった「放浪記」の連載、その後のベストセラー作家への道について、『女人芸術』は明らかに芙美子に大きな恩恵と利益をもたらした。一方翠については、同誌が原則としては執筆者に原稿料を支払わなかったものの、芙美子だけは長谷川時雨の計らいで例外だったことを指摘しながら、厳しい意見を述べている。

「大体、芙美子のように無名で、まだ二十代半ばで、とにかく作品が発表できれば、という立場ならともかく、翠の場合は『新潮』に二度創作を発表した過去もあり、キャリアもあった。少女小説の書き手としては実績もあったのだし、『婦人公論』でも（これも三段組みの断章扱いだったが）稿料は得られたのだ。ただ、自分でも納得のできる、これまでの日本にない新しい小説を書きたいばかりに、苦労していた翠にとっては、『中央公論』の創作欄あたりで堂々と一段組みの作品が出せるのでなければ、間尺に合わないのである。しかし、そうはならずに『女人芸術』への執筆では、翠にとっては女性だというだけでヴォランティアを強いられるだけになる。むしろ可哀相な立場で、文学上のメリットはなかったと見るべきである」。

しかし、これはあまりに断定的にすぎはしないか。確かに翠の代表作ともいうべき「第七官界彷徨」[2]や「歩行」（『家庭』昭和六年九月）などは、いずれも『女人芸術』を離れてから後に発表されたものである。翠が同誌に発表した作品は、座談会、書評等を除くと、「匂ひ――嗜好帳の二三ぺエヂ」（昭和三年一一月）、「捧ぐる言葉――嗜好帳の二三ぺエヂ――」（同四年一月）、「木犀」

（三月）、「アップルパイの午後」（八月）、「新嫉妬価値」（一二月）、「モレラ」（同五年一月）、「映画漫想（一）～（六）」（四～九月）と、わずかながらどれも佳作である。

芙美子は一九三〇年十一月、「愉快なる地図――大陸への一人旅――」というエッセイを寄せたのを最後に『女人芸術』から遠ざかっているが、二人が同誌を去ったのがともに三〇年なのは非常に興味深い。芙美子が『女人芸術』を去った理由についてはすでに本書で述べているが、それは、「放浪記」の成功によって大手の新聞・雑誌社から原稿の注文が来るようになったこと、「女人芸術には、毎月続けて放浪記を書いてをりましたが、女人芸術は、何時か左翼の方の雑誌のやうになつてしまつてゐましたので、一年ほど続けて止めてしまひました(3)」という言葉にある通り、アナーキーであり、かつ出発期から自己の資質に頼ったものを書き続けていた芙美子にとって、特定の思想に拘束されるのはやはり苦痛だったことがあげられる。

それに対し、翠は『女人芸術』に関する発言をしていない。しかし、後に詳しく述べるが、彼女の作風を考えると、やはり急激に左傾化した同誌において、彼女の資質を開花させるには困難な状況だったのではないか。

二人の交遊は『女人芸術』にとどまるものではない。芙美子の処女詩集『蒼馬を見たり』の刊行に尽力したのも、翠と松下文子であった。

私は女友達の松下文子と云ふ方から五拾円貰つて、牛込の南宋書院の主人の好意で「蒼馬を見たり」と云ふ詩集を出しました。松下文子と云ふ人は、私にとつては忘れる事の出来ない友人なのです。いまは北海道の旭川に帰り、林学博士松下眞孝氏と結婚されてゐるのですが、私の詩集も、この人の友情がなかつたら出版されてゐなかつたでせう。(4)

南宋書院を始めたのは翠と同じ鳥取県出身の涌島義博で、翠が刊行を依頼したのである。さらに、三〇年五月、芙美子が和田堀の妙法寺境内から豊玉郡落合町に転居したのは、翠の「ずつと前、私のゐた家が空いてゐるから来ませんか」という言葉がきっかけだったと「落合町山川記」にある。芙美子が翠を敬愛していた様子は、このエッセイから十分に受け取れるが、これは、翠の作品にも思い切った賛辞を送っている点で注目される。

時々、かつて尾崎さんが二階借りしてゐた家の前を通るのだが、朽ちかけた、物干しのある部屋で、尾崎さんは私よりも古く落合に住んでゐて、桐や栗や桃などの風景に愛撫されながら、「第七官界彷徨」と云ふ実に素晴らしい小説を書いた。文壇と云ふものに孤独であり、遅筆で病身なので、此「第七官界彷徨」が素晴らしいものでありながら、地味に終つてしまつた、年配もかなりな方なので一方の損かも知れないが、此「第七官界彷徨」と云ふ作品には、どのやうな女流作家も及びもつかない巧者なものがあつた。（中略）い丶作品と云ふものは一度読めば恋よりも憶ひ出が苦しい。

芙美子は同性の、特に新人作家が文壇に登場することをひどく嫌い、時には作品の発表を妨害したという逸話も残されているが、それを考えるといっそうこの尾崎翠に対する賛辞が特異なものとして浮かび上がってくる。

翠は常用していた鎮静剤ミグレニンの副作用で幻覚症状が激しくなり、一九三二年、長兄篤郎によって郷里の鳥取県へ連れ戻され、その後筆を取ることはなかった。芙美子の「落合町山川記」は翠が東京を去ってから後に書かれたものだが、彼女は、自分の地位が脅かされることはないと思い翠を讃えたのだろうか。それとも、純粋な気持ちからだったのであろうか。

交流があった時期を交差点とし、二人の出自やその後の道行きを比べてみると、あまりにも隔たりがある。しかし、異質なものであるからこそ、かえって共通点も多いのではないだろうか。そしてその最大のものは、文学的資質は異なっていても、それぞれが自己の感受性にこだわったという点なのではないかと思う。

では、この二人の文学を比較するために、それぞれの代表作である「放浪記」と「第七官界彷徨」について考えてみよう。

両者はおよそ異なる作風の作品であるが、主人公が〈私〉という一人称であること、またともに詩人を志していることなどの共通点がある。「放浪記」に関しては、本書ですでに述べたように、初出と現在流布している決定版との間に大幅な改稿が見られ、まったく別の作品といってもいいほどなのであるが、今回は同時代の作家という観点から、とくに初出の「放浪記」を使用したい。

「第七官界彷徨」は、主人公の〈私〉（小野町子）が〈第七官〉を探し求めることが主軸となっている。ここでは〈第七官〉を明らかにするのが目的ではないので簡単に触れておくが、〈私〉は「ひとつ、人間の第七官にひびくやうな詩を書いてやりませう」という野望?を持ってはいるものの、「私は、人間の第七官といふのがどんな形のものかすこしも知らなかつたのである。それで私が詩を書くのには、まづ第七官といふのの定義をみつけなければならない」状態に置かれている。そして、上京し同居をすることになった二人の兄（一助・二助）や、従兄の三五郎からそれぞれ〈第七官〉なるものの曙光を見出す。

それは「こんな広々とした霧のかかつた心理界」のようでもあり、「二つ以上の感覚がかさなつてよびおこすこの哀感」とも思えたり、「私は仰向いて空をながめてゐるのに、私の心理は仰向いて井戸をのぞいてゐる感じ」なのではないかと考える。しかし、結局〈第七官〉なるものは作品のなかでは明らかにされていない。〈第七官〉は詩人を目指す〈私〉の内面の拠り所であって、ある意味ではその自己を求めて〈彷徨〉すること自体が、この作品の重要な骨子となっているのである。

一方、「放浪記」の〈私〉は、詩人になることを夢見て、職業や男性の間を放浪する。結局、両作品とも文学少女の物語であり、青春の物語なのである。

黒澤亜里子が指摘しているように[5]、昭和初期の女流作家のほとんどは、一八九九（明治三二）年の高等女学校令以来、急激に増加した女学校を卒業し、作家になるために上京したという経歴を持つ者が圧倒的に多い。したがって「放浪記」と「第七官界彷徨」は、こうした一種共通のメンタリティともいうべきものが背景にあったなかで、詩人あるいは作家を志す〈女〉、あるいは

〈少女〉の物語の典型であるという見方が可能になる。

しかし、こうした大きな枠組は共通するものの、その文体、作品世界は全く違う。その相違点は何かと考えた場合、究極は主人公〈私〉の外界の取り込み方——広げていえば〈私〉の表象の違いに行き着くと思われる。

「第七官界彷徨」で特異なのは、その視点の移動の仕方にある。以下、典型的と思われる部分を引用してみよう。

見うけたところ三五郎も空腹さうで、彼は煙のたちのぼるマドロスパイプをピアノの上におき、椅子から下りてきて、しきりにバスケットの中を探しはじめた。けれど、三五郎はピアノを粗末に扱ひすぎないであらうか。このピアノの鍵はひと眼みただけで灰色とも褐色ともいへる侘しい廃物いろではあつたが、ピアノといふ楽器にはちがひないのである。この楽器の鍵の上には蜜柑の皮につづいて柿のたねがたくさん並び、柿のたねにつづいてパイプが煙を吐いてゐた。

映画のカメラワークとしかいいようがない手法である。〈私〉の目がそのままカメラとなり、きわめて意識的に平行移動をし、対象を一つ一つクローズ・アップする形で描かれる。そこに非常に視覚的な効果が生れる。

尾崎翠は映画に対する関心が深く、「第七官界彷徨」と映画との関連はこれまで、彼女に関する研究で最も論じられてきた観点でもある。とくに、リヴィア・モネ「自動少女――尾崎翠における映画と滑稽なるもの」（『国文学』平成一二年三月）では、「『第七官界』の町子が映画批評家、カメラ、映画監督、そして観客の機能を同時に演じている」ことが指摘されているが、まさにその通りというべきであろう。さらにここでは、「第七官界彷徨」という小説自体、相反する感情の衝突、異質なものが組み合わさって出す効果など、映画のモンタージュ理論を駆使した作品であることが述べられている。

大正末期から昭和初頭にかけて、谷崎潤一郎・江戸川乱歩・川端康成・横光利一・北川冬彦など、多くの作家が映画と深いかかわりを持ってきたが、確かに尾崎翠の「第七官界彷徨」ほどその手法を文学に生かした作品はあまり見当たらない。

一方、「放浪記」の場合は、このような斬新な方法を用いてはいない。さらに注意して読むと、意外なほどに情景を描いた部分が少ないのである。

　地球よパンパンとまつぷたつに割れてしまへ！　と怒鳴つたところで、私は一匹の烏猫、世間様は横目で、お静かにお静かにとおつしやる。

又いつもの淋しい朝の寝覚め、薄い壁に掛つた、黒い洋傘《パラソル》を見てゐると、色んな形に見えて来る。

今日も亦此男は、ほがらかな櫻の小道を、我々プロレタリアートよなんて、若い女優と手を組んで、芝居のせりふを云ひあひながら行く事であらう。
私はぢつと背を向けて寝てゐる男の髪の毛を見てゐた。
あゝこのまゝ蒲団の口が締つて、出られないやうにしたら……。（中略）
私は飛びおきると男の枕を蹴つてやつた。嘘つきメ！　男は炭団のやうにコナゴナに崩れていつた。

ここで〈私〉は現実と想像の世界とを自由に往還し、さらには幻想的なイメージへと飛躍させている。それが一定のリズムで保たれているのは、小説世界すべてが主人公の強烈な個性で統括されている点にある。もし、しいていうならば、映画的な性格という観点からみると、翠の「第七官界彷徨」がモンタージュ理論を駆使した映像美であるのに対し、芙美子の「放浪記」は〈私〉のドキュメンタリー映画としての性格を備えている。

「放浪記」のリアリティを支えているものが〈私〉という主人公の視点、そして哀歓なのはいうまでもないが、「第七官界彷徨」の場合は、尾崎翠が自作を解説した『『第七官界彷徨』の構図その他」のなかで「登場人物の色分けは問題とせず、むしろ彼等を一脈相通じた性情や性癖で包んでしまふことを望みました」といっているように、はじめからリアリティを排除したところで成り立っている。

翠の三番目の兄である史郎は東京帝国大学で農芸化学を専攻し、卒業後肥料会社に就職した。また、従弟の田村熊蔵は東京音楽学校（現・東京芸術大学音楽科）に入学している。翠が日本女子大に入学してから『女人芸術』にかかわっていた時期にかけての彼らとの交流が、この作品の素材になっている。しかし、彼女はそれを素朴実在論的に描くのではなく、きわめて方法意識の強い作品に仕上げた。いわば、主人公の〈私〉も他の登場人物も、作品全体の効果として存在しているにすぎないのである。

尾崎翠の作品に登場する人間は、男女を問わず中性的である。林芙美子の「放浪記」だと、〈男〉〈女〉という文字だけで、体臭までが漂ってくるような感じであるのと対照的である。翠の作品が、しばしば少女小説との関連で論じられるのもそのためだろう。

この方法の違いは、両作品のユーモアにも異なった要素をもたらす。

「第七官界彷徨」はあらゆるユーモアの要素が包含されている。まず、「私は小野一助と小野二助の妹にあたり、佐田三五郎の従妹にあたるもので、小野町子といふ姓名を与へられてゐたけれど」と、あたかも人間を記号化するように、数字の入った名前にしたのは勿論、全篇を通した真面目くさった文体が何ともいえない面白さをかもし出す。他にも登場人物の戯画化や、深刻であるはずの場面に、あえてこやしの臭いといった汚物を巧みに取り入れる効果、「どうもこの食事はうまくない。じつにわかめと味噌汁の区分のはつきりしない味噌汁だ。心臓のどきどきしてるときにこんな味噌汁を嚥むのは困る」といった部分に代表される非日常的な会話など、数えあげればきりがない。いわば計算され尽くした面白さである。

それに対し芙美子の「放浪記」の場合、主人公の〈私〉は、その境遇を嘆きながらもどこかで自己を対象化する視点を持っていて、その距離におのずとユーモアが生れる。たとえば次のような箇所である。


朝、寝床の中ですばらしい新聞を読んだ。

本野子爵夫人が、不良少年少女の救済をすると云ふので、円満な写真が新聞に載ってゐた。あ、こんな人にでもすがつてみたら、何とか、どうにか、自分の行く道が開けはしないかしら……私も少しは不良ぢみてゐるしまだ廿三だもの、不良少女か、私は元気を出して飛びおきると、新聞に載つてゐる本野夫人の住所を切り抜いて私は麻布のそのお邸へ出掛けて行つた。


折り目がついてゐても浴衣は浴衣だけど、私は胸を空想で、いつぱいふくらませてゐた。

「パンおつくりになる、あの林さんでゐらつしやいますか?」

どういたしまして、パンを戴きに上りました林ですと心につぶやきながら、

「一寸おめにか丶りたいと思ひまして……。」(傍線、高山)

ここでは、まず前半部分で自己を卑小化する。そして傍線部分で自己を対象化、客観化している。語り手は〈私〉の内面に入り込むと同時に、〈私〉を眺める視点も持つ。この余裕が、自然に滲み出てくるようなユーモアをかもし出すことに成功しているのである。

以上、「放浪記」と「第七官界彷徨」(6)を見てきたが、一九三〇年五月号の『詩神』に掲載された、芙美子と翠が参加している「女流詩人・作家座談会」には、二人の文学観の違いがよく出て

いるので若干触れておこう。

まず翠は「自然主義時代のやうな手法で、一から十まで説明するといふやりかたでは、吾吾はもう満足出来なくなつた。しかも自然主義以来幾廻転を経たと言はれる現在の日本文学に、まだまだ自然主義の殻がこびりついてゐるんです。それを救つて日本の文学を新鮮にするためにも、日本の作家はもうすこし手法や文章への触覚の発達した詩人にならなければいけないと思ふ」「今日迄歩いて来た吾々の嗜好にとつては、心臓そのままのものよりも、一度頭を通して構成されたもの、そういふものでなければいけなくなつた」「心臓の世界を一度頭に持つて来て、頭で濾過した心臓を披瀝するといふやうなものを欲しいのです」と発言している。

一方芙美子は、深尾須磨子の「詩人的素質なんかは、プロ、ブルを通じて決して二つを与へられてゐないと思ふ。それだけは私言つていゝ、だから飯を食べられない半面に、花に酔つて居られるのが詩人的素質だと思ひます」という言葉に対し、次のようにいう。「私には本当に芸術なんか分らないのでせうけれども、今仰しやる薔薇の花が美しい……と思ふと同時に、間隙を入れないでそれが呪はしくなります」「インテリゲンチヤのプロ詩人は、いざ知らず、はたらいてる方のプロレタリヤ詩人に至つては、言葉は研究する余地がないので、遂《つ》ひ手近な言葉でナニ糞と言つてゐるんです、それでみんなが百科辞典を引繰返へしたやうだと云ひますけれども、矢張り読んで見ると強さを感じますね。どつちかといふと『薔薇』だの『蜂の巣』といつた言葉を千ならべるよか、食べたいと云つた方が手近かですよ。強い言葉は気持ちがいゝですよ」。

翠の関心は主として方法にあり、芙美子は体験に裏打ちされたものを重視していることがうかがえる。吉田知子が「尾崎翠を読む」（『早稲田文学』昭和六〇年一一月）において、「その時代の他の女性作家の作品と較べると尾崎翠は天と地ほどにも違うのである。他の女作家達の場合、どこまでいっても『女』が主題である。思春期の初恋、婚約破棄される、する、三角関係、人妻の恋、または懸想される、そして夫婦間のもめごと、夫が女をつくる、実家へ逃げて帰る、離婚、あるいは芸者とか娼婦もの。そのどれにも女特有の自己美化《ナルシシスム》が濃厚にあらわれている」と指摘しているように、概して、とくに戦前は、自己の感性に頼った体験的な作風の女流作家が多い。戦後になって、倉橋由美子や三枝和子など、観念的で方法意識の強い作家があらわれるようになったことを考えると、やはり翠は〈早すぎた〉作家であったというべきであろう。その点からみると、戦後、とくに近年になって彼女の再評価が著しいのは当然の現象ともいえる。

翠は作家としては不遇な人生を送り、自身の健康状態や家庭の事情から筆を絶ってしまう。しかし、この原因を彼女の実生活に限定してしまうことには、私は少々疑問を感じざるを得ない。なぜなら、翠に限らずこのような実験的・前衛的な手法で押し通していた作家がそれに限界を感じ、作品世界をより豊穣なものにするために作風の転換を迫られることは非常に多いからである。三枝和子は、出発当初はカフカやカミュなどの影響のもと、きわめて斬新な手法で都市や人間の不条理を描いた作品を発表し続けた。初期の作品集である『鏡のなかの闇』（昭和四三年九月、審美社）や『処刑が行なわれている』（翌年一二月、同）などにはそれが顕著にあらわれているものの、彼女も『思いがけず風の蝶』（同五五年九月、冬樹社）を経て、『鬼どもの夜は深い』（同五八年六月、新潮社）などの村落共同体を舞台にした作品で新たな飛躍を遂げる。これは、フォークナーなどのいわば語り部的な手法を獲得し、土俗的・神話的な要素を取り入れたということが大きい(7)。いいかえれば、伝統につながることで、より作品世界を重層化させることに成功したのである。

ましてや翠の時代は、インターナショナリズムからナショナリズムへの転換期であった。作家の運命も、多かれ少なかれ時代の趨勢と歩調を共にする。もし、翠がこのまま執筆活動を続けていたら、一体どのような道を辿ったのかと考えると、様々な興味をかき立てられる。

一方、林芙美子の「放浪記」は、日記に明確な日付を入れずに時間軸を曖昧にしたことや、さらにそれを時間の推移によって並べるのではなく、ばらばらにして一篇の物語に再構成するという、コラージュともいうべき手法がとられていて、それまでの日記を題材とした文学とは一線を画す新しさがある。と同時に、散文と詩を組み合わせているという点で、日記や歌物語といった日本文学の伝統とつながる部分を持っている。

芙美子は「放浪記」の斬新さで文壇に登場するも、詩から散文への移行には悪戦苦闘している。結局、彼女がその後作家として生き続け、晩年に数々の傑作を残すことができたのは、彼女が学んだ徳田秋聲や日本の古典――女流文学の系譜という、伝統とのつながりを持ったからにほかならない。

しかし、あらゆる作家がさまざまな思想を遍歴し、あらゆる思潮の文学が入り乱れたこの時期の文壇において、頑なまでに自己の資質に頼った女流作家が二人いたということは、やはり文学史において特筆すべきものだと私は思う。

注

(1) 尾形明子『女人芸術の世界―長谷川時雨とその周辺』昭和五五年一〇月、ドメス出版。

(2) 初出は一九三一年の二・三月、『文学党員』に全篇の約七分の四が掲載され、次いで同年六月の『新興芸術研究』に全篇と「『第七官界彷徨』の構図その他」が同時に掲載された。その際、『文学党員』に発表した時点で冒頭に置かれていた「私の生涯には、ひとつの模倣が偉きい力となつてはたらいてゐはしないであらうか」という部分が削られた。

(3) 「文学的自叙伝」。

(4) 注3に同じ。

(5) 黒澤亜里子「出郷する少女たち―一九一〇―二〇年代、吉屋信子、金子みすゞ、尾崎翠、平林たい子、林芙美子ほか」池田浩士他編『文学史を読みかえる②〈大衆〉の登場』所収、平成一〇年一月、インパクト出版会。

(6) 他に深尾須磨子・英美子・深町璃美子・碧静江・田中清一・宮崎孝政が出席している。

(7) 三枝和子『鬼どもの夜は深い』に関しては、拙稿「母系社会の物語―三枝和子『鬼どもの夜は深い』をめぐって―」(『文学と教育』平成一三年一二月)を参照されたい。

2　三人の女流作家——宮本百合子・林芙美子・平林たい子

宮本百合子・林芙美子・平林たい子、この三人が昭和を代表する女流作家であるということは、まず誰もが疑わぬところであろう。

おそらくそれは、青野季吉の「林芙美子の告別式（昭和二十六年）の帰途廣津和郎が、宮本百合子、林芙美子、平林たい子とこの三人の女流作家が並び立った姿は、まことに文壇空前の壮観で、今後再び見ることはできないであろうと繰返し語っていた。わたしはそれに同感を禁じ得なかった。宮本百合子、林芙美子は作品を通してしかわたしは知らなかったが、三人の女流作家がそれぞれ個性の翼を一杯にひろげてならび立った図は、壮観というほかはなかった。宮本百合子は知性的、林芙美子は情熱的、平林たい子は意力的という風に、女流作家の三つのタイプを代表し、わたしには三者相寄り相助けて女流文学の世界を盛り上げ、全文壇に気を吐いているように思われた[1]」という言葉によって定着したといっていい。

佐伯彰一も、この青野の言葉については、「この知情意の三分法そのままの適用は、いささか古風すぎ、出来すぎているといわれそうだが、宮本、林、平林の三作家に関するかぎりは、不思議なほどぴたりとつぼにはまったものと認めざるを得ない[2]」といっている。この三人の関係は非常に面白く、それだけでも一篇の小説以上のものがある。

林芙美子と宮本百合子は終生反発しあっており、互いに行き来するといったことはほぼ皆無であった。一方、芙美子とたい子は、一九二五（大正一四）年前後、アナキズム詩人が集った本郷区肴町の南天堂で知り合い、不遇な時代を共有している。たい子はプロレタリア文学にかかわりをもっていたため、百合子とも交流があったが、やはり彼女をライバル視していた。だからといって、たい子も芙美子に対し全面的に肩入れをするというのではなかったところがまた面白い。

思想というものに深くかかわったこと、そしてその発端が戦前の家庭における〈女〉の立場というものへの問題意識にあった点では、たい子と百合子には共通したものが認められる。それに対し芙美子は終生、政治の世界に進んで身を投じることはなかったし、〈女〉を描いてもそこに解放を願う気持ちはほとんどなかった、といえる。この差異は、やはりそれぞれの出自が深く絡んでいるといわざるをえない。百合子は上流階級の出といっても差し支えないし、たい子は没落したにしてもやはり旧家の出である。しかし私生児として生れ、幼少期を放浪のなかに過ごした芙美子にとって、戦前におけるいわゆる〈家〉の概念は欠落していたといえるだろう。

私はここで、この三人の作家の差異と関係をあぶり出せればと思っている。そして、その比較から、彼女達の文学的資質を少しでも明らかにしてみたい。[3]

宮本百合子は一八八九（明治三二）年生れ、林芙美子は一九〇三年、たい子は〇五年の生れである。

百合子の生家である中條家は、米沢藩の筆頭家老の家柄で、祖父・政垣は米沢市長、福島県庁の典事となり、安積地方開拓の功労者といわれている。また、父・精一郎はその長男で、当時の文部省の建築技手、母・葭江は華族女学校長、貴族院議員等を歴任した倫理学者西村茂樹の長女という家庭であった。

彼女の文壇登場は一九一六（大正五）年九月、『中央公論』に掲載された「貧しき人々の群」で、まだ十七歳という若さであった。この背景には、父の知人に坪内逍遥がおり、逍遥の紹介で中央公論社の滝田樗蔭に渡りがつき、発表に至るという幸運なものであった。

女性であり、かつ異例の若さでのデビューは、当然話題を巻き起こす。同誌に掲載される直前、七月二十六日付の『東京日日新聞』には、「天才の百合子嬢」と書かれ、発表後も新聞・雑誌の書評欄に相次いで取り上げられた。時代を考えると、それは第百三十回芥川賞（平成一五年度下半期）における当時二十歳の金原ひとみ「蛇にピアス」（『すばる』平成一五年一一月）、十九歳の綿矢りさ「蹴りたい背中」（『文藝』同年八月）の受賞よりもセンセーショナルなものだったかもしれない。

当時、長野県諏訪の中洲尋常高等小学校（現・諏訪市立中洲小学校）に通っていたたい子は、天才教育を施していた川上（上条）茂という教師から、「人生の事業は既成の精神に反抗することであること、それには文学が早道である」「中条《ママ》百合子が十八歳でかいたなら、お前達は十五歳位で書かねばなるまい[4]」と励まされたという。たい子はすでにこの頃から漠然と作家を志していたというから、この百合子との邂逅は何やら因縁めいてさえいる。

たい子、芙美子は奇しくも同じ一九二二（大正一一）年に上京しているが、そこからそれぞれ作家として世に出るまで、数々の職業と男性の間を渡り歩きながら、出版社に売れない原稿を持ち込んでは返される、という文字通り艱難辛苦の時代を経ている。

己の身一つだけが頼りであったこの二人が、生い立ちに加えて、きわめて幸福な作家生活のスタートを切った百合子に対して、敵愾心に近いものを持っていたのは当然であろう。しかし、問題はどうもそれだけではなさそうである。文学観の決定的な相違が、彼女たちの互いへの発言から読みとることが出来る。

まず百合子は、特に芙美子に対して批判を加えている。『婦人と文学』（昭和二二年一〇月、実業之日本社）のなかで、いかにも彼女らしい観点で宇野千代について、

当時やはりまだ自身の貧困、女の世わたりのむずかしさのよって来る社会的な理由を十分につかんでいず、意識的にか無意識的にか、例えば野上彌生子のアカデミックなリアリズムなどに対して批判をもつ男の側に身をよせ、同時に、無産階級芸術論も御勝手に、私は女で幸運だった、とその社会的雰囲気だけをみかたとする態度をとった。これで結構やってゆける、という計画で自分の女らしさに立ち、ジャーナリズムとその消費者に結びついて行ったのであった。

と厳しく述べながら、その流れとして、この後数年を経て登場した芙美子を、同じように批判の対象としている。

そしてたい子は、百合子の評伝を発表するよりもはるか以前、「文芸時評」（『改造』昭和六年九

月）において、彼女の「ズラかった信吉」（同、同年六〜九月）を取り上げ、その「甘さ」についてかなり立ち入った分析と批評を試みている。それは、ブルジョア的な作家による「集団や階級やのために自己を従属させようとする人々の行動は、永久にお人好で、甘く、いい物好にしか見えはしない」といった観点からのものではなく、左翼転換以前から現在に至るまでの百合子に一貫して認められるものだという。興味深いことに、ここで彼女は「この感想は友人林芙美子の甚しく共鳴する所だった。私や林芙美子のような環境をとおって来た同性に感じさせる氏の甘さとは何であったか」と投げかけ、論を展開する。

たい子の百合子評は、まとめると大体次のようになる。すなわち、百合子の「甘さ」とは「お上品」という言葉に近く、それは多分に育ちや環境からくるものである。「ズラかった」という俗な言葉を、「珍しがって扱うところ」にも、かえって労働者的なものとの距離を生んでいる。そして、このような上品さは、「食うに困らない、しかも生活資料の得方が、その層の人々をさしたる社会の激流にさらさずにすむ人々の子弟に特有なものであるので、そういう層に対する反感と結びつけられ」る、という。さらに、小説には「意識的要素と無意識的要素」があって、作家にとっての危険は後者に存する、という問題を提起し、百合子だけでなく「全転向作家」の弱点である、と指摘する。

芙美子は、評論の類をほとんど書かなかったが、戦後に百合子が発表した「二つの庭」（『中央公論』昭和二二年一、三〜九月）などに対して、掃滅的な批判を展開している。少し長くなるが引用してみよう。

批評家の眼中にうまうまとはまりこんだ小説の好見本として、私は宮本百合子さんの中央公論に書かれた一聯のものを挙げる。何と云ふ幸福な作家であらうかと思ふ。己れの文学に対して何の悩みもなく、すらすらと、明快な写真が写されてゐる。この作品は私小説だけれど、女主人公が少しも泥に染まつてゐない結構を尽くした作品である。もう、一通り、この作品に就いての好評が出そろつてから、いまごろになつて、とやかく云ふべき余地はないのだけれども、この作品の、どこがいつたい「芸術」なのであらうかと私は思ふ。（中略）この作品は雑誌にえんえんと続けられるのだと聞いたけれども、果してプロレタリヤ大衆がよろこんで読むであらうかどうかはぎもんである。中央公論とか展望とか、載せられる雑誌をわざと選ばれたのではあるまいけれども、宮本さんの人となりは、いつまでもさうしたお嬢さんなのだと思ふ。宮本さんの文学は、宮本さんの論文ほどには語つてゐない。令嬢文学だと私は思ふ。宮本さんのまはりにあるプロレタリヤ人民は、二つの庭のやうな作品は求めてはゐなからうと考へられる。(5)

しかし、たい子の百合子への評価と、芙美子の百合子に対する批判と、何と似通っていることかと思う。

百合子とたい子の代表作は、主として自身の体験をもとにしたものが多いが、芙美子の場合、初期作品を除いては基本的に客観小説で優れたものを残している。したがって、一口に作品によって比較するといっても、三人の作風は著しく異なっているために困難な点も多いのだが、私は、特に主人公の描き方という観点から、この三人の作家が奇しくもほとんど同時期に、質・量ともに最高の仕事をしたといえる、敗戦直後の時期に焦点を当ててみたいと思う。

三人の戦時中の歩みは著しく異なっていて、芙美子には本書で詳しく述べたように派手な戦争協力があり、百合子はプロレタリア文学運動の壊滅後、自身の検挙や執筆禁止の憂き目にあいながら夫・宮本顕治を待ち続け、たい子は腹膜炎や肋膜炎などの大患でそのほとんどを病床で過ごしている。

戦時中の無念を晴らすかのように、百合子は「播州平野」(『新日本文学』昭和二一年三、四、一〇月、『潮流』翌年一月)、「風知草」(『文藝春秋』同二一年九〜一一月)、「二つの庭」、「道標」(『展望』同年一〇月〜二五年一二月まで断続的に連載)などの力作長篇を次々と発表する。特に「播州平野」と「風知草」は、獄中にある非転向の共産党員の夫・重吉を待つひろ子が、自らも検挙・投獄などを経験しつつも屈することなく敗戦を迎え、希望のなかで釈放となった重吉とともに新しい時代を生きていく、といった物語を軸に、敗戦国日本の描写を織り込みながら戦争や国家権力の悪を暴きだす、というもので、一種の連作になっている。当時の百合子の意気込みや心情がもっとも反映されたものとして、彼女の作品系列のなかでも特に重要な位置を占めるものであろう。

この簡単なあらすじだけでもわかるように、主人公のひろ子は作者そのものといえるほど事実に密着している。宮本百合子は進歩的な知識人であったといえるが、小説作法に関しては終生私小説的な発想から出ることはなかった。しかしここで問題なのは、はたして、「播州平野」や

「風知草」などといった作品が、宮本百合子という一人の人間が、獄につながれている夫・宮本顕治とともに非転向を貫いたという事実を抜きにしても、文学作品として立派に自立しているかどうかということである。

百合子の文学の致命的な弱点は、まず第一に、主人公の客観化・相対化がなされておらず、庶民とはおよそかけ離れた、少数の知的エリートのための文学となってしまっていることだろう。たとえば、「播州平野」の登場人物の配置は、国家権力という〈敵〉と民衆という〈味方〉と、きわめて単純化されているが、実際はその味方であるところの人物のなかにもヒエラルキーのような構図があることに注意すべきであろう。その頂点に位置するのはいうまでもなくひろ子や重吉である。その下に、この二人の身内の人間があり、最下層にその他の点景人物が存在している。重吉の戦死した弟・直次の妻であるつや子に対する冷ややかな描かれ方はこれまでも指摘されてきたところであるが(6)、これはひろ子の実弟・行雄の妻である小枝を描く場面にも顔をのぞかせている。

半歳の間、東京での生活はサイレンの音ごとに苦しく遑しく寸断されていた。どっちを向いてみてもひろ子の、内心をつらぬいて流れている未来へのつよい確信と、調和するものを見出せない苦悩があった。

福島の暮しでは、ひろ子の明日への感覚は、船へ乗れる日を待ちかねるこころもちと不可分に結びつけられて、前のめりになったきりであった。そのひろ子を一員として営なまれている生活で、小枝のまるい、成熟した女としての眼は、明日が来ざるを得ないことを知ってはいるが、その明日の意義は彼女にとって、何であろうかときかれれば、困惑におちいる表情をただよわせていた。

ここには、日本の現状を正確に認識しているという自負があるひろ子（知識人）と、それとは無縁の小枝（庶民）という図式があらわれているといえるだろう。作者とほぼ等身大の主人公であるひろ子が十余年もの間、夫と離れた生活を余儀なくされ、かつ自身も権力からの圧迫を受け続けたということは、私も一人の女性として同情をしないわけでもない。しかし、それと作品の出来不出来はまた別問題である。

第二に、女として、妻として、個人としてといったいわば〈私〉の部分に、党や作家という職業の〈公〉の部分を中途半端にまとわりつかせるために、細かく接ぎ木をしたような作品になってしまっていることである。時折顔をのぞかせる政治・社会問題に対する直接的かつ概念的な文章が、作品世界を壊してしまっているように感じられる。

たとえば、小林多喜二の「党生活者」（『中央公論』昭和八年四、五月）も、基本的には私小説の方法が取られている。しかし、主人公〈私〉の一切の個人的な生活は抹殺されていて、ひたすら党のために献身する〈公〉の部分しか描かれていない。だが、極端なまでにストイックな姿にしたからこそ、逆に抑えられた主人公の心情は生き生きと浮かび上がっているともいえるのであり、現在でも読む者の心を打たずにはおかない。この作品は、ある意味では宮本百合子のものとはおよそ対蹠的ともいえるもので、〈私〉を徹底して排除し、〈公〉の部分を押し進めたからこそ、作品の純化と緊張感が生れているといえる。

たい子にも、私小説へのある種絶対的な信頼とでもいうべきものがあって、それは彼女の「私小説」（『東京新聞』昭和二三年三月二七日）というそのものずばりのエッセイに端的にあらわれている。

私も昔から自分の経験を題材にする作家で、そのことについては先輩筋にあたる人々から以前もさん〴〵あれこれと本格小説にすゝむべく指導されたが、ついにこればつかりはきゝ入れず今日に至つた。それ所か、十年に垂んとする病床中の沈思の結論として、当分自分の直接経験をかくことに相当な決意を固めて出て来たのである。（中略）自分にとって一ばん深刻に印象されている自分の直接経験が軽んずべきもので、人からきいたり読んだり空想したりの間接経験の方が重んずべきものだというような理論は私にはどうも肯けない。もし、自分の直接経験はとかく貧弱で、空想や間接経験の方が豊富で飛躍的だということからの排斥論なら、間接経験だって貧弱なものは貧弱だし、間接経験の形式はとつていても、世界の傑作といわれる作品には多く作者の直接経験が骨肉をなしていることを私はみる。

この当時、たい子は生涯の代表作となるものを立て続けに発表していた時期でもあるので、その信頼度はかなり割増されていたと考えるべきかもしれない。なお、次節で詳しく述べるが、たい子には一元的な思考があって、それがそのまま文章の緊張と密度につながっている。いいかえれば、立派に作品として自立しているのである。

百合子、たい子それぞれの私小説における決定的な相違点は、主人公の客観化・対象化、あるいは他者という存在によって相対化されているか否かということにある。

短篇ながらたい子の傑作である「鬼子母神」（『新生』昭和二二年一〇月）には、主人公の圭子が養女・ヨシ子を迎え、その躰を拭いてやりながら、「『女』というものの実体を、遠慮のいらないこの童女の中で恣《ほしいまま》に検べてみたいような要求」から股を広げ、拒否される有名なシーンがあるが、その小説の締め括り方は見事である。

圭子は、子供の泣くのを始末しようともせずに、暗然として自分の心の中に向いていた。

「ああ自己拡充、女の自己拡充――そのためにこのあどけない者が生けにえに供されて、これからどれだけの血を流すことだろうか――」

丙午の女は、男を食うという言い伝えがあったが、丙午でなくとも圭子のような女は、つないだ綱の長さが許す範囲の草は、毒草といわず薬草といわず食って食って成長しようとする、動物のような生活力をもっていた。

しかし、そのあたりが裸になるほど食い荒らされるのを恐れる者も綱の短さには案外気がついていないことが多かった。

圭子はふと子供を食ったという鬼子母神の名を思い出して、自らそう名のりたいような淋しい気持になった。

ここには、自己を拡充するという熾烈な欲求を持ちながらも、それによって他者に大きな犠牲が払われること、そしてそのような自己のおぞましさを感じている主人公がいる。圭子は作者の分身といっていいが、それは作者が自身の内面を知悉しているからこそ書けるものだろう。たい子の文学の魅力は、常人が理解できぬ自己の資質を知りながらも、主人公がそれに居直っている点にあるといえる。

一方、「播州平野」におけるひろ子の性格は、以下のような箇所に端的にあらわれている。

ひろ子の精神をその底からつかんでいる近い未来への待ち望みには、希望の面にも不安の面にも、ポツダム宣言とか、刑法とか、あれこれの解釈、あれこれの条項というようなものが絡み合っていた。細かい事態の起伏、執拗な相互関係をたたみこんだものとして、明日が見えている。泳ぐ人が一つ一つのなみをのりこしながら、なお大きい海面のひろがりを全感覚の上にうけとっているように、ひろ子は、重吉が示すひろやかな展望を確信し、そこに身をすてまかせて、すべての細かい状況をしのぎ越して来た。

ここであげられている「ポツダム宣言」「刑法」「解釈」「条項」などは、すべて主人公の外界に存在するものである。さらに、「重吉」さえ究極は外的な要因の一つとして数えることができるだろう。自己に対して、一切の他者は点景にすぎない。ここに、自己省察、あるいは懐疑といった内面の問題は微塵もない。

岩淵宏子が処女作の「貧しき人々の群」について、「端的にいって、『貧しき人々の群』の限界は、真に生きた他者が存在していない点にあると私は考える。つまり、百合子は自分でない他人である貧農のうちに、自分と同じような希望や迷いを抱き、思考を巡らせる他者を認識していたであろうか、彼らを自分と同じようなさまざまな欲求をもった人間であると理解していただろうかという問題である」(7)といみじくも指摘したように、百合子の内面は、ついに生涯相対化されることはなかった。しかし彼女のこの自己相対化のなさ、教条主義的な面は、さきに引用したたい子の百合子評にあるように、あくまでも資質であって、マルキシズムという思想のせいではないことに注意すべきであろう。

百合子のこうした資質は、評論においても何ら変わらない。『婦人と文学』のなかで、彼女は次のような記述をしている。一見自己を突き放しているような文章だが、注意してみると、後半部分では明らかに自己を擁護し、それどころか自己陶酔とさえ感じられるような文章になっている。

「貧しき人々の群」でロマンティックな人道主義に立って出発した中條百合子(宮本)は、ごく自然発生に生活と文学との統一的な成長を欲求しているばかりで、直接プロレタリア文学の潮流については何も知らなかった。五六年間の封鎖されたような結婚生活の中で苦しみ、やがて離婚して長篇「伸子」を書いていた。「伸子」の作者よりも、より知識的な生活環境をもっていた年上の野上彌生子が、無産階級文学の運動にある注目をはらい、「邯鄲」などを書いたのに比べると、「伸子」の作者は全く何も知らず、従って無産階級芸術運動に対する批判も反撥ももたなかった。「伸子」の作者は、階級というものを観念として知らなかったばかりでなく、自身のうちに自覚していなかった。そしてただ、その熱望のさし示すままに、一人の若い女性が、中流の常套と社会通念の型を不如意に感じ、そこから身をほどいて一個の人間であろうとする「伸子」をかきはじめたのであった。

さて、先にもふれたように、芙美子の傑作はほとんど客観小説にある。対象化があるか否かの相違はあるにせよ、百合子やたい子の代表作はほとんどが自己の身辺に題材を取ったもので、あくまでも自我へのこだわりがあったということができるだろうが、芙美子の場合、そのような執着はそれほど感じられない。

「放浪記」においてさえも、おそらくその真骨頂は主人公の〈私〉から見た人物や風俗が生き生きと描かれている点にあり、その〈私〉に対しても、作者は「からつぽの女は私でございます。……生きてゆく才もなければ、生きてゆく富もなければ、生きてゆく美しさもない。さて残つたものは血の気の多い体ばかりだ」というような対象化する視点を持っている。「放浪記」に登場する人物はどれも下層の庶民といっていいが、〈私〉はその一員であり、そのなかでの相互扶助的な連帯があることは注目される。これは百合子の作品にあらわれる〈エリート〉と〈庶民〉といった構図とはまったく異質のものであり、芙美子は出発期から他者のなかの自己といった視点を身につけていたといえる。

客観小説に転じてからも、芙美子は一貫して底辺の庶民、なかんずくその愚かさ、醜さなどを好んで描いてきた。芙美子の本当の意味での作家的成熟は戦後の「晩菊」によってであるが、文体と作品の密度もさることながら、矛盾した、あるいは明滅するといってもよい人間の心理を描いたことでも注目される。

この作品の最大の見所は、かつての恋人同士であるきん、田部という主人公二人が戦後に再会し、きんはかつての愛情の復活を期待するものの、実際は借金の申し込みに来たという田部に幻滅を感じるという、わずか一晩の心理的な暗闘にある。ここで二人の駆け引きと緊張は、田部がきんを殺すことを空想し、「長火鉢の火箸を握」るという状態にまで高まる。ここに、もはや善と悪といった二元論、良心といったものは一切存在しないといっていい。また、きんが五十六歳という年齢に設定されていることも重要で、作者はこの初老の女性に蠢く性欲・物欲を容赦なく剔抉している。

芙美子は、人間に対する信頼が喪失していたのかもしれない。それが結実したのが、「浮雲」である。

「浮雲」のあらすじに関しては、すでに何度も述べているのでここでは繰り返さないが、ここでは敗戦の挫折感を背負った主人公男女のどうしようもない愛欲の姿が、余すところなく描かれている。仏印で無拘束の恋愛にふけったゆき子と富岡は、引き揚げ後もずるずると関係を続けるが、かつてのような情熱はそこにはない。このどうしても別れられない二人の関係を結びつけるものが、わずかに残った愛情であったり、時には憎しみであったり、また共犯者的な心理でもあったりと、状況によって変化するのは興味深いことである。作者は、浮雲のように頼りない、人間という生き物が持って生れた罪業を執拗に描いている、といえる。

そして圧巻なのは、クライマックスのゆき子の大喀血の場面であろう。

ゆき子は、胸もとに、激しい勢で、ぬるぬるしたものを噴きあげて来た。息が出来ない程の胸苦しさで、ゆき子は、ぐるぐると軀を動かしてゐた。両手を鼻や口へ持つて行つたが、噴きあげるぬるぬるはとまらないのだ。息も出来ない。声も出ない。蒲団も毛布も、枕も、噴きあげる血のりで汚れた。

ゆき子は、このまゝ死ぬのではないかと思つた。分裂した、冷い自分が、もう一人自分のそばに坐つて、一生懸命、死神にとりすがつてゐるのだ。死神は、ゆき子の分身の前に現存してゐる……。この女の肉体から、あらゆるものが去りつゝあるのだと宣べて、死神は、勝利の舞ひを、舞つてゐるやうでもあつた。(中略)

ノアや、ロトの審判が、雨の音のなかに、轟々と、押し寄せて来るやうで、ゆき子は、その響きの洞穴の向うに、誰にも愛されなかつた一人の女のむなしさが、こだまになつて戻つて来る、淋しい姿を見た。失格した自分は、もうここでは何一つ取り戻しやうがない。あの頃の自分は、どうしてしまつたのだらう……。仏印での様々な思ひ出が、いまは、思ひ出すだにものうく、ゆき子はぬるぬるした血をううつと咽喉のなかへ押し戻しながら、生埋めにされる人間のやうに、あゝ生きたいとうめいてゐた。ゆき子は、死にたくはなかつた。

かつて、作者によってこのように凄惨な殺され方をした主人公が他にいたであろうか。本書でも述べたように、「浮雲」の主人公二人には、自分たちの恋愛を保証したものが他ならぬ戦争であったという罪障感が尾を引いていて、それはそのまま作者である林芙美子の懺悔と重ねられている。三人称の小説でありながら、作者の魂を分かち与えられたゆき子の死に方は、ある意味では芙美子が死をもって罪をつぐなったようにさえ感じられる。実際に、芙美子は「浮雲」の完成からわずか三ヵ月足らずで死んだ。私は、ゆき子の死の場面から、芙美子の抱えていた、自己を含めた人間へのどうしようもないほどの絶望感、あるいは嫌悪を見る。ここにはもはや、人間性に対する信頼は崩壊しているといえるだろう。

円地文子は、次のようにいう。「宮本百合子の文学に接してゐると、『神』といふ観念はどこにも顔を出さないし、『神』に対する疑問も感じられない。作者は常に、疑ひなく、人間を信じて、その社会の発展を切にこひ願ひ、唯物弁証法による共産主義世界の将来に生涯を賭けてゐる。宮本さんの文学は人間社会にとつて有難い優れた女性の伝記を感じさせる。しかし、その感銘の中には、マダム・キューリー伝を読む感動と同じ種類のものが含まれてゐなくはない。私は結核で死んだ知人の若い娘が死期に近く、宮本さんの小説を読んで、『私はこんなに自分を傷つけてゐない人の小説はいやだ』といつた言葉をきいたことがあるが、身体や心に傷を負ひすぎてゐる人間に宮本さんの文学の与へる反撥性としてその若い娘の言葉が今も深く心に残つてゐる。心身健康な人の求める文学の大衆性――よい意味の大衆性を、宮本百合子の文学は持つてゐた」。

優れた指摘である。これは、「平林たい子断想」(『現代女流文学全集』第一巻所収、昭和三一年九月、長嶋書房)という小文の一節で、さらに彼女は、「平林たい子は無神論者である点では宮本百合子以上であるかも知れない」と断りながらも、「人間の中のもつとも冥い面をよんどころなく身内に持つてゐる人の、吐き出さねばゐられない太い息吹きの呻き、そこには、平林さんが否定するとしないに拘らず、『神』の意識が厳存してゐ」ると述べている。

これは、そのまま林芙美子にも当てはまるであろう。彼女は、同時代の女流作家のなかでも、最も宗教や思想からは無縁のところに位置しながら、実は誰よりも〈神〉なるものを求めていたといえる。「浮雲」において救いようのない男女を描いた芙美子は、「神は近くにありながら、その神を手さぐりでゐる、私自身の生きのもどかしさを、この作品に描きたかつた」(8)といっているが、初期の頃から、見えない何ものかに支配され、引きずられる人間を執拗に描き続けた背後には、そのような願いが絶えず存在していたのかもしれない。それが、「浮雲」によって完璧に定着されたといえる。

宮本百合子は、大正時代の白樺派的な人道主義の影響を色濃く受け継いでいるが、確かに彼女の向日性や自我に対する絶対的な信頼は、資質だけではなく彼女が作家として出発した時代の影響もあるだろう。そして、林芙美子や平林たい子の文学は、すでに自我が崩壊した時代の者の文学なのである。

注

（1）青野季吉「平林たい子論」『現代日本文学全集68　平林たい子・佐多稲子・網野菊・壺井栄集』所収、昭和四二年一一月、筑摩書房。

（2）佐伯彰一「解説」『平林たい子全集』10所収、昭和五四年五月、潮出版社。

（3）『林芙美子全集』第十六巻の年譜では、たい子と知り合ったのが一九二四（大正一三）年となっているが、『平林たい子全集』12（昭和五四年九月、潮出版社）のそれでは二五年一月となっている。

（4）平林たい子「文学的自叙伝」『新潮』昭和一〇年一二月。

（5）「直覚の糸」。

（6）たとえば逆井尚子は「『播州平野』について」（『文学評論』昭和三〇年一〇月）のなかで、〈後家〉となったつや子の否定的な描き方を問題にしながら、「ひろ子がほんとうに民衆と共感をもって生きる生き方を見出し得なかった」と述べている。

（7）岩淵宏子「『貧しき人々の群』試論」『国文目白』昭和五三年二月。

（8）『浮雲』「あとがき」。

3　林芙美子と平林たい子

林芙美子と最も関係が深かった女流作家といえば、躊躇することなく平林たい子の名があがるだろう。

二人はともにアナキスト・グループの一員だった時期を除いて、基本的には疎遠だったといっていい。しかしこの関係は、たい子が一九三七（昭和一二）年十二月十五日、日本無産党・日本労働組合全国評議会・労農派の幹部が一斉に検挙されたいわゆる人民戦線事件に絡んで逮捕され、その拘留中に腹膜炎と肋膜炎を併発した際、救済に尽力しその後も死ぬまで交流が続いた円地文子とも決定的に異なる、何かしら底知れぬものを感じさせる。[1]

「放浪記」には、たい子との交流が描かれているが、それよりも私は、彼女の「鯛を買ふ――たいさんに贈る――」という詩の方が、その当時の二人の関係をよく表現し得ていると思う。

一種のコウフンは私達には薬かもしれない。

二人は幼稚園の子供のやうに

足並そろへて街の片隅を歩いてゐた
同じやうな運命を持つた女が
同じやうに瞳と瞳をみあはせて淋しく笑つたのです
なにくそ！
笑へ！　笑へ！　笑へ！
たつた二人の女が笑つたつて
つれない世間に遠慮は無用だ。
私たちも街の人達に負けないで
国へのお歳暮をしませう。

鯛はいゝな
甘い匂ひが嬉しいのです
私の古里は遠い四国の海辺
そこには
父もあり
母もあり
家も垣根も井戸も樹木も……

ねえ小僧さん！
お江戸日本橋のマークのはいつた
大きな広告を張つておくれ
嬉しさをもたない父母が
どんなに喜んで近所に吹ちやうして歩く事でせう
――娘があなた、お江戸の日本橋から買つて送つてくれましたが、まあ一ツお上りなして
ハイ……

信州の山深い古里を持つ
かの女も
茶色のマントをふくらませ
いつもの白い歯で叫んだのです。
――明日は明日の風が吹くから、ありつたけのぜにで買つて送りませう……
小僧さんの持つた木箱には
さつまあげ、鮭のごまふり、鯛の餡干し
二人は同じやうな笑ひを感受しあつて
日本橋に立ちました。

日本橋！　日本橋
日本橋はよいところ
白い鷗が飛んでゐた。

二人はなぜか淋しく手を握りあつて歩いたのです
ガラスのやうに固い空気なんて突き破つて行かう
二人はどん底を唄ひながら
気ぜはしい街ではじけるやうに笑ひました。

ここで歌われた情景は、たい子の「大正十五年は、大正天皇の逝去で暮れた。暮の二十六日に、林芙美子氏と二人で銀座をぶらつきながら、若い今の天皇と皇后との写真が飾り窓に出ているのを眺めて、くらしに困らない女の幸福といったものを感じ、妬けっぽい気持になった[2]」という言葉と重なってくる。

芙美子は一九〇三（明治三六）年十二月三十一日、たい子は〇五年十月三日生れで、学年の差は二年ある。しかし芙美子は幼少期の放浪が影響したため、結果的に彼女が尾道高等女学校を、たい子が諏訪高等女学校を卒業したのは共に一九二二（大正一一）年三月で、その後すぐに上京した点も共通している。

二人が知り合った当時のことを、たい子は次のように書いている。

私たちは女が男に自由を売ることなく生きて行くことがどんなに辛いことであるかということを話し合った。実際二人とも今まで歩いて来た道は、財産もなければ美貌もない、しかも、何か自由なものを憧れてやまない女の避けがたい道だった。道徳上の価値批判や習慣の束縛ではどうしても押え切れない反抗があった。私にしろ芙美子さんにしろ、もしうまれが労働者で、私たち自身も労働者であったら私たちの反抗心はこんな風に発揮されなくともよかったにちがいなかった。(3)

すでに本書でも述べたのでここでは詳しく触れないが、確かにこの二人と縁の深いアナキスト・グループには、放浪と反逆の精神がつきまとっていて、彼女たちの初期作品に共通しているのは、虐げられている者の強烈な反抗心である。しかし、たい子の場合、これは彼女の生得の資質とでもいうべきものであって、生涯にわたってそれは変らなかったといえるだろう。そのような意味では、屈辱と反抗という日本のアナキズムの系譜をより多く受け継いだのは、芙美子よりもたい子であったと思う。女学校時代から社会運動に興味を持ち、上京後も堺利彦が設立した売文社に出入りするなど、彼女の文学はすべて意欲的な性格から生れたものだった。

たとえば、一九二三年九月の関東大震災も、「砂漠の花」(『主婦の友』昭和三〇年一月〜三二年七月)でたい子は以下のように記している。

あまり遠くない帝国ホテルの隣りに、ひときわ赤い炎を上げている建物があった。それをさして私は、そばに立っている人にたずねた。

「あの建物は何でしょう」

「あれは警視庁です」

「わあっ、万歳、万歳」

私と伊東とは、かたわらの人が変に思うのもかまわずに拍手した。にくい警視庁が真先に燃えるとは何と痛快なことだろう。

「これで、平等になったわ。もうみじめなのは、私たち二人だけじゃないのよ」


芙美子の「放浪記」、たい子の「嘲る」(原題「喪章を売る生活」)には、当時のアナキスト・グループが活写されているが、この二つを比較すると、それぞれの資質の違いが明瞭になる。

「放浪記」の主人公は、飢えと貧困のなかでも向日性があり、詩を忘れない。その文体の躍動感が大きな魅力となっている。また、食べ物に関する記述が非常に多く、この部分を削ったらこの作品は成り立たないのではないかと思わせるほどだ。しかし、この〈食欲〉がそのまま生きる意欲に直結していないことが肝心なので、時折描かれる主人公の心情はかなり投げやりで、ニヒリスティックである。

汽車が出てしまふと、何でもなかつた事が急に悲しく切なくなつて、目がぐるぐるまひさうだつた。省線をやめて東京駅の前の広場へ出て行つた。長い事クリームを顔へ塗らないので、顔の皮膚がヒリヒリしてゐる。涙がまるで馬鹿のやうに流れてゐる。信ずる者よ来れ主《しゅ》のみもと……遠くで救世軍の楽隊が聞えてゐた。何が信ずるものでござんすかだ。自分の事が信じられなくてたとへイエスであらうと、お釈迦さまであらうと、貧しい者は信ずるヨユウなんかないのだ。宗教なんて何だらう！　食ふ事にも困らないものだから、あの人達は街にジンタまで流してゐる。信ずる者よ来れか……。あんな陰気な歌なんか真平だ。まだ気のきいた春の唄があるなり。いつそ、銀座あたりの美しい街で、こなごなに血へどを吐いて、華族さんの自動車にでもしかれてしまひたいと思ふ。

一方、たい子の「嘲る」は、いってみればその対極にあるともいえる作品である。主人公の〈私〉は、「過去に、三人の男を知り、三人の男を、何の悶えもなしに捨ててきた」女である。彼女は、売れない原稿を書き続けている小山と同棲しているが、その生活を維持するためにリャク(4)に出掛けたり、ついには貞操までも売る。〈私〉は「理想によって男性を求めることに疲れ、生活に対する新鮮な弾力を失って、自分の意志以外の、髪の毛の一本ほどの力にも引摺られて行かなければならない」と感じている。

しかし、そのような直接的な表現よりも、主人公の性格を端的にあらわした箇所がある。電車に乗る〈私〉が、不意の衝動でよろめき、傍の吊革の若い男にもたれかかる有名な場面である。

それにしても私のよろけ方には、誇張があった。瀟洒な合服を着て、左の腕にステッキを引掛けたその男は、ちらと視線で私の方を注意したが、すぐに正面へ向いて、頭の上の広告を見ていた。

苦笑しているのではないか——。

私はその男の横顔を仰いだ。

私は、よく、若い男と行き過ぎたあとで、その男が、近づいて見た私の容貌に失望して、苦笑しているのを見たことがある。

この男も、勿論、容貌によって女を区別し、ゴルフや、帝国ホテルの宴会が好きそうな、青年紳士であった。

〈私〉は、電車が止まる時も発車する時も、故意にその男にもたれかかる。男はそれに気づき、眉をひそめて一つ向こうの吊革へ移る。〈私〉もまた移る。やがて男は座席に腰を下ろすが、「次に電車の衝動が来た時には、私は、よろけて、その男の膝の上へ、肥った手を、どしりとつ」くのである。男は青い顔に憎悪を浮かべ立ち去り、〈私〉は空いた座席に腰をおろし、何か快い気分になる。

このような執念深さは、たい子の文学の特徴である屈辱と反抗を見事に表現し得た箇所だといえるだろう。そしてそれはそのまま、生への執着につながる。「嘲る」の主人公は、自己を追い詰め、苛酷な環境に身を置きながらも、その底の底で何かをつかみとってやろうという気持ちを片時も失ってはいないのである。

こう考えると、林芙美子、平林たい子は当時の一般的な女性から見れば明らかに逸脱しているという共通点はあるものの、そのベクトルは正反対だったような気がする。簡単にいえば、芙美子の場合は潜在的に下降指向があり、たい子は生命のエネルギーが過剰な上昇指向である。出発期を同じくした彼女たちのその後の歩みを見てみると、その資質がはっきりとあらわれてくる。

私はこれまで、芙美子が「放浪記」で文壇に登場して以後、主として徳田秋聲の文体に学び、詩から散文への転進をはかったことを何度も述べてきた。とくに「牡蠣」で完全に作風を転じて以降、自己のことを書くことはほとんどなくなり、書いたとしても彼女の代表作といえるまでのものはない。彼女が選んだ秋聲の文体は、いわば自己放下の文体ともいえるのだが、それに対し、たい子はどうだろうか。

彼女の優れた作品は、アナキズムにかかわりのあった初期のものと、敗戦直後、大病の体験を描いた時期のものに集中しているが、これはいずれも彼女の実生活が危機に瀕していた時期であると同時に、すべて自己の周辺に題材を取ったものであることに注意を向ける必要がある。

平林たい子を「霊肉一致、刹那的な燃焼の哲学の作家、一元描写の主張者」とし、「平林氏の文学的世界全体が、一つの強烈な一元性によって貫ぬかれた有機体であり、一元的な構造をそなえている。評論だろうと、回想だろうと、小説だろうと、区別するには当たらない。そのいずれのジャンルのうちにも、まぎれもなく平林たい子の刻印がしかと押されている。いや、どれを取ろうと、平林氏の全体が、いわば一元的な烈しさで脈打っている。一元的な方向性と生命意志が、いっさいを貫いているのだ」[5]と指摘した佐伯彰一は、彼女と岩野泡鳴との類縁性を認めており、また、それを敷衍する形で大久保典夫は「系譜としては岩野泡鳴―大杉栄の〈生の拡充〉の思想を受け継いでいる」としながら、次のようにいう。

「泡鳴と較べて彼女のほうがより現実にたいして貪婪であり、泡鳴のような他愛なさがない。その点が、おなじ苛酷な現実に耐えぬいてそれを一元描写で描きながらも、『泡鳴五部作』のようなスケールのおおきい長篇として仕立てられなかったゆえんであるし、また泡鳴のように『有情滑稽物』の書けなかったわけだろう。しかし、平林たい子のふたつの危機の時代を素材にした短篇のいくつかは、その文学的密度においてはるかに泡鳴を凌駕している」[6]。泡鳴は自我に執着し続けた作家であったが、それはたい子も同じなので、それがそのまま彼女の代表作になっている。

一元描写とは、それを確立した泡鳴によると、「甲乃ち主人公とすれば、作者は甲の気ぶんから、そしてこれを通して、他の仲間を観察し、甲として聞かないこと、見ないこと、若しくは感じないことは、すべてその主人公には未発見の世界や孤島の如きものとして、作者は知つてゐてもこれを割愛してしまふのだ。そして若し割愛したくなければ、その部分をも主人公の見聞感知してゐるやうに書く」[7]ということになるが、たい子の「一人行く」(『別冊文藝春秋』昭和二一年二月)「鬼子母神」(『新生』同年一〇月)「かういふ女」(『展望』同)「私は生きる」(『日本小説』同二二年一一月)などを見ると、主人公以外の登場人物の内面には一切踏み込まず、またそれらの人物に関する描写もすべて主人公を通して描かれていることに気づく。

私は今までにも会社につとめていた夫に電話をかけさせて心臓の急を訴え早退の連続で夫を馘になる結果に陥れていた。毎日のことなのに、毎日新たな蒼い憂い顔でそそくさと机を立ってくる夫はその社ではきっと同情を越えた笑いものになっていたに違いなかった。が、ガラガラッと天の岩戸でもひらく勢いで表戸を引く夫の取りいそいだ物音を階下にききつけた瞬間、下手な縫目のように気ままに縫って来た不整脈が急に列伍をととのえて何ごともない並足になるのも我ながら不可解だった。（傍線、高山）

「私は生きる」の冒頭に近い部分である。傍線部分などは、まさに一元描写になっている特徴的な箇所であろう。〈私〉は、夫の会社での様子を知らないし、聞いてもいない。しかし、「違いなかった」と断定することで、これから描かれる〈私〉と夫との関係を象徴するような力強い表現となる。

この主人公は、夫の絶対的な献身を要求する。〈私〉は病床にあって、あらゆる看護を夫にさせながら、それでも機関銃のように注文を発し、身近に引きつけておきたがる。病室で、〈私〉の治療費を捻出するために夜遅くまで翻訳の仕事に励む夫に、〈私〉は風呂敷で覆った電気スタンドが明るいといっては争う。「俺に気の毒だという気持は起らないのか」という夫に対し、〈私〉は「人は病気にかかったら直す権利があるんだわ。仕方ないわ」とうそぶく。夫は失明の危機にさらされるが、「俺の目はこんなになったが、お前は生かしてやるぞ。生きたいか。この生きたがり屋！」といい、〈私〉はうなずいて、涙を流すのである。

この主題は、そのまま「鬼子母神」にもつながっていよう。一元的な視点に加え、あらゆるものが主人公の生への熾烈な欲求に巻き込まれ、時には犠牲になっていくという構図が、そのまたい子の代表作に見られる異様なまでの迫力になっているのだ。

芙美子の場合、このような一元的な視点というものはまったく見られない。次に引用するのは、「浮雲」の一場面である。

ゆき子は、富岡の軀にあたゝめられながらも、もつと、何か激しいものが欲しく、心は苛だつてゐた。こんな行為は男の一時しのぎのやうな気もした。伊庭との秘密な三年間にも、こんな気持ちがあつたのを、ゆき子は思ひ出してゐる。もつと力いつぱいのものが欲しいといつたもどかしさで、ゆき子は富岡から力いつぱいのものを探し出したい気で焦つてゐた。富岡も亦、女を抱いてゐながら、灰をつくつてゐるやうな淋しさで、時々手をのばしてはビール壜のカストリを、小さい硝子の盃にあけてはあふつた。時々、ゆき子も一息いれては、寿司をつまんだ。まだ、夜がいつぱいあるやうな気がして、寿司を舌の上にくちやくちやと嚙みしめながら、ゆき子は、畳の上に火照つた脚を投げ出したりしてゐる。夥しい二人だけの思ひ出がありながら、実際には、必死になつてゆくほど、相反する二人の心が、無駄なからまはりをしてゐるに過ぎないのだつた。

ここでは、純粋な客観描写としての作者（語り手）の視点の他に、作者ともゆき子とも取れる視点、作者とも富岡とも取れる視点があり、それが不自然さを感じさせることなく自在に動いている。作者は、語り手としての視点を持ちつつも、描く対象の内面に入り込み、その人間になりきって小説を書いている。このような主観的な描写と客観的な描写の自由な往復が、小説世界に厚みと幅とを持たせている。

自然主義を代表する二人の作家の文体が、奇しくも昭和を代表する二人の女流作家に受け継がれたということは非常に興味深いことだと思う。しかしながら、たい子が岩野泡鳴に言及したものはなく、彼女が信奉し小説作法を学んだのは志賀直哉であった。たい子は諏訪高女時代に志賀の文学に親しみ、上京後、山本虎三や飯田徳太郎などの男性の間を遍歴、本腰を入れて文学に向い始めた際、志賀直哉の文体を研究している。

彼女は、瀬戸内晴美・河野多恵子が聞き手となった『女流作家は語る』（昭和五三年七月、集英社）のなかで、志賀への親近感を以下のように述べている。「われわれ以前の作家は、志賀直哉を読まずに作家たり得なかったと思うんです。それだけ志賀さんの文章っていうものは、現代の口語体の精髄だと思うのです。いまでも私はそう思っていますけど。いま、あれは失われていると思うんです、ああいう国語の精緻さは失われておりますから」。

しかし注意すべきなのは、その後に「私小説といっても、志賀さんの私小説ほど私は『私』に立脚してはいないんです。そこになにか、ちょっとほかの要素が入ってきていると思うんです。それがなんかちょっといえませんけれどね。しかし私小説の範疇に入ることは事実です」といっていることだ。これは、彼女の私小説が事実の再現ではなく、明確な意図のための表現として存在しているということなのではないかと思う。

たとえば、「鬼子母神」の末尾、主人公が養女の股を広げる有名なシーンについて、たい子は「これはじつさいの経験じゃありません。母としては私は絶対にそういうことをやる母ではありません[8]」といっている。この言葉を額面通り受け取るかどうかはともかくとして、要は、「鬼子母神」という題に見合うだけの女である圭子を象徴するものとして、娘の股を広げるという行為が書かれたということであろう。すなわち、事実をそのまま描く私小説ではなく、あらかじめ規定された〈私〉(あるいは、作者とおぼしき人物)に沿って、一切の現象を象徴的に描いていくということだ。もちろんそれは作者としての平林たい子の実感に裏打ちされているために、リアリティが生れる。

「私は生きる」も、たい子と小堀甚二の戦時中の夫婦生活をモデルにしているが、実際の小堀の献身の裏には、人民戦線派の大量検挙の際、自身の杜撰な逃亡によって妻の長期拘留、その後の発病を引き起こしてしまったことに対する謝罪の意が込められていたらしい。彼はたい子にもし万一のことがあれば、「あとを追って死ぬ」とまで語っていたという[9]。しかし、そのような夫婦愛の側面は、「私は生きる」のなかでは一切省かれているのである。たい子の代表作における一部の隙もないような独特の緊張感は、あらゆる夾雑物をすべて排除したところから成り立っているともいえるだろう。

林芙美子は一九五一（昭和二六）年にこの世を去ったが、平林たい子は七二年まで生きた。その間、たい子には「林芙美子」（『新潮』昭和四四年四月）があり、その他にも自伝・回想などでしばしば彼女について記している。私は案外、このあたりにも二人の相違点が浮き彫りになっていると思われる。たい子が芙美子よりも長く生きたという事実だけではなく、二人の交流があった時期は、たい子の人生においても戦中の大患に次いで、最も彼女の真価が発揮された時だからということもあるのではないか。

これに関しては、「平林氏の小説が、ことに自伝的な作品の系列において、しばしば共通の素材らしいものによっていることは、ある分量の作品に接した読者ならとうに諒解ずみであろう。これは本集のような、自伝、回想、日記などにおいても見られる傾向であって、それが素材の貧困などとはおよそ関わりのない、別の次元に属する精神営為の傾向である点も小説の場合と変らない。つまり、一読、すでに扱われた素材として知られるものにあえて挑まれている筆の同異に、その時期時期の作者が表現されるという仕組みであって、凡人には予測し難い行動力と行動範囲で生きてきた作者が、じつはわが人生に誠実に執着する大真面目の人でもあった証左かと読まれるのである。わが人生とは、この場合、自分の現在をあらせている過去、未来を孕む過去と言い換えてもよい。そしてつねに問でもある回想が、回想どまりの文章と異って立つのは言うまでもない」[10]という竹西寛子の優れた指摘がある。

たい子が自身の体験を小説の枠にとどまらずに執拗なまでに書いたのは、自我への執着は勿論、体験を重ねることの連続が彼女にとっての〈生〉であったことが関係している。その点でもやはり刹那の心熱の燃焼を唱えた岩野泡鳴に非常に近いといえる。「一人行く」「私は生きる」といった題名が象徴しているように、平林たい子は苛烈なまでに自己を押し広げた作家であるということができる。彼女にとっては、一切が自己拡充のためにあり、それがそのまま文学になっているのだ。いいかえれば、〈芸術即実生活〉ということで、この態度は、困難な状況に置かれるほどより一層の力を発揮する。

「戦後の私の歩み」(『文藝』昭和三一年一〇月)のなかでたい子は、このような作品が書けなくなったことを記している。それは、戦後、作家として揺るぎない地盤を築き、危機的な状況を脱したことが直接関係しているだろう。しかし、その他にも、平和な、ぬるま湯のような日本では、おそらく彼女の全てといってもいい反抗心を生かす場もなかったのではないか。

たい子とは異なり、芙美子は作家としての地位を確立してからは、〈芸術〉と〈実生活〉を基本的には区別していた。それは、二人の恋愛の仕方に最も鮮明にあらわれている。たい子は恋愛と小説とは心の中の同じ場所にあるとし、小説と恋愛は両立しないといい切っているのに対し、芙美子は仕事と恋愛とは区別していた。それは「清貧の書」の背景がもっとも端的に示している。[11]ここで芙美子は、自身と夫・手塚緑敏をモデルにし、美しくしみじみとした夫婦の情愛を描きながら、この当時は画家の外山五郎と恋愛関係にあり、ついには五郎を追って渡欧までしている。

そのような意味では、芙美子の方がたい子よりも悪人で、何倍もしたたかであった、ということになるだろうか。

注

（1）『女流作家は語る』のなかで、瀬戸内晴美が「平林さんが芙美子さんていっておっしゃるのは林芙美子のことよ、私だって文子なのに、けっしてそうはお呼びにならない。ですから林芙美子との関係においては、やっぱりなにか、円地さんのお言葉ですけれども、私なんかにはわからない密接な、やはり強い親愛感も持っていらっしゃるんじゃないか」と円地がいっていたことを明かすと、たい子は円地よりもさらに前に芙美子と出会っていたこと、またとくにその頃は「食うや食わず、二人で、そこいらを、あてもなく、電車賃もなく歩いていた時代」であって、その時の親愛感が残っている、と答えている。

（2）平林たい子「文戦時代の私」『文學界』昭和二六年六月。

（3）平林たい子「日向葵——我がどん底半生記——」『婦人サロン』昭和六年一一月。

（4）ブルジョアの財産はプロレタリアから搾取したものであるから掠奪するべきである、という考えから、アナキストが行った会社などをゆすり金を取る行為のこと。

（5）佐伯彰一「作家と作品」『日本文学全集46　平林たい子集』所収、昭和四三年一二月、集英社。

（6）大久保典夫「平林たい子の軌跡——生の原質を求めて」『昭和文学の宿命　夭折と回帰の構図』所収、昭和五〇年四月、冬樹社。

（7）岩野泡鳴「現代将来の小説的発想を一新すべき僕の描写論」『新潮』大正七年一〇月。

（8）平林たい子・池島信平・扇谷正造「男ごころ・女ごころ」『小説公園』昭和三一年二月。

（9）中山和子『女性作家評伝シリーズ8　平林たい子』平成一一年三月、新典社。
（10）竹西寛子「解説」『平林たい子全集』12所収、昭和五四年九月、潮出版社。
（11）注1に同じ。

4　女流文学史のなかの林芙美子

1

「日本の小説は源氏にはじまって西鶴に飛び、西鶴から秋声に飛ぶ」(1)といったのは川端康成だったが、これを女流作家にのみ当てはめてみると、いささかおおざっぱなような気もするが、紫式部にはじまって樋口一葉に飛び、一葉から林芙美子に飛ぶ、と私は考えている。

日本の女流文学といえば、何といっても平安時代の王朝文学という絢爛たる世界があって、それがどのように受け継がれてきたか、ということが最大の眼目になる。しかし、一葉はまだしもここで林芙美子をあげることには、当然反論もあるだろう。

芙美子は「文学的自叙伝」において、女学校入学当時は「ホワイト・ファングだの、鈴木三重吉の『瓦』」、上級に進んでからは「マノン・レスコオだの、ポオルとヴィルジニイだの、カルメン、若きヱルテルの悲しみ」などを読んだことを記している。「放浪記」や戦後になって書かれた「読書遍歴」に登場する様々な文学作品を拾ってみても、芙美子にはどちらかといえばプーシキン、モーパッサンなどの外国文学への愛着があり、日本の古典文学への傾斜はあまりみられない。古典でも王朝文学よりは、井原西鶴のリアリズムや曲亭馬琴の戯作、あるいは講談、浪花節といった口承文芸を愛したようである。

一葉以後、王朝の女流文学に親しんだ作家の筆頭は、やはり円地文子ということになるだろう。彼女は国文学者上田万年を父に持ち、歌舞伎、読本や草双紙、『源氏物語』などに早くから接しており、そのような古典の素養は、彼女の作品に存分に生かされている。しかし、作品世界や文体の面も総合した上で、そのスケールの大きさを考えると、やはり私は林芙美子をあげざるを得ないのである。

紫式部・樋口一葉・林芙美子の三人は、奇しくも皆優れた日記文学を残している。一方、円地文子は『蜻蛉日記』について、「作者と作品との間に臍の緒がつながっている、そういう作品です。現代でも女性作家の作品にはナルシズムが多くて、自分の肉体と精神と臍の緒がつながっている作品が多いということがよくいわれていますが、蜻蛉日記は女性文学の源流といわれてもよい作品です。どうも、どろどろとした血の臭いのする生臭さや自分を盲目にしているような執念があって、私には気持よく読めないのです」「私はある意味で、蜻蛉日記は日本の女流文学、つまり私小説的な女流文学の源流であるというふうに思っています(2)」といっている。

異論はあるかもしれないが、ある意味ではその「生臭さ」が女流文学の最大の魅力でもあるのではないか。一葉の日記には、写真ではいかにも儚げな印象を与える彼女からは想像もつかないほど、勝気な性格があらわれていて、彼女の小説よりも優れた表現になっている箇所がある。

ここでは、平安時代にはじまった女流文学の伝統が、いかにして林芙美子に受け継がれたかを、

「放浪記」と「晩菊」を例にして考えてみたいと思う。

2

「放浪記」は、一九二三（大正一二）年、尾道高等女学校を卒業した林芙美子が、さまざまな職を転々としながらつけていた「歌日記」(3)がもとになっている。その後二八（昭和三）年、『女人芸術』十月号にその一部である「秋が来たんだ―放浪記―」が掲載され、以後、「放浪記」の副題とともに断続的に連載、表題も現行の通りに定着した。

「放浪記」と伝統文学とのつながりに関しては、すでに中村光夫などが指摘しているが(4)、ここで問題にしなければならないのは、この作品の成立の背景である。芙美子はこれについて、戦後、以下のように語っている。

> 放浪記を書いた始めの気持ちは、何か書くといふ事が、一種の心の避難所のやうなもので、書く事に慰められてゐた。私は、此当時は、転々と職業を替へてゐたし、働く忙はしさでいつぱいであつたから、机の前に坐つて、ゆつくりものを書く時間はなかつた。日記の形式で、ひまがあると書きつけてゐたものが、少しづつたまつてゆき、昭和四《ママ》年に第一部第二部の放浪記が改造から出版された(5)。

当時の彼女には、詩や日記の形式でしか文章を書くことができなかった。しかし、このように半ば強いられた条件のなかだけで「放浪記」の世界が構築されているとしたら、現在まで残る作品とはなっていないであろう。また、その記述が必ずしも事実そのままではないことも考慮に入れる必要がある。日記という制約のある形式において、芙美子はどのようにして作品に不滅の生命を与えたのか。そして伝統とどうつながったのだろうか。

「放浪記」は日記に、芙美子自身、あるいは他の作家の詩歌を織り込んだところに最大の特色がある。特に目立つのは石川啄木の短歌で、主人公である〈私〉のその時の心情に即したものが引用されている。これは、底辺を渡り歩く〈私〉に、生涯不遇であった啄木を重ね合わせることで、「放浪記」の持つ放浪・落魄・郷愁といったイメージを重層化させることに効果をあげているといえるだろう。

この、散文と詩歌という組み合わせは、古く平安時代の歌物語にまでさかのぼることができる。歌物語の祖は、周知の通り『伊勢物語』とされていて、在原業平と思わせる主人公の、元服から死までを描き、〈男〉の一代記といった形でまとめられている。これに限らず平安時代において、和歌を含まぬ文学はないといっても過言ではないだろう。これを抜きに、当時の人間の生活を描くことは不可能である。それほど、日常生活そのものに和歌は密着していた。

もともと、和歌と物語とは相反する表現機能を持っているといえる。和歌は、主として詠み手の内面を叙情の一点に集約していく文学であり、物語は、事柄の展開が重要視される。いわば叙情と叙事との関係であり、これが一つの歌物語となって成立するには、どちらか一方がもう一方の説明に堕すといったものではなく、相互の均衡が重要になってくる。それは、『伊勢物語』以後に生れた日記文学においても本質的には変わらないといえる。

わが国最初の日記文学とされている『土佐日記』の場合、紀貫之が「男もすなる日記といふものを、女もしてみむとてするなり」と、男性官人にとっては一般的であった漢文体での日記というものを、女性に仮託して仮名文で書いたもので、ここでは作者の土佐守という〈公〉の立場ではなく、〈私〉的な一個人としての心情を表現することに成功している。これは、当時男性のものとされていた硬質な漢字よりも、女性の文字である仮名の方が、情緒的かつ視覚的効果においてもやわらかい要素を持っていて、心情を表すことに適していたことと無関係ではない。したがって、この仮名文字を使い、主として書き手の内面の描写が中心となる日記文学が、以後、狭い生活圏のなかで生きる女性の手によって大成されたのは、必然の道行きであったといえる。

その記念すべき作品である藤原道綱母の『蜻蛉日記』における綿密な心理描写は、のちの『源氏物語』などに多大な影響を与えたばかりでなく、近代以降の女流文学にも脈々と受け継がれているといえるだろう。そして、「放浪記」と比較した場合、意外なほどにその作品世界が似ていることに驚かされる。

この『蜻蛉日記』は、その日その日に書き記したいわゆる〈日記〉をまとめたものではなく、書きためられた歌や、現在でいうならばメモのようなものをもとに、後年回想的に告白したものであること。また同時にその回想も、日記の最後の年である九七四（天延二）年以降に、はじめてまとめられたものでもないという点に注意する必要がある。いいかえれば、書きながら己の人生を反芻し、また書くという繰返しの行為の果てに誕生したものなのである。しかし、それだけではなく、『蜻蛉日記』は、たんなる日記を越えた、作者の意図のもとに意識的に操作したと思われる表現が多く見られるのである。

例をあげてみよう。この作品の、特に上巻の場合、「正月ばかりに」「八月つごもりに」「九月ばかりになりて」などというように、月次記載で記述内容が進行する形がきわめて多い。また、日付が記されている場合でも、そのほとんどが、前後の和歌や記述内容から推測が可能な場合に限られている。つまり、『蜻蛉日記』は、〈日記〉でありながら、その基本的な条件である日付ごとの記載がなされておらず、執筆当初から作者の意図が明確に反映され、もはや〈作品〉として作者から独立してもいるのである。

『土佐日記』の場合だと、男性が女性に仮託して仮名文で書いた〈日記〉であって、それだけでもたんなる〈日記〉ではなく、創作の意図がある〈日記文学〉である。しかし、その記載となると、五十五日間の旅の経験を、一日も休まず記し続けていて、厳格に日記というものの形式を守っている。それは、「十二日。山崎に泊まれり。十三日。なほ、山崎に。十四日。雨降る。今日、車、京へとりにやる。十五日。今日、車率《ゐ》て来たり。船のむつかしさに、船より人の家に移る。この人の家、喜べるやうにて、饗応《あるじ》したり。この主《あるじ》の、また、饗応のよきを見るに、うたて思ほゆ。いろいろに返り事す。家の人の出で入り、にくげならず、ゐややかなり」というように、ほとんど何事もなかった日でも同様に行われている。

『蜻蛉日記』で面白いのは、日付記載をしないかわりに、月次記載に関してはより工夫が凝らされていることである。

正月ばかりに、二三日見えぬほどに、ものへ渡らむとて、「人来ば取らせよ」とて、書きおきたる、

知られねば身をうぐひすのふりいでつつなきてこそゆけ野にも山にも

返りごとあり、

うぐひすのあだにてゆかむ山辺にもなく声聞かばたづぬばかりぞ

などいふうちに、なほもあらぬことありて、春、夏、なやみ暮らして八月つごもりに、とかうものしつ。そのほどの心ばへはしも、ねんごろなるやうなりけり。

さて、九月ばかりになりて、（傍線、高山）

「正月」の次に明確な月が記されるのは「八月」である。しかし作者は、その間について傍線部分のように季節を表現する言葉などを使うことで補い、連続性を保っているのである。では、翻ってみて「放浪記」の場合はどうであろうか。

（四月×日）

一度はきやすめ二度は嘘

三度のよもやにひかされて……

憎らしい私の煩悩よ、私は女でございました。やつぱり切ない涙にくれまする。

鶏の生膽に
花火が散つて夜が来た
東西！　東西！
そろそろ男との大詰が近づいて来た。
一刀両断に切りつけた男の腸に
メダカがぴんぴん泳いでゐる。

臭い臭い夜で
誰もいなけりや泥棒にはいりますぞ！
私は貧乏故男も逃げて行きました。

あゝ真暗い頬かぶりの夜だよ。

土を凝視めて歩いてゐると、しみじみと侘しくなつてきて、病犬のやうに慄へて来る。なにくそ！　こんな事ぢやあいけないね。美しい街の舗道を今日も私は、私を買つてくれないか、私を売らう……と野良犬のやうに彷徨してみた。引き止めても引き止まらない切れたがるきづななならば此男ともあつさり別れてしまふより仕方がない……。

「放浪記」は、一応は日付記載の形式をとってはいるものの、必ずしも時間の経過順に並べられているわけではない。また、月は書かれているものの日付はすべて「×日」で統一され、時期の特定をうながすことははじめから拒否されている。初出誌である『女人芸術』連載時、「赤いスリッパ」（昭和四年四月号）の末尾に、筆者から「日記が転々と飛びますが、その月の雑誌にしつくりしたものを抜いて書いてをりますので、後日、一冊の本にする時もありましたならば、順序よくまとめて出したいと思つてをります」とあることから、芙美子は「放浪記」のもととなる「歌日記」から、任意に抜き出して発表していったと思われる。

それが、〈新鋭文学叢書〉の一冊として一九三〇（昭和五）年七月、改造社より刊行される。ここで、このばらばらに発表された日記形式の文章が一冊の本として再構成され、放浪・落魄・郷愁といったイメージで作品全体が統括されることになったのである。

ばらばらにしたものを意識的に再構成し、新たな作品を生むという手法は、コラージュ、あるいはモンタージュ(6)といっても差し支えない。伝統的な古典文学の形式と前衛芸術の技法を巧みに融合したのがこの「放浪記」の独創的なゆえんであろう。以後、文学史において同様の作品が結局生れなかったのも、そのあたりに原因があるのかもしれない。

たとえば、太宰治の「葉」（『鶏』昭和九年四月）(7)も、一つのエピグラフと三十六の断章という組み合わせを取っているが、これも、連句の歌仙形式が下敷きとしてある。太宰の「葉」が、無造作なようでありながら実際はきわめて意識的につくられているのと同じく、芙美子の「放浪記」の場合も、近代リアリズムの成立以降、片隅に追いやられることになってしまった日本の古典にあえてつながることで、逆説的に前衛芸術となったのである。

ところで、『蜻蛉日記』で最も有名な箇所は、公然と町の小路の女のもとへ通う夫・兼家に対して、「なげきつつひとり寝る夜のあくるまはいかに久しきものとかは知る」の歌を送る場面であろう。この歌をはじめ、日本の文学史に燦然と輝く『蜻蛉日記』は、作者の身を裂くような結婚生活の苦悩と引き換えにつくられたものであった。たとえ、藤原兼家に歴史上の功績があったとしても、読み手にはただひたすら不誠実な男性という印象しか与えない。しかし、角度を変えてみれば、道綱母は夫をだしにして不朽の名作を完成させたともいえるのである。

これは「放浪記」の林芙美子も同様で、関係を持った何人もの男性とのいきさつを描き、文壇に登場している。そればかりか、最も人口に膾炙した彼女の代表作となっている。この作品が存在し続ける限り、それらの男性は永久に悪人のレッテルを貼られ続けることになるだろう。それは物書きの業としかいいようがない。

秋山虔は、平安女流日記文学について、「実人生の経験とは別個にそれ自体が自立的に展開する論理を内包する世界。そのような世界を造り成す営為がやはり実人生経験と不可分の開係《ママ》にあることはいうまでもないのであるが、それはその実人生の事実に立脚し、その事実を素材としてあれこれと取捨し脚色するという単純な意味では必ずしもない。そうでなくて、実人生経験からの切実な要請として、実人生と異次元に、そこに当人が生きる場としての言葉の秩序の世界=作品を造立するということである」[8]といっているが、これはそのまま林芙美子の「放浪記」にも当てはまるだろう。

3

「晩菊」については、すでに本書のなかで徳田秋聲との関連を軸に述べているが、ここでは女流文学史の観点から考えてみたいと思う。この作品は、五十六歳になる水商売あがりのきんが、かつて恋愛関係にあった田部から来訪の旨を告げる電話を受け取り、淡い期待を抱きながら念入りに身支度を整えて迎える。だが、田部の用件は金策であり、きんも落ちぶれた彼に幻滅を感じるばかりである、といったわずか半日程度の出来事が描かれるだけである。凝縮されたこの短篇は、破綻がなくほとんど完璧であるといえる。

最大の特徴は、文体の密度である。ここで芙美子は、「」で区切られる会話文も地の文のなかに織り込んで、改行を極端に減らすという手法を取っている。

これは樋口一葉が好んで使った手法によく似ていて、彼女の場合、会話文でも「」を使わずに地の文とつなげて書いた。「たけくらべ」(『文學界』明治二八年一月〜翌年一月)の有名な場面、美登里が長吉に泥草履を投げつけられる箇所は以下のようになっている。

美登利くやしく止める人を掻きのけて、これお前がたは三ちやんに何の咎《とが》がある、正太さんと喧嘩がしたくば正太さんとしたが宜い、逃げもせねば隱《か》くしもしない、正太さんは居ぬでは無いか、此処は私が遊び処、お前がたに指でもさゝしはせぬ、ゑゝ憎《に》くらしい長吉め、三ちゃんを何故ぶつ、あれ又引たほした、意趣があらば私をお撃ち、相手には私がなる、伯母さん止めずに下されと身もだへして罵れば、何を女郎め頰桁《ほうげた》たゝく、姉の跡つぎの乞食め、手前の相手にはこれが相應だと多人數のうしろより長吉、泥草履つかんで投つければ、ねらひ違はず美登利が額際にむさき物したゝか、血相かへて立あがるを、怪我でもしてはと抱きとむる女房、ざまを見ろ、此方には龍華寺の藤本がついて居るぞ、仕かへしには何時でも來い、薄馬鹿野郎め、弱虫め、腰ぬけの活地《いくぢ》なしめ、歸りには待伏せする、横町の闇に氣をつけろと三五郎を土間に投出せば、

平安女流文学の時代には、勿論「」というものは存在しない。したがって、地の文も会話文も同じ文脈のなかで記されることになる。この結果、地の文、会話文、そして表には現れない心理の部分を融合することで、一文脈のなかで一つの事象をより総体的に捉えることができるようになるのである。それは、そのまま文体の密度というものとつながってくる。

日本における近代小説の文体について、最初に言及したのは坪内逍遥の『小説神髄』（明治一八年九月〜翌年四月、松月堂）で、逍遥は下巻の「文體論」の項で、「雅文體」「俗文體」「雅俗折衷文體」の三つをあげ、近代小説の方法論を述べている。ここで特に重要なのは「雅俗折衷文體」で、彼は明らかにこの文体を推奨していることがわかる。

逍遥はさらに雅俗折衷体を「稗史體《よみほん》」(9)と「艸冊子體《くさぞうし》」に分けて概括、前者については「地の文を綴るには雅言七八分の雅俗折衷の文を用ひ、(10)詞を綴るには雅言五六分の雅俗折衷文を用ふ」とし、例として曲亭馬琴の文章をあげている。逍遥は馬琴をはじめとした江戸戯作の影響を強く受けていたが、『小説神髄』ではそれらも含めて広く古典文学を意識していたことが、「『源語』、『平語』、『太平記』等を読み味ひて、更に一機軸を工夫すべし」という部分からもわかる。

やがて二葉亭四迷『浮雲』第一篇（同二〇年六月、金港堂）、山田美妙「武蔵野」（『読売新聞』同一一月二〇日～一二月六日）などが登場するが、これらの文体改革への積極的な動きは、尾崎紅葉を総帥とする硯友社の雅俗折衷体が文壇を席巻してからは後退することになる。これは同時に、伝統的な文体の持つ力を再認識させるものであった。一葉の作品、森鷗外「舞姫」（『國民之友』明治二三年一、三月）などもそれと連動している。

一葉の場合は、「」を使わなかった分、より古典に近い文体になっているといえる。しかも彼女の小説では、会話の部分が大きなウエイトを占めているということが重要で、ここで「」を使ってしまえば流麗な文章のリズム、あるいは密度が壊れてしまうといえるだろう。地の文に会話を繰り込むことで、古典の持つような流露感を保つことが可能となっているのである。

ちなみに同じ雅俗折衷体でも、「舞姫」や紅葉の「金色夜叉」（『読売新聞』明治三〇年一月一日～二月二三日）(11)の会話文は、「」で区切られている。しかし、「舞姫」の場合は中篇でしかも地の文が圧倒的に多いこと、また「金色夜叉」の場合は長篇であるので、この区切りがさほど気にはならない。しかし一葉の作品のような、密度が生命線である短篇の場合は、地の文と会話文との混入がその成功の最大の要因になっていると思われる。

「晩菊」は、一葉の時代から約五十年を経て登場した作品であり、もはや文体は完全な言文一致の口語体である。しかし、芙美子は先にも述べたように、改行を極端に減らすことで凝縮された短篇にしている。

この作品を注意深く読めばわかることだが、田部が来訪してからは、会話文の割合が多くなる。しかし芙美子は、前半に田部を迎えるために念入りに身支度をするきんの執拗ともいえる描写と同じリズムを保つために、「」で括られた会話文を地の文に織り込んでいるのである。きんと田部とのやり取りはこの小説最大の見せ場で、世間話や互いの誘惑をはぐらかす駆け引きの会話とは裏腹に、内心では幻滅や警戒、時には憎悪をたぎらせる二人をこの手法で描くことによって、一組の男女のあさましさと暗闘の緊張感を浮かび上がらせている。


きんは、心の中で、田部をつまらぬ男になりさがつたものだと思つた。戦死もしないで戻つて来た運の強さが、きんには運命を感じさせる。広島まで田部を追つて行つた、あの時の苦労だけで、もうこの男とは幕にすべきだつたと思ふのだつた。「何をじろじろ人の顔見てるンだ?」「あら、あなただつて、さつきから、私をじろじろ見てて何かい、気な事考へてゐたでせう?」「いや、何時逢つても美しいきんさんだと見惚れてゐたのさ……」「さう、私も、さうなの。田部さんは立派になつたと思つて……」「逆説だね」田部は、人殺しの空想をしてゐたのだと口まで出かけてゐるのをぐつとおさへて、逆説だねと逃げた。

また、「晩菊」では、その会話に関しても、「」を使ってもよいところをあえて使わず、描写の一部として書いたり、またその描写の視点が、登場人物と語り手が入り混じったものになっていたりする部分がある。それが象徴的な冒頭を引用してみよう。

夕方、五時頃うかゞひますと云ふ電話であつたので、きんは、一年ぶりにねえ、まア、そんなものですかと云つた心持ちで、電話を離れて時計を見ると、まだ五時には二時間ばかり間がある。まづその間に、何よりも風呂へ行つておかなければならないと、女中に早目な、夕食の用意をさせておいて、きんは急いで風呂へ行つた。別れたあの時よりも若やいでゐなければならない。けつして自分の老いを感じさせては敗北だと、きんはゆつくりと湯にはいり、帰つて来るなり、冷蔵庫の氷を出して、こまかくくだいたのを、二重になつたガーゼに包んで、鏡の前で十分ばかりもまんべんなく氷で顔をマッサアジした。

まず、書き出しの部分であるが、訪問を告げる電話の内容は、「」を使わずに地の文に繰り込んでいる。また、主語が省略されているために、電話をかけてきた人間が誰であるのかは明らかにされていない。さらに次に続く部分では、「きんは」というように主語があるものの、「間がある」という言葉で一文を終了させているために、これはいわゆる客観的な三人称の叙述とはなっていないのである。もし忠実に客観描写をするとすれば、作者(語り手)にとって、きんはあくまでも第三者としての存在となるため、「間がある」の後に、例えば「と気づいた」「と思った」などの表現が続いて然るべきなのである。また、「別れたあの時よりも」から始まる一文は完全に主語が省略され、きんの内面が直接的に描かれ、同時に地の文として存在しているのである。この作品は作者・林芙美子をモデルにしたものではないにもかかわらず、きんと作者は時には一体となっている。別の言い方をすれば、作者はきんになりきってこのような描き方をしている、というべきだろう。しかし、「晩菊」は、全てがこのような手法で描かれているわけではなく、純粋な三人称の客観的な描写もある。

「晩菊」の密度は、このような視点の多様さから来る。小説の前半は主としてきんを中心とした世界であるが、小説の後半になると、この視点にさらに田部が加わり、さらには作者がほとんど生の形で語り手として登場し、いっそう複雑になる。しかし、それが不自然にならないのは、繰り返しになるが凝縮された文章のリズム以外の何物でもないのである。

芙美子が「晩菊」において多用した、一人称と三人称の中間のような〈語り〉は、勿論芙美子に固有のものではない。おそらく、主語を省略しても文脈が通じるという日本語の文章にこの方法は適しているのであろう。イギリスでは、自由間接話法のパイオニアとされるオースティン、〈意識の流れ〉で注目された二十世紀以後のジョイス、ウルフなどの作品にも似たようなものが見られるが、日本ではすでに『源氏物語』などの王朝文学にその手法を見ることができるのである。これはむしろ、日本語の本質的な特徴であるとさえいえるかもしれない。

『源氏物語』の「螢」の巻は、源氏に仮託して作者である紫式部の物語論が展開されているが、他にも無人称の語り手が作品世界に内在することによって、仮構の物語にリアリティを持たせる役割を果している。また、時にはその語り手と登場人物の視点が融合されることによって、重層的な構造を作り出しているのである。中村真一郎などは、『源氏物語』をはじめとする王朝文学を二十世紀世界文学との関連で捉えており[12]、主としてその話法への関心が中心となっている点でも、日本語の特性から来る〈語り〉と日本文学との関連は、さまざまな問題点や可能性をはらんでいるといえそうだ。

「晩菊」は、それまで積み上げられてきた伝統的な様式を踏襲することで傑作たり得た。この作品では、初老の女の物欲、あるいは性欲といったものが抉り出されている。いってみれば、〈女〉という生き物そのものが描かれている。このような世界を描くのに、日本人の心性に脈々と流れている女流文学の文体というのはうってつけであっただろう。

芙美子は徳田秋聲に学んで小説家としての道をひらいたが、この「晩菊」によって、秋聲の模倣を越えた一人の女流作家として独自の成熟を遂げた、ということができる。

4

以上、林芙美子と日本の女流文学の伝統との関連について述べてきたが、いささか思いつきめいたことを捕捉しておく。

女流作家というのは、平安時代より、人生の情感を中心に描いてきた。したがってそこで使われる語彙も、情緒的なものがきわめて多い。林芙美子の作品の題名だけを拾ってみると、「放浪記」「泣虫小僧」「牡蠣」「稲妻」「夢一夜」「晩菊」「水仙」「白鷺」「浮雲」「めし」など、どちらかといえば自然や情緒に関するものが圧倒的に多い。しかも、その題名と作品の内容が必ずしも直結することはなく、読者は一つのイメージに限定されることなく、さまざまな想像や解釈をする余地が与えられている。また、漠然とその小説の雰囲気が伝わるようなさりげないものを好んでいる。[13]

それは平林たい子の、「嘲る」「殴る」「一人行く」「かういふ女」「私は生きる」といった動的なイメージの題名とは対照的である。たい子は、小説の内容そのものの題名を付けている場合が多く、それは「鬼子母神」でも同様である。

そういう意味でも、林芙美子は、女流文学の伝統的な形式、そして情感の部分を、最大に受け継いだのではないかと私は思っている。

注

(1) 川端康成「解説」『日本の文学9　徳田秋声集(一)』所収、昭和四二年九月、中央公論社。

(2) 円地文子「王朝女性文学と現代文学」『国文学』昭和四〇年一二月。

(3) 『日本の文学47　林芙美子』(昭和三九年七月、中央公論社)の「解説」には、平林たい子の「はじめはそれに『歌日記』という題をつけていた。大正十三年ころ私がはじめて彼女に会ったとき、すでに、紙が黄色にやけたその原稿を見せた」という証言がある。

（4）中村光夫は「林芙美子論」（『現代日本文学全集第四十五巻　岡本かの子・林芙美子・宇野千代集』所収、昭和二九年二月、筑摩書房）のなかで、「『放浪記』が誰でも一番安易に書けさうでゐながら、実は一番むづかしい文学形式であるのは、それが遂に模倣者を生まなかつたのでもわかりますし、この勝手ないたづら書きめいた記録が、案外日本文学の古い伝統につながりを持つことは、日記や歌物語が我国の古典でどのやうな地位を占めてゐるかを考へて見れば、理解できます」といっている。

（5）『放浪記Ⅱ　林芙美子文庫』「あとがき」。

（6）厳密にいえば、コラージュ（collage　仏）は絵画の技法の一つで、画面に紙・印刷物・写真などの切抜きを貼り付け、場合によっては加筆して構成するもの。モンタージュ（montage　仏）は組み立ての意で、写真において複数の像を組み合わせて一つの画面を構成すること。あるいは、映画において、各ショットのつなぎ方で、たんに足したもの以上の新しい意味を作り出す技法をさす。

（7）紙の二折れ四面に記し、初表六句、同裏十二句、名残の表十二句、裏六句から成る。

（8）秋山虔『王朝女流文学の世界』昭和四七年六月、東京大学出版会。

（9）〈稗史〉とは古代、中国で稗官が集めて記録した民間の物語で、これが転じて広く小説を指すことになった。

（10）ここでは会話文のこと。

（11）「金色夜叉」は、正編の他に「後編金色夜叉」「続金色夜叉」「続々金色夜叉」「続々金色夜叉続篇」と書き継がれたが、一九〇三（明治三六）年の紅葉の死で未完に終わった。

（12）『王朝の文学』（昭和三二年五月、新潮社）、『王朝文学の世界』（同三八年二月、同）など。
（13）一見無造作に付けられた題名に関して、芙美子の夫・林緑敏は次のようにいっている。「題については非常に苦労していました。一つの作品の題を、原稿用紙にもいろいろ書きつけてみて、自分でこれというのを見つけるんですね。そういう感覚というものは鋭かった。まあ、私なんかそういうことの非常に乏しい人間で、カミさんに言わせると、〝あんたは、どうも詩情が足らん。もうちょいとあれば人間らしくなるんだが〟といわれるんだけど」（『尾道と林芙美子・アルバム』昭和五九年八月、尾道読書会・林芙美子研究会）。

あとがき

ここまで、私という人間をつくってくれた師匠、家族、友人、すべての方々に、感謝したい。
本書は、博士論文「林芙美子とその時代」を大幅に改稿し、圧縮したものである。四年以上も前に書かれたものであるので、その稚拙さには何度眼を覆いたくなったかわからない。一冊の本として出版することも、正直なところ躊躇した。しかし、そんなことを言っていては、永久に本など出せない。無理矢理にでも、自分の仕事に一つの区切りをつけようと思った。

私にとって、林芙美子は、本書でもすでに記したように、「浮雲」に尽きる。初読の時の細かな記憶はどんどん曖昧になり、途中で勝手に修正もされる。しかし、生命に刻まれた衝撃だけは、過不足なく永遠に残るだろう。この作品一篇に対する信頼だけで、何年もかけて林芙美子という一人の作家に取り組むことができた。

自分にとって、ものを書くということは、一体何なのだろうと考える。そして結局行き着くところは、自分の生命を震わせてくれた作品、そしてそれを書いた作家への敬意と感謝なのである。そのような瞬間に遭遇した時、今ここにあることへの最大の喜びとともに、自分という小さな存在などはどうでもよくなる。ただ、これをどうにかして遺したいと考える。

本書はまだまだ甘い。しかし、最初の作品として愛おしい。ここから、やっと、新たな出発を遂げることができるのだと思う。

私が文学の道に入ることになったきっかけには、ゼミの指導教授であった大久保典夫先生との出会いがあった。その後大学院でもお世話になり、現在も、叱咤激励をいただいている。しかし、私が何よりも大きな影響を受けたのは、先生の書かれた文章そのものであった。不肖の弟子ではあるが、誰よりも先生の文章を学んだということだけは、胸を張って言える。ここであらためて、御礼を申し上げたい。

最後に、何年にもわたって根気強く出版を勧めてくださった佐々木利明氏、刊行に尽力してくださった論創社の森下紀夫氏に、謹んで謝意を表したい。

二〇一〇年三月十六日

高山 京子

【引用作品一覧】

本書で引用、または言及した林芙美子の作品を各ジャンルごと・発表順に並べた。文泉堂出版の全集に収録されているものは、巻数を①のように表記した。

【詩】――

『二人』大正一三年七月。＊リーフレット
『蒼馬を見たり』昭和四年六月、南宋書院。①
『面影』昭和八年八月、文学クオタリイ社。①
「土の香」『山陽日日新聞』大正一〇年五月四日。＊秋沼陽子の筆名
「廃園の夕」「カナリヤの唄」「命の酒」『備後時事新聞』大正一〇年＊発表月日未詳、秋沼陽子の筆名
「女工の唄へる」『文芸戦線』大正一三年八月。
「翠燈歌」『輝ク』昭和一六年九月。
「祖国の首相を迎ふ」『東京朝日新聞』昭和一八年五月七日。

【小説】――

『放浪記』昭和五年七月、改造社。

『続放浪記』昭和五年一一月、改造社。
『稲妻　純粋小説集第六巻』昭和一一年一二月、有光社。③
『放浪記　林芙美子選集第五巻』昭和一二年六月、改造社。
『決定版　放浪記』昭和一四年一一月、新潮社。
『初旅』昭和一六年七月、実業之日本社。＊表題作は⑤、他一部全集未収録の作品あり
『放浪記　第三部』昭和二四年一月、留女書店。
『放浪記Ⅰ　林芙美子文庫』昭和二四年二月、新潮社。
『放浪記Ⅱ　林芙美子文庫』昭和二四年一二月、新潮社。
『放浪記　全』昭和二五年六月、中央公論社。①
「放浪記」『女人芸術』昭和三年一〇月〜同五年一〇月（断続的に連載）。
「耳」『女人芸術』昭和四年三月。
「九州炭坑街放浪記」『改造』昭和四年一〇月。
「春浅譜」『東京朝日新聞』夕刊、昭和六年一月五日〜二月二五日。＊初回のみ「浅春譜」と題が付けられている
「風琴と魚の町」『改造』昭和六年四月。②
「清貧の書」『改造』昭和六年一一月。②
「小区」『中央公論』昭和七年一一月。②
「耳輪のついた馬」『改造』昭和七年一二月〜同八年一月。②

「魚の序文」『文藝春秋』昭和八年四月。②
「泣虫小僧」『東京朝日新聞』夕刊、昭和九年一〇月二三日～一一月二一日。②
「帯広まで」『文藝春秋』昭和一〇年七月。②
「牡蠣」『中央公論』昭和一〇年九月。②
「稲妻」『文藝』昭和一一年一～九月（八月を除く）。
「女の日記」『婦人公論』昭和一一年一～一二月。③
「稲妻―後章㈠」『文學界』昭和一二年二月。
「獅子の如く」『週刊朝日』昭和一三年一一月一日。
「一人の生涯」『婦人の友』昭和一四年一～一二月（六月を除く）。④
「歴世」『文藝春秋』昭和一五年九月。⑤
「魚介」『改造』昭和一五年一二月。⑤
「感情演習」『文藝』昭和一七年一一月。⑤
「吹雪」『人間』昭和二一年一月。⑤
「雨」『新潮』昭和二一年二月。⑤
「放牧」『文藝春秋別冊二』昭和二一年五月。⑤
「ボルネオ　ダイヤ」『改造』昭和二一年六月。⑥
「作家の手帳」『紺青』昭和二一年七～一一月。⑥
「河沙魚」『人間』昭和二二年一月。⑥

「夢一夜」『改造』昭和二三年六月。⑥
「麗しき脊髄」『別冊文藝春秋』昭和二三年六月。⑥
「うず潮」『毎日新聞』昭和二三年八月一日～一一月二四日。⑥
「夜の蝙蝠傘」『新潮』昭和二三年一月。⑦
「荒野の虹」『改造文芸』昭和二三年三月。⑦
「晩菊」『別冊文藝春秋』昭和二三年一一月。⑦
「茶色の眼」『婦人朝日』昭和二四年一月～同二五年九月。⑧
「羽柴秀吉」『文藝春秋』昭和二四年一月。⑦
「骨」『中央公論』昭和二四年二月。⑦
「水仙」『小説新潮』昭和二四年二月。⑦
「牛肉」『別冊風雪』昭和二四年四月。⑦
「白鷺」『文芸季刊』昭和二四年四月。⑦
「下町《ダウン・タウン》」『別冊小説新潮』昭和二四年四月。⑨
「松葉牡丹」『改造文芸』昭和二四年七月。⑦
「浮雲」『風雪』昭和二四年一一月～二五年八月、『文學界』同年九月～二六年四月。⑧
「夜猿」『改造』昭和二五年一月。⑨
「新淀君」『月間読売』昭和二五年一～一〇月。⑭
「絵本猿飛佐助」『中外新聞』夕刊、昭和二五年六月一一日～一一月二七日。⑭

「めし」『朝日新聞』昭和二六年四月一日～七月六日。⑨

【評論・随筆・ルポルタージュ】――

『三等旅行記』昭和八年五月、改造社。
『滞欧記　林芙美子選集第六巻』昭和一二年一二月、改造社。
『戦線』昭和一三年一二月、朝日新聞社。
『北岸部隊』昭和一四年一月、中央公論社。⑫
『日記』第一巻、昭和一六年一〇月、東峰書房。
『巴里の日記』昭和二二年一一月、東峰書房。
『巴里日記』『林芙美子全集』第八巻所収、昭和二七年七月、新潮社。④
「漠談漠談」『読売新聞』昭和五年四月二五、二七日。
「哈爾賓散歩」『改造』昭和五年一一月。
「愉快なる地図――大陸への一人旅――」『女人芸術』昭和五年一一月。
「新宿裏」『近代生活』昭和五年一二月。
「長谷川時雨論」『人物評論』昭和八年三月。
「落合町山川記」『改造』昭和八年九月。⑩
「文学的自叙伝」『新潮』昭和一〇年八月。⑩
「こんな思ひ出」『文藝春秋』昭和一一年八月。⑩

「北京紀行」『改造』昭和一二年一月。
「女性の南京一番乗り」『サンデー毎日』昭和一三年二月六日。
「南京まで」『主婦之友』昭和一三年三月。
「私の従軍日記」『婦人公論』昭和一三年三月。
「詩の戦使」『文藝』昭和一三年一〇月。
「南方初だより――マライからの第一信――」『婦人朝日』昭和一八年一月六日。
「スマトラ――西風の島――」『改造』昭和一八年六、七月。
「赤道の下」『東京新聞』昭和一八年六月一一、一二日。⑯
「南の田園」『婦人公論』昭和一八年九月。
「童話の世界」『新潮』昭和二一年七月。⑯
「読書遍歴」『新潮』昭和二二年一月。
「直覚の糸」『人間』昭和二三年一月。⑯
「屋久島紀行」『主婦の友』昭和二五年七月。⑯

【創作ノート・題跋】――
「あとがき」『林芙美子選集第五巻』昭和一二年六月、改造社。⑯
「創作ノート」『林芙美子長篇小説集第四巻』昭和一三年七月、中央公論社。⑯
「創作ノート」『林芙美子長篇小説集第三巻』昭和一三年九月、中央公論社。⑯

「はしがき」『決定版　放浪記』昭和一四年一一月、新潮社。⑯
「あとがき」『風琴と魚の町　現代文学選14』昭和二一年六月、鎌倉文庫。⑯
「あとがき」『泣虫小僧』昭和二一年九月、あづみ書房。⑯
「自作に就て」『林芙美子選集』昭和二二年四月、万里閣。⑯
「あとがき」『淪落』昭和二二年六月、関東出版社。⑯
「あとがき」『清貧の書　林芙美子文庫』昭和二三年一二月、新潮社。⑯
「あとがき」『放浪記Ⅰ　林芙美子文庫』昭和二四年二月、新潮社。⑯
「あとがき」『泣虫小僧』昭和二四年三月、文藝春秋社。⑯
「あとがき」『晩菊　林芙美子文庫』昭和二四年三月、新潮社。⑯
「あとがき」『風琴と魚の町　林芙美子文庫』昭和二四年八月、新潮社。⑯
「あとがき」『牛肉』昭和二四年一一月、改造社。⑯
「あとがき」『放浪記Ⅱ　林芙美子文庫』昭和二四年一二月、新潮社。⑯
「あとがき」『松葉牡丹　林芙美子文庫』昭和二五年二月、新潮社。⑯
「あとがき」『茶色の眼』昭和二五年一一月、朝日新聞社。⑯
「『めし』作者の言葉」『朝日新聞』昭和二六年三月二十九日。⑯
「あとがき」『浮雲』昭和二六年四月、六興出版社。⑯

【対談・座談会・談話・その他】——

「女人芸術一年間批判」『女人芸術』昭和四年六月。

「女流詩人・作家座談会」『詩神』昭和五年五月。

「林芙美子女史に聴く会」『東京朝日新聞』昭和一三年一一月五〜一二日（六日を除く）。

「林芙美子さんの話」（「林・美川両女史ら昭南島へ」）『朝日新聞』昭和一七年一一月一九日。

「林女史　新生活入の決意を語る」（「原住民と融合ふ心」）『朝日新聞』昭和一八年一月一二日。

「巴里の小遣ひ帳」「一九三二年の日記」「夫への手紙」今川英子編『林芙美子　巴里の恋』所収、平成一三年八月、中央公論新社。

【初出一覧】

第一部

第一章

1　林芙美子とアナキズム――詩人としての出発（『現代文学史研究』第二集、平成一六年六月、原題「林芙美子とアナキズム」）

2　「放浪記」の成立（『現代文学史研究』第一集、平成一五年一二月、原題「林芙美子『放浪記』論」）

3　『女人芸術』とのかかわり（未発表）

4　『三等旅行記』の世界（『現代文学史研究』第四集、平成一七年六月、原題『『三等旅行記』に見られる林芙美子の時代性と文学的資質」）

第二章

1　幼少期の時空――「風琴と魚の町」を中心に（未発表）

2　「清貧の書」における方法意識（未発表）

3　文体の完成――「牡蠣」（未発表）

4　〈性〉の問題――「稲妻」をめぐって（『現代文学史研究』第三集、平成一六年一二月、原題「林芙美子と〈性〉―『稲妻』をめぐって」）

第三章

1　南京視察　（『創価大学大学院紀要』第23集、平成一四年二月、原題「林芙美子の戦中と戦後」）

2　漢口従軍　（『創価大学大学院紀要』第23集、平成一四年二月、原題「林芙美子の戦中と戦後」）

3　南方徴用　（『創価大学大学院紀要』第23集、平成一四年二月、原題「林芙美子の戦中と戦後」）

〈補〉その他の戦争協力行為　（『創価大学大学院紀要』第23集、平成一四年二月、原題「林芙美子の戦中と戦後」）

第四章

1　反戦文学　（未発表）

2　〈断絶〉と〈連続〉　（未発表）

3　文学的成熟――「晩菊」その他　（『文学と教育』第41集、平成一三年六月、原題「林芙美子『晩菊』試論」）

4　挫折の形象化――「浮雲」論Ⅰ　（『創価大学大学院紀要』第23集、平成一四年二月、原題「林芙美子の戦中と戦後」）

5　デカダンスの美学――「浮雲」論Ⅱ　（未発表）

6　家庭小説の位相――「茶色の眼」「めし」　（未発表）

7　林芙美子と大衆文学――「絵本猿飛佐助」　（『現代文学史研究』第五集、平成一七年一二月、原

題「林芙美子と大衆文学――「絵本猿飛佐助」を中心に」）

第二部

1　林芙美子と尾崎翠　（未発表）
2　三人の女流作家――宮本百合子・林芙美子・平林たい子　（未発表）
3　林芙美子と平林たい子　（未発表）
4　女流文学史のなかの林芙美子　（未発表）

いずれも、全体的に大幅な加筆訂正を行った。

高山 京子（たかやま・きょうこ）
一九七五年、仙台市に生れる。一九九八年、創価大学文学部日本語日本文学科卒業。二〇〇六年、同大学院文学研究科博士後期課程修了。博士（社会学）。同大学文学部助教を経て、二〇〇九年より神奈川県内の高等学校に講師として勤務する。
現代文学史研究会、昭和文学会、日本認知言語学会会員。

林芙美子とその時代

2010年6月10日　初版第1刷発行
2012年12月10日　初版第2刷発行

著　者　高山京子
発行者　森下紀夫
発行所　論 創 社
東京都千代田区神田神保町2-23　北井ビル
tel. 03（3264）5254　fax. 03（3264）5232　web. http://www.ronso.co.jp/
振替口座　00160-1-155266

装幀　宗利淳一＋田中奈緒子
印刷・製本　中央精版印刷

ISBN978-4-8460-1046-1　